AF303803

Karen Elste schreibt seitdem sie einen Stift halten kann. Unter diversen Pseudonymen publiziert sie bei verschiedenen Verlagen in unterschiedlichen Genres. Ihre Audible Original Hörserie „Das Übergangsmanagement" ist ein großer Erfolg und gerade sind ihre Liebesromane „Die Halligprinzessin" und „Die Halligfischerin" bei Lübbe erschienen.
In Berlin geboren und aufgewachsen, lebt sie heute im Südwesten der Stadt und genießt die Ruhe abseits der hektischen Stadtmitte. In dieser Ruhe und im Grün ihres Gartens entstehen ihre Geschichten.

KAREN ELSTE

Der Glanz verlorener Zeiten

Erstausgabe Oktober 2022

Copyright © 2022 dp Verlag, ein Imprint der
dp DIGITAL PUBLISHERS GmbH
Made in Stuttgart with ♥
Alle Rechte vorbehalten

Der Glanz verlorener Zeiten

ISBN 978-3-98778-039-4
E-Book-ISBN 978-3-98778-005-9
Hörbuch-ISBN 978-3-98778-064-6

Covergestaltung: ARTC.ore Design
Umschlaggestaltung: ARTC.ore Design
Unter Verwendung von Abbildungen von
shutterstock.com: © carsthets, © Evgeny Karandaev,
© Jenny's, © KathySG, © VerisStudio
Lektorat: Astrid Rahlfs
Satz: dp DIGITAL PUBLISHERS GmbH
Druck und Bindung: Books on Demand GmbH, Norderstedt

Für Christine

Warnung

Ohne etwas über die Handlung selbst zu verraten, möchte ich darauf hinweisen, dass ich auf die Darstellung sexueller Gewalt in meinem Roman zwar weitgehend verzichte, aber deren psychische und physische Folgen explizit schildere.

Passt auf euch auf.

1

„Für dich, mein Kind, ist diese Saison in London vorbei." Meine Mutter zieht mich am Arm die Treppe nach oben. Vor meinem Zimmer bleibt sie stehen, ohne mich loszulassen, und öffnet mit der linken Hand die Tür. „Ich habe genug von deinen Eskapaden! Bist du noch ganz bei Trost?"

„Es ist doch schon vorbei", entgegne ich trotzig und versuche mich aus ihrem Griff zu befreien.

„Ja, sehr richtig. Die Saison ist vorbei." Sie gibt mir einen kleinen Schubs und ich stolpere in mein Zimmer.

„Nein, das mit Richard Wolsey. Er hat mich verlassen."

Meine Mutter umklammert die Klinke so, wie sie das vorher mit meiner Hand getan hat. „Das habe ich dir von Anfang an gesagt, aber du wolltest ja nicht hören. Es war klar, dass er Constance heiraten wird."

Ich denke an Richards Küsse auf meinem Hals, seine Hände auf meinem Körper und schließe für einen Moment die Augen.

Als ich sie wieder öffne, lächelt meine Mutter spöttisch. „Ich habe es dir gesagt. Wenn du erst einmal verheiratet bist, kannst du so viele Liebhaber haben, wie du willst, aber bis dahin hättest du eben Pflänzchen Rühr-mich-nicht-an spielen müssen. Verdammt! Wir hatten Edward Bromley fast an der Angel. Nachdem ausgerechnet Lady Fallington dich und Richard zusammen gesehen hat, kann ich verstehen, dass er sich zurückzieht. Jetzt müssen wir nächstes Jahr von vorn anfangen. Das dritte Jahr!" Sie seufzt und sieht plötzlich sehr müde aus. „Weißt du, mein Kind, ist der Ruf erst einmal ruiniert, werden die Heiratskandidaten älter und hässlicher. Das muss dir klar sein." Sie mustert mich noch einen Augenblick von Kopf bis Fuß. „Hast du …", sagt sie fragend.

Nein, denke ich, *aber fast* – gestern Abend, bevor Richard mir sagte, dass wir nicht mehr zusammen sein können. Aber in letzter Sekunde hatte ich die Geistesgegenwart gehabt, ihn von mir zu schieben. Er könne sich nicht mehr mit mir in der Öffentlichkeit sehen lassen, hatte er danach befunden und mich bedauernd angesehen. Seinetwegen und meinetwegen.

„Schade, dass uns das jetzt keiner mehr glauben wird." Bevor sie sich umdreht, sagt sie noch: „Ich verstehe es nicht. Hättest du deine Bedürfnisse nicht mit den Dienstboten befriedigen können – so wie jeder normale Mensch?"

Ich sehe auf meine Füße, auf die hellblauen Seidenslipper, die ich zum Tanzen trug. Auf der Spitze prangt ein kleiner grauer Fleck. Ich hebe den Blick. „Ich dachte, er …" Schnell beiße ich mir auf die Zunge. Ich hatte wirklich gedacht, er würde mich heiraten. Trotz allem. Ich wollte begehrt werden, so wie Richard mich begehrt hatte und mit seinen Augen bewundernd über meinen Körper geglitten war. Ich weiß nicht, was in mir vorgeht. Es ist wahrscheinlich, weil wir arm sind. Und Richard eben auch. Gemeinsam würden wir arm bleiben.

„Schlaf jetzt. Wir fahren bald für ein paar Wochen nach Creston Hall zurück und hoffen, dass Gras über all diese Unannehmlichkeiten wächst." Meine Mutter schließt die Tür zu meinem Zimmer mit einem kräftigen Stoß und ich höre, dass sie von außen den Schlüssel im Schloss herumdreht und abzieht.

Mir ist kalt. Unschlüssig reibe ich mir einen Moment lang die Oberarme und taste dann nach dem Schalter neben der Tür. Die trübe Birne erleuchtet einen kleinen Kreis in der Mitte meines Zimmers. Seufzend schlüpfe ich aus meinen Schuhen und in die dicken Pantoffeln vor meinem Bett, gehe hinüber zu meinem Frisiertisch und lasse mich auf den weißen Hocker davor fallen.

Ich zupfe eine Nadel nach der anderen aus meiner Frisur, bis mir mein beinahe schwarzes Haar über die Schulter fällt. Mein Gesicht verschwimmt mit den langen Schatten, die die altmodische Blütenlampe an der hohen Decke nicht vertreiben kann. Langsam greife ich nach der Bürste und starre auf den Namen darauf. Nur in den abgeplatzten goldenen Lettern funkelt ein wenig Licht. *Alice Creston.* Welcher Name wird auf meiner nächsten Bürste stehen?

Alice Wolsey, Alice Bromley – sicher nicht. *Alice …*

„Licht aus!", höre ich meine Mutter vom Flur aus rufen. „Wir müssen sparen."

Mutter steht am nächsten Tag erst gegen Mittag auf und lässt sich sofort einen Eisbeutel bringen, den sie sich mit einer Hand gegen den Kopf presst, während sie mit der anderen die Post durchsieht.

Graue, kalte Wintersonne fällt auf die geblümten Sessel, auf die schmale gestreifte Couch, die meine Mutter so vor den Kamin geschoben hat, dass ihre hohe Lehne das Licht vom Fenster abhält und es weder auf den fadenscheinigen Teppich darunter noch auf die Couch selbst fällt, deren Bezug schon so dünn ist, dass niemand sich darauf setzen darf. Auch Gäste werden auf die Sessel am Fenster bugsiert, was im Sommer völlig in Ordnung ist, aber an einem beinahe frostigen Tag wie heute zieht es mächtig kalt durch die Ritzen.

Ich selbst habe mir eine wollene Strickjacke angezogen und einen Schal um den Hals gelegt, damit es einigermaßen erträglich ist.

Theoretisch könnten wir uns auch in den kleinen Salon nach hinten raus setzen, in dem die rote samtbezogene Sitzgruppe noch nicht so abgesessen ist, aber er ist dunkler und noch kälter, denn kein Strahl Sonne fällt jemals hinein. Wir müssten mehr heizen und das können wir uns einfach nicht leisten.

Meine Mutter lässt den Eisbeutel sinken. Ein Brief muss anders sein als der Rest, das sehe ich sofort. Ihre Augen wirken plötzlich klarer. „Gütiger Himmel!“, murmelt sie und klingelt dann nach Tee.

„Was ist denn los?“, frage ich und lege mein Nähzeug beiseite. Eigentlich wollte ich gerade meinem hellblauen Abendkleid eine neue Borte verpassen, damit ich es noch einmal tragen kann. Niemand wird es damit nächstes Jahr wiedererkennen, bilde ich mir zumindest ein. Natürlich hätte ich gern ein neues Kleid, aber ich weiß sehr wohl, dass wir uns das nicht leisten können.

„Ich muss darüber nachdenken“, sagt sie und reibt sich die Schläfe. „Und das ist gar nicht so leicht. Der Champagner bei den Billings gestern war ausgezeichnet.“

Sie schließt die Augen und lehnt sich auf ihrem Sessel zurück. „Du kannst wieder auspacken, falls du überhaupt schon gepackt hast. Wir fahren noch nicht nach Creston Hall."

Ein neuer Kandidat also, denke ich und seufze. Vielleicht ist er schon älter und hässlich. Auf jeden Fall wird er im Geld schwimmen – das zumindest schließe ich aus ihrem „Gütiger Himmel". Dieser Ausruf ist für die ganz Reichen unter den Reichen reserviert, so wie für Edward Bromley, den Seifenerben, der mich ja jetzt nicht mehr will, weil ich mit Richard Wolsey erwischt worden bin.

Zu meiner Überraschung passiert in der kommenden Woche dann gar nicht so viel. Meine Mutter geht ein paarmal aus und immer dann, wenn sie zurückkehrt, wirft sie mir finstere Blicke zu. Am Donnerstag frage ich dann doch, was es damit auf sich hat. Ich fühle mich eingesperrt. Ich werde nicht eingeladen oder sie nimmt mich nicht mit. Vielleicht auch beides.

„Ich mag es nicht, wie mich die Leute ansehen, wenn dein Name fällt, aber das bestärkt mich nur ..." Sie beendet ihren Satz nicht und fährt stattdessen fort: „Wir gehen morgen in die Oper. Es gibt Wagner. Tristan und Isolde. Ich gebe dir mein rotes Kleid und die Perlen dazu."

Dann kommt sie zu mir herüber und beugt sich dicht über mich. „Du wirst hinreißend und bezaubernd sein und du wirst dich zusammenreißen, hast du mich verstanden?"

Die Kälte in ihren Augen schreckt mich. Ich nicke. „Wer ist es?"

Sie sieht mich selbst für ihre Verhältnisse einen Moment lang sehr merkwürdig an. „Jemand aus dem Ausland. Jemand, der hoffentlich noch nichts über dich gehört hat."

Am Nachmittag kommt Lady Billings zum Tee und während sie meine Mutter bei den Händen nimmt und auf beide Wangen küsst, wirft sie mir einen abschätzigen Blick zu. Ich frage mich, ob sie weiß, dass meine Mutter eine Affäre mit ihrem Mann hat. Ich jedenfalls traf Lord Billings einmal morgens auf Creston Hall, wo die Familie, genau wie hier in London, unsere nächsten Nachbarn sind. Es war noch sehr früh gewesen und ich hatte mir einen Apfel aus der Küche holen wollen. Wir hatten uns einen Moment lang angestarrt. Sein Hemd hing halb aus der Hose, die Schuhe trug er in der Hand. Er hätte meiner Mutter bei etwas geholfen, hatte er schließlich hervorgebracht.

Ich habe es meiner Mutter nicht erzählt. Auch nicht Gabrielle Billings, Lady Billings Tochter, mit der ich befreundet bin und von der ihre Mutter gerade erzählt. Sie hat vor zwei Jahren geheiratet. Den lieben, sehr reichen und etwas tumben Sir Alfred Hatton, den jeder nur Alfie nennt. Und das in ihrer ersten Saison! Sie ist mit ihm nach Indien gegangen und manchmal schreibt sie mir von der Hitze dort, die kaum auszuhalten ist, von der feuchten Schwere der Luft und vom Monsun, der ihre Kleider in Schweiß und Regen tränkt. Sie ist das zweite Mal schwanger und das Klima macht es nicht gerade leichter für sie.

Es muss schön sein, so weit weg zu sein. Endlich erwachsen. Ich denke, das passiert dann automatisch –

das Erwachsensein, wenn man erst einmal heiratet und endlich das Haus verlässt.

Das ist es, was ich mir wünsche und am liebsten hätte ich einen Ehemann, der mich auch weit wegbringt. Nicht wie Edward Bromley, nur ein paar Straßen weiter, sondern richtig weit fort.

Indien klingt exotisch. Mein Vater war dort. Als ich sehr klein war, hatte er mir manchmal davon erzählt, bevor ich einschlief und sich dann Elefanten und Tiger in meine Träume schlichen, ich Märkte sah und all die Gewürze, die er mir beschrieben hatte, all die Farben und Gerüche, die ich mir im Wachzustand nicht vorstellen konnte, aber die im Schlaf durch meinen kleinen Geist zogen.

„… aber Alfie kämpft ja auch für Krone und Empire in Indien", sagt Lady Billings gerade und sieht mich mitleidig an. Für mich ist der Zug abgefahren, will sie mir wohl mit ihrem Blick sagen. Einen Alfie würde ich nicht mehr bekommen.

Ich glaube nicht, dass er je mehr als einen Bleistift in die Hand nehmen könnte, aber sei es drum. Gabrielle, die mit ihren blonden Korkenzieherlocken eh immer die Schönere von uns beiden war, hat bekommen, was sie wollte: einen langweiligen und schwerreichen Mann, der sie auf Händen trägt.

„Und sein Cousin? Francis Hatton?", fragt Mutter plötzlich nach. „Er müsste jetzt so um die Dreißig sein, nicht wahr?"

„Ja, so ungefähr. Ein feiner Mann, Adelaide, ein ganz feiner Mann", gibt Lady Billings nickend zurück und trinkt mit spitzen Lippen aus ihrer Tasse. Mehr als ein paar Tropfen können auf diese Weise kaum in ihren

Mund gelangt sein. Ich beobachte das Schauspiel interessiert.

„Sehr gebildet“, fährt sie fort.

„Ja, allerdings.“ Meine Mutter kann eine ungeduldige Handbewegung nicht verbergen. „Ist er noch mit Lucy Fallington verlobt?“

Oh je. Lucy Fallington hat einen Überbiss und das Einzige, was sie interessiert, sind Pferde.

„Nein, verlobt waren sie nie, soweit ich weiß. Lucy hat sich das sicher immer gewünscht, aber nein. Er ist außerdem schon länger für das britische Außenministerium in Deutschland tätig. Man erzählt sich, er hätte dort …“ Sie beugt sich vor und tuschelt meiner Mutter etwas ins Ohr. Laut sagt sie dann: „Francis Hatton kommt selten nach England. In dieser Saison wahrscheinlich gar nicht. Leider.“

Meine Mutter rührt vernehmlich in ihrer Tasse. Immer wieder schlägt der Löffel gegen das dünne Porzellan und jedes Mal zucke ich zusammen. Ich hasse das.

Wahrscheinlich überlegt sie gerade, wie sie mich nach Deutschland schaffen kann, wo ihre erste Option mich doch nicht wollte. Zweifellos würde sie mich, ohne mit der Wimper zu zucken, an irgendeinen Nazi verscherbeln, wenn er ihr nur Geld für den Unterhalt unseres Hauses in London zukommen lassen würde oder das Dach von Creston Hall neu decken ließe. Mich schaudert.

„Deutschland“, murmelt sie. „Schade.“

Mir wird klar, dass sie es mit mir wirklich nicht leicht hat. Als Tochter bin ich ihr einziges Kapital.

Und ich bin schon einundzwanzig. Mein gesellschaftlicher Wert trudelt gerade abwärts wie die Börsenkurse am Schwarzen Donnerstag 1929.

Das rote Kleid meiner Mutter passt nur knapp. Ich glaube, ich habe etwas mehr Brust als sie. Mit einer kleinen Brosche steckt sie den Ausschnitt zusammen. Ich muss mich zweimal drehen und sie zupft hier und da.

Ich mag das Kleid und ich mag mich darin. Mein schwarzes Haar kommt zur Geltung und das Rot ist ein schöner Gegensatz zu meinen blauen Augen. Der seidige Stoff fällt ärmellos in zwei Bahnen über meine hellen Schultern, wobei der Rückenausschnitt noch ein wenig tiefer ist als der vorne. Vor allem ist das Kleid zeitlos. Darauf achtet meine Mutter sehr. Wenn sie etwas für uns nähen lässt, weil sie gerade mal wieder irgendeinem unserer Verwandten einen Mitleidsscheck aus der Tasche gezogen hat, dann ist es elegant und so anpassbar, dass es mit wenigen Änderungen immer so aussieht, als wäre es gerade in Mode gekommen. Weiß der Teufel, wie sie das macht. Sie ist einfach gut darin, den Schein zu wahren.

Endlich ist auch Mutter zufrieden und legt mir ihre weißen Perlen um. Ich weiß, sie würde mir gerne noch etwas sagen, aber sie beißt sich auf die Lippen. Ich glaube, allein die Tatsache, dass sie nicht ausspricht, was sie denkt, bedrückt mich mehr, als jedes ihrer Worte es hätte tun können.

Heute Abend geht es um etwas. Um unser Leben – ihres und meines. Wie lange können wir noch so tun, als ob wir reich sind, dazugehören würden?

Meine Mutter wird, nachdem wir vor der Oper aus dem Wagen steigen, von einer tiefen Unruhe gepackt. Sie sieht sich noch öfter um als sonst und auch ich ertappe mich dabei, wie mein Blick die anwesenden Männer streift.

Ist es dieser?

Oder jener?

Der Mann, der mit dem Monokel an der Säule lehnt?

Oder der, der mir im Vorbeigehen einen ungehörigen Blick zuwirft?

Ich fühle, dass der schmale Körper meiner Mutter neben mir in der Loge bebt, während es dunkel wird. Erst als in der Loge nebenan der Vorhang raschelt, wird sie mit einem Schlag sehr ruhig.

Das ist er dann wohl und ich kann nicht einmal erkennen, wie er aussieht, weil er schräg hinter uns sitzt. Alles, was er von mir sieht, ist mein Rücken, vielleicht ab und an mein Profil, wenn ich den Kopf drehe. Er wird meine etwas zu lange Nase sehen, den Schwung meiner Wangenknochen und ich frage mich, ob das reicht. Und wofür eigentlich? Nach allem, was ich ahne, wird er alt und hässlich sein. Ich weiß gar nicht, ob ich will, dass ihm gefällt, was er sieht.

Ich kann mich nicht auf die Musik konzentrieren. Mir geht eher durch den Kopf, dass ich selbst diesen Augenblick herbeigeführt habe. War ich wirklich so dumm gewesen, zu glauben, dass Richard Wolsey sich so unsterblich in mich verlieben würde, dass Geld plötzlich keine Rolle mehr spielen würde? Ich gebe zu, es gab diese Momente, kurz vor dem Einschlafen, in denen ich mir vorstellt hatte, wie es wohl wäre, wenn er mit dem Wagen vorführe, mich hineinziehen und küssen würde. Wir würden durch die Nacht fahren. Sie würde uns gehören. Vielleicht könnten wir uns nach Indien durchschlagen oder nach Frankreich, aber diese Ideen blieben in meinem Kopf immer so vage, wie es alte Fotografien manchmal sind –ausgeblichen an den Enden, mattgelb in der Mitte. Im Grunde kam ich in Farbe niemals weiter als bis zu dem Punkt, an dem ich mich ihm, am besten gleich im Wagen, hingeben würde. Kein Wegschieben mehr, sondern nur noch Erfüllung.

Ich seufze und meine Mutter dreht den Kopf. „Ergreifend, nicht?", flüstert sie. Ich nicke sicherheitshalber.

In der ersten Pause zieht sie mich so schnell aus meinem Sessel, dass ich mich kurz an der Balustrade festhalten muss. „Jetzt komm schon", zischt sie und schiebt mich in den Logengang, als wäre ich blind und wüsste nicht wohin.

Lord und Lady Clarenton kommen uns entgegen und nicken uns sogar zu, obwohl sie eigentlich eine Liga über uns spielen, doch meine Mutter starrt unbeeindruckt auf den Vorhang der Loge neben uns, bis er sich endlich teilt und ein Mann heraustritt.

Meine Mutter verfügt über ausgezeichnete Reflexe, das muss man ihr lassen. Sie stellt sich ihm sehr elegant und sehr entschieden in den Weg.

„Monsieur la Valette, wie schön, Sie hier zu treffen!" Ich habe sie noch nie Französisch sprechen hören und staune über ihre gute Aussprache, die meine ehemalige Gouvernante, Mademoiselle Ferange, wahrscheinlich hingerissen hätte.

Meine Mutter legt den Kopf schräg und lächelt zu ihm empor. Er überragt uns um gut zwei Köpfe, aber ehrlich … das ist auch nicht schwer. Wir sind beide nicht besonders groß.

Für einen Moment bin ich erleichtert. Ja, er mag alt sein. Also sicherlich Ende Dreißig, denke ich, aber zum Glück ist er nicht hässlich. Ihn zieren ebenmäßige Züge mit einem markanten Kinn und einer geraden Nase. Über seine gewölbte Stirn zieht sich für den Bruchteil einer Sekunde eine kleine Falte, dann hat er sich wieder im Griff.

„Enchanté“, sagt er und ich frage mich, ob eine Spur Langeweile in seiner Stimme liegt oder ob es die fremde Sprache ist, die meinen Eindruck verzerrt.

Ich fühle die Hand meiner Mutter auf meinem Rücken. Sie drückt so stark, dass ich keine andere Wahl habe, als einen Schritt nach vorne zu treten, sonst würde ich fallen.

„Das ist meine Tochter. Es ist ihre zweite Saison in London.“

Und damit ist alles gesagt. Da ich nicht hässlich bin, bin ich entweder wählerisch oder beschädigte Ware, sonst wäre ich ja schon im letzten Jahr über den Tisch gegangen.

Seine Augen sind sehr dunkel und braun. Er sieht mich direkt an. „Hat mich gefreut“, sagt er ohne jeden Akzent auf Englisch und verschwindet zwischen den Menschen, die ins Foyer schlendern.

„Verdammt“, murmelt meine Mutter. „Du bist genauso schön, wie ich es einst war.“

„Nicht so wie Gabrielle.“ Ich bin nicht so blond, ich bin nicht so kokett.

„Unsinn", sagt sie knapp.

„Vielleicht ist er wie Onkel Gregory?", schlage ich vor.

Ich habe ihn gern, den älteren Bruder meines verstorbenen Vaters. Es hat allerdings lange gedauert, bis ich begriffen habe, warum seine Butlergehilfen alle sehr jung und sehr gutaussehend sind und nicht einer mir heimlich an den Po greift.

Meine Mutter schnaubt durch die Nase. „Nein, mein Kind. Aubrey la Valette ist ganz sicher nicht wie Onkel Gregory."

Aubrey ... ein schöner Name für einen schönen Mann.

Erst zum Ende hin packt mich die Oper wieder und Isoldes Liebestod lässt mich seltsam aufgewühlt zurück.

2

Meine Mutter steht am nächsten Morgen erstaunlich früh auf und verschickt ein Telegramm. Als ich nach der Milch greifen will, schüttelt sie den Kopf. „Nicht. Wir bekommen vielleicht Besuch." Ich ziehe seufzend die Hand zurück und trinke meinen Tee schwarz. Ich hasse es, dass wir selbst für die Milch im Tee zu arm sind.

Sie geht auf und ab, während ich mich weiter mit Borte und Kleid beschäftige, und sieht auf die Uhr. Am Vormittag bekommt sie endlich Antwort. Sie liest das Telegramm mit gerunzelter Stirn und schickt mich dann nach oben auf mein Zimmer. Es hat keinen Sinn, sie nach irgendetwas zu fragen. Ich kenne diesen Zustand.

Ich lege mich auf mein Bett und kritzele drei Seiten in mein Tagebuch – das meiste über Richard und wo ich überall seine Hände gerne spüren würde – bis ein Wagen vorfährt und ich neugierig aus dem Fenster sehe. Wer aussteigt, kann ich nicht sehen. Das Vordach ist im Weg.

Also schreibe ich weiter. Ich schreibe, weil ich glaube, dass das das Einzige ist, was ich einigermaßen kann. Es führt nur zu nichts und ich überlege, warum ich über ein so unnützes Talent verfüge. Ich wünschte, ich könnte singen wie Gabrielle.

Wer auch immer es ist, der meine Mutter aufsucht, er bleibt lange, den halben Mittag über, bis die Sonne hoch am Winterhimmel steht und Raben krächzend ihre Bahnen auf dem schmalen Streifen Blau ziehen, den ich von meinem Fenster aus sehen kann.

Schließlich klopft meine Mutter an die Tür. Ich erkenne das Pochen ihres sehnigen Mittelfingers auf dem Holz. Kurz und schnell, immer ein wenig vorwurfsvoll, so, als wäre ich schuld, dass sie überhaupt klopfen muss und ich nicht längst geahnt habe, dass sie vor der Tür steht und Einlass begehrt. Heute hat sie ihr schwarzes Haar von Emma in kunstvolle Wellen legen lassen - ein Aufwand, den sie sonst nur betreibt, wenn sie ausgeht. Zwar ruhen ihre blauen Augen beinahe freundlich auf mir, doch ihre schmalen Lippen zittern ein ganz klein wenig. Ob vor Aufregung oder Anspannung, kann ich kaum sagen.

„Vielleicht möchtest du Monsieur la Valette ein wenig Gesellschaft leisten?", fragt sie.

Ich ziehe die Augenbrauen hoch.

„Er möchte dich gern etwas fragen."

Selbst für meine Mutter ist das ein Rekord, glaube ich. Gestern habe ich ihn zum ersten Mal gesehen und heute bittet er um meine Hand? Ich habe keine Ahnung, wie sie das hinbekommen hat und runzele die Stirn, während ich hinter ihr, Stufe für Stufe, in ein neues Leben hinuntergehe.

Sie rammt mir ihren Ellenbogen in die Seite und faucht: „Lächeln!" Dann öffnet sie die Tür zum Salon und schiebt mich hinein.

Mir ist nicht nach lächeln. Ich ziehe nur ganz kurz die Mundwinkel hoch und lasse sie sofort wieder fallen.

Monsieur la Valette sitzt vor dem Kamin, hat die Beine übereinandergeschlagen und raucht. Ich hätte auch gerne eine Zigarette, aber das ist im Moment völlig indiskutabel.

Interessant. Meine Mutter hat es nicht geschafft, ihn auf einen der Sessel am Fenster zu bugsieren. Dieser Mann muss anders sein als all die anderen.

Er sieht auf, sein Blick streift mich achtlos. Gut, er weiß ja auch, wie ich aussehe. Bei Tageslicht stelle ich fest, dass sich feine Fältchen um seine Augen gebildet haben. Trotz seines Alters wirkt er attraktiv. Er hat etwas Beherrschtes, ganz im Gegensatz zu Richard Wolsey, den, wenn ich beide Männer so vergleiche, überwiegend sein jugendlicher Überschwang anziehend machte. Eigentlich war es bei Richard wahrscheinlich nur das blonde Haar und diese tiefblauen Augen, die von seiner schiefen Nase und den schmalen Lippen ablenkten. Ich bezweifele plötzlich, dass Richard mit Ende dreißig ebenso gut aussehen wird. Das, was Richard attraktiv machte, wird verfliegen und am Ende bleibt ein unproportioniertes Gesicht, aus dem der Übermut verschwunden sein wird. Vielleicht wird er ähnlich schwammig und dicklich werden, wie es sein Vater schon ist.

Monsieur la Valette dagegen hat feine Züge und ist von schlanker Figur. Ich frage mich, wie er nackt aussieht. Vielleicht werde ich das ja bald herausfinden. Bei ihm würde mich das auch nicht stören, denke ich.

Er deutet auf den Sessel ihm gegenüber. Ich nehme Platz, setze mich auf die äußerste Kante und halte mich gerade, so wie man es mir beigebracht hat.

Er raucht einen Moment schweigend, dann beugt er sich ein Stück vor. „Ich nehme an, Sie wissen, warum ich hier bin?"

Ich weiß nicht, was in mich fährt. Mutter wird mich umbringen, aber ich sage es trotzdem: „Und Sie wissen von meinem Ruf?"

Tatsächlich scheine ich ihn mit meiner Frage überrascht zu haben. Ein Funken Interesse huscht über sein Gesicht und ich begreife, dass es wahrscheinlich wenig gibt, was er nicht weiß. Ein amüsiertes Lächeln legt sich auf seine Lippen.

„Also sind Sie einverstanden?"

Einverstanden? Womit?

Meinen Heiratsantrag habe ich mir anders vorgestellt. Auch wenn mir früh klar war, dass eine Liebesheirat eher außerhalb aller Wahrscheinlichkeiten lag, hätte ich ein wenig mehr Konversation erwartet. Vielleicht wenigstens die berühmte Frage, statt einer schlichten Erkundigung nach meinem Einverständnis.

Aber weder meine Mutter noch ich haben etwas gelernt, das uns in irgendeiner Weise im Leben weiterhelfen könnte. Creston Hall braucht ein neues Dach, in der nächsten Saison können wir dieses Londoner Haus nicht mehr halten – wir werden es verkaufen müssen und wir können nichts dagegen tun. Wir sparen uns das Essen vom Munde ab, damit mein Bruder anständige Schulen besuchen kann und wir uns Dienstboten leisten können, um in einer Gesellschaftsschicht nicht aufzufallen, in der Brosamen oder Ehemänner vom Tisch fallen können. Zumindest wenn man hübsch genug ist. Ich habe keine Wahl. Er weiß es und ich weiß es noch sehr viel besser.

„Ja", erwidere ich.

Er steht auf und drückt die Zigarette aus. „Ich denke an einen Termin in zwei Wochen. Würde das passen? Danach reisen wir dann gemeinsam nach Paris."

Paris? Es könnte schlimmer kommen. Er könnte alt und hässlich sein und irgendwoher aus Schottland kommen, wie Onkel Gregory, wo selbst der Sommer ein langer grauer Winter ist.

„Kann ich Sie etwas fragen?"

Er ist schon fast zur Tür hinaus, als er sich noch einmal umdreht, mich wortlos ansieht und seine schmalen Augenbrauen hochzieht.

„Was springt eigentlich für Sie dabei heraus?"

Es erscheint mir unlogisch. Sicher, ich bin nicht hässlich, ich bin jung. Vielleicht braucht er einen Erben, aber er könnte andere Frauen haben. Frauen von besserem Ruf, sehr viel schönere Frauen.

Mit einem Finger streicht er sich über das Kinn und seine Augen huschen zur Wand. Ich weiß ganz genau, dass er die Bibliothek meint, in der meine Mutter wartet. Dann sieht er mich noch einmal an. „Vielleicht fast dasselbe wie für Sie."

Er lässt mich ratlos und meine Mutter hocherfreut zurück. Am Abend geht sie mit einer Flasche Champagner unter dem Arm in die Bibliothek und betrinkt sich allein, langsam und wahrscheinlich sehr erleichtert, während ich im Bett liege und über die Antwort meines zukünftigen Mannes weiter nachdenke.

3

Ich heirate Aubrey Charles la Valette an einem bedeckten Winternachmittag. Es ist eine kleine Zeremonie in einer noch kleineren Kirche, in der mein Ja seltsam zittrig hallt, während seines ganz klar von den dicken Steinmauern zurückgeworfen wird. Schön, dass sich wenigstens einer in dieser Ehe sicher ist.

Wir entschuldigen den Verzicht auf weitere Feierlichkeiten mit unserem Aufbruch nach Paris am nächsten Tag. Die Zeitungsmeldung ist ebenfalls kurz und knapp. Lady Billings, hat wahrscheinlich geglaubt, ich würde als alte Jungfer enden. Sie ist bestimmt hintenübergekippt, als sie sie beim Morgentee las, denn nun habe ich am Ende sogar eine bessere Partie gemacht als ihre Gabrielle mit Alfie.

Außer meiner Mutter und einem Bekannten von Aubrey war niemand zugegen gewesen. Wobei ich persönlich glaube, wir hätten auch kein rauschendes Fest gefeiert, wären wir in London geblieben. Aubrey macht mir nicht den Eindruck, als würde er viel Wert auf die Meinung der Gesellschaft legen. Er ist so selbstverständlich Teil von ihr, dass er keine Mühen auf sich nehmen muss, so wie meine Familie.

Meine Mutter küsst mich auf beide Wangen und umarmt mich einmal ganz fest. „Viel Glück", wünscht sie mir leise und ich habe das deutliche Gefühl, dass eine große Bürde von ihren Schultern gefallen ist, jetzt, da sie von mir befreit ist und nur noch eine Ehefrau für meinen jüngeren Bruder finden muss, was dank Aubreys großzügiger Zuwendung kein Problem mehr darstellen dürfte. Er hat ihr heute vor der Kirche sehr diskret einen Scheck zugesteckt und ich sah, wie sie für einen winzigen Moment die Beherrschung verlor und die Augen aufriss. Ich glaube, sie hat trotz meines angeschlagenen Rufes einen guten Preis für mich bekommen.

Wir bleiben eine Nacht in Aubreys Haus in Mayfair. Eine exklusive Adresse. Es ist ein elegantes Reihenhaus, das wie all die anderen Häuser in dieser Gegend drei Stockwerke in die Höhe ragt und von der Straße durch einen schmalen Vorgarten getrennt wird. Nach hinten hinaus verfügt es über einen Hof und eine Garage, in der Aubreys Chauffeur den Wagen abstellt. Als ich eintrete, bin ich überrascht, wie altmodisch und dunkel alles wirkt. Seit der Erbauung vor mehr als dreißig Jahren hat hier wohl niemand mehr wirklich renoviert. Meinen Hut lege ich auf eine schmale Kommode aus Mahagoni im Flur, die aussieht, als hätte mein Großvater sie als junger Mann gekauft.

Im zweiten Stock gibt es nur ein kleines Bad, einen Durchgangssalon und zwei Schlafzimmer. Eines bekomme ich, während Aubrey zielsicher in das andere verschwindet und die Tür hinter sich schließt, ohne noch etwas zu mir zu sagen. Ich zucke zusammen, als ich das Schnappen des Schlosses höre. Wird das jetzt immer so sein?

Der Abend wird zur Nacht, deren Stunden in die Dunkelheit tröpfeln. Ich liege wach in dieser Monstrosität von Bett, die wahrscheinlich aus der Zeit stammt, als Creston Hall erbaut wurde. Fast bekomme ich Sehnsucht nach dem zugigen Anwesen aus der Tudorzeit, in dem ich den größten Teil meines Lebens verbracht habe. Niemals erschien mir dieser große, alte Fachwerkkasten mit all seinen Gängen und Fluren so leer wie dieses kleine Stadthaus.

Aubrey kommt nicht zu mir. Ich glaube, er hat keinerlei Interesse an mir, was mich gleichermaßen kränkt wie zugegebenermaßen auch erleichtert.

Ich hatte meine Mutter nach ihm gefragt, aber viel hat sie mir nicht erzählt. Er verdient sein Geld mit Kohle und Stahl und scheint mehr als genug von allem zu haben. Vor knapp zwanzig Jahren war er schon einmal verheiratet gewesen. Seine Frau starb bei der Geburt ihres ersten Kindes. Vielleicht liebt er sie immer noch?

Aber was er damit meinte, dass wir beide dasselbe von der Ehe wollen, will sich mir einfach nicht erschließen. Ich glaube, außer Geld kann ich mir nichts vorstellen, was ich von selbiger zu erwarten habe. Vielleicht ein wenig mehr Freiheit.

Und keine Mutter mehr, die mir sagt, ob ich Milch zum Tee bekommen kann oder nicht.

Paris, 2. Mai 1938

Liebe Mutter,

danke für deine lieben Zeilen! Ich las mit großem Interesse, dass Creston Halls Dach jetzt wieder in neuem Glanz erstrahlt und kann es kaum erwarten, die Ziegel mit eigenen Augen zu sehen – wann das sein wird, wissen die Götter.

Was meine Ehe betrifft, weiß ich gar nicht recht, was ich dir antworten soll. Aubreys Wohnung ist unweit der Avenue Champs-Élysées gelegen. Sie erstreckt sich über die gesamte erste Etage eines Jugendstilhauses und bietet in ihrer Großzügigkeit und Weitläufigkeit ausreichend Räumlichkeiten, um sich aus dem Weg zu gehen. Wenn Aubrey viel arbeitet, sehe ich ihn oft tagelang nicht. Erst recht nicht in den Nächten, da seine privaten Zimmer sich genau am anderen Ende der Wohnung befinden.

Was ich den ganzen Tag tue? Ich lese und schreibe viel. Du weißt, ich habe immer schon gerne Tagebuch geschrieben. Ich bummele durch die Strassen, durch die Cafés und an der Seine entlang.

Ab und an geben wir Abendgesellschaften, gehen in die Oper oder ins Konzert. Ich glaube, Aubrey tut es mir zuliebe, denn er selbst sitzt neben mir und scheint in Gedanken sehr weit weg zu sein. Ich traue mich nicht, ihn zu fragen, wo.

Aber ich will mich nicht beklagen – er ist gut zu mir, behandelt mich freundlich und ist mehr als großzügig. Er hat noch keine meiner Ausgaben beanstandet.

Mitte Juni brechen wir nach Südfrankreich auf und werden den Sommer als verspätete Hochzeitsreise auf dem Weingut seines Bruders Laurent in Valette verbringen. Die Existenz eines Bruders hat mich überrascht. Ich wusste ja, dass seine Eltern tot sind, aber von einem Bruder hast du mir nichts erzählt!

Nun ja, also Valette. Es ist merkwürdig, dass hier ein ganzes Dorf so heißt wie ich nun.

*Südfrankreich. Du weißt, wie sehr ich Hitze verab-
scheue! Ich hoffe, es wird erträglich.*

Bis bald!

4

Aubrey hat darauf bestanden, die ganze Strecke von Paris aus mit dem Auto zu fahren. Natürlich übernachten wir unterwegs zweimal. Zwei Nächte in kleinen, recht einfachen Herbergen in entlegenen Dörfern, die Aubrey unterwegs ausgesucht hat und in denen wir uns, anders als in Paris, ein Schlafzimmer teilen müssen. Zwei Nächte, in denen er mich nicht berührt, in denen er einfach neben mir schläft, als wäre dies und nur dies der Sinn einer Ehe.

Einmal glaube ich, ein begehrliches Funkeln in seinen Augen zu sehen, als ich mich ungerührt nackt vor ihm ausziehe und so stehen bleibe. Ich sehe es im Spiegel. Der Schein der Lampe malt meine Brüste golden und zaubert schwarze Schatten auf meine Hüften. Ich will eine gute Ehefrau sein. Er soll ja etwas bekommen für sein Geld.

Für einen Moment ruht sein Blick auf meiner Haut, dann nimmt er sein Buch vom Nachtschrank, schlägt es auf und schiebt sich die schmale Brille, die er nur zum Lesen trägt, auf die Nase.

Vielleicht ist er doch wie Onkel Gregory.

Auf unserer letzten Etappe schlingert das Auto in Serpentinen einen Berg hinauf und ächzt und stöhnt dabei so laut, dass mir angst und bange wird. Rechts fallen die Hänge steil felsig karg und dann wieder bewaldet hinab ins Tal und in das kleine Dorf Valette, das mir auf der Durchfahrt wenig reizvoll oder gar aufregend erscheint und wo das Schlagen der Glocke im Kirchturm am Morgen, am Mittag und am Abend sicherlich die Höhepunkte des Tages markiert.

Ich weiß nicht, was ich dachte, als Aubrey mir recht knapp mitteilte, wir würden nach Südfrankreich fahren. Vielleicht hatte ich Nizza im Kopf oder Cannes, vielleicht habe ich auf Ausflüge nach Monte Carlo gehofft, auf den Blick in eine glitzernde Welt, aus der ich meiner Mutter schreiben könnte. Casinos, Abendkleider, Partys, eben jene illustre Gesellschaft, die sich normalerweise um diese Jahreszeit dort versammelt und auf die meine Mutter immer wieder neidisch schaute, weil wir uns in *Monte*, wie meine Mutter diesen exotischen Ort liebevoll nennt, als würde sie jeden Sommer dort verbringen, nicht mal eine Hundehütte hätten leisten können.

Auf keinen Fall habe ich an ein Dorf mitten im Nirgendwo gedacht, in einem kargen, felsigen Tal. Ich habe nicht an Ziegen gedacht, die mich ebenso misstrauisch mustern wie Lady Billings in London.

Erleichtert steige ich aus dem Wagen, als Aubrey endlich auf der Kiesauffahrt gebremst hat. Mir ist ein wenig übel. Die vielen Kurven, die er wahrscheinlich mit geschlossenen Augen fahren könnte, haben mich hin und her geschleudert und ermüdet.

Die meiste Zeit während der Fahrt haben wir zwar geschwiegen, aber irgendwann, kurz nach Paris, hatte Aubrey mir erzählt, dass Valette im Département Hautes-Alpes und gar nicht weit vom Meer entfernt liegt.

Hier fühle ich mich, als wäre ich noch weiter vom Meer entfernt als in Paris. Und ich habe das dumpfe Gefühl, dass ich das Meer in diesem Sommer auch nicht sehen werde. Leider.

Chateau Valette ist fast ebenso groß wie Creston Hall, wirkt aber sehr viel filigraner.

Beigefarbene Sandsteine stapeln sich zu kleinen Erkern und Türmchen mit angedeuteten Zinnen. Es wirkt verspielt und es ist, als hätte man ganz viele Stilrichtungen zu einem Haus zusammengewürfelt. Vielleicht liegt es auch daran, dass der Kern alt ist und der aktuelle Besitzer in jeder Epoche etwas Modisches hat anbauen lassen.

Ich weiß nicht genau, was ich erwartet habe. Vielleicht etwas, das den Bergen, die ich sehe, eher trotzen würde, als sich an sie zu schmiegen wie eine alternde Geliebte. Vielleicht hatte ich etwas nicht ganz so Feminines erwartet.

Vielleicht ist es auch der Kontrast zu dem Mann, der auf den Stufen steht. Er trägt trotz der Wärme ein kariertes Morgenjackett aus fester Wolle über einer weiten Hose. Seine Füße stecken in Filzpantoffeln. Vor der zierlichen Holztür hinter ihm wirkt er massig und ein wenig wie eine gröbere Ausgabe von Aubrey. Alles, was in Aubreys Gesicht genau und ebenmäßig gezeichnet ist, wirkt an diesem Mann wie mit einem breiten Pinsel seltsam verwischt. Wäre ich nicht ganz so wohlerzogen, würde ich sagen, er ist auf eine ganz und gar grobporige Art hässlich.

Unwillkürlich ziehe ich trotz der Wärme die Schultern zusammen, als mich sein Blick streift und dabei ganz ungeniert in meinem Ausschnitt hängenbleibt.

Zu meiner Überraschung legt mir Aubrey seinen Arm um die Taille und sagt: „Laurent, das ist meine Frau.“

Er betont das *meine* und es irritiert mich. Gibt es daran irgendeinen Zweifel? Warum es eine Tatsache ist, die es gesondert zu betonen gilt, erschließt sich mir nicht wirklich.

Und hatte mir Laurent eben noch die Hand entgegengestreckt, zieht er sie jetzt wieder zurück, ohne dass ich sie hatte schütteln können, was mich durchaus erleichtert. Er murmelt etwas, das wie „Willkommen", klingt, aber auch alles andere heißen könnte, dreht sich um und geht ins Haus.

Zumindest unseren Koffern nach zu urteilen, teilen Aubrey und ich uns auf Chateau Valette ein großes Schlafzimmer im ersten Stock mit Blick auf das Tal. Ein breites Messingbett steht auf weiß getünchten knarrenden Dielen. Hinter einer schmalen Holztür verbirgt sich ein schlichtes Badezimmer, in dessen Mitte eine große Zinkwanne steht, die man bei Bedarf mit heißem Wasser füllen kann. Chateau Valette ist kein Ausbund an Komfort, das wird mir schnell klar. Es ist innen so alt, wie es von außen aussieht und kaum jemand scheint sich in der letzten Zeit Gedanken darüber gemacht zu haben, es in die Gegenwart zu holen. Wenigstens gibt es Strom, wenn schon kein fließendes Wasser.

Warum wir nun wieder in einem Bett schlafen, kann ich mir nicht erklären. Vielleicht will Aubrey nicht, dass Laurent ihm Fragen stellt.

Zu meiner Überraschung essen Aubrey und ich später ohne seinen Bruder zu Abend. Ein kleiner Tisch auf der hinteren Terrasse ist nur für uns beide gedeckt, was sichtlich weder ihn noch mich heute wirklich freut.

Ich mag es zwar auch in Paris nicht, mich mit ihm durch mehrere Gänge zu schweigen und bin dankbar, wenn Aubrey lange arbeitet und sich sein Essen ins Arbeitszimmer bringen lässt, aber ich sehe sein Gesicht, seinen Körper wirklich gern. Auch wenn es mich seltsam melancholisch stimmt, kommt er mir dann oft vor wie ein schön verpacktes Geschenk, das nicht für mich bestimmt ist.

„Ihr seht euch ähnlich", sage ich schließlich hilflos in diese heute so laute Stille, nachdem eines der Mädchen den Fischgang abgeräumt und ein Lammkotelett mit Kartoffeln aufgetragen hat. Eigentlich will ich fragen, wo Laurent ist, aber ich traue mich nicht. Vielleicht habe ich Angst davor, dass Aubrey etwas sagen würde wie „Das geht dich nichts an" und dann würde ich mich noch einsamer fühlen als ohnehin schon.

Er sieht auf und ich merke, dass er mit seinen Gedanken ganz weit weg war. „Was sagtest du?"

„Laurent und du ...", wiederhole ich, „... ihr seht euch ähnlich."

Für einen Moment starrt er mich an. „Es wäre mir mehr als recht, wenn du seine Gesellschaft nicht suchen würdest."

Als ob ich das vorgehabt hätte! Ich kann mir kaum einen unsympathischeren Menschen vorstellen.

Ich zerteile mein Lamm in viele kleine Stücke, ohne zu essen, und fühle mich abgekanzelt – ein bisschen wie von meiner Mutter früher.

„Hast du keinen Appetit?", fragt Aubrey und sieht nachdenklich auf das Gemetzel auf meinem Teller.

„Nein", antworte ich leise, „hast du etwas dagegen, wenn ich mich zurückziehe?"

„Nein." Er legt sein eigenes Besteck zur Seite. „Geh ruhig."

Ich stehe auf und fliehe ins Haus. Es scheint mir seltsam still und unbewohnt, dabei ist es noch gar nicht so spät.

Oben im Schlafzimmer öffne ich Fenster und Fensterläden, bevor ich in mein Nachthemd und unter die dünne Decke schlüpfe. Es ist stickig, aber jetzt weht wenigstens ab und an ein warmer Luftzug über mich hinweg. Gott, ich hasse die Hitze, die sich selbst am Abend nicht verflüchtigt, sondern in den Räumen stehen bleibt.

Ich bin halb eingedöst, als Aubrey sich entkleidet und sich neben mich legt. Ihm schient die Hitze nichts anhaben zu können. Selten nur sehe ich eine Schweißperle auf seiner Stirn, während ich das Gefühl habe, mir alle paar Minuten über den Nacken wischen zu müssen.

Ich tue so, als würde ich schlafen. Bald atmet er tief und regelmäßig neben mir. Näher und weiter entfernt von mir könnte er gar nicht sein. Ich frage mich, ob das in allen Ehen so ist.

Vielleicht will er auch gar keinen Erben. Vielleicht will er einfach nur sagen können: Seht her, das ist meine Frau, ja, ich bin verheiratet und jetzt hört auf, mich mit euren Töchtern zu belästigen. Vielleicht hat er das gemeint, als er sagte, wir wollen von einer Ehe fast das Gleiche.

5

Als ich am nächsten Morgen zum Frühstück gehe, höre ich Aubrey und Laurent in der Bibliothek streiten. Sie sprechen schnell und sehr erregt. Ich verstehe kein einziges Wort. Die Steinwände sind zu dick, die große Holztür zu massiv. Ihre Stimmen sind ein Gemurmel und allein die Tatsache, dass ich sie überhaupt hören kann, lässt mich erahnen, wie laut sie in Wirklichkeit sein müssen.

Den Brief meiner Mutter, den ich am Tag vor unserer Abreise nach Valette erhielt, lese ich, nachdem ich mich auf der schattigeren hinteren Terrasse auf meinen Platz gesetzt habe. Nur ein Gedeck steht auf dem Tisch.

Eines der Mädchen bringt mir Kaffee und stellt mir eine Schale mit frisch gebackenem Brot auf den Tisch. Es riecht köstlich, Appetit habe ich dennoch nicht. Ich esse trotzdem ein paar Bissen, dann lehne ich mich zurück.

Creston Hall, 21. Juli 1938

Mein liebes Kind,

für eine Frau unserer Klasse gibt es drei Zustände: Unverheiratet ist wohl der schlechteste. Verheiratet zu sein, bietet schon wesentlich mehr Freiheiten und als Witwe ist man, so glaube ich zumindest, einer vollkommenen Freiheit ziemlich nahe.

Ich kann dir nur raten, nutze die Freiheiten, die dir die Ehe bietet. Ich kann mir nicht vorstellen, dass Aubrey dir Steine in den Weg legt. Oder um es deutlicher zu machen: Nimm dir einen Liebhaber!

Die Ehe ist nicht dafür da, dich glücklich zu machen. Freue dich, dass du einen Ehemann hast, bei dessen Anblick dir nicht jedes Mal die Teetasse aus der Hand fällt und der großzügig ist – es war in deiner Situation kein einfaches Unterfangen für mich, einen derartigen Mann aufzutreiben, glaube es mir. Das Leben ist eben kein Jane Austen-Roman.

Ansonsten weiß ich nicht, worüber du dich beklagst. Viele Frauen würden ohne mit der Wimper zu zucken mit dir tauschen wollen. Du lebst in Paris, bereist Frankreich und niemand legt dir Daumenschrauben an, wenn du ein Scheckbuch zückst.

Geniess dein Leben!
Mutter

„Gibt es schlechte Nachrichten?", fragt Aubrey höflich.

Er lehnt in der offenen Terrassentür. Sein Blick ruht nachdenklich auf mir.

Ich sehe kurz auf den Brief, falte ihn dann zusammen und schiebe ihn in den Umschlag zurück. Mir wird klar, dass ich meine Stirn gerunzelt haben muss und ich versuche daher, mein Gesicht zu entspannen.

„Nein, es ist nur … meine Mutter eben." Meine Stimme wird immer leiser. Vielleicht hoffe ich auch einfach, dass er nicht weiter nachfragt.

„Und? Was ist mir ihr?" Ausgerechnet heute bleibt Aubrey hartnäckig und Hitze breitet sich auf meiner Kopfhaut aus. Nein, es ist nicht nur der Sommer. Ich kann fühlen, dass ich rot werde.

Wie um Gottes willen soll ich hier in dieser Einöde einen Liebhaber finden? Es wäre in London ein leichtes Unterfangen für mich, aber selbst in Paris wäre es mir fast unmöglich. Wir haben so wenig wiederkehrende Kontakte, dass ich bei einer dieser Gesellschaften kaum jemanden in die Ecke ziehen und bespringen könnte.

„Creston Hall hat ein neues Dach und mein Bruder kann jetzt auf eine anständige Schule gehen", sage ich schließlich.

Ich würde mich dafür schon dankbar zeigen, aber er lässt mich ja nicht.

Aubrey nimmt sich eine Zigarette aus seinem Etui und zündet sie an. Ich überlege einen Moment, dann sage ich: „Gib mir doch bitte auch eine."

Falls er sich über meinen Wunsch wundert, zeigt er es nicht, sondern setzt sich zu mir an den Tisch und gibt mir Feuer.

Einen Augenblick rauchen wir schweigend und hängen beide unseren Gedanken nach, dann sagt er: „Laurent ist für ein paar Tage nach Nizza gefahren." Es liegt Erleichterung in seiner Stimme, das kann ich hören.

Ich nicke. Ich weiß nicht, warum er mir das erzählt.

Er steht unvermittelt wieder auf, so, als hätte er nur aus Versehen überhaupt Platz genommen, und drückt seine Zigarette auf eine Untertasse. „Ein alter Freund von mir kommt heute zum Dinner. Wir essen gegen acht auf der vorderen Terrasse." Er ist verschwunden, bevor ich noch etwas sagen kann.

Den Vormittag durchstreife ich Chateau Valette und sehe mir die Bibliothek an, in der Aubrey und Laurent gestritten haben. Ein schöner Raum, der zwei Stockwerke in einen der beiden Türme auf der Westseite ragt und mit französischer Literatur vollgestopft ist. Aus dem der Eingangshalle gegenüberliegenden Flügel höre ich leises Klavierspiel. Auf meinem Weg zur lauter werdenden Musik passiere ich zwei große Salons, in denen Sofas und Schränke mit weißen Laken abgedeckt sind, so, als wäre dieser Teil des Hauses gar nicht bewohnt. In ihnen tanzt der Staub in schrägen Sonnenstrahlen. Keiner der mächtigen Steinkamine sieht aus, als wäre er irgendwann in der letzten Zeit benutzt worden. Wahrscheinlich kann Laurent allein dieses große Anwesen gar nicht wirklich bewohnen und ich frage mich, warum er nicht verheiratet ist. Er scheint doch Geld zu haben. Eine Tatsache, die für einen Mann weitaus wichtiger ist als Aussehen.

In der offenen Flügeltür zum Musikzimmer bleibe ich stehen. Aubrey spielt an einem etwas verstimmten Flügel. Er tut das sehr viel besser als alles, was ich je am Klavier erreichen konnte, aber ich war mit meinen Übungen auch nicht so akribisch, wie es sich meine Mutter wahrscheinlich gewünscht hätte.

Es ist ein für meine Begriffe schwieriges Stück, in dem Läufe ineinandergreifen und Töne sich dicht umschlingen. Er spielt mit einer Nachlässigkeit, die mich fasziniert. Als er fertig ist, beugt er sich vor und legt sein Gesicht in die Hände. Er sieht so verzweifelt aus, dass ich einen Schreck bekomme und mich auf Zehenspitzen davonstehle.

Mein Gott, ich hoffe, ihm geht nicht das Geld aus. Meine Mutter würde mich umbringen.

6

Nach dem Essen sitzen Aubrey und ich schweigend unter der alten Pinie, die die Terrasse mit ihrer breiten Krone vor der stechenden Abendsonne schützt und warten auf unseren Gast. Es ist ein stiller Abend, bis auf die vielen Zikaden, die in die warme Sommerluft zirpen.

Als ich gerade glaube, dass niemand mehr kommen wird, schlägt in der Ferne eine Autotür und kurz darauf knirschen Schritte hinter mir im Kies.

„Setz dich, Jules. Das ist meine Frau."

Ich strecke unserem späten Gast des heutigen Abends meine Hand entgegen. Er beugt sich charmant zu mir herunter und deutet einen Kuss an, bevor er mir für einen Moment in Augen sieht. Seine sind unfassbar blau. Viel blauer als meine. Diese haben einen wässrigen Unterton. Seine dagegen sind so klar wie das Meer an einem ruhigen Tag.

„Enchanté, Madame", sagt Jules. Ich mag seine Stimme. Sie klingt so lebendig.

Er ist genauso groß wie Aubrey, aber muskulöser und sehr viel breiter. Seine Haut ist gebräunt und um seine Augen tanzen kleine Lachfältchen. Sie müssten beide ungefähr gleich alt sein.

Genau wie mein Mann trägt Jules gekrempelte helle Leinenhosen und ein einfaches weißes Hemd. Aber anders als mein Mann sieht Jules nicht nur elegant aus, sondern auch wie jemand, der tatsächlich körperliche Arbeit verrichtet oder es zumindest könnte, wenn er wollte.

„Es tut mir leid, dass ich das Essen verpasst habe … Geschäfte." Jules nickt Aubrey zu, bevor er sich wieder an mich wendet: „Ich habe schon viel von Ihnen gehört."

„Ich wünschte, das könnte ich über Sie auch sagen", rutscht es mir heraus und ich werfe Aubrey einen raschen Blick zu. Doch er starrt nur an mir vorbei. Ich weiß gar nicht, ob er zugehört hat.

Jules lacht und stellt zwei Flaschen Wein auf den Tisch, von denen er eine sofort öffnet und uns allen davon eingießt.

„Er ist leicht und fruchtig. Sie werden ihn lieben. Die Ernte vor zwei Jahren war wirklich etwas ganz Besonderes."

„Sie haben ein Weingut?", frage ich nach.

„Es ist nicht so groß wie Chateau Valette, aber ich habe eine gute Lage und im Gegensatz zu Laurent und Aubrey weiß ich auch, was ich tue."

Er sagt es leichthin, aber der spitze Unterton lässt mich aufhorchen und mir entgeht nicht, wie Aubrey aufsieht. Die beiden Männer mustern sich einen Augenblick. Ich habe nicht den Eindruck, dass sie sich besonders mögen und ich frage mich, was Aubrey unter dem Begriff *Freund* versteht.

„Der Wein ist großartig", unterbreche ich schließlich, nachdem ich einen Schluck getrunken habe, die seltsame Stille.

Jules lächelt mir zu und lehnt sich schließlich zurück. „Das freut mich. Aber nun zu Ihnen, Madame: Jetzt, da Sie hier so vor mir sitzen, kann ich gut verstehen, dass Aubrey von Ihnen ganz hingerissen ist."

„Ist er das, ja?" Ich blinzelte in die schräg stehende Sonne, während eines der Mädchen abräumt und danach eine Schale mit frischen Feigen auf den Tisch stellt. Ein letzter Sonnenstrahl malt mithilfe der Äste der knorrigen Pinien filigrane Muster auf den Tisch. Dann versinkt der Feuerball hinter dem Haus und die Schatten werden binnen Minuten länger und breiter. Es ist, als hätte sich die nahe Nacht tagsüber unter den Büschen versteckt, die den Kiesvorplatz säumen, um jetzt wieder hervorzukriechen und ihre Hände nach uns auszustrecken. Anders als in London ist es hier nicht lange dämmrig, habe ich festgestellt. Ist die Sonne untergegangen, wird es schnell dunkel.

„Und Sie, Jules? Gibt es eine Frau, die von Ihnen ganz hingerissen ist?" Ich ertappe mich dabei, wie mein Blick für einen Moment begehrlich über seinen Körper huscht. Es scheint mir ewig her zu sein, dass mich jemand berührt hat, dass ich berührt wurde und Jules ist durchaus attraktiv.

Wieder sieht er mir ein paar Sekunden lang tief in die Augen, fährt sich dann ganz kurz mit der Zunge über die Lippen und lacht. „Aber nein. Sehen Sie, im Gegensatz zu Aubrey kann ich es mir nicht leisten, eine arme, aber außergewöhnlich schöne Frau zu heiraten."

Ich weiß nicht, ob ich beleidigt oder geschmeichelt sein soll und sehe, wie sein Blick zu meinem Ausschnitt wandert.

„Das ist natürlich sehr bedauerlich für Sie", entgegne ich schließlich.

„Und Sie?" Jules greift in seine Tasche, zieht ein Zigarettenetui hervor, klappt es auf und hält es mir entgegen.

Ich greife zu und als er sich vorbeugt, um mir Feuer zu geben, kommt er mir sehr nahe. Ich kann die Seife auf seiner Haut riechen, die Sonne des vergangenen Tages, grüne Wiesen und den Wein, den wir trinken. Ich atme all diese Düfte tief in mich ein, muss ich doch wahrscheinlich lange von dieser intimen Geste zehren.

Wir rauchen einen Moment lang schweigend und er zündet mit seinem Feuerzeug die Windlichter an, die eines der Hausmädchen vorhin gebracht hat.

„Was ist mit mir?", frage ich nach.

„Was treiben Sie den ganzen Tag, während sich die beiden Brüder streiten oder arbeiten?"

„Jules!" Aubreys Ton hat etwas Warnendes und unser Gast lächelt darüber hinweg.

„Dieses und jenes", antworte ich rasch, um der Situation die Spannung zu nehmen, und blase den Rauch langsam aus. „Ich gehe spazieren oder ich schreibe." Hastig füge ich hinzu: „Kleine Gedanken, kleine Prosastücke. Nichts Besonderes, aber ich denke, es ist das Einzige, was ich wirklich kann. Jetzt halten Sie mich sicherlich für überspannt."

Ich denke an Mademoiselle Ferange und daran, wie gerne sie die kleinen Geschichten las, die ich mir ausdachte. Ich glaube, es waren diese wenigen Momente, in denen wir uns mochten.

Aber was hilft Schreiben, wenn alles, was man braucht, ein Ehemann ist? So jedenfalls hatte mich auch Mademoiselle Ferange immer angesehen. Ein wenig mitleidig. Ich las es in ihren Augen, ohne dass sie es mir hätte sagen müssen.

„Nein, ich halte Sie keineswegs für überspannt", sagt er, aber ich sehe, dass ihn meine Worte ratlos zurücklassen.

Zu meiner Überraschung ruht dafür Aubreys Blick auf mir. Diesmal sieht er nicht an mir vorbei, diesmal sieht er mich wirklich an. „Das hast du mir nie erzählt."

„Du hast nie gefragt", gebe ich beherrscht zurück. Etwas in mir beginnt zu brodeln. Er hat sich die ganze Zeit nicht für mich interessiert. Was zum Henker denkt er eigentlich, womit ich meine Tage in Paris verbringe? Einer Stadt, in der mich niemand kennt und in der ich niemanden kenne. Ich kann doch nicht ständig nur einkaufen gehen.

„Vielleicht lassen Sie mich eines Tages daran teilhaben." Jules steht auf. „Aber jetzt muss ich mich auch leider schon wieder verabschieden. Morgen wartet Arbeit auf mich. Es war mir eine Freude, Madame." Er winkt Aubrey zu, der ihm nachsieht. Während er zum Wagen geht, ruft er: „Danke für die Einladung. Ich werde mich revanchieren."

Ich trinke noch einen Schluck Wein. Ich kann mir keinen Reim auf Jules machen. Nichts ergibt einen Sinn. Es kommt mir vor, als wäre ich hier in Valette Teil eines Spieles, dessen Regeln mir niemand erklärt hat.

„Ich gehe zu Bett", sage ich schließlich und schiebe den Stuhl zurück.

„Er gefällt dir, nicht wahr?" Aubrey schlägt die Beine übereinander. Die Dämmerung hat sein Gesicht schon fast verschluckt und die Kerzen auf dem Tisch werfen nur spärliches Licht auf unsere Gläser.

Ich sage nichts. Was für eine Frage! Hätte er nicht fragen sollen, ob ich ihn mag? Aubreys Englisch ist so gut, dass ich nicht glaube, dass er sich nur ungeschickt ausgedrückt hat und ich weiß auch gar nicht, ob mir Jules wirklich gefällt. Er ist auf eine andere Art attraktiv als

Aubrey. Er hat sich ein wenig jugendlichen Überschwang bewahrt und das finde ich durchaus reizvoll. Ich muss daran denken, was meine Mutter geschrieben hat: Ich solle mir einen Liebhaber nehmen.

„Was meinst du damit?“

Aubrey bläst Rauch aus. „Er ist ein attraktiver Mann.“ Etwas leiser fügt er hinzu: „Das war er schon immer.“

Vielleicht ist Jules seine Gabrielle, schießt es mir durch den Kopf. Nun, was auch immer die Geschichte dieser beiden Männer ist, ich werde wahrscheinlich auch darüber nichts erfahren.

Langsam steht Aubrey auf und kommt um den Tisch herum auf mich zu. Er bleibt direkt vor mir stehen.

So nahe kommen wir uns selten, höchstens einmal aus Versehen. Ich kann seinen Atem auf meiner Nase spüren. Sacht schiebt er mir seinen Zeigefinger unters Kinn. Ich öffne den Mund, will protestieren, doch Aubrey presst seine Lippen auf meine. Ich bin so überrascht, dass ich ganz stillstehe, es kaum wage, mich zu rühren. Sein Mund schmeckt nach Wein. Ich bin so verwirrt, dass ich diesen ungewöhnlichen Beweis seines Begehrens gar nicht genießen kann. Zu viele Gedanken gehen mir durch den Kopf und ich kann keinen einzigen davon festhalten. Die Glut meines Ärgers entflammt sich am Streichholz des Begehrens.

Aubrey beißt zart auf meine Zunge, hält sie fest und schiebt seine Hand in meinen Nacken. Ich seufze an seinem Mund. Ich will, dass mich dieses schöne Gesicht weiter küsst, dass er nie wieder aufhört, mich nicht mehr loslässt. Und gleichzeitig möchte ich innehalten und ihm in die Augen sehen. Ich würde so gerne verstehen.

Es ist das erste Mal, dass er mich küsst. Wirklich küsst. Nicht auf die Wange, nicht auf die Stirn und nicht vor anderen, um den Schein zu wahren.

Aubrey drängt mich mit wenigen Schritten zum Stamm der Pinie. Eine einzelne Laterne steht daneben. Jetzt sind die Schatten nicht mehr zart und fein, sondern grob und dunkel. Ich spüre die Rinde des Baumes an meinem Rücken, höre, dass der Stoff meines Kleides reißt. Gierig schiebe ich meine Hand unter Aubreys Hemd, fühle zum ersten Mal seine warme Haut unter meinen Fingern. Blind taste ich abwärts, bis zu seinem Hosenbund.

„Non", flüstert er in meinen Mund und schiebt meine Hand weg, während er gleichzeitig meinen Rock anhebt, mit seinen Fingern meinen Oberschenkel entlangfährt und mir ein Stöhnen entlockt. Ich spüre wie seine Finger den Punkt mühelos erreichen, den Richard Wolsey nur mit Hilfe gefunden hat, und presse atemlos meinen Mund fester auf seinen. Alles, was ich denke, rutscht aus meinem Gehirn heraus, wie kochende Milch, die über den Rand eines Kochtopfes schwappt. Ich schließe die Augen und lege den Kopf in den Nacken, während Aubrey meine Kehle küsst und mit der Zunge diese wunderbare kleine Vertiefung liebkost, an der sich beide Schlüsselbeine treffen. Wieder streicht er mit seinen Fingern über meine Haut und ich fühle ein Zucken in meinen Knien, meinen Schenkeln – ein Beben, das mich alles vergessen lässt.

Würde Aubrey nicht rasch seine freie Hand in meinen Rücken schieben und mich abstützen – meine Beine könnten mich allein nicht tragen. Einen Augenblick lang hält er mich so und ich fühle mich sicher.

Dann lässt er mich langsam los, zieht seine Hand aus meinem Schoß und hält sie vor sein Gesicht. Seine Augen weiten sich, als er die zwei, drei Tropfen erkennt, die an seinem Mittelfinger entlang laufen. Hellrotes Blut.

„Ich wusste nicht ...", flüstert er.

Ich erröte zum zweiten Mal an diesem Abend und kann ihm nicht in die Augen sehen. „Ich habe viel getan, aber das nicht."

Er nickt, als müsse er bestätigen, was ich gesagt habe, und küsst mich sanft auf die Stirn. „Ich wünschte, ich hätte ..." Abrupt dreht er sich um und geht aufs Haus zu.

Ich bleibe zurück und gleite am starken Stamm der Pinie hinab, bis ich sitze. Kleine Steinchen bohren sich in meine Haut. Ich nehme den Schmerz wahr und doch ist er mir gleichgültig. Ich würde gerne verstehen, aber meine Gedanken zerfasern sich wie die schwarzen Wolken in der untergangenen Sonne.

Ich weiß nicht genau, wie lange ich dort gesessen habe. Auf jeden Fall bis weit in die Nacht. Vielleicht habe ich auf etwas gewartet, vielleicht auf Aubrey.

Doch niemand kommt. Ich bleibe allein.

Als ich später zu Bett gehe, höre ich leises Klavierspiel. Ich glaube nicht, dass er heute Nacht neben mir schlafen wird.

7

Aubreys Bettseite ist unangetastet, als ich am nächsten Morgen aufstehe. Ich bin froh, dass ich ihm nicht begegne, als ich zum Frühstück gehe und dass ich in der Bibliothek später allein bin. Ich ziehe wahllos ein Buch aus dem Regal und setze mich in einen der Sessel vor dem Fenster. Zwar blättere ich Seiten um und meine Augen huschen über die Zeilen, aber ich verstehe kein Wort und meine Gedanken sind ganz sicher nicht bei der Geschichte, sondern bei etwas ganz anderem.

Was Aubrey mit mir letzte Nacht tat, war auf eine Weise kunstvoll, wie ich sie noch nie erlebt habe. Richard, Steven oder Paul, unser Stalljunge – ich habe mit einigen Männern Dinge getan, die mir durchaus Freude bereiteten, aber keiner von ihnen war derartig geschickt. Ich frage mich, warum er mich sonst nicht anrührt. Wo befriedigt er sein Verlangen sonst? Dass er verlangt oder begehrt, steht für mich außer Frage. Zumindest bin ich mir jetzt ziemlich sicher, dass er nicht wie Onkel Gregory ist, aber mehr weiß ich eigentlich nicht.

Ich zucke zusammen, als Aubrey eintritt und sich gegen das Bücherregal neben mir lehnt. Das Buch in meiner Hand klappe ich zu, während Aubrey den Einband mit einem amüsierten Lächeln streift. Jetzt erst sehe ich auf den Titel. *Les liaisons dangereuses von Choderlos de Laclos – Gefährliche Liebschaften.*

„Es wäre mir übrigens ziemlich gleichgültig, hättest du einen Liebhaber." Er sagt es so beiläufig, dass ich für einen Moment glaube, ich hätte mich verhört, aber es ist, als hätten seine Worte einen Nachhall, der den Raum nicht mehr verlässt. Der zwischen uns wabert und von der Holztäfelung immer wieder zurückgeworfen wird. Wortlos legt er mir für einen Moment seine Hand auf den Kopf, bevor er die Bibliothek verlässt.

Seine Finger waren angenehm warm. Zurück bleibt jedoch eine kühle Stelle an meinem Scheitel. Vielleicht fühlen sich so Hunde, wenn sie getätschelt werden. Vielleicht ist es nicht die Berührung, die man ersehnt, sondern die Kälte danach, die man fürchtet.

Wenig später höre ich den Motor seines Wagens. Ich bin allein im Haus und gehe rastlos durch fast alle Zimmer, bis ich mich schließlich doch in die Hitze des Tages wage und den Steinstufen den Hang hinab folge. Sie führen im Bogen und über eine weitere Terrasse mit einer Steinbank zu einem Pool, der aussieht, als wäre er in die Felsen des Berges geschlagen. Darunter fällt das Gelände steil bis ins Tal ab. An den bewaldeten Hängen gegenüber erkenne ich ein weiteres Landhaus. Nicht so groß wie Chateau Valette. In seinen Fenstern blitzt die Sonne auf und vor mir glitzert das Wasser verführerisch blau.

Ich hebe meinen Rock an, hocke ich mich an den Rand und tauche erst einen Fuß vorsichtig in das kalte Wasser, dann setze ich mich und halte meine Beine in den Pool. Ich seufze auf. Die Kälte lässt mich kurz erschauern, dann empfinde ich sie als so angenehm, dass ich beschließe, hier erst einmal sitzen zu bleiben.

Ich wische mir Schweiß aus dem Nacken. So kann man es aushalten. Sicher, ich könnte meinen Bade-anzug holen, jetzt wo ich weiß, dass es hier einen Pool gibt. Auf der anderen Seite ist alles, wozu ich mich gerade in der Lage sehe, hier zu sitzen. Ich wünschte, nicht jeder Gedanke, der durch meinen Kopf jagt, wäre eine Frage, auf die ich keine Antwort weiß. Ich wünschte, meine Gedanken würden aufhören, sich zu drehen. Aber sie kreisen unablässig, wie die Flügel einer Windmühle. Sie finden keinen Anfang und auch kein Ende. Sie kommen nicht, sie gehen nicht. Sie sind immer da.

Es wäre ihm gleichgültig, hätte ich einen Liebhaber. Ich verstehe das nicht. Warum hat er mich dann überhaupt geheiratet? Ist das in allen Ehen so? Ist es das, was meine Mutter meinte? Vielleicht, überlege ich, befremdet es mich am allermeisten, dass er es so direkt aussprach.

Unvermittelt drehe ich mich um, weil ich glaube, beobachtet zu werden. Zunächst kann ich niemanden entdecken, aber dann nehme ich plötzlich eine Gestalt auf der oberen Terrasse wahr. Ich erkenne Laurent bereits an seiner Statur. Ich dachte, er wäre in Nizza.

Langsam kommt er auf die Treppe zu und steigt Stufe um Stufe herab. Es ist mir unangenehm. Ich will allein sein. Als er die Hälfte erreicht hat, höre ich, dass Aubrey seinen Namen ruft, so wie man einen Hund ruft, der nicht sonderlich gehorsam ist. Aubrey muss, für mich unsichtbar, weiter oben stehen. Laurent hält inne. Er ist dicht genug bei mir, sodass ich sehen kann, wie er mich anlächelt, bevor er sich in Richtung des Hauses umdreht. Ich mag sein Lächeln nicht. Es gefällt mir ebenso wenig wie der Mann, zu dem es gehört.

Wieder in meinem Zimmer, gleite ich mit dem Finger über die Auswahl an Abendkleidern, die ich mitgebracht habe: zu formell, zu geschlossen, zu warm. Mein Blick fällt auf ein Kleid, das ich noch nie getragen habe. Lang und schmal fällt die rauchblaue Seide an meinem Körper herab, am Rücken weit ausgeschnitten. Es wirkt sommerlich und ohne großen Schmuck auch leger genug für einen Abend wie heute.

Als ich den gedeckten Tisch auf der vorderen Terrasse erreiche, sitzen Aubrey und Jules sich gegenüber. Aubrey hatte mir durch das Mädchen, das hier meine Haare macht, ausrichten lassen, dass wir ihn zum Abendessen erwarten. Ich hatte aber weder Aubrey noch Laurent den Tag über noch einmal gesehen. Vielleicht ist Laurent wieder abgefahren.

Ich höre, dass Aubrey leise etwas zu Jules sagt. Seine Stimme klingt scharf, aber leider verstehe ich nicht, was er sagt.

Er steht sehr energisch auf und rückt mir den Stuhl zurecht. Ich setze mich wortlos.

„Sie sehen heute Abend bezaubernd aus, Madame." Jules beugt sich vor und haucht wieder einen Kuss auf meinen Handrücken.

„Danke." Ich schenke ihm ein Lächeln und vermeide es, Aubrey anzusehen, bevor ich Fleisch und Gemüse auf meinem Teller hin und her schiebe.

„Ich habe heute einen Rotwein mitgebracht, der ausgezeichnet passt. Leicht gekühlt ist er auch an warmen Sommerabenden ein Genuss. Darf ich?" Jules hält mir die Flasche hin.

Ich reiche ihm mein Glas. „Sehr gern."

Er hat nicht zu viel versprochen. Perlend breiten sich alle roten Früchte des Sommers in meinem Mund aus. „Großartig! Erzählen Sie mir von Ihrem Weingut, Jules. Bewirtschaften Sie es ganz allein?"

„Aber nein." Er lacht und schlägt die Beine übereinander, während ich nun doch ein Stückchen Kartoffel esse. Es schmeckt köstlich salzig und nach einem Hauch von Rosmarin.

„So ein Weingut ist eine Menge Arbeit. In der Saison beschäftige ich fast hundert Arbeiter, die sich um die Reben kümmern. Das ist eine anstrengende Arbeit, die viel Fingerspitzengefühl erfordert."

Ich schiebe den Teller zurück. „Fühlen Sie sich hier manchmal einsam?"

Für einen Moment werden seine blauen Augen ernst. „Manchmal sicherlich. Das Leben hier ist nicht für jeden das Richtige." Mit einem Seitenblick lässt er keinen Zweifel daran, dass er nicht glaubt, dass Aubrey für dieses Leben geschaffen ist.

Jules steht auf und legt seine Serviette auf den Tisch. „Darf ich deine reizende Frau für ein halbes Stündchen entführen? Ich würde ihr gern den Sonnenuntergang am Hang zeigen. Dort am kleinen Mäuerchen auf dem Weg zum Pool."

Aubrey nickt abwesend und Jules streckt mir seine Hand hin. „Na?"

Ich schiebe meine schmalen Finger zwischen seine, die mich warm umfassen und sehe einen Moment unglücklich auf meine hochhackigen Sandaletten.

„Lassen Sie sie einfach hier." Jules lacht.

Dankbar steife ich die Schuhe ab. Hatte ich eben noch erwartet, dass er meine Hand wieder loslassen würde, so sehe ich mich getäuscht. Er hält sie noch fest, während wir um das Haus schlendern. Mit der anderen Hand raffe ich mein Kleid, als wir die Stufen erreichen und lasse es erst wieder los, als wir die Hälfte davon hinabgegangen sind und das kleine Plateau mit der Steinbank oberhalb des Pools erreichen. Tatsächlich schiebt sich gerade ein roter Feuerball hinter den Berg und taucht uns in flirrend orangefarbenes Abendlicht.

„Hier auf dem Chateau ist das die schönste Stunde des Tages", sagt Jules leise und hebt meine Hand zu seinem Mund. Seine Lippen liegen weich auf meiner Haut.

Ich schließe die Augen. Es ist kein Hunger, der in meinem Magen wühlt. Es ist Begehren. Aber ich begehre nicht Jules. Ich begehre es, begehrt zu werden. Ich sehne mich danach, mit einer Berührung gemeint zu sein. Ich weiß nicht, ob ich mit Jules schlafen will, aber da ist dieses Stechen in meinem Herzen. Mein Mann will mich offenbar nicht. Jules dagegen schon und er ist ein attraktiver Mann. Irgendwie erleichtert es mich, dass sein Interesse an mir seltsam oberflächlich bleibt. Es scheint nur meinen Körper zu betreffen.

Ich mache mich los, trete einen Schritt zurück und lehne mich gegen die Steinmauer. Die untergehende Sonne leuchtet mich an. Jules legt seine Handflächen rechts und links von mir gegen die Steine. Er berührt mich an keiner Stelle meines Körpers, nur sein Atem streift meine Nase, bevor er mich küsst und dabei seine Hose öffnet und danach meinen Rock hochschiebt. Ich seufze an seinem Mund. Aubrey hat es nicht anders gewollt, schießt es mir noch durch den Kopf, bevor alle Gedanken in keuchendem Atem versinken.

Der Feuerball ist inzwischen versunken. Jules fährt sich durchs Haar, zupft an meinem Kleid, zieht mich nach vorn und wischt kleine Steinchen von meinem geschundenen Rücken. Fast könnte man seine Gesten missinterpretieren. Sie könnten liebevoll gemeint sein, aber das sind sie sicher nicht. Sie fühlen sich so routiniert an, dass ich mich frage, mit wie vielen Frauen Jules hier schon geschlafen hat.

Als ich in Richtung des Hauses sehe, tanzt der Glutpunkt einer Zigarette auf der Terrasse.

Laurent oder Aubrey.

Ich glaube, es ist mein Mann, der dort steht und ins Tal sieht. Und damit auch uns.

8

Als ich aus dem Bad komme, liegt Aubrey auf dem Bett und raucht. Er hat die Nachttischlampe angeknipst. Ein Falter flattert um den Schirm.

Wir starren uns einen Moment lang an. Am liebsten möchte ich schweigen. Ohne Eile schwingt er seine Beine über die Bettkante und steht auf. Sanft drückt er die Zigarette in den Aschenbecher.

„Komm her." Er streckt seine Hand nach mir aus und ich bin so verwirrt, dass ich ein paar Schritte auf ihn zu mache. Sein Mund schmeckt warm nach Rauch, als er mich küsst.

Ich mache mich los. Ich verstehe nicht, warum er das tut.

„Es tut mir leid …", sage ich leise und sehe zu Boden. „… ich …"

Er legt seinen Finger auf meine Lippen und fährt mit der anderen Hand weiter über meinen Körper. Dann gibt er mir einen leichten Stoß und ich falle rückwärts auf das Bett.

Vorsichtig kniet er sich davor und vergräbt seinen Kopf in meinem Schoß.

Ich kann meine Augen nicht öffnen. Nein, ich kann mich gar nicht mehr rühren. Nur am Rande meines Bewusstseins nehme ich wahr, dass er die Innenseite meines Schenkels wie zum Abschied küsst.

Ich bleibe bewegungslos liegen und halte den Atem an. Als ich schließlich die Augen öffne, flattert der Falter ziellos an der weißen Zimmerdecke hin und her und Aubrey ist verschwunden.

Auf gar keinen Fall will ich darüber nachdenken, was gestern passiert ist. Rückblickend scheint es mir noch unaussprechlicher als am Abend zuvor. Ich müsste an meine Mutter schreiben. Unschlüssig drehe ich den Stift in meiner Hand. Ich weiß nicht, was ich erzählen soll oder kann. Vielleicht würde sie verstehen, was hier passiert, vielleicht könnte sie es mir erklären, aber ich habe das dringende Bedürfnis, es allein zu begreifen und selbst dahinterzukommen. Es ist wie ein Puzzle, vor dessen Teilen ich sitze. Alle sind da, aber keines will zum anderen passen.

Gott, ich wünschte mir, Aubrey wäre wie Onkel Gregory. Vieles wäre dann leichter. Auf der anderen Seite müsste ich auf das verzichten, was er mit mir tut. Und ich weiß nicht einmal, warum er es tut. Ich bin wie der Nachtfalter, der gestern an der Decke umherirrte, ich will zur Sonne und erwische doch nur Glühbirnen.

Dass mir in diesem Haus ausgerechnet der dunkelste Raum im Haus ein Trost ist, erscheint mir seltsam. Gabrielle oder meine Mutter – sie würden wohl den ganzen Tag auf einer der schattigen Terrassen sitzen oder am Pool liegen und sich daran erfreuen, dass sie in Frankreich sind. Mir wäre es lieber, wenn sich hinter den Fenstern der Bibliothek satte grüne Wiesen erstreckten und nicht Reben den Hang hinaufkletterten. Die wenigen grünen Flecken Gras, die es hier gibt, sind der Natur nur mit viel Wasser mühsam abgerungen und das mag ich nicht.

Ich starre zur Tür, als Aubrey hereinkommt und sich den Stuhl gegenüber vom Schreibtisch heranzieht.

„Wenn du mit deiner Korrespondenz fertig bist, brechen wir auf“, kündigt er schließlich an.

„Wohin?“

Er tippt mit dem Finger auf den Tisch und dreht kurz den Kopf zum Fenster. „Ich bringe dich für ein paar Tage zu Jules.“

Es klingt, als wäre ich ein Kind, das beaufsichtigt werden muss und gerade niemand Zeit dafür hat.

„Ich möchte gerne hierbleiben“, sage ich bestimmt und weiß sehr wohl, wie trotzig sich das anhört.

Er zieht seine geschwungenen Augenbrauen hoch. „Es geht nicht. Ich möchte dich einige Zeit nicht hier wissen, wenn Laurent zurückkommt.“

Jetzt schiebt Aubrey seine Hand über den Tisch und legt seine Finger auf meine. „Kannst du es nehmen, wie es ist?“

Was nehmen, wie ist es? So sehr ich seine Geste genieße, so sehr verunsichern mich seine Worte. Vielleicht sollte ich meine Hand wegziehen, aber ich bin so dankbar für diesen Krümel seiner Aufmerksamkeit, dass ich mich wie gelähmt fühle. Gleichzeitig habe ich mich nie einsamer gefühlt. Nicht mal, als ich früher allein durch Creston Hall wandelte, wenn meine Mutter sich im Winter über Wochen allein in London vergnügte. Ich kann es nicht verhindern. Ich spüre, dass meine Augen feucht werden. Mein Blick verschwimmt und ich lege meine zweite Hand auf seine. „Ich wusste nicht, dass es so sein würde“, sage ich.

Für einen Moment sieht er fast zärtlich auf seine Hand, die zwischen meinen liegt. „Ich dachte ...“ Er bricht ab und schüttelt den Kopf.

„Was?", frage ich leise. Ich habe das Gefühl, ich habe ihn enttäuscht und ich weiß nicht einmal womit. Mir scheint, er sieht mich an wie eine teure Anschaffung, die er bereut, die am Ende das Geld doch nicht wert war.

„Nichts", sagt er schließlich.

Vorsichtig löst er jeden einzelnen meiner Finger und streift meine Hand so nachlässig ab, als wäre sie ein In-sekt, das sich irrtümlicherweise auf ihm niedergelas-sen hat, und verlässt die Bibliothek.

Ich bleibe zurück und zerknülle den Briefbogen vor mir, obwohl ich noch keine Zeile geschrieben habe. Wir können jetzt gleich fahren, es ist mir wirklich einerlei.

Aubrey lenkt den Wagen schweigend den Berg hinun-ter, bis er für eine Ziege auf der Straße bremsen muss. Er steigt nicht aus, um das Tier zu vertreiben, er hupt auch nicht, er starrt sie nur an.

„Laurent hat mich früher mit in die Weinberge ge-nommen", sagt Aubrey unvermittelt, ohne mich anzu-sehen. „Ich musste Ziegen mit einem Seil fangen und ihnen die Kehle durchschneiden, während er mir zu-sah. Ich habe erst sehr viel später begriffen, dass Ziegen in jeden Weinberg gehören, um ihn zu pflegen. Was wusste ich damals schon? Ich war acht oder neun und Laurent vierzehn. Ich hatte Angst vor ihm und tat, was er mir sagte."

Während seiner Schilderung halte ich die Luft an und atme schließlich tief aus. „Wusste er, dass die Ziegen ei-gentlich nützlich sind?"

„Oh ja, sehr genau sogar."

„Hast du immer noch Angst vor ihm?"

„Nein, heute ist es andersherum."

Ich habe jetzt eine schwache Ahnung, warum er mich zu Jules bringt. Ich bin sicher, er hat mir das erzählt, damit ich verstehe, aber so ganz komme ich trotzdem nicht mit. Vielleicht hat er auch nicht bedacht, dass er dabei sehr viel mehr über sich selbst preisgibt als über Laurent.

„Hast du ihn eigentlich geliebt?" Aubrey wirft mir einen raschen Blick zu, bevor er wieder nach vorn sieht.

„Wen?", frage ich verblüfft.

Er zündet eine Zigarette an und reicht sie mir, bevor er sich selbst noch eine nimmt.

„Richard Wolsey", sagt er schlicht.

Es überrascht mich nicht, dass er seinen Namen kennt. Ich glaube, er weiß einfach immer all das, was er eben wissen muss oder will.

Die Ziege hebt den Kopf und wackelt mit den Ohren, bleibt aber stehen.

„Ich dachte das eine gewisse Zeit lang", sage ich freimütig. „Aber nein, nicht wirklich." Ich schnippe Asche über die Seitentür auf die staubige Straße. „Trotzdem glaubte ich, er würde mich heiraten. Ich war dumm. Eigentlich weiß ich doch, dass Liebe nur etwas für arme Menschen ist."

„Du *warst* arm." Ein Lächeln huscht über seine Lippen. „Arm wie eine Kirchenmaus."

Ich schlucke. „Ja, ich war arm und Richard dummerweise auch." Ich frage mich ehrlich, ob ich mit ihm glücklich geworden wäre. Wobei das bei Aubrey genauso ist. Vielleicht geht es darum auch gar nicht.

„Gibst du deshalb so wenig von meinem Geld aus? Weil du es nicht gewöhnt bist?"

Überrascht sehe ich ihn an. „Ich habe in Paris ein kleines Vermögen für Kleider bezahlt.“

Er zieht eine Augenbraue hoch. „Du hast dich einmal neu eingekleidet und seitdem fast keine Ausgaben. Himmel, deine Mutter nimmt sich mehr vom Kuchen als du.“

Ich zucke schweigend mit den Schultern. Soll ich mehr ausgeben, damit er kein schlechtes Gewissen mehr hat? Ich komme langsam wirklich nicht mehr mit.

„Ich habe doch mein Stück vom Kuchen“, entgegne ich leise.

Er sieht er mich verblüfft an. „Das wäre?“

„Freiheit.“

Ich lese Mitleid in seinen Augen, als er sagt: „Das ist Freiheit für dich?“

Mehr als ich je hatte … glaube ich zumindest. Und hat es mir so nicht auch meine Mutter erklärt? Ich nicke schweigend.

„Hast du nicht einfach deine Mutter gegen mich eingetauscht?“, fragt er sanft.

„Du zumindest sagst mir nicht, wohin ich zu gehen habe.“

Aubrey sieht mich an, als wäre ich verrückt. „Tue ich nicht genau das gerade?“

Ja und nein.

„Ich könnte dich ja verlassen und nicht einmal meine Mutter könnte mir dann noch sagen, was ich zu tun habe.“

„Warum tust du es nicht?“ Ich höre keinen Ärger, sondern ehrliches Interesse in seiner Frage.

Ich könnte ihm jetzt sagen, dass ich auf eine ganz bestimmte Art gern mit ihm verheiratet bin. Ich sehe gern in sein Gesicht und liebe es, wenn er mit mir spricht, so wie heute. Solche Momente hatten wir bisher nicht oft. Ein, zwei Mal in Paris, nach einem Konzert, nach einer Abendgesellschaft. Wir hatten uns über Musik unterhalten und über meine französische Gouvernante. Und jedes Mal, so wie heute, habe ich das Gefühl, dass etwas unglaublich Schönes mit mir geschieht. Etwas, das man nicht benennen kann. Genauso wie in den Momenten, in denen er mich berührt.

„Bisher hast du noch nichts von mir verlangt, was ich nicht zu geben bereit war", sage ich nach einigem Nachdenken und ich habe den Eindruck, dass seine Augen sich etwas weiten.

Wie viele Ehemänner es da draußen wohl gibt, die ihre Frauen zu ihren Liebhabern fahren? Vielleicht mehr, als ich mir je hätte vorstellen können.

„Du bist überwiegend höflich zu mir", erkläre ich, weil er nichts sagt, und finde, dass es sich hilflos anhört. Trotzdem spreche ich weiter: „Ich kann meist selbst über meine Zeit bestimmen und ich muss niemals an der Milch in meinem Tee sparen. Und ich weiß, meine Mutter wird dies auch nie wieder tun müssen."

Er sagt immer noch nichts und raucht. Ich hätte ihn gerne noch einmal gefragt, was bei dieser Ehe eigentlich für ihn herausspringt, aber die Ziege senkt den Kopf und trottet weiter.

Aubrey gibt Gas. Was auch immer das für ein Moment war, er ist verflogen.

9

Montagenet, Jules' Weingut, ist wesentlich kleiner als Chateau Valette und liegt auf der anderen Seite des Tals. Ich habe es schon vom Pool aus gesehen. Es ist kein Schloss, sondern ein altes Steinhaus, das aussieht wie das Anwesen eines wohlhabenden Bauern. Ich bezweifele, dass es darin Salons, eine Bibliothek und einen Flügel geben wird und ich behalte recht.

Schon von außen kann man ahnen, dass Reichtum in diesem Haus genug zu essen und einfache und stabile Möbel bedeutet – ein Eindruck, der sich im Inneren bewahrheitet. In der großen Eingangshalle steht ein schnörkelloser großer Holztisch vor einem riesigen Steinkamin. An jede Seite passen acht Stühle, die ebenso wuchtig aussehen. Sonst gibt es nichts – keinen Teppich, keine Vitrine, keine Kommode und als Schmuck hängt das große Porträt einer Frau an der Wand.

Es gibt nur eine Handvoll Schlafzimmer. Ich bekomme eines davon auf der kühleren Nordseite. Von dem schmiedeeisernen Balkon, zu dem sich breite Glastüren öffnen, reicht der Blick über den Ort bis hinüber zum Chateau. Ich kann den Turm, in dem sich die Bibliothek befindet, sehen und darunter die Terrasse mit dem Pool.

Jules sucht mich in jeder Nacht auf, die ich bei ihm verbringe, und ich weise ihn nicht ab. Zum ersten Mal begreife ich, was es bedeutet, wenn in Büchern steht, ein Mann sei ein rücksichtsvoller Liebhaber. Denn das ist er durchaus. Nicht auf diese versessene Weise, mit

der Aubrey auf mein Vergnügen zu lauern scheint, aber
doch mit einer gewissen Hingabe.

Trotzdem bleibt eine Kälte zwischen Jules und mir,
die ich mir nicht ganz erklären kann, und ich habe oft
den Eindruck, dass er an eine andere Frau denkt. Doch
das ist mir wirklich ganz und gar egal. Es ist mir auch
auf eine sehr merkwürdige Art gleichgültig, ob er zu
mir kommt oder nicht. Ich begrüße die Freuden, die er
mir schenkt und gleichzeitig wäre ich nur sehr wenig
betroffen, wäre er zu beschäftigt, um mit mir zu schlafen.

Einmal liebt er mich im Stehen auf dem Balkon und
ich habe dabei das Gefühl, dass er es genießt, dass ich
dabei zum Schloss hinübersehen kann, dass man ihn
und mich sehen könnte.

Seine Tage verbringt er, ähnlich wie Aubrey, mit Arbeit, während ich mit meinem Geschreibsel auf der
schattigen Terrasse sitze. Es ist nach einem Gewitter in
den letzten Tagen etwas kühler geworden und ich kann
freier atmen.

Wir essen meist gemeinsam zu Abend und plaudern
über dieses und jenes. Die Gespräche mit Jules sind ro-
buster als die mit Aubrey. Ich muss weniger überlegen
und kann spontaner antworten. Er war noch nie in
England und ich berichte viel von zu Hause, was mich
bei ihm seltsamerweise wenig melancholisch stimmt.
Ich erinnere mich eher an die skurrilen Eigenheiten
meiner Heimat und wir lachen gemeinsam über
Klatsch und Tratsch aus der Londoner Gesellschaft.

Er ist auch der Erste, der mich nach meinem Vater
fragt. Ich habe, so merkwürdig das auch klingt, lange
nicht mehr an ihn gedacht. Sein breites Gesicht ist vor

meinem geistigen Auge über die Jahre hinweg zu einer seltsam deformierten Masse verschwommen.

„Ich war zehn, als er starb“, sage ich schließlich und schwenke den Rest Wein in meinem Glas. „Ein Jagdunfall. Er ist sehr unglücklich gestürzt, als er mit seinem Pferd einen Graben überspringen wollte. Das Tier hat man gleich erschossen, mein Vater hat sich noch eine Woche bewegungslos im Bett gequält. Er hatte sich das Rückgrat gebrochen.“

Jules sieht mich an. Ein so höfliches Desinteresse liegt in seinem Blick, dass ich mich gerade deshalb ermutigt fühle, weiterzusprechen. Es ist besser als Mitleid, finde ich. Es hilft mir, mich auf das Wesentliche zu konzentrieren und nicht auf ein sehr altes Gefühl der Trauer.

„Ich glaube, für meine Mutter war es ein Schock, dass mein Vater zu Lebzeiten eigentlich nur die Schulden unseres Landgutes verwaltet hat. Vielleicht wäre alles sowieso bald den Bach hinuntergegangen, so aber traf sie unsere relative Armut fast noch plötzlicher als der Tod meines Vaters. Sie hat zu Geld gemacht, was irgendwie ging und danach bei Verwandten unseren Lebensunterhalt erbettelt.“

„Das war sicherlich schwierig“, antwortet Jules höflich und ich merke, dass ich nicht weitersprechen kann. Nicht, weil ich nicht will, aber es trifft jetzt doch einen Punkt, an den ich mich nicht erinnern will. Ich will nicht erzählen, dass ich meine Mutter nächtelang weinen gehört habe und erst sehr viel später verstanden habe, dass sie nicht um meinen Vater trauert, sondern um das Leben, das sie glaubte geführt zu haben. Es war schwer für sie gewesen. Sie hatte immer gedacht, einen nicht gerade bedeutenden, aber zumindest doch wohlhabenden Landadligen geheiratet zu haben, eine gute Partie gemacht zu haben, die zwar nicht ihrem Stand entsprach, aber das Beste war, was sie nach dem Tod ihrer Eltern und nachdem ihr ältester Bruder Titel und Gut geerbt hatte, hatte erwarten können.

Statt weiter über meine Eltern zu sprechen, knüpfe ich wieder an den Klatsch und Tratsch an, der Jules sichtlich besser unterhält.

Jules hat ein heiteres Gemüt, aber es gibt doch eine Seite an ihm, die ich nicht reizen möchte, denn sie scheint mir unbeherrscht und zornig, obwohl er sich mir gegenüber nie so gegeben hat. Trotzdem ist da eine Wut ihn ihm, ein alter Groll, den ich fühlen kann, selbst wenn er mich zärtlich berührt.

Vielleicht habe ich deshalb so lange gewartet, um ihn zu fragen, wer die Frau auf dem Gemälde in der Eingangshalle ist, das ich die letzten fünf Tage bei jedem Essen angestarrt habe.

Jules raucht in der offenen Balkontür und ich liege noch erhitzt und nackt auf dem Bett. Er dreht sich stirnrunzelnd zu mir um.

„Du hast nie ein Bild von ihr gesehen?"

„Von wem?"

Jules bläst den Rauch nicht aus, er pustet fast. „Von Victoire la Valette, Aubreys erster Frau."

Jules sieht mich prüfend an, dann gibt er mir seine Zigarette und füllt auf dem kleinen Tisch neben dem Bett zwei Weingläser, von denen er mir eins reicht. „Er hat dir nie von ihr erzählt?"

„Nein, wir haben nie über sie gesprochen."

Jules schweigt und sieht aus, als würde er sich genau überlegen, was er mir sagen möchte. „Sie war eine außergewöhnliche Frau. Schön und sehr willensstark. Eigentlich in ihrem Temperament kaum zu bändigen." Er lacht leise und ich merke, dass er in Gedanken sehr weit weg ist. Vielleicht da, wo Aubreys Geist auch hinwandert, wenn er nachdenklich ins Leere starrt.

Ich begreife auf einmal – Jules hat Victoire geliebt.

„Sie hat niemanden gerbraucht. Victoire war stark und unabhängig und sie hatte einen messerscharfen Verstand."

Jetzt erst fällt es mir auf. „Warum hängt ihr Porträt hier und nicht auf Chateau Valette?"

Jules trinkt sein Glas fast in einem Zug leer. „Vielleicht solltest du das besser Aubrey fragen."

„Ich frage aber dich." *Weil ich nicht glaube, dass mir Aubrey eine Antwort geben würde*, ergänze ich still. Würde ich mich denn überhaupt trauen, ihn zu fragen?

Jules schenkt sich noch einmal nach. Er trinkt gierig im Stehen. Jetzt sehe ich, dass auf seiner Schläfe eine Ader anschwillt.

„Und ich sage dir, frag Aubrey!" Jules' Stimme wird lauter und er redet sich in Rage. „Und wenn er dir von Victoire erzählt und von seiner Liebe zu ihr, sollte er nicht verschweigen, wie grausam er war!" Er geht mit großen Schritten auf und ab. „Ich weiß, du hältst deinen Aubrey für einen Gentleman. Glaub mir, kein Mann könnte weiter davon entfernt sein als er."

Jules lacht bitter auf und sieht mich an. Sein Blick ist stechend. Er sieht aus, als würde er mich zum ersten Mal sehen, so, als wäre ich eine Fremde, die sich in sein

Haus geschlichen hat, eine Maus, die es nun gilt, mit dem Besen zu vertreiben oder zu erschlagen.

„Morgen fahre ich dich nach Hause. Ich habe genug davon, dein Kindermädchen zu spielen", murmelt er und wirft die Zimmertür hinter sich so kraftvoll zu, dass mein Weinglas auf dem Nachtschrank bedrohlich wackelt.

10

Ich schlafe schlecht und erwache nach einer sehr kurzen Nacht mit den ersten Strahlen der Sonne, die gerade durch das Tal kriecht.

Jules sitzt in derselben Kleidung wie gestern Abend in der dunklen Halle unter dem Porträt von Victoire. Neben ihm liegt ein Glas auf dem Tisch, aus dem der letzte Tropfen über den Tisch gelaufen ist. Mehrere Eintagsfliegen ziehen träge kreisend ihre Bahnen über der Pfütze. Zwei leere Flaschen Wein stehen neben einem übervollen Aschenbecher. Ich glaube, er hat die ganze Nacht durch getrunken.

„Bist du fertig?", fragt er, ohne aufzusehen.

„Ich hole noch meine Tasche", antworte ich tonlos.

Als wir wenig später zum Auto gehen, sehe ich, wie er schwankt und bleibe stehen. „Du kannst so nicht fahren!"

Ungerührt wirft er meinen Koffer auf die Rückbank.

„Ich kann immer fahren", gibt er zurück, greift nach meinem Arm und zerrt mich in Richtung Wagen. Ich versuche meine Füße in den Kies zu rammen, doch er zieht unerbittlich und mit beängstigender Kraft.

„Du bist immer noch betrunken! Lass mich los! Wir können später aufbrechen", keuche ich und meine Stimme zittert.

„Oh nein, wir fahren jetzt!" Mit Schwung reißt er die Tür auf und schiebt mich in den Wagen, sodass ich über den Sitz falle. Er ist schon eingestiegen und fährt los, noch bevor ich mich aufsetzen kann. Er drückt das Gaspedal durch und lässt es weder auf der kurvigen

Straße in den Ort wirklich los noch als er den Markplatz überquert. Ein alter Hund springt gerade eben noch zur Seite. Auf dieselbe Weise rast er die Kurven den Berg hinauf zum Chateau. Ich halte den Türgriff so fest umklammert, dass meine Fingerknöchel ganz weiß werden und beiße mir auf die Lippe. Jeder Muskel in meinem Körper fühlt sich an, als wäre er bis zum Zerbersten gespannt.

Ich wünschte, ich könnte die Augen schließen, aber ich starre nach vorn und bete nur, dass ich diese Fahrt überlebe.

Er hat vor Chateau Valette noch nicht einmal richtig gebremst, als er sich hinüberlehnt, meine Tür mit einem Ruck aufstößt und mich an der Schulter aus dem Wagen zerrt.

Ich stolpere heraus. Er wirft mir meinen Koffer nach, zieht die Tür zu und gibt schon wieder Gas, während ich noch auf der Auffahrt knie und die spitzen Steine von meinen Händen sammele, die sich in mein Fleisch gebohrt haben, als ich fiel.

Ich atme erst auf, als ich ins Haus trete, stelle den kleinen Koffer ab und meine Handtasche auf das Tischchen neben der Tür.

„Aubrey?", rufe ich, streife die Handschuhe ab und lege sie über meine Tasche. Doch es bleibt still und leer. Auch als ich seinen Namen ein zweites Mal rufe.

Während ich mir oben im Bad das Gesicht wasche, denke ich darüber nach, was Jules über Aubrey gesagt hat. Ich überlege, was er meint. Ich wünschte, ich könnte meinen Mann fragen, aber es verbietet sich von selbst.

Danach tausche ich Hosen und Bluse gegen ein leichtes weißes Sommerkleid und höre schon auf der Treppe leises Klavierspiel.

Aubrey.

Ich fühle eine tiefe Erleichterung. Er ist zurück.

Doch zu meiner Überraschung ist es Laurent, der am Flügel sitzt und sich zu mir umdreht, gerade, als ich auf Zehenspitzen wieder in mein Zimmer schleichen will.

Sein Gesicht ist leicht gerötet und er zieht einen Mundwinkel nach unten, während er mit dem anderen ein Lächeln andeutet.

„Ah …", sagt er, „...ah, Madame la Valette."

Ich nicke knapp, weil ich keine Ahnung habe, was ich zu ihm sagen soll.

„Es tut mir leid", sagt er auf Französisch, „aber Aubrey ist unterwegs, um Sie abzuholen." Er mustert mich von Kopf bis Fuß, dann steht er auf und nimmt ein halb volles Weinglas vom Rand des Flügels. „Sie werden mit mir vorliebnehmen müssen."

„Ich will Sie nicht stören. Ich warte lieber oben auf Aubrey."

Jetzt lächelt er mich breit an und winkt ab. „Sie stören mich doch nicht. Ich hoffe, es gefällt Ihnen auf Chateau Valette?"

„Ja, danke." Meine Stimme klingt matt und blechern.

„Kommen Sie, ich wollte gerade noch eine Flasche aus dem Keller holen. Sie können mich begleiten und ich erzähle Ihnen etwas über die Rebsorten, die ich hier kultiviere."

Ich weiche einen Schritt zurück. „Nein, machen Sie sich keine Umstände. Ich werde noch ein paar Briefe schreiben", entgegne ich rasch und will mich gerade umdrehen, als er sagt: „Aber Madame la Valette, ich bin Ihr Schwager, meinen Sie nicht, wir sollten uns besser kennenlernen?"

Ich denke an die Ziegen im Weinberg und Aubreys Wunsch, mich von Laurent fernzuhalten. Unsicher trete ich noch einen Schritt zurück und weiß nicht, was ich antworten soll. Das Parkett knarrt unter meinen Füßen. Es ist, als wäre der Boden weich und würde nachgeben.

„Sie wollen doch nicht unhöflich sein?" Laurent zieht eine seiner buschigen Augenbrauen in die Höhe.

Ich bin Engländerin. Ich kann nicht unhöflich sein. Eher würde ich tot umfallen.

Laurent verlässt das Musikzimmer durch eine Tür auf der anderen Seite, die mir vorher gar nicht aufgefallen ist, und ich folge ihm lustlos in einen kleinen Flur, der bis zu einer Wendeltreppe aus Stein führt, die sich ins Dunkel rundet. Laurent knipst das Licht an und ich atme auf. Tatsächlich ist der Keller beeindruckend. Riesige Fässer lagern in dem großen Tonnengewölbe, das selbst zu dieser Jahreszeit angenehm kühl ist. Laurent zeigt bald auf das eine, dann auf das andere Fass und erzählt monoton, welcher Wein darin reift und wie lange. Ich kann und will mir nichts davon merken. Es ist wie früher, als ich mit meiner Mutter entfernte Bekannte in Italien besuchte, deren Gastfreundschaft wir sicherlich überstrapazierten. In all den kleinen Städtchen, die wir bereisten, zerrte mich meine Mutter durch alte Gemäuer, Klöster und Kirchen. Ich habe ihre Stimme heute noch im Ohr, wie sie monoton aus Reiseführern vorträgt.

Durch einen großen steinernen Bogen erreichen wir einen weiteren Raum, in dem sich Flaschen an einer Wand bis zur Decke stapeln.

„Möchten Sie auch einen Cabernet Sauvignon probieren?"

Ich schüttele den Kopf. „Nein, danke", sage ich höflich. „Es ist ein wenig früh für mich."

Er lacht, entkorkt eine Flasche und schenkt sich das mitgebrachte Glas voll. Während er trinkt, rutscht ihm ein Tropfen aus dem Mund. Ich weiß nicht warum, aber es ekelt mich so sehr, dass ich für einen Moment auf den Boden sehe. Das ist genau der Moment, in dem er mein Handgelenk packt und das Glas auf den Boden stellt.

Ein Gefühl der Eiseskälte durchfließt mich und ich versuche mich vergeblich aus seinem Griff zu winden.

„Jetzt wollen wir uns doch besser kennenlernen, nicht wahr?"

Er legt mir eine Hand auf den Mund und schiebt mich rückwärts an die Wand. Ich kann nicht schreien. Hastig ziehe ich Luft durch die Nase ein, aber es reicht nicht. Er wird mich ersticken. Und ich habe keine Chance gegen ihn. Er ist viel zu stark und ich habe in meiner ganzen Zeit in Valette so wenig gegessen, dass ich mich kraftlos und wehrlos fühle. Mit der anderen Hand schiebt er mein Kleid nach oben.

Es ist, als hätte seine Berührung ein Gift in meinen Körper geleitet, das sich jetzt in jeden Winkel schiebt und mich komplett lähmt. Selbst wenn er mich losließe, ich könnte nicht mehr weglaufen. Ich klebe an seinem Spinnennetz fest.

Laurent scheint diese Art der Erstarrung sehr gut zu kennen, denn seine Augen durchzieht ein schwaches Glimmen, so, als hätte er genau darauf gewartet. Er löst seine Hand von meinem Mund und sein Lächeln wird breiter, als er mir seine Finger um die Kehle legt. Sein Griff ist so fest, dass ich nicht atmen kann und die Augen verdrehe.

Die Fahrt mit Jules hat mich nicht umgebracht, doch Chateau Valette wird das am Ende tun. Laurent kann es schaffen. Viel gehört nach den letzten Wochen nicht dazu. Er kann meinen Hals fast ganz umschließen.

„Lass Sie los, Laurent." Aubrey sagt es so beiläufig, als hätte er seinen Bruder bei Tisch um die Butter gebeten.

Als Laurent seinen Griff lockert, kann ich nur keuchen und habe das Gefühl, meine Lungen können keinen Sauerstoff mehr aufnehmen. Sehr langsam nimmt er dann auch die Hand von meiner Brust. Mein Kleid rutscht wieder herunter und sitzt fast wieder anständig - so als wäre nie etwas passiert.

Als ich Laurent nicht mehr spüre, kehrt ein kleines bisschen Leben in mich zurück. Vielleicht war es Aubrey Stimme, die das Spinnennetz zerschnitt.

In Laurents Gesicht hat sich das Lächeln in seine Mundwinkel gefressen. Er lächelt es nicht, nein, dieses Lächeln beherrscht ihn ganz und gar. Selbst jetzt, mit Aubrey, fürchte ich mich vor ihm und diesem Lächeln. Mir ist eiskalt. Ich glaube, ich habe noch nie mehr gefroren als in diesem Augenblick.

Ich taumele zwei Schritte auf Aubrey zu. Er streckt seine Hand nach mir aus, aber ich schlage sie zur Seite und taste mich an ihm vorbei durch den Keller zur Treppe. Da war nichts in seinen Augen, was mich hätte festhalten können. Ich krieche die Stufen auf allen Vieren hinauf. Ich habe Angst zu fallen, würde ich aufrecht gehen.

Ich höre Aubrey hinter mir atmen. Er hat noch nie meinen Namen gesagt, fällt mir ein. Und ich glaube, jetzt will ich ihn auch nicht mehr hören. Ich stolpere durch den kleinen Flur, durch das Musikzimmer und durch die Halle nach draußen, ohne mich auch nur einmal umzusehen. Ich will niemanden sehen. In mir ist diese Angst, dass Aubrey mich einholt und nach mir greift. Eine Berührung könnte ich jetzt kaum ertragen, am allerwenigsten von ihm.

Im Vorbeigehen nehme ich meine Handschuhe und Tasche vom Tisch, als würde ich nur rasch eine Besorgung machen wollen.

Noch auf den Stufen streife ich meine hohen Schuhe ab, hebe sie auf und mache zwei vorsichtige Schritte über den Kies, der in meine Fußsohlen piekst.

Dann erst fällt die Dunkelheit des Kellers von mir ab und ich beginne zu rennen, lasse alles hinter mir. Das Haus, die Auffahrt.

Aus Kies wird sandige Erde. Meine Seiten stechen, aber ich bleibe nicht stehen. Bei jedem Schritt ringe ich nach Luft, aber ich halte nicht eine Sekunde inne und haste den Berg bis ins Dorf hinab.

Hoch über mir am Himmel zieht eine Schwalbe ihre Bahnen. Ich kann ihr Rufen hören.

11

„Sir Roderick glaubt nicht, dass es Krieg geben wird.“ Meine Mutter schlüpft aus ihren Sandaletten und zieht ihre schlanken Beine auf die Chaiselongue.

„Hmm …“ Ich rühre abwesend in meiner Teetasse und sehe aus dem Fenster.

Heute genau vor einem Jahr habe ich Aubrey das letzte Mal gesehen. Obwohl ich mich damals nicht mehr umgedreht hatte, kann ich mir vorstellen, wie er in der Holztür stand und mir nachsah. Ich hatte das Gefühl gehabt, sein Blick würde mir noch folgen, als ich in Valette einen Wagen auftrieb, der mich in den nächsten Ort fuhr. Selbst dann noch, als ich längst im Zug nach Paris saß, auch, als das Schiff über den Ärmelkanal glitt und als ich in Dover wieder einen Zug bestieg. Erst, als ich einen Wagen nach Creston Hall genommen hatte, fühlte ich, dass meine Schultern leichter wurden.

Meine Mutter, die immer großartig darin ist, alles Mögliche zu vertuschen, hatte damals jedem erzählt, ich sei krank und meine Ärzte hätten mir Heimatklima verordnet, während es Aubrey schier das Herz zerrisse, da ihn seine Geschäfte zu sehr beanspruchten, um mich zu begleiten.

Ich habe ihr nie ein Wort von Jules, Laurent oder über das erzählt, was ich in Valette erlebt hatte und sie hat nie danach gefragt. Was sie über meine hastige Rückkehr dachte, weiß ich nicht. Nur einmal wollte sie wissen, ob Aubrey mir etwas angetan hätte, doch ich habe nur den Kopf geschüttelt.

„Ja, ein absurder Gedanke", murmelte sie mehr zu sich selbst als zu mir.

Ich lag in meinem Zimmer und starrte die Wand an, bis meine Mutter mir die Bettdecke wegzog und mich zu langen Spaziergängen und Ausritten rund um Creston Hall zwang.

Danach schickte sie mich zu endlosen Besuchen bei Verwandten und Bekannten im ganzen Land, unter anderem bis nach Schottland zu Onkel Gregory. Von jedem dieser Besuche kam ich zurück und sah bangen Blickes die Post durch, erhoffte und befürchtete ich gleichermaßen eine Nachricht von Aubrey.

Niemals jedoch fand ich einen Brief von ihm und jedes Mal zog sich mein Herz ein kleines bisschen enger zusammen, bis es mir eine harte Kugel zu sein schien, die unter meiner Brust schlug und mich pochend daran erinnerte, dass die Zeit unaufhaltsam verging.

Wenn ich an Aubrey denke, dann denke ich daran, wie er mich berührte, an seinen warmen Atem in meinem Schoß.

Natürlich liebe ich ihn nicht. Er ist mein Mann. Ich kenne keine Frau, die ihren Mann liebt. Trotzdem ertappe ich mich manchmal bei dem Gedanken daran, dass ich gerne geliebt werden würde, dass ich gerne wüsste, wie es sich anfühlt, für jemanden nicht nur eine Bürde, eine Last zu sein, sondern etwas, das das Leben schöner macht. So zumindest stelle ich mir das vor, so glaube ich, würde sich das anfühlen oder nicht?

Aubrey schickt weiter Geld. Pünktlich. Monatlich. Meiner Mutter für Creston Hall und mir ebenfalls. Ich habe kaum etwas davon angerührt, wenn man von den Kosten für die Rückreise absieht und einer sehr bescheidenen neuen Garderobe, die kaum aus mehr als ein paar Hosen, Blusen, Kostümen und einigen wenigen Kleidern besteht.

Creston Hall hat sich verändert und ist dennoch ganz das alte Haus. Hier und da neue Tapeten, einige wenige neue Möbelstücke und natürlich hat Mutter eine neue Garderobe. Ich glaube, das meiste Geld hat sie wohl ins Dach und in neue Pferde gesteckt. Trotzdem scheint mir das Haus insgesamt heller und weniger muffig zu sein als in meinen Erinnerungen.

„... hast du mir überhaupt zugehört?"

„Natürlich, Mutter. Jemand sagte, es würde keinen Krieg geben."

„Mein Kind, das war vor einer halben Stunde!"

„Tatsächlich?" Ich reiße mich vom Fenster los, von dem Blick auf die Teerose, die üppig blüht, und dem regnerischen englischen Sommer vor den Scheiben.

Meine Mutter schüttelt den Kopf. Sie sieht mich an, als wäre ich geistesgestört. Vielleicht bin ich das ja auch ...

Zum Glück tritt Jenkins mit einem Telegramm ein. Er verbeugt sich und hält das Tablett meiner Mutter hin, die sofort neugierig nach der sich bietenden Ablenkung greift.

Sie hat mich über. Das Gefühl habe ich, seitdem sie mich durch das ganze Land geschickt hat. Sie ist gern allein auf Creston Hall. Gott weiß, mit wem sie sich in den zwölf Schlafzimmern des alten Tudor-Kastens vergnügt hat, bevor ich kam. Wahrscheinlich unter anderem mit Lord Billings. Mit Aubreys Geld hat sie wieder damit begonnen, Jagdgesellschaften zu geben.

Ich sehe, wie ihre Augen über die Zeilen gleiten. Dann lässt sie das dünne Papier sinken und sieht mich an.

„Du reist nach London."

Ich muss daran denken, was Aubrey über meine Freiheit gesagt hat. Er hat recht. Ich bin nicht frei, ich war nie frei und ich weiß nicht, warum ich mir einbildete, ich sei es, wenn ich ihn verlasse.

Als ich aus Valette zurückkam, hatte ich schnell verstanden, dass es keinen Ort für mich gab, keine Heimat. Was hätte ich tun sollen? Ein Haus mieten? Hier oder in London? Absurd. Meine Mutter hätte mich für den Klatsch, den das geschürt hätte, umgebracht. Bedauerlicherweise hat Aubrey keinen Landsitz in England, sodass wir uns gepflegt aus dem Weg hätten gehen können, so wie hunderte von anderen Ehepaaren – einer in London, einer auf dem Land, höfliches Schweigen, wenn es sich nicht vermeiden ließ, dass sich die Wege kreuzten.

„Warum?", frage ich.

Ungeduldig zerknüllt sie das Papier. „Warum, warum ...", äfft sie mich nach. „Weil dein Mann schon seit ein paar Wochen in London ist. Ohne dich. Darum. Mehr Tratsch können wir wirklich nicht gebrauchen. Auch dein Bruder soll noch die Chance haben, eine möglichst reiche Erbin zu heiraten." Sie verzieht das Gesicht. „Ich werde telegrafieren", murmelt sie und steht auf.

„Wem?", frage ich und fühle mich unendlich dumm.

„Dem König!", ruft sie aus. „Dummerchen. Aubreys Residenz in Mayfair natürlich. Du nimmst den Abendzug."

Ich bleibe wie vom Donner gerührt sitzen. „Ich will ihn nicht sehen, Mutter!"

Sie kneift ihre ohnehin schon schmalen Augen zu Schlitzen zusammen. „Das, mein Kind, ist mir herzlich egal."

Nur wenige Stunden später bringt Mutter mich und meine zwei Koffer höchstselbst zum Zug. Umfang und Inhalt des Gepäcks lassen keinen Zweifel daran, dass meine Zeit zu Hause abgelaufen ist. Offensichtlich leidet meine Mutter unter der Angst, ich würde nicht einsteigen. Sie bringt mich bis zu meinem Platz in einem leeren Abteil der ersten Klasse, stellt sicher, dass Koffer und ich gut untergebracht sind und winkt dann vom Bahnsteig, als der Zug anfährt. Ich selbst winke nicht. Ich sehe ihr lediglich nach, bis sie immer kleiner wird. Ihre Angst ist so groß, dass sie tatsächlich bis zum Schluss stehen bleibt und schließlich in der Ferne verschwindet. Mir bleibt also nichts anderes übrig, als zu meinem Mann zu fahren. Ich bin nicht frei. Ich bin ausgelieferter als je zuvor.

Ich frage mich, was Aubrey in London macht. Soweit ich weiß, mag er mag die Stadt nicht sonderlich. Ich habe oft überlegt, was ihn eigentlich dazu bewegt, hier ein Haus zu unterhalten.

Mutters Telegramm ist rechtzeitig eingetroffen. In London erwartet mich Aubreys Chauffeur und bringt mich nach Mayfair.

Wenn es nicht regnen würde, würde ich vor dem Haus stehen bleiben und vielleicht gar nicht hineingehen, aber Aubreys Butler öffnet schon die Tür, kommt mir eilig entgegen und hält mir den Schirm auf.

„Geht es Ihnen gut, Broadwell?", frage ich.

„Ausgezeichnet, Madam, danke der Nachfrage."

Aus dem Haus dringt leise Klaviermusik. Irgendetwas von Chopin.

„Würden Sie sich um mein Gepäck kümmern?"

„Sehr wohl, Madam."

Er nimmt mir den Mantel ab. Ich lege Hut und Handschuhe auf den kleinen Tisch vor der Treppe, durchquere die Halle auf Zehenspitzen und bleibe in der offenen Tür des Musikzimmers stehen.

Aubrey hat die Ärmel seines weißen Hemdes halb hochgekrempelt. Auf dem äußersten Rand des Flügels steht ein volles Rotweinglas. Ich lehne mich gegen den Türrahmen und lausche, während er selbstvergessen spielt. Hatte es vorhin noch nach Chopin geklungen, glaube ich, dass er jetzt improvisiert. Eine Mischung aus Ravel und Debussy, aber viel von Musik verstehe ich wahrlich nicht, nur das, was eben für meine Bildung als nötig erachtet wurde.

Er hat sich nicht verändert. Sein Haar ist etwas länger im Nacken und ein wenig unordentlich. So, als hätte er im Sessel ein Nickerchen gemacht und sich danach nicht wieder hergerichtet. Aber sonst scheint er der Aubrey, der mir immer schweigend am Morgen gegenübersaß, den Tag über seinen Geschäften nachging und mich zurückließ. Es ist aber auch der Aubrey, der seinen Kopf in meinem Schoß vergraben hat. Ein Augenblick, der sich in mein Gehirn gebrannt hat. Manchmal in der letzten Zeit glaube ich, ihn immer noch zu spüren. Ich kann ihn riechen. Ein seltsam blasser Duft, den ich morgens im Halbschlaf in der Nase habe und der verfliegt, wenn ich die Augen aufschlage.

Aubrey, mein Mann.

Und das klingt falsch, wenn ich es nur so für mich denke. Ich habe es in den letzten Wochen und Monaten oft laut zu Bekannten und Verwandten sagen müssen, aber es hatte keine Bedeutung. Hier dagegen braust es fast schmerzhaft durch meinen Geist. Ich weiß nicht, wer er ist. Ich weiß nicht, wen ich geheiratet habe.

Jetzt, da ich hier stehe und ihn ansehe, kehren die Erinnerungen an die Tage im letzten Sommer zurück, die mich zutiefst verstört zurückgelassen haben.

Ich sehe ihn an. Er ist mir fremd. Ich wünschte, es wäre anders. Ein Wunsch, den ich nicht verstehe, weil ich ihn ja nicht liebe.

Das Stück, das er nun anschlägt, kenne ich. *Rêverie* von Debussy. Es dauert eine Weile, bis er mich wahrnimmt. Zuerst höre ich es an seinem Spiel. Die Klänge verwischen. Es ist, als hätten sich meine Gedanken von der Tür aus im Raum verteilt und ihn jetzt erreicht. Langsam hebt er die Hände von den Tasten. Die Stille, die folgt, dröhnt in meinen Ohren.

„Ich habe mir gedacht, dass du mich aufsuchst, wenn ich nach London komme. Ich nahm an, deine Mutter würde dich herschicken." Er bleibt sitzen und dreht sich nicht zu mir um. Dann greift er nach seinem Glas und trinkt einen großen Schluck.

Zögernd setze ich einen Fuß vor den anderen, gehe auf den kleinen dunkelgrünen Sessel neben dem Flügel zu und setze mich auf die äußerste Kante. Er ist der Zauberer, der mich herbeibeschworen hat und er sieht mich nicht einmal an.

„Hier bin ich", sage ich leise. „Ich bin gekommen." Nicht ganz freiwillig, aber was tut das zur Sache …

„Ich dachte, du würdest wissen wollen, dass ich Chateau Valette verkauft habe."

Ich atme tief ein. „Ich dachte, es gehört Laurent?"

Jetzt endlich dreht er den Kopf. Sein Blick hat etwas liebevoll Nachsichtiges. „Schon lange nicht mehr. Er durfte dort leben. Mehr nicht. Ich habe alles in Frankreich verkauft und meinen Bruder nach Amerika geschickt."

„Auch unsere Wohnung in Paris?", frage ich entgeistert.

„Deine Sachen habe ich hierherschicken lassen."

Meine Sachen interessieren mich nicht. Es sind Kleider, die seit einem Jahr nicht mehr in Mode sind.

„Und du?"

„Ich bin hier."

„Das sehe ich." Mein Ton ist ungeduldig. „Was wirst du tun?"

„Ein paar Monate bleibe ich noch, dann gehe ich auch nach Amerika."

„Zu Laurent?" Im gleichen Moment ärgere ich mich über die Frage. Ich will nicht an ihn denken.

„Nein. Er ist auf sich selbst gestellt. Amerika ist überraschend groß, weißt du?"

Aubrey entnimmt seiner Hosentasche ein silbernes Zigarettenetui, klappt es auf und hält es mir hin. Ich greife geistesabwesend zu, warte, bis er mir Feuer gibt und trinke dann einen Schluck aus seinem Weinglas.

Aubrey ohne Frankreich – Frankreich ohne Aubrey. Beides erscheint mir lächerlich, unmöglich geradezu. Er ist schon ein Exot in London und er wird es erst recht in Amerika sein.

Er steht auf, bevor er sich ebenfalls eine Zigarette anzündet, gießt mir auf dem kleinen Tisch an der Wand ein eigenes Glas ein und reicht es mir.

„Wie kannst du …“, murmele ich.

Er setzt sich wieder auf den Hocker vor dem Flügel und fährt sich durchs Haar. „Ich wusste nicht, dass du an der Wohnung in Paris so hängst.“ Er hebt eine Braue. Ich lese Bedauern in seinen Augen.

„Was? Nein. Ich frage mich, warum du so bereitwillig deine Heimat aufgibst. Das will mir nicht in den Sinn.“ Der Alkohol breitet sich warm in meinen Adern aus und ich frage mich, wie viel er wohl schon getrunken hat.

„Es wird Krieg geben. Diese Welt, wie wir sie kennen, wird aufhören zu existieren. Ich möchte das nicht noch einmal mitansehen.“

Wieder steht er auf, holt die Weinflasche und schenkt sich nach. Ich halte ihm wortlos mein Glas hin und er füllt es ebenfalls.

„Das hier wird der letzte unbeschwerte Sommer. Auf eine untergehende Welt!“ Sein Ton ist wehmütig und macht mir Angst.

„Alle sagen, es werde keinen geben“, protestiere ich und kann mir gar nicht vorstellen, was Krieg eigentlich bedeutet. Meine Mutter spricht manchmal vom Ersten Weltkrieg und von dem Mann, den sie in sehr jungen Jahren geliebt und verloren hat, bevor sie meinen Vater geheiratet hat. Ich trinke noch einen Schluck und stelle mein Glas neben Aubreys.

Er macht eine wegwerfende Handbewegung. Mein Einwand scheint ihm völlig absurd, das begreife ich und ich befürchte, dass er recht hat, obwohl ich nicht weiß, was dieser Krieg, sollte es einen geben, für mich, für meine Mutter oder für Creston Hall bedeuten würde.

„Und ich?"

„Mach dir keine Sorgen über deine Apanage oder die deiner Mutter." Aubrey bläst seinen Rauch zur Seite und sieht mich an.

„Das meine ich nicht." Verlegen senke ich den Kopf. „Was wird aus mir?", frage ich leise. „Wo soll ich hin?"

„Das Haus in London werde ich nicht verkaufen. Du kannst hier bleiben, wenn du nicht auf Creston Hall leben willst oder kannst."

Ich schlucke und drücke die Zigarette aus. „Du hast gehofft, dass ich komme, sagtest du vorhin. Warum?"

„Nein", Aubrey lächelt amüsiert, „ich sagte, ich nahm an, dass du kommen würdest."

„Warum?", wiederhole ich verletzt und fröstele trotz des Feuers im Kamin.

Er geht zum Fenster. „Ich weiß es nicht. Ein Jahr ist eine lange Zeit."

„Wie wahr." Ich hole tief Luft. Vielleicht will er sich scheiden lassen. „Gibt es eine andere Frau? Gibt es jemanden, mit dem du …" Ich zögere und meine Stimme zittert. „Jemanden, mit dem du glücklich bist?"

„Nein. Das wäre unmöglich." Aubrey dreht sich um und lehnt sich gegen das Fensterbrett. „Es tut mir leid."

„Was tut dir leid?", frage ich verständnislos.

Er schweigt.

„Ich möchte dich begleiten", sage ich entschlossen und ich weiß gar nicht, woher ich diesen Mut nehme.

„Nach Amerika?" Er lächelt mitleidig. „Mein Kind, habe ich dir nicht genug angetan?"

„Können wir es nicht einfach versuchen, Aubrey? Können wir nicht versuchen, verheiratet zu sein?" Ich stehe auf und gieße mir den letzten Rest Rotwein aus der Flasche in mein Glas. „Ich meine, etwas musst du doch in mir gesehen haben. Schau, ich will doch gar nicht, dass du mich liebst, ich will nur verheiratet sein. Wir könnten zusammen in Amerika neu anfangen. Jeder für sich, aber eben zusammen."

Ich gehe zu ihm und halte ihm mein Weinglas hin. Tatsächlich hebt er es zum Mund und trinkt daraus, bevor er es mir zurückgibt. Ich bin den Klatsch und Tratsch über uns leid. Ihn mag das nicht anfechten, mich dagegen fragt man neugierig nach ihm und ich weiß, man wundert sich darüber, dass wir nicht zusammenleben. Es ist, als wäre ich nicht genug, als könne jeder sehen, dass ich keine gute Ehefrau sein kann, da wir doch getrennt leben. Irgendwann hat sich mein angeblich schlechter Gesundheitszustand einfach abgenutzt und ich werde mich verkriechen müssen. Was wäre das für ein Leben?

Sanft lege ich ihm meine Hand auf den Arm. „Was hast du damals in der Oper in mir gesehen, Aubrey? Was war es, was du von mir erhofft hattest, was ich nicht erfüllen konnte?"

Erstaunt legt er seine Hand auf meine. „Das glaubst du von dir? Du seist nicht gut genug für mich? Du wärst eine Enttäuschung?"

Meinen Augen werden feucht. „Ist es nicht so?"

Aubrey schiebt einen Finger unter mein Kinn und hebt meinen Kopf. „Ich kannte den ganzen Klatsch und Tratsch über dich, noch lange bevor deine Mutter ihn beschönigt hat." Seine Stimme wird leiser. „Ich wusste, dass du anders bist."

Er tastet mein Gesicht mit seinen Augen ab. Meine Stirn, meine schmale Nase, meine Lippen, mein Kinn. Sein Blick ist wie eine Hand, die mich liebkost. „Gott, du bist so jung." Unvermittelt zieht er seinen Finger weg, dreht sich um und geht zur Tür, doch ich bin schneller und stelle mich davor. „Nein, diesmal nicht, Aubrey. Ich habe es jedes Mal ertragen, wenn du mich ignoriert hast, wenn du mich in Paris oder Valette angeschwiegen hast. Ich habe es einfach still erduldet. Heute nicht."

Ich will noch so viel mehr sagen und begreife sehr wohl, dass meine Wut Hilflosigkeit ist. Ich kann ihn nicht zwingen, mich in sein Leben zu lassen.

Er schiebt mich an der Schulter ein Stück zur Seite und legt seine Hand auf die Klinke. „Ich muss dir noch etwas sagen."

Erwartungsvoll sehe ich ihn an.

„Jules ist tot."

Meiner Kehle entfährt ein Laut. Diese Nachricht trifft mich auf seltsame Weise.

„Wie? Wann?", frage ich.

Aubrey blinzelt zweimal, dann wandert sein Blick an mir vorbei zur Wand. „Er hatte vor einem halben Jahr einen Autounfall."

Ich halte für einen Moment die Luft an. „Tot", flüstere ich. Eine eisige Kälte legt sich über meinen Körper und ich ziehe die Schultern hoch. Auch wenn ich selten an ihn gedacht habe, in meinem Kopf war er sehr lebendig, obwohl es ihn da offenbar schon nicht mehr gab.

Aubrey sieht mich ein wenig wehmütig an. „Ich wusste nicht, dass er dir so viel bedeutet hat.“

„Das ist es nicht“, sage ich und schüttele den Kopf.

Das ist es wirklich nicht. Aber was sonst – ich weiß es nicht genau …

12

Später am Abend sitze ich vor dem Toilettentisch in meinem mir so fremden Schlafzimmer und starre in den Spiegel, starre auf mein Gesicht. Es ist seltsam, mich anzusehen und gleichzeitig die jüngere Ausgabe meiner Mutter zu entdecken, die meinen Zügen zugrunde liegt. Ihre gewölbten Augenbrauen über meinen blauen Augen. Ihre lange Nase, ihre eckigen Wangenknochen, ihre Lippen, ihr Kinn. Nicht einmal mein Aussehen gehört mir.

Ich habe ganz vergessen, wie klein, dunkel und altmodisch das Haus in Mayfair ist. Die zweite Etage hat nur drei Räume, vom Bad abgesehen. Mein Schlafzimmer zur Straße und Aubreys zum Garten, dazwischen ein kleiner Salon, der beide Räume verbindet.

Ich denke an Chateau Valette zurück. Aubrey muss dort doch mit Victoire gelebt haben oder etwa nicht? Nichts hatte an sie erinnert, ebenso wenig wie hier etwas an eine Frau erinnert.

Ich sehe mich um. Meine Sachen in den Schränken, über den Stühlen, meine Toilettenartikel – all das könnte man in Koffer und Kisten packen und auf den Dachboden stellen. Dann würde auch ich keine Spuren hinterlassen. Nirgendwo. Weder auf Creston Hall noch hier. Von meinem Leben würde auch nichts bleiben, würde ich jetzt sterben.

Plötzlich habe ich große Lust, nach Amerika zu reisen. In ein Land, in dem ich noch nie war. Ich habe Lust, Aubrey dazu zu überreden, ein Haus oder eine Wohnung zu kaufen – worin auch immer man in diesem

Land wohnt. Ich habe Lust, es einzurichten, ihm meinen Stempel aufzudrücken und so viele Kleinigkeiten darin zu verteilen, dass man nie alles würde entfernen können. Ich will meine Sachen wie Spinnweben in alle Ecken kleben. Ich will übrigbleiben.

Barfuß verlasse ich mein Zimmer und ziehe meinen Morgenrock enger um meinen schmalen Körper. Der Salon ist dunkel und ich stoße mit dem Knie gegen einen der Sessel vor dem Kamin. Ich fluche leise, bevor ich an Aubreys Tür klopfe.

Quälende Sekunden verstreichen, dann höre ich ein dumpfes „Herein!" durch den Türspalt.

Sacht drücke ich die hohe Klinke hinunter. Aubrey liegt auf einem großen, hohen Himmelbett und liest. Als er mich sieht, legt er das Buch auf seinen Nachtschrank, nimmt seine Brille ab und steht auf.

„Ja?", sagt er langsam, bleibt vor mir stehen und versperrt mir den Weg in sein Bett. Ich spüre seinen Atem warm auf meiner Nasenspitze. Er ist immer noch angekleidet, was ich einigermaßen seltsam finde, da es doch schon recht spät ist.

Ich habe noch nie sein Schlafzimmer betreten, fällt mir jetzt ein. Und er hat noch nie meinen Namen gesagt. Ich weiß nicht, ob beides miteinander zusammenhängt.

„Nimm mich mit nach Amerika." Meine Stimme überschlägt sich fast. „Bitte! Lass mich nicht allein hier." Verzweifelt suche ich nach Rettungsankern und greife den nächstbesten. „Es wird Krieg geben, nicht wahr? Auch hier. Du musst auf mich aufpassen!"

Er lacht kurz auf und wird wieder ernst. „Das kleine Mädchen ... es steht dir nicht."

Ich weiß. Darin war ich nie gut.

„Nimm mich mit", bitte ich noch einmal und zwinge mich dazu, ruhiger zu atmen. Ich sehe den Zweifel in seinen Augen und ich sehe Mitleid.

Er packt mich an den Schultern. „Es wird nie anders werden", sagt er eindringlich. „Das ist dir klar oder?"

Ich habe keine Ahnung, was er meint, trotzdem nicke ich eifrig. „Ich weiß."

Er lässt mich ebenso unvermittelt wieder los und fährt dann mit einem Finger von meinem Schlüsselbein über meine linke Brust. Außer mir selbst hat mich niemand dort ein Jahr lang berührt. Ich seufze und er wandert mit seinem Finger weiter, wandert bis zum Gürtel meines Mantels und zieht daran, bis der Stoff sich teilt und meinen nackten Körper entblößt. Ich stehe ganz still, habe ich doch Angst, dass jede auch noch so kleine Bewegung ihn verschrecken könnte.

Fast beiläufig streift er mir das Kleidungsstück über meine Schultern zu Boden. Er beugt sich vor und küsst meinen Hals. Ich spüre das Verlangen, ihn ebenfalls zu berühren, fast schmerzhaft.

„Leg dich hin", sagt er leise und ich gehe zum Bett.

„Sieh mir in die Augen." Er sagt es bittend. So, als würde er mir eine Wahl lassen. Aber ich habe keine.

Mein Atem beschleunigt sich, als ich in seinen Augen versinke und mir die Scham darüber, dass er in meinem Gesicht alles über mich lesen kann, heiß in die Wangen schießt. Ich fühle mich wie ein Stück Treibholz am Meer. Wellen tragen mich an den Strand, legen mich sanft ab, nur um dann wieder nach mir zu greifen und mich wieder hinauszuziehen.

Ich vergesse zu atmen und erst als ich schon fast ohnmächtig bin, hole ich keuchend Luft, während er seine Hand wegzieht und mich anlächelt. Als ich dann meine Hand nach ihm ausstrecke, steht er auf.

Vor dem Fenster tauscht Aubrey Hose und Hemd gegen seinen Pyjama, bevor er neben mich unter die Decke schlüpft, auch meinen nackten Körper damit bedeckt und einhüllt. Dann dreht er sich auf die Seite und wendet sich von mir ab.

„Ich möchte, dass wir uns ein Schlafzimmer teilen", murmele ich in seinem Rücken, fahre mit dem Finger über jeden seiner Wirbel und wünschte, kein Stoff würde meine Haut von seiner trennen.

„Ich bin kein Hafenarbeiter, mein Kind, und dies ist kein Armenhaus, in dem Betten vermietet werden." Er klingt belustigt.

Was soll er schon tun, wenn ich nachts unter seine Decke krieche?

„Ich meine es ernst, Aubrey."

„Ich auch, ma chère. Schlaf jetzt." Er klingt müde.

Ma chère - meine Teure. Wie passend, denke ich.

Ich erwache am nächsten Morgen zeitig und noch vor Aubrey, der neben mir auf dem Rücken liegt, gleichmäßig atmet und eine Hand unter den Nacken geschoben hat. Seine Züge sind entspannt und ich habe Zeit, sie ungestört zu betrachten. Frei von jedem Ausdruck, die er ihnen geben könnte, sehe ich sein Gesicht, wie es ist, wenn er an nichts denkt, wenn niemand – und vor allem er selbst – etwas von sich erwartet. Ich sehe den Schwung seiner Nase, die am unteren Ende einen Haken schlägt, und ich sehe kleine Fältchen um seine

Augen. Ich sehe lange schwarze Wimpern auf den hohen Wangenknochen ruhen.

Vorsichtig berühre ich mit meinen Lippen seine, dann stehe ich leise auf, husche nackt durch den Salon zurück in mein Zimmer und setze mich an den Schreibtisch, nachdem ich mir ein Morgenkleid angezogen habe.

Hastig kritzele ich eine Nachricht auf einen Briefbogen:

Bleibe den Sommer über noch in London STOP Gehe dann mit Aubrey nach Amerika STOP Einzelheiten folgen STOP

Ich falte das Papier zweimal und klingele dann nach einem der Mädchen.

Bridget knickst nur wenig später vor mir in meinem Zimmer.

„Tee, bitte", sage ich und fühle mich seltsam aufgekratzt, als ich ihr den Briefbogen reiche. „Sag Broadwell, das Telegramm ist für meine Mutter in Creston Hall. Ach, und bitte lass mir ein Bad ein. Danke, Bridget."

Sie nickt eifrig und ihre kleinen blonden Locken schwingen um ihren Kopf. Sie ist ein hübsches Ding. Ich wette, sie wird nicht lange bleiben. Sie wird heiraten, sie wird jemanden finden, der ihr süße Worte ins Ohr flüstert, bis sie an die große Liebe glaubt. Der Gedanke stimmt mich traurig und macht mich neidisch zugleich. Ich schiebe ihn schnell weg.

Als ich am späten Vormittag gebadet und im Morgenkleid hinuntergehe, schlüpft Aubrey gerade in seinen Mantel.

„Gehst du aus?", frage ich und zupfe seinen Kragen gerade.

Er beugt sich vor und gibt mir einen flüchtigen Kuss auf die Wange. „Nur ein paar geschäftliche Termine. Warte nicht auf mich, es kann spät werden."

Er zögert, greift dann nach seinem Regenschirm und dreht sich noch einmal zu mir um. „Wir könnten morgen in die Oper gehen."

„Was wird gegeben?"

„Madame Butterfly." Aubrey runzelt die Stirn. „Wenn du allerdings …"

Ich unterbreche ihn rasch. „Nein. Sehr gern."

Er wirft mir noch einen raschen Blick zu, dann verlässt er das Haus.

Ich bleibe zurück und fühle mich euphorisiert. Er hat mich zum Abschied geküsst, wie man eine Ehefrau küsst und er will mit mir in die Oper!

In der Bibliothek lasse ich mir Tee servieren und wandere die Bücherreihen ab, ziehe bald hier, bald dort ein Buch heraus, bewundere die Einbände, fahre über Buchrücken, ohne dass ich Muße hätte, mich mit einem der Werke in den Sessel zu setzen. In dieser Bibliothek befinden sich überwiegend englische Literatur, Kunstbände und Unmengen von Atlanten aus verschiedenen Jahrhunderten. Ich habe das Gefühl, dass diese Bücher, genau wie die Einrichtung, schon zu dem Haus gehörten, bevor Aubrey es gekauft hat. Gott weiß, wer hier einmal gelebt hat. Auf jeden Fall mochte der Vorbesitzer Dunkelgrün, denn das ist die vorherr-

schende Farbe in fast allen Räumen, außer dem Blass-
lila meines Schlafzimmers. Nur in einer Reihe des Re-
gals stehen fremdsprachige Bücher. Eine französische
Ausgabe vom *Der Graf von Monte Christo* fällt mir auf.
Sie ist in hellem Leder gebunden und sieht sehr alt aus.
Als ich sie aufschlage, finde ich auf der ersten Seite eine
zierliche Frauenhandschrift.

*September 1914. Komm zurück, Geliebter! Mögen Dich
diese Zeilen daran erinnern, dass du niemals einsam
bist.*

Ich werde auf Dich warten,
Victoire

Ich stelle das Buch wieder an seinen Platz zurück und
setze mich in den Sessel. Einen Augenblick bleibe ich so
sitzen, dann klingele ich nach Broadwell, der nur wenig
später erscheint.

„Kann ich Sie etwas fragen, Broadwell?"

Sollte Aubreys Butler irritiert sein, lässt er sich nichts
anmerken. „Selbstverständlich, Madam, wie kann ich
Ihnen helfen?"

„Wie lange arbeiten Sie schon für meinen Mann?"

Er scheint einen Moment überlegen zu müssen. „Seit
dem Mr la Valette hier einen Wohnsitz in London hat,
Madam. Er war immer sehr zufrieden mit meinen
Diensten."

Ich lächele ihm aufmunternd zu. „Das kann ich gut
verstehen. Daran hat sich auch nichts geändert, Broadwell."

Er erwidert mein Lächeln zaghaft.

„Sagen Sie, kannten Sie die erste Frau meines Mannes?“

Das Lächeln aus seinem Gesicht verschwindet. „Ich bedaure, Madam, ich hatte nicht die Ehre, sie kennenlernen zu dürfen.“

„Wissen Sie etwas über sie, Broadwell?“

„Es tut mir leid, aber ich kannte sie ja nicht. Sie soll sehr schön gewesen sein.“

Jetzt richtet er sich ganz gerade auf und ich höre die Türglocke. Ich hätte ihn gern gefragt, ob Aubrey von ihr gesprochen hat. Resigniert nicke ich ihm zu. „Schon gut, Broadwell, gehen Sie nur. Und vielen Dank.“

„Sehr wohl.“ Er deutet eine Verbeugung an und lässt mich allein.

Ich bin nicht schlauer als zuvor. *Mein Geliebter* stand in der Widmung. Sie hat Aubrey wohl sehr geliebt. War es umgekehrt auch so? Ist er deshalb so, wie er ist? Und was sagte Jules darüber, dass er grausam zu ihr gewesen sei? Der Mann, der meine Befriedigung über seine eigene stellt?

Es klopft und Broadwell tritt wieder ein. Bevor er sie ankündigen kann, prescht meine Mutter an ihm vorbei und nickt ihm knapp zu.

„Tee für mich, Broadwell!“ Dann wendet sie sich mir zu. Ich stehe entgeistert auf und lasse mich von ihr auf beide Wangen küssen. Sie legt Hut, Mantel und Handschuhe auf einen Hocker und setzt sich.

„Ich bin mit dem ersten Zug gekommen!“

„Ist etwas passiert?“, frage ich verständnislos.

„Das fragst du mich?“, ruft sie empört aus. „Das Telegramm ...“ Sie unterbricht sich, als Broadwell ihr ein Tablett auf den Tisch stellt und winkt ihn dann ungeduldig hinaus. „Amerika? Bist du von allen guten Geistern verlassen? Oder vielmehr Aubrey? Was ist denn in ihn gefahren, dich ins Land der Barbaren zu verschleppen? Ich weiß gar nicht, was ich dazu sagen soll!" Sie gießt sich ein, fügt tonnenweise Milch zum Tee und häuft zwei große Löffel Zucker dazu. Das tut sie nur, wenn sie hochgradig erregt ist. „Ich verstehe gar nichts mehr! Erst willst du ihn nicht sehen, jetzt geht ihr nach Amerika. Was soll das alles?"

„Wir beginnen in Amerika ein neues Leben."

Meine Mutter rutscht im Sessel zurück und lacht hell auf. „Aubrey beginnt mit dir ein neues Leben, ja?" Sie lacht weiter. „Hat er das gesagt? Oder ist das deine Interpretation der künftigen Ereignisse?"

Ich schweige und presse die Lippen aufeinander. Meine Wangen brennen wie Feuer.

Sie nickt. „Dachte ich es mir. Wann fahrt ihr denn?"

Ich atme tief ein und nehme meinen Mut zusammen. „Das werden wir noch sehen."

„Amerika! Völlig verrückt! Kind, du bist dort ganz auf dich allein gestellt. Das ist dir klar, oder?"

Nein, war es nicht.

„Ich habe Aubrey", entgegne ich selbstbewusster, als ich es meine.

Meine Mutter lacht mich aus. „Herzchen, einen Mann wie Aubrey hat man nicht. Solche Männer gehören allein sich selbst. Du bist mit ihm verheiratet, das ist etwas völlig anderes."

„Woher kennst du ihn eigentlich?", frage ich und verschränke die Arme vor der Brust.

„Unsere Eltern waren befreundet. Ich verbrachte einen Sommer in Valette, als ich sehr jung war", sagt sie knapp. Dann sieht sie mich fast mitleidig an.

Im Spiegel über dem Kamin sehe ich, dass meine Wangen eine feine Röte überzieht. Ich senke den Blick. „Hast du mit Aubrey auch …?"

Meine Mutter zieht scharf die Luft ein. „Nein!"

Während die Spannung in ihrer Stimme einer Enttäuschung weicht, setzt sie nach einer Weile hinzu: „Nein. Aubrey hatte nur Augen für seine Victoire und die hatte nur Augen für Jules. Und ich … so war das eben. Ich wette, Jules und Aubrey haben beide im Krieg gebetet, dass der jeweils andere fällt."

„Warum hast du mir das nie erzählt?", frage ich verständnislos.

„Kindchen, das ist über zwanzig Jahre her." Sie lacht wieder. „So ist das mit der Liebe. Ein sich ewig neigender Reigen. Die Wenigsten haben Glück, merk dir das." Sie spreizt ihren kleinen Finger elegant ab, als sie nach ihrer Tasse greift und sie in einem Zug leert. „Dir wird es nicht besser gehen. Finde dich gleich damit ab. Ich habe dich Aubrey nicht heiraten lassen, damit du glücklich wirst. Ich habe diese Verbindung vorgeschlagen, damit du sorgenfrei leben kannst."

„Damit wir alle sorgenfrei leben können."

Meine Mutter tippt mit dem Finger auf ihr Knie und übergeht meinen Einwurf komplett. „Ich traf Aubrey bei den Fallingtons oder war es der Abend bei Lady Bradford? Ich weiß es nicht mehr. Er schien mir einsam. Ich hörte, dass er in die Oper wollte und dachte, es wäre eine gute Gelegenheit, dich ins Spiel zu bringen. Du bist so schön, wie ich es einmal war. Es war einen

Versuch wert." Sie hebt beinahe hilflos die Schultern. „Victoire ist schon so lange tot. Ich dachte, es könnte für uns alle passen. Er hätte seine Ruhe vor Müttern wie mir und wir, nun ... lange überlegt hat er ja nicht, nachdem er dich sah."

Unvermittelt steht sie auf und greift nach ihren Sachen. „Wie dem auch sei, ich habe noch eine Verabredung." Geistesabwesend küsst sie mich auf die Stirn.

„Jules ist tot", sage ich und ich weiß gar nicht genau, warum ich ihr das erzähle.

„Ah ... ja." Ungerührt schlüpft sie in ihren Mantel. „Ja, Männer wie Jules sterben meist in den besten Jahren. Entweder eine Krankheit rafft sie dahin oder sie treffen einfach betrunken auf ihr Schicksal."

Ich finde es unglaublich, dass meine Mutter immer wieder genau ins Schwarze trifft. „Ich begleite dich hinaus."

Wieder lacht sie und es klingt heiter. „Diesmal willst du sicher sein, dass ich auch wirklich gehe." Sie rauscht durch die Tür, ohne sich noch einmal nach mir umzusehen.

Sie wird sich ganz sicher mit einem Mann treffen. Vielleicht heute mit Lord Fallington. Ich weiß nicht, wie meine Mutter das macht. Die Nächte in London verbringt sie mit ihm und nachmittags spielt sie mit seiner Frau Bridge. Vielleicht ist das einfach so. Vielleicht weiß Lady Fallington auch Bescheid und es stört sie gar nicht. Wer weiß, wen sie trifft. Es ist dieser Reigen, wie meine Mutter sagte. Wenn jeder immer jemand anderen liebt, dann gibt es auch keinen Grund zur Eifersucht, oder?

Zurück in der Bibliothek greife ich *Stolz und Vorurteil* aus dem Stapel. Es gab eine Zeit, da habe ich dieses Buch geliebt und geglaubt, dass es am Ende wirklich so werden würde wie im Roman, dass nach Drama und Verwirrung dann doch Erlösung wartet. Jetzt fühle ich mich belogen und betrogen und werfe das Buch in hohem Bogen in den Kamin.

Ich schreibe den ganzen Nachmittag wahllos auf, was mir durch den Kopf geht, während *Stolz und Vorurteil* verkohlt, der Einband sich wölbt, Blasen schlägt und schließlich auf den Rand des Rostes fällt.

Ich schreibe, bis sich die Tür öffnet und Aubrey eintritt. Er bringt einen Schwall feuchte Kühle von draußen mit herein und ist sehr viel früher zu Hause als angekündigt. Feiner Nieselregen schlägt gegen das Fenster. Es ist zu kalt für diese Jahreszeit.

„Macht es dir etwas aus, wenn jemand zum Dinner kommt?"

Ich sehe auf und schüttelte den Kopf. „Nein, sicher nicht. Wen erwartest du?"

„Einen Geschäftsfreund von mir. Er ist für ein paar Tage in der Stadt. Cecil Leyland. Er kommt aus New York."

„Werden wir auch in New York leben?", frage ich interessiert.

„Wahrscheinlich."

Mir fällt etwas ein. Etwas, das ich vorher gar nicht bedacht hatte. „Und Laurent?", frage ich leise.

„Wo immer wir leben, ma chère, ich verspreche dir, er wird weit weg sein." Aubrey tritt an den kleinen Tisch unter dem Spiegel und gießt sich einen Brandy ein. Er hält mir das Glas hin. „Du auch?"

Ich glaube ihm.

„Einen Sherry bitte. Hast du Broadwell schon Bescheid gesagt wegen unseres Gastes?"

Aubrey reicht mir ein Glas. „Ja sicher, aber Agatha hat frei. Sie wird uns ein kaltes Dinner anrichten, bevor sie das Haus verlässt."

Ich nicke. Nicht ideal, aber so ist es eben.

Aubreys Blick fällt auf den Kamin. Stirnrunzelnd bückt er sich, dann greift er nach dem Schürhaken und zieht den kläglichen Rest von *Stolz und Vorurteil* ein Stückchen nach vorn.

„Ich dachte immer, nur die Deutschen würden Bücher verbrennen", sagt er belustigt und richtet sich dann wieder auf. „Hast du etwas gegen Jane Austen?"

Ich komme mir albern vor. Nichts von dem, was in Büchern steht, ist real. Eigentlich sollte ich das wissen.

„Meine Mutter war heute Mittag da", erwidere ich, als wäre das eine Erklärung für das verkohlte Buch.

„Oh ja, sie hat wohl diese Wirkung." Er lacht herzhaft, dann sieht er mich genau an. „Bist du wütend auf sie?"

„Nicht mehr als sonst. Nein, nicht auf sie."

„Auf was oder wen dann?" Aubrey setzt sich halb auf die Rückenlehne des Sessels und nippt an seinem Brandy.

„Kann ich dich etwas fragen, Aubrey?"

„Wenn es sein muss ..." Er lehnt sich vor, stellt das Glas ab und zündet sich eine Zigarette an. Das Etui schiebt er über den Tisch zu mir.

Ich greife automatisch hinein, tue es ihm gleich und blase den Rauch in Richtung Kamin. Sein Blick ist heute offen und amüsiert. Es kann sein, dass ich eine Antwort auf meine Frage bekomme, es ist aber auch möglich, dass ich mit der Frage, die ich eigentlich stellen will, alles, was wir gerade haben, ruiniere. Vielleicht muss ich warten und mich gedulden, bis wir uns besser aneinander gewöhnt haben. Vielleicht muss ich auch zu einem anderen Zeitpunkt fragen.

„Und?" Er nickt mir zu.

Ich war nie gut darin, mich zu gedulden, aber ich reiße mich zusammen. „Wirst du Frankreich nicht vermissen? Das Leben dort, meine ich?"

Sein Lächeln wird etwas weniger und er greift wieder nach seinem Glas und schwenkt den Brandy darin. Dann sieht er auf. „Vermisst du Creston Hall?"

„Manchmal", sage ich. „Vielleicht wäre es anders, wenn ich dort glücklicher gewesen wäre. Trotzdem hänge ich daran."

Er trinkt einen großen Schluck und ich muss wieder an Victoires Widmung denken. *Mein Geliebter!*

„Siehst du, genau so geht es mir", sagt er knapp und sein Lächeln, das jetzt etwas breiter wird, hat etwas Künstliches. Er sieht auf die Standuhr. „Vielleicht sollten wir uns lieber frisch machen."

Ich habe das Gefühl, ich habe gerade eine Chance genutzt und gleichzeitig eine andere, wichtigere, ungenutzt verstreichen lassen.

13

Cecil Leyland ist ein attraktiver Mann, der beim Lachen eine Reihe strahlend weißer Zähne in seinem gebräunten Gesicht entblößt und er lacht oft. Sein blondes Haar ist ein Stückchen zu lang und fällt ihm immer wieder in die Stirn.

Insgesamt sieht er sehr amerikanisch aus, finde ich. Für meine Begriffe mehr nach Hollywood als nach New York, aber was verstehe ich schon davon ... Ich gehe selten ins Kino und Aubrey hat auch nie übermäßiges Interesse daran gezeigt.

Als Cecil Leyland eintritt, schüttelt er mir die Hand so kräftig, dass sich der Verschluss meines Perlenarmbands löst. Lachend sammelt er auf allen Vieren alle Perlen wieder ein und überreicht sie mir, als wären es die Kronjuwelen.

Fassungslos starre ich auf sein weißes Dinnerjacket, das ihm nicht im Mindesten peinlich ist. Unbekümmert setzt er sich an den Tisch und plaudert, als würden wir alle uns schon ewig kennen.

„Waren Sie schon in den Staaten, Ma'am?"

Ma'am! Ich glaube, ich werde ohnmächtig. Meine Mutter wäre vom Stuhl gefallen.

„Nein", gebe ich höflich zurück. „Leider glaubt meine Mutter, dass Amerika ein Land voller Barbaren ist und hat mir daher bisher keine Reisen dorthin ermöglicht. Aber ich freue mich darauf, es mit Aubrey kennenzulernen."

Ganz abgesehen von der Tatsache, dass wir uns die Schiffspassage niemals hätten leisten können. Das

Beste, was ich je bekommen habe, war eine kleine Reise nach Italien, bei der wir unsere Verwandten so lange besucht haben, wie es gerade eben noch schicklich war.

Wir plaudern heiter während des Essens und langsam gewöhne ich mich an die Tischkultur unseres Gastes. In seiner herzlichen Offenheit liegt etwas sehr Anrührendes und mit seinen knapp dreißig Jahren wirkt er so frisch, dass ich mich zum ersten Mal seit langer Zeit fast ausgelassen fühle.

„Wir haben ein großartiges Nachtleben in New York. Sie werden es lieben!“ Cecil zwinkert mir zu.

„Und womit verdient Ihre Familie Ihr Geld?“, erkundige ich mich interessiert und trinke einen Schluck Wein.

„Yachten.“ Er lacht. „Meinem Vater gehört die größte Werft an der Ostküste. Ich werde sie in ein paar Jahren übernehmen.“

„Das klingt interessant.“

„Ach …“ Cecil winkt ab. „Das ist doch langweiliger Quatsch. Das wahre Leben findet in den Bars und Clubs der Stadt statt. Jazz und Swing. Zu diesen Rhythmen funktioniert die Stadt.“ Er zwinkert wieder.

„Wollen wir auf einen Drink in die Bibliothek gehen?“, wirft Aubrey ein und Cecil legt seine Serviette auf den Tisch. „Gern. Wenn Sie mich vorher einen Moment entschuldigen würden …“

„Sicher.“

Aubrey ergreift meinen Arm und wir schlendern nach nebenan. Broadwell hat das Feuer in der Bibliothek noch einmal geschürt. Von *Stolz und Vorurteil* ist nichts mehr zu entdecken.

„Il est mignon", sagt Aubrey leise und tritt an den kleinen Tisch, auf dem Broadwell die Drinks gerichtet hat. „Du auch?"

Ich schüttele erst den Kopf, dann überlege ich es mir anders. „Einen kleinen Brandy. Was hast du eben gesagt?"

Er dreht sich nicht zu mir um, als er uns einschenkt. „Nichts."

Ich hätte schwören können, dass er „Il est mignon" gesagt hat. Er ist niedlich. Und das trifft Cecil ziemlich gut, finde ich. Ich habe noch nie gehört, dass man „mignon" für einen Mann benutzt. Würde man so nicht über einen niedlichen kleinen Hund sprechen? Oder ein Kind?

„Magst du ihn?", frage ich Aubrey, als er mir das Glas reicht.

Er runzelt die Stirn und sieht zu mir herunter. „Wen?"

„Cecil natürlich", entgegne ich ungeduldig.

Er schweigt einen Moment. „Mögen, pfff ... wen mag man schon?"

„Nun, magst du mich?"

„Sei nicht albern." Aubrey lacht, als hätte ich etwas ungemein Geistreiches gesagt und trinkt einen Schluck aus seinem Glas.

Es ist das Lachen, das mich kränkt und ich kann gar nicht sagen, warum.

„Alors, dis-moi!" Auf Französisch fordere ich ihn auf, mir eine Antwort zu geben.

„Cecil ist mir ziemlich egal", antwortet Aubrey mit einem müden Lächeln auf Englisch, gerade als Broadwell die Tür für Cecil öffnet und ihm leise erklärt: „Das ist die Bibliothek."

Unser Gast lacht, als er raschen Schrittes auf Aubrey zugeht. „Gar nicht so groß, der Kasten. Ich hab mich aber trotzdem verlaufen."

Im Augenwinkel nehme ich wahr, dass Broadwell stehen geblieben ist. Ich gebe meinem Mann ein Zeichen, der sich sofort umdreht und dem Butler zunickt.

„Entschuldigt mich kurz." Aubrey stellt sein Glas ab. „Ma chère, vielleicht könntest du Cecil den Degas im oberen Salon zeigen?"

„Natürlich", antworte ich liebenswürdig.

„Ein Degas?" Beeindruckt hebt Cecil eine Augenbraue und grinst mir dann sehr jugendhaft und irgendwie entzückend zu. „Ich weiß, Mrs la Valette, Sie als Engländerin halten wahrscheinlich alle Amerikaner für Kulturbanausen, aber mein Vater hat eine große Kunstsammlung."

„Erlauben Sie." Ich gehe vor ihm die Treppe hinauf. Mein Abendkleid ist am Rücken am weitesten ausgeschnitten und gerade jetzt bereue ich das.

„Es ist eine Studie in Öl …", erzähle ich, als ich die Hand ausstrecke und Cecil an mir vorbeigehen lasse, „… eine Studie zu seinem Bild *La Toilette*. Vielleicht kennen Sie es?"

Zu meinem Bedauern schüttelt Cecil den Kopf. Ich seufze in mich hinein. „Das Original ist eine Pastellzeichnung, wenn mich nicht alles täuscht. Eine nackte Frau bei ihrer Morgentoilette. Sie benetzt ihre linke Brust mit einem Schwamm. Vor ihr steht eine Schüssel mit Wasser und neben ihr sitzt eine Frau, die angekleidet ist, allerdings ist sie nur halb zu sehen. Degas versucht, die Nacktheit zu entschuldigen, indem er die Frau bei einer alltäglichen Verrichtung zeigt." Ich befeuchte meine Oberlippe mit der Zunge und sehe Cecil an, der immer noch auf das Bild sieht. Ich trete dichter neben ihn und deute darauf. „Sehen Sie den feinen Schwung der Linien?"

Cecil dreht den Kopf ein wenig und sieht mich erstaunt an, bevor er zurücktritt. „Sie sind eine schöne Frau, Mrs la Valette."

„Danke, Cecil", erwidere ich schlicht. Sein Kompliment ist so rührend unbeholfen, dass es mich nicht einmal verlegen macht.

Er wirft einen besorgten Blick zur Tür, bevor er flüstert: „Vielleicht sind Sie sogar die schönste Frau in ganz London." Ich höre die Unsicherheit in seiner Stimme und lächele. „Das glaube ich kaum, aber vielen Dank."

Hastig tritt Cecil zurück, als er Aubreys Schritte vor der Tür hört.

„Cecil …", Aubrey lächelt, „… es tut mir sehr leid, dass ich den Abend so rasch beenden muss, aber ich werde auswärts in einer dringenden Angelegenheit erwartet. Es wird spät werden."

„Um diese Zeit, alter Freund?" Cecil runzelt die Stirn.

„Ja, leider. Es duldet keinen Aufschub. Die politische Situation ist derzeit heikel." Aubrey schüttelt den Kopf und sieht Cecil so durchdringend an, als wolle er ihn überzeugen, dass nur er selbst, Aubrey la Valette, den drohenden Krieg noch abwenden könne. Alles kann mit der politischen Situation in Europa entschuldigt werden, ohne dass es auch nur eines weiteren Wortes bedarf. „Es tut mir leid, wir holen den Abend nach."

„Wie bedauerlich", sage ich, stelle mich auf die Zehenspitzen und hauche Aubrey einen sehr flüchtigen Kuss auf die Wange. „Ich begleite unseren Gast dann hinaus.“

Aubrey sieht mir irritierend lange in die Augen, dann schüttelt er Cecil die Hand.

Ich sehe ihm nach, wie er die Treppe hinuntereilt. Ich sehe, wie er nach seinem Mantel greift und höre dann die Tür zuschlagen.

Ich frage mich, was Aubrey mir sagen wollte. Es ist, als würden wir unterschiedliche Sprachen sprechen. Ich verstehe ihn einfach nicht.

„Wer lässt so eine schöne Frau zu einer solchen Stunde allein?“ Cecils Stimme plätschert so vor sich hin und ich wünschte, ich könnte sie einfach ignorieren. Der Degas kann seine Aufmerksamkeit offenbar nicht fesseln, denn seine Augen hängen so intensiv an mir, dass sein Blick beinahe wie eine Berührung ist.

„Sagen Sie es mir, Cecil“, gebe ich gelangweilt zurück. Aubreys Gesicht schiebt sich in meinen Gedanken über Cecils Hundeblick, als ich die Treppe wieder hinuntergehe, den Flur durchquere und vor der Eingangstür stehen bleibe.

Zum Abschied beugt Cecil sich vor. „Ich bin noch bis Freitag im Clarence House Hotel. Es würde mich freuen, wenn wir unser Gespräch über … den … den … das Bild fortsetzen könnten.“

„Wir werden sehen.“ Ich wedele ungeduldig mit meiner Hand. Ich möchte, dass er geht. Er ist kein Mann, der mein Interesse weckt. Nicht weil er Amerikaner ist, vielmehr weil er mir so schrecklich uninteressant vorkommt. Und doch ist da wieder dieser Schmerz in meinem Bauch, dieses Ziehen. Ich schließe die Augen und bleibe einen Moment vor der Tür stehen, die ich eben hinter Cecil geschlossen habe.

„Haben Sie noch einen Wunsch, Madam?"

Ich schüttele den Kopf. „Danke, Broadwell, Sie können sich zurückziehen."

„Sehr wohl, Madam", entgegnet er mit einem leichten Nicken.

Als er fort ist, öffne ich noch einmal die schwere Eingangstür und starre einen Moment auf die leere, dunkle Straße, bevor ich sie wieder schließe und mich dagegen lehne.

Ich weiß nicht, warum ich glaube, Aubrey würde dort stehen.

14

Eine Stunde später liege ich nackt in meinem Bett. Trotz einer bleiernen Müdigkeit, die in meine Knochen gekrochen ist, ist mein Geist hellwach. Die Straßenlaterne malt mit dem Baum vor dem Fenster tanzende Punkte an die Decke, die ich anstarre. In mir wächst eine absurde Hoffnung, die Lichter würden mir Erkenntnis bringen.

Ich habe nicht mit Aubrey gerechnet, trotzdem überrascht es mich nicht, als er eintritt und leise die Tür hinter sich schließt. Er entkleidet sich ohne Hast und legt sich neben mich. Ich höre seinen Atem.

„War deine Angelegenheit erfolgreich?", frage ich schließlich in die merkwürdige Stille hinein. Weniger weil ich es wirklich wissen will und aus dem Glauben heraus, dass Aubrey mir eine befriedigende Antwort geben wird, sondern vielmehr, weil mir unser Schweigen unangenehm ist.

„Ein wenig", sagt Aubrey nach einer ganzen Weile schließlich, als ich schon glaubte, er wäre eingeschlafen. „War es noch interessant mit Cecil?"

Ich zucke mit den Schultern, was er in der Dunkelheit nicht sehen kann. „Cecil ist kein spannender Mensch."

Aubrey lacht leise auf. „Aber Jules war spannend?"

Ich schüttele den Kopf. „Nein, das war er nicht. Er war nur attraktiv, mehr nicht."

Und er war da, füge ich im Geiste hinzu. *Ganz da, anders als du, Aubrey.* Jules hatte mich berührt, mich ihn berühren lassen. Ich hatte meine Finger in seinen Rücken krallen können, während ich gekommen war, und in diese Stelle zwischen Hals und Schulter atmen, seufzen können. Mehr hatte ich von Jules nicht gewollt.

Aubrey legt unvermittelt eine Hand auf meine Brust und ich erschauere. Seine Finger sind so weich und warm. „Hast du Jules begehrt?"

Ich denke über seine Frage nach. „Zu Anfang ein wenig. Er hat mir geschmeichelt oder ... es hat mir geschmeichelt. Ich weiß nicht."

Aubrey beugt sich über mich.

Als ich später eine Hand auf seine Brust lege, schiebt er sie weg und setzt sich auf.

„Bleib", bitte ich ihn leise und greife nach seinem Arm. „Bitte bleib."

Ich spüre sein Zögern, spüre, dass er eigentlich aufstehen will. Langsam zieht er seine Beine wieder ins Bett und schiebt seine Hand in meinen Nacken. Sanft küsst er meine Stirn. „Schlaf."

Schlaf, echot es in meinem Kopf, *schlaf.* Ich fühle noch, wie sich die Decke über mir ausbreitet, dann versinke ich in eine ruhelose Nachtruhe.

Am nächsten Morgen ist Aubrey verschwunden und Bridget bringt mir nicht nur Tee, sondern auch ein Telegramm.

Ich setze mich an meinen Toilettentisch und warte, bis sie mir eingießt. Dann macht sie sich an den Laken zu schaffen.

Ich drehe das Telegramm unschlüssig zwischen meinen Fingern. Natürlich ist es von Cecil.

Ich kann Sie nicht vergessen STOP Ich wohne noch bis Freitag im Clarence House Hotel STOP Suchen Sie mich auf, wann immer es Ihnen passt. STOP Cecil

Später am Vormittag kleide ich mich an und schlendere in die Bibliothek, als das Telefon klingelt.

Broadwell steckt den Kopf hinein. „Ein Telefonat für Sie, Madam, möchten Sie hier abnehmen?"

Ich runzele die Stirn. Hoffentlich hat meine Mutter nicht endlich ihren Anschluss auf Creston Hall bekommen. Ach nein, bitte alles, aber das nicht!

„Mrs Aubrey la Valette?", melde ich mich und habe ein ungutes Gefühl.

„Du! Ich bin wieder in London!", höre ich eine vertraute Stimme und plötzlich packt mich eine unbändige Freude. Meine einzige Freundin auf dieser Welt ist wieder da!

„Gabrielle!", rufe ich aus. „Ach nein, Lady Winterstone." Ich kichere. „Seit wann?"

„Seit letzter Woche", sprudelt es aus ihr hervor und ich kann ihr kleines hüpfendes Kinn vor mir sehen, ihren runden Kopf und das breite Lächeln auf ihren Zügen.

„Ich kann es kaum abwarten, dich zu sehen! Willst du nicht gleich auf eine Tasse Tee vorbeikommen oder zum Lunch? Alfie ist im Club."

Ich denke einen Augenblick lang nach. Aubrey. Ich habe keine Ahnung, wo er steckt und wann er wiederkommt.

„Gern. Gib mir eine halbe Stunde, Gabrielle."

Sie lacht glucksend. „Was? Bist du noch nicht angezogen?"

Dann knackt es in der Leitung und sie hat aufgelegt.

Ich klingele nach Broadwell. „Ich nehme den Wagen in zwanzig Minuten. Zum Grosvenor Place. Lord und Lady Winterstone."

„Sehr wohl, Madam."

Die Fahrt ist kurz, denn Belgravia ist nur einen Steinwurf weit von Mayfair entfernt. Ich hätte laufen können, aber das schickt sich einfach nicht.

Gabrielle erwartet mich im Salon ihres Hauses. Ihr Bauch ist sichtlich gewölbt und ihre Wangen rosig. Das blonde Haar trägt sie jetzt kurz und in elegante Wellen gelegt. Sie sieht erwachsen aus. Ich erinnere mich an sie, als sie noch zwei Zöpfe trug und aufgeschlagene Knie hatte.

Nach ihrer Hochzeit mit Alfie Hatton, Lord of Winterstone, waren sie gemeinsam nach Indien aufgebrochen. Ich hatte Gabrielle glücklich an seiner Seite auf dem tropischen Subkontinent verortet, irgendwo zwischen Palmen und Elefanten, eingehüllt in den ewigen Duft nach Curry und Kokosnuss, in den Schlaf gewiegt vom Rauschen des Monsuns – so wie sie es mir in ihren Briefen immer beschrieben hatte.

„Was tust du in London?", frage ich daher und eile auf sie zu. Wir umarmen uns innig, dann schiebt sie mich weg und mustert mich von Kopf bis Fuß. „Herrje. Von Kopf bis Fuß Pariser Schick. Oh là, Madame la Valette." Sie zupft an meiner Jacke und am Rock. Beides ist aus der letzten Saison, aber Gabrielle sieht mich erst bewundernd und dann ein wenig abschätzig an. Ihr Blick verunsichert mich.

Wir setzen uns und sie schenkt Tee ein. „Weißt du, drei Jahre in Indien sind eine halbe Ewigkeit. Die Hitze hat mich umgebracht. Ich hatte Sehnsucht nach England und Alfie auch."

„Das kann ich verstehen", sage ich und lächele ihr liebevoll zu. „Schon die Hitze in Südfrankreich hat mich geschafft."

Gabrielle kneift ihre puppenblauen Augen zusammen. „Ich konnte es ja gar nicht …" Sie unterbricht sich, als die Tür aufgeht. „Oh." Ein Schatten huscht über ihr Gesicht. „Francis Hatton, Alfies Cousin."

Gabrielle stellt mich vor und er mustert mich ausdruckslos. „Angenehm." An Gabrielle gewandt sagt er knapp: „Ich habe viel Korrespondenz und der Lärm im Arbeitszimmer macht mich wahnsinnig." Er lässt sich hinter dem kleinen Sekretär auf der anderen Seite des Raumes nieder und Gabrielle verzieht für einen Moment das Gesicht.

„Du störst nicht, Francis", sagt sie betont deutlich.

Ein winziges, kaum merkliches Lächeln legt sich über seine Züge. Ich sehe ihn einen Moment lang an. Francis Hatton ist kein schöner Mann. Sicher, er ist sehr groß und schlank, aber seine Nase ist hakig und zu lang und sein Gesicht seltsam kantig. Trotzdem ist er attraktiv – auf eine besondere, eben nicht alltägliche Weise. Er sieht ein wenig so aus, wie ich mir den jungen Sherlock Holmes immer vorgestellt habe.

Nur ganz kurz bleibe ich an seinen Augen hängen. Sie sind grau und sehr durchdringend. Rasch drehe ich den Kopf. Sie machen mir Angst. Sie sind klug und ich glaube, sie sehen mehr als die anderer Menschen. Mir fällt ein, dass meine Mutter ihn mal als Heiratskandidaten in Erwägung gezogen hat. Es ist lange her, denke ich, sehr lange. Und doch, hätte ich ihn geheiratet, ich würde wahrscheinlich auch jetzt hier sitzen. Die Welt ist manchmal seltsam.

„Ja, wir renovieren gerade das Musikzimmer und den kleinen Salon." Gabrielle seufzt. „Es war ja alles so altmodisch, als wir zurückkamen."

Im Augenwinkel sehe ich, wie Francis die Augen verdreht und ich muss lächeln.

„Francis ist aus Deutschland zu Besuch. Er macht dort irgendetwas für die Regierung, wenn er nicht auf seinem Anwesen in Yorkshire ist." Nach einer kleinen Pause fügt Gabrielle abschätzig hinzu: „Auf dem Lande."

Wieder ist da dieses kleine Lächeln in seinen Augen, das mich amüsiert. Es freut mich irgendwie, dass er Gabrielle nicht ernst nimmt. Sie, die sonst ausnahmslos jeden um den Finger wickeln kann, wenn sie auch nur einmal die Augen aufreißt und den Kopf schräg legt. Deshalb wird sie ihn nicht mögen, denke ich. Er ist gegen ihren Puppenblick immun.

Ich sehe auf ihren Bauch. „Und?", frage ich, „wann ist es soweit?"

Sie streicht liebevoll über die Wölbung ihres Leibes. „November", sagt sie und lächelt. „Nummer drei. Alfie hofft auf einen weiteren Jungen, aber ich sage dir ganz ehrlich, mir wäre ein Mädchen mehr als recht. Aber genug von mir. Wie geht es dir? Ich war so ..." Sie sucht nach Worten und spitzt dann ihren kleinen roten Mund. „Ich war so überrascht, als ich von deiner Hochzeit hörte. Aubrey la Valette. Nun ja, ein begehrenswerter Junggeselle, zweifellos, aber eben auch ... beträchtlich älter, nicht wahr? Es ging sehr schnell, ja?"

Ich trinke einen Schluck Tee und mir wird sehr warm. „Ja, wir haben keine Zeit verschwendet“, sage ich leichthin und versuche dann abzulenken. „Und wie lange wollt ihr in London bleiben?“

„Bis in den nächsten Frühling sicher und dann werden wir weitersehen. Wir haben ja noch Lindon Hall in Shropshire.“ Sie klingt nachdenklich. „Also, du und Aubrey … Er soll ja sehr gut situiert sein.“

Ich nehme etwas in ihrer Stimme wahr. Ist es Schärfe? Ist es Neid? Ich weiß es nicht.

„Ist euch Mayfair nicht langsam zu klein? Geht ihr nach Paris zurück?“, fährt sie fort.

Ich schüttele den Kopf. Ich habe keine Lust, ihr von Amerika zu erzählen und doch, es bleibt mir nichts anderes übrig. Sie erfährt es ja doch irgendwann. Meine Mutter wird es vielleicht auch schon wie ein Lauffeuer verbreitet haben.

„Nein, Aubrey hängt an dem Haus und ich mag es auch.“

Es ist ein Haus und, das mag seltsam klingen, was das angeht, war ich noch nie anspruchsvoll. Vielleicht hat mich auch die Tatsache geprägt, dass ich weiß, wie es ist, in einem großen Haus ohne Geld zu sitzen und im Winter nur einen Kamin heizen zu können. „Wir behalten es, wenn wir nach Amerika gehen.“ Jetzt ist es raus.

„Amerika!“, ruft Gabrielle. „Ich muss schon sagen … wie aufregend für dich!“ In ihre Stimme hat sich eine Kälte geschlichen, die ich zuvor noch nie gehört habe. Ich hätte sie gern geschüttelt und gefragt, was mit ihr los ist.

„Und? Bist du glücklich mit Aubrey?“

Ihre Frage trifft mich so unvorbereitet, dass ich mich verschlucke und einen Moment lang huste. Glücklich? Was um alles in der Welt soll ich ihr darauf antworten?

Ich hole tief Luft und mir wird klar, dass ich mit Gabrielle nie wieder so sprechen kann wie früher. Mein Leben ist unaussprechlich anders und ihres ist für sie das Maß aller Dinge.

„Geht es wieder?“, fragt sie besorgt und beugt sich zu mir vor, soweit es ihr Bauch erlaubt.

Ich nicke und räuspere mich. „Natürlich bin ich glücklich, Gabrielle. Aubrey ist ein wunderbarer Ehemann.“

Als ich den Kopf hebe, sieht mir Francis Hatton direkt in die Augen. Er weiß, dass ich lüge. Er weiß es, er weiß nur nicht, was genau nicht stimmt. Hastig senke ich den Blick.

Noch einmal mustert Gabrielle mich prüfend und bleibt dann auf der Mitte meines Leibes hängen. „Und … wünscht ihr euch denn keine Kinder? Lass mich überlegen, wie lange seid ihr jetzt verheiratet? Zwei Jahre?“

Ich fühle, dass mir das Blut in die Wangen schießt. Ich verschränke die Hände in meinem Schoß und knete meine Finger.

„Ich …“ Weiter komme ich nicht, denn Gabrielle spricht leiser weiter. „Nun ja, manchmal dauert es eine Weile. Ich kann dir auch meinen Arzt empfehlen. Dr. Bowers am Leicester Square. Ein ausgezeichneter Mediziner.“

Diesmal lese ich Mitleid in Francis Hattons Augen, als ich aufsehe.

„Alfie hat mir erzählt, dass Aubrey viel arbeitet." Gabrielle sieht mich bedauernd an. „Es muss auch hart für dich sein, Paris aufzugeben."

„Nein, das ist eigentlich ..."

„Oh, und das schöne Schloss in Südfrankreich! Wie heißt es doch gleich?"

„Chateau Valette", entgegne ich tonlos, sehe auf die Uhr und stehe dann auf. „Es tut mir leid Gabrielle, ich habe ganz vergessen, dass meine Schneiderin heute kommt."

„Willst du etwa schon gehen?", fragt sie und ich zucke zusammen. Nichts in ihr ist mehr die Gabrielle, die ich einst kannte. Es ist, als hätte nur ihre äußere Hülle einen schweren inneren Schaden überlebt.

„Es tut mir leid. Ein andermal. Bis bald, Gabrielle."

Sie stützt sich mit beiden Händen auf das Sofa und macht Anstalten, mich hinausbegleiten zu wollen.

„Nein, bitte bleib sitzen. Ich finde allein hinaus." Die Luft im Raum ist dünn und warm. Das Atmen fällt mir schwer.

„Mr Hatton." Ich nicke ihm zu und verlasse das Zimmer so schnell, wie es eben noch schicklich ist.

In der Halle vor dem Spiegel richte ich mir mit zitternden Fingern meinen Hut. Obwohl Gabrielles Haus so viel größer ist als Aubreys, erscheint es mir in diesem Moment klein und eng. So, als würden die Wände auf mich zukommen. Die Peripherie meines Blickes verschwimmt und auf meinen Augen liegt ein Druck, so als würde sie jemand in ihre Höhlen pressen wollen. Ich taste mich zur Eingangstür und halte mich am Rahmen fest, bevor ich hinaustrete und die Sonne mich umfängt. Erst draußen erreicht wieder Sauerstoff meine Lungen.

„Kommen Sie." Francis Hatton greift meinen Arm. An seiner Seite gehe ich die Stufen hinab. Energisch öffnet er die Wagentür für mich und flüstert mir ins Ohr: „Machen Sie sich nichts daraus. Gabrielle ist nur neidisch. Ihr Alfie flieht bei jeder Gelegenheit aus dem Haus in seinen Club. Und ehrlich, ich kann es ihm nicht verübeln." Ein spöttisches Lächeln legt sich kurz über sein Gesicht, dann wird er wieder ernst. „Adieu, Mrs la Valette. Es hat mich gefreut."

15

„Der Tenor ist grauenvoll und die Butterfly auch. Wo haben sie die denn aufgetrieben? Im Varieté?", raunt mir Aubrey entrüstet ins Ohr, während sich die Butterfly nach ihrem Pinkerton verzehrt.

Angestrengt sehe ich durch mein Opernglas. Sehe, wie sich Butterflys mächtiger Brustkorb hebt und senkt, sehe, wie ihre Venen am Hals hervortreten.

„Cecil lässt dich übrigens grüßen". Belustigt tippt er mir auf den Arm. „Du hast nachhaltigen Eindruck auf ihn gemacht."

Fast unmerklich nicke ich und Aubrey sieht wieder missbilligend nach unten auf die Bühne.

Trotz der eher mittelmäßigen Darbietung hüllt mich die Musik ein wie ein Kokon. Vielleicht liegt es an ihr, dass ich am ganzen Körper so taub und auch ein bisschen schläfrig werde. Die Butterfly dagegen verausgabt sich, wartet und bringt sich um. So muss Liebe doch sein, oder nicht?

Wir applaudieren, stehen auf und reihen uns in den Strom der Opernbesucher mit ihren Abendkleidern und Fräcken ein. Ich rieche unzählige verschiedene Parfums, sehe rot gemalte Wangen.

Aubrey schiebt mich gerade ins Foyer, als ich meinen Namen höre und mich umdrehe. Gabrielle und Alfie. *London ist so klein*, denke ich, und lächele tapfer. Ich schiebe meine Hand unter Aubreys Arm, während wir Höflichkeiten austauschen.

„Dein Kleid ist fantastisch!“ Gabrielle fährt mit ihrem behandschuhten Finger über die feine Seide. „Aus Paris?“

„Ja, ich habe es letztes Jahr gekauft.“

„Oh!“, sagt sie und fällt Alfie ins Wort, der gerade mit Aubrey spricht. „Oh, ihr müsst unbedingt am Freitag zu uns kommen. Wir geben ein kleines Dinner. Nichts Besonderes. Nur ein paar gute Freunde. Wir haben während unserer Zeit in Indien alle so vermisst.“

Ich tausche einen Blick mit Aubrey.

„Es ist uns eine Freude“, sagt er galant zu Gabrielle und deutet einen Handkuss an. Dann schweift sein Blick ab und über die Menge. Über eines brauche ich mir bei Aubrey, das glaube ich zumindest, keine Sorgen zu machen. Auch an ihm prallt Gabrielle einfach ab. Sicher, ich bin eine schöne Frau, aber neben Gabrielle musste ich immer zurückstecken. Gabrielle mit den blonden Korkenzieherlocken und den puppenblauen Augen. Gabrielle mit ihrem reizenden Lächeln.

Auf Aubrey hat sie jedoch keine Wirkung. Alfie dagegen, den lieben, tumben, reichen Alfie, hat sie spielend um den Finger gewickelt. Ich frage mich, ob die Kinder, die sie ihm geboren hat, wirklich seine sind. Ich frage mich, wessen Kind sie unter dem Herzen trägt, so gelangweilt, wie sie ihren Mann ansieht und so begehrlich ihre Blicke über Aubreys Gesicht wandern.

„Ihr entschuldigt uns, ja?“ Unvermittelt verabschiedet sich Aubrey und zieht mich zum Ausgang. Draußen sind Regen und Kälte der letzten Tage einer milden Sommerluft gewichen.

Aubrey setzt sich selbst hinters Steuer. London fliegt an den Scheiben vorbei.

„Stört es dich, wenn wir noch ein wenig fahren?“, fragt er.

Ich schüttelte den Kopf. „Hast du noch etwas vor?“

„Nein, nein. Ich …“ Er bricht ab und gibt Gas.

Ich könnte ihn danach fragen, was er sagen wollte, aber ich traue mich nicht. Gerade heute, den Kopf noch voller Musik, könnte ich keine seiner spöttischen, ausweichenden Antworten ertragen.

Wir kommen auch am Clarence House Hotel vorbei. Ich starre einen Moment lang auf die Fassade. Irgendwo hinter einem der Fenster liegt vielleicht Cecil gerade im Bett, stelle ich mir vor, und es ist mir absolut gleichgültig. Trotzdem frage ich mich, ob mich ein Mann wie er glücklicher machen würde oder nein … mein Leben überschaubarer. Wäre es dann nicht automatisch glücklicher?

Broadwell öffnet uns eine Stunde später die Tür und streckt mir ein kleines Tablett entgegen. „Telegramm für Sie, Madam.“

Aubrey zieht eine Augenbraue nach oben, bevor er in Richtung seines Arbeitszimmers verschwindet.

Ich bleibe einfach stehen und reiße den dünnen Umschlag auf.

Ich erwarte Sie STOP Tag und Nacht STOP Cecil

Ich knülle das Papier zusammen, lege es zurück auf das kleine Tablett, das Broadwell immer noch in der Hand hält, und gehe zu Bett.

Am nächsten Morgen sitzt Aubrey noch am Frühstückstisch, als ich eintrete. Überrascht starre ich ihn einen Moment lang an, bevor ich mir eine Tasse Tee einschenke und mir etwas Rührei auf den Teller löffele.

„Ich wohne hier", sagt er knapp und lächelt mir spöttisch über den Rand seiner Zeitung hinweg zu.

„Niemals zum Frühstück", gebe ich zurück.

„Ich habe nicht die geringste Lust auf die Winterstones Ende der Woche", sagt er unvermittelt und faltet seine Zeitung zusammen.

„Ich auch nicht", murmele ich und löffele mir Zucker in den Tee. „Langweilige Konversation beim Essen, danach Bridge mit den Damen."

„Glaub nicht, dass ich es mit den Herren besser habe", brummt Aubrey. „Alfie wird so tun, als hätte er das Empire in Indien ganz allein verteidigt. Dabei sitzt er doch den ganzen Tag am Schreibtisch. Er war nie im Krieg." Aubrey gähnt herzhaft.

Ich muss lachen, weil er ausspricht, was ich über Alfie denke.

„Du warst im Krieg, nicht wahr?", frage ich und nehme die Gabel in die Hand, ohne jedoch zu essen.

„Ja, ma chère", sagt er abwesend, reibt sich die Augen und schiebt seinen Stuhl zurück. „Freiwillig sogar. Ich war jung und sehr, sehr dumm."

„Wie ist Krieg? Ich meine ... wie ist es, im Krieg zu sein?"

Aubrey blickt geradeaus. „Es ist dreckig und dunkel. Jeder Tag bringt Angst und Verderben. Im Krieg gibt es keine Helden und jeder, der dir etwas anderes erzählen will, lügt. Es gibt nur die vage Hoffnung, den nächsten Tag zu überleben."

„Aber wir haben gewonnen. Wir haben es geschafft."

Jetzt sieht er mich an und lächelt. „Wir, Herzchen? Wann bist du geboren?“

„1917.“

„Genau“, sagt er nachsichtig. „Ich habe für September eine Passage auf der *Mauretania* für uns gebucht.“

Der August hat gerade begonnen und der Sommer schickt schräge Sonnenstrahlen durch das Fenster.

„Noch so lange ...“, seufze ich und lege die Gabel wieder hin.

Aubrey steht auf, küsst meine Stirn und geht zur Tür. „Ich werde nächste Woche nach Frankreich fahren, aber rechtzeitig zu unserer Abreise zurück sein.“

Rasch stelle ich die Tasse wieder ab, die ich eben zum Mund führen wollte. „Nach Frankreich?“

„Ja, ma chère. Es sind noch ein paar Geschäfte offen. Sieh mich nicht so an. Ich bin schneller wieder da, als dir lieb ist.“

„Ich möchte, dass du vorsichtig bist, Aubrey.“

„Vorsichtig“, wiederholt er erstaunt. „Was glaubst du, welcher Art meine Geschäfte sind? Warte heute übrigens nicht auf mich. Ich bin im Club. Es wird so spät, dass ich dort übernachten werde. Morgen Abend bin ich wieder da.“

Ich zucke mit den Schultern. „Wie es dir beliebt.“

„Eben“, sagt er und schließt die Tür hinter sich.

Nur wenige Stunden später sitze ich auf der Couch und höre meiner Mutter halbherzig zu, die mit Gabrielle im Schlepptau nach dem Lunch über mich hereingebrochen ist wie ein unerwartetes Gewitter.

Ich denke über das Telegramm nach, das ich Cecil heute schickte.

Heute wäre ein guter Abend, um beim Dinner über den Degas zu plaudern STOP Sieben Uhr STOP

Die Antwort kam prompt.

Ich werde da sein STOP

„... und du musst deine Garderobe zusammenstellen. Du brauchst eine Reisegarderobe für die Überfahrt. Wie viel Tage seid ihr auf See? Fünf, sechs? Dann brauchst du mindestens die gleiche Anzahl an Abendkleidern. Besser eins mehr, falls ein Unglück passiert. Hörst du mir zu?"

„Sicher, Mutter. Sechs Abendkleider, eins mehr zur Sicherheit."

„New York", wiederholt Gabrielle gerade, als Broadwell ins Zimmer tritt.

„Ein Telefonat für Sie, Madam. Möchten Sie im Arbeitszimmer abnehmen?"

Ich nicke Broadwell dankbar zu. Kein Wunder, dass er so lange im Dienst von Aubrey ist. Ein unerfahrenerer Butler hätte mir das Gespräch vielleicht hierher in den Salon gelegt.

Rasch stehe ich auf. „Entschuldigt mich für einen Augenblick."

Im Arbeitszimmer bin ich selten. Es ist Aubreys Zimmer, in dem ich ihn nie störe. Vielleicht fühle ich mich deshalb in seinem Ledersessel hinter dem riesigen Sekretär, auf dem er einige Papiere geordnet hat, so verloren.

„Ja?", sage ich langsam, als ich den Hörer abnehme.

„Amüsierst du dich?" Aubrey klingt spöttisch. „Grüß deine Mutter und Gabrielle von mir. Zu schade, dass ich nicht da bin."

„Woher weißt du eigentlich, dass ich Besuch habe?"

„Alfie natürlich. Ich bin im Club." Aubrey lacht.

„Und du rufst an, um meine Stimme zu hören?", frage ich und fahre gedankenverloren mit dem Finger über die Maserung des Holzes.

„Sei nicht albern, ma chère", sagt er leicht und schnell und ein kleiner Schmerz durchzuckt mich. „Ich werde Morgen sehr früh schon nach Frankreich aufbrechen und komme vorher nicht noch einmal nach Hause."

„Oh", entfährt es mir und ich kann meine Enttäuschung nicht verbergen.

„Da du heute Abend jedoch selbst beschäftigt bist, wird dich das sicher gar nicht stören."

„Meine Mutter bleibt nicht zum Abendessen." Irgendwie würde ich sie loswerden müssen. Hoffentlich hatte sie eigene Pläne.

„Ich spreche ja auch nicht von deiner Mutter." Wieder ist da dieser feine Spott in seiner Stimme.

Mein Mund wird trocken. Ich will schlucken, aber ich kann nicht.

„Woher …", flüstere ich.

Er unterbricht mich amüsiert: „Ich weiß alles. Immer." Ich hörte ihn gähnen. „Wenigstens bleibt mir durch meine Reise das Dinner bei den Winterstones am Freitag erspart. Dir ja leider nicht, es sei denn, du bekommst plötzlich Migräne."

Ich hole tief Luft, doch Aubrey spricht schon weiter: „Schreibst du eigentlich noch?"

Seine Frage kommt so unvermittelt, dass mir fast der Hörer aus der Hand rutscht. „Bitte?"

„Du sagtest damals in auf Chateau Valette, dass du schreiben würdest." Da ist sie wieder, diese Ungeduld in seiner Stimme.

Ich schweige kurz. „Ab und an schreibe ich, ja", antworte ich schließlich. „Warum?"

„Schick mir etwas. Schick mir, was du schreibst."

„Wo soll ich es hinschicken?" Von allen möglichen Fragen stelle ich ausgerechnet diese.

„Gib alles, was du mir schicken willst, Broadwell. Er wird sich kümmern."

Ich bin es offenbar nicht einmal wert, dass er mir seine Adresse gibt.

„Wann kommst du wieder?", frage ich zerstreut.

„Ich sagte doch, rechtzeitig vor unserer Abreise." Jetzt klingt er beinahe ärgerlich.

„Ich ..." Ich will ihm sagen, dass ich ihn vermisse und beiße mir auf die Lippe. Er wird es nicht hören wollen.

Aubrey atmet hörbar aus. „Werd nicht sentimental. Das steht uns beiden nicht." Er legt auf.

Für einen Moment halte ich mich an der Schreibtischplatte fest, dann stehe ich auf.

„Was gab es denn so Wichtiges?", fragt meine Mutter, als ich in den Salon zurückkehre und mich wieder setze. Sie rührt schon wieder geräuschvoll in ihrer Tasse.

„Aubrey bricht heute schon nach Frankreich auf."

„Wie schade, dann verpasst ihr unser Dinner am Freitag!" Gabrielle blinzelt.

„Ich werde ohne ihn kommen", gebe ich zurück und denke an die Migräne, die Aubrey prophezeit hat.

„Aber das ist ja wunderbar!", sagt meine Mutter und stellt endlich ihre Tasse ab, ohne von dem so sorgsam gerührten Tee zu trinken. „Dann können wir nachher einkaufen gehen."

Ich schüttelte den Kopf. „Bedauerlicherweise bin ich schon beschäftigt, Mutter."

„Ach, hast du etwas vor?" Meine Mutter schiebt ihr Kinn nach vorn und Gabrielle sieht mich erwartungsvoll an.

Verzweifelt zermartere ich mein Hirn nach einer Ausrede. Irgendeine muss es doch geben! Aber alle Menschen, mit denen ich eine Verabredung vorschieben könnte, sind den beiden wohlbekannt und scheiden daher aus. Und Aubrey ist in Frankreich.

„Ja", sage ich schließlich und knete meine Hände, „wir werden renovieren, bevor wir London verlassen. Ich werde mich um die Vorbereitungen kümmern."

„Renovieren? Ist das nicht Geldverschwendung? Wer weiß, wann ihr zurückkommt und dann ist alles wieder aus der Mode." Meine Mutter runzelt die Stirn.

„Ich glaube, das Geld soll deine Sorge nicht sein", entgegne ich kühl.

Nach einer weiteren quälenden halbe Stunde Konversation verabschiedet sich Gabrielle. Meine Mutter dagegen bleibt sitzen. Innerlich stöhne ich auf. Sie beugt sich vor, schiebt eine Zigarette in ihre Spitze und raucht langsam und genüsslich.

„Sag mal, mein Kind, hast du einen Liebhaber?"

„Mutter!", rufe ich zu schnell und ein wenig zu empört aus.

„Ich habe es mir gedacht." Sie lehnt sich befriedigt zurück.

„Wen? Richard Wolsey? Ich meine, jetzt, da ihr beide verheiratet seid, könnt ihr euch doch ganz einander hingeben." Sie lacht und ihre Brüste beben. „Hm ... also nicht Richard. Schade. Jemand, den ich kenne?" Sie tippt sich nachdenklich mit dem Finger ans Kinn.

„Nein", flüstere ich und denke einen Augenblick lang an Jules.

„Also schön, ich gebe dir jetzt mal einen Rat." Elegant schlägt sie die Beine übereinander und legt ihre Hände neben sich auf die Lehnen des Sessels. „Du wirst ihn nicht hören wollen, aber das ist schließlich das, was Mütter tun, nicht wahr?"

Ich nicke ergeben. Ich kann es nicht verhindern.

„Verlieb dich nicht, weder in Aubrey, obwohl ich ja fast glaube, da kommt mein Rat zu spät - noch in irgendeinen der Männer, mit denen du schläfst. Behalte dein Herz bei dir. Liebe macht nur unvorsichtig."

„Ich liebe Aubrey ganz sicher nicht."

Sie zieht wortlos eine kleine Grimasse. „Und jetzt kommt der Part, bei dem du wirklich zuhören solltest: Hüte dich vor Schwangerschaften. Es sei denn, du willst brüten wie Gabrielle." Mutter lacht. „Also, wenn du dir ein Kind wünschst, dann such dir einen Liebhaber, der Aubrey möglichst ähnlich sieht. Und wenn du merkst, dass du schwanger bist, dann geh mit Aubrey ins Bett, damit er wenigstens glauben darf, es wäre sein Kind, dem er sein Vermögen vermacht."

„Bin ich eigentlich die Tochter meines Vaters?"

Meine Mutter zögert einen Moment, dann seufzt sie tief. „Bedauerlicherweise ja, mein Kind. Du bist ihm in deinem Wesen ähnlich: die gleichen sentimentalen Flausen im Kopf, die gleiche Sturheit." Sie steht auf und nimmt ihre Tasche in die Hand. „Und lern, besser zu lügen. Gabrielle, das kleine Dummchen, hat es sicherlich geschluckt. Aber du wirst eines Tages vielleicht klügere Menschen überzeugen müssen.“

„Wie dich?“

Sie lächelt und küsst mich auf die Wange. „Ich bin deine Mutter“, sagt sie, als wäre das die Antwort. „Vergiss das nicht.“

An der Tür dreht sie sich noch einmal um. „Und wenn du doch einmal in Schwierigkeiten kommst“, sie streicht sich über ihren flachen Bauch, „dann komm zu mir. Ich kenne Menschen, die dir helfen können.“

16

Ich gehe an diesem Abend in Aubreys Bett, nachdem ich in meinem mit Cecil geschlafen habe. Es schien mir irgendwie kalt und leer und das nicht erst, seit Cecil aufgestanden war und sich angekleidet hatte, sondern schon mit ihm darin. Er war eindeutig kein so guter Liebhaber wie Jules und im Grunde war es schnell vorbei. Warum ich trotzdem versprach, ihn morgen Mittag in seinem Hotel aufzusuchen, weiß ich ehrlich nicht. Vielleicht war es diese aufglimmende Hoffnung, mich einen Moment lang nicht allein zu fühlen.

Ich wickele mich in Aubreys Decke. Das Kissen riecht nach ihm. Trotzdem dauert es lange, bis ich einschlafe. Ich wälze mich von einer Seite zur anderen und verstehe, dass meine Tage bis zu seiner Rückkehr keinen Sinn mehr haben, bestanden sie doch vorher auch nur daraus, auf ihn zu warten.

Ein Geräusch schreckt mich auf. Ich fahre hoch. Aubrey steht in der Tür und sieht mich mit einer Mischung aus Verwunderung und Ärger an. Das sehe ich, als er das Licht anknipst.

„Ist dein Bett besetzt?", fragt er und zieht die Tür hinter sich zu.

„Und wolltest du nicht im Club sein?"

„Ich habe etwas vergessen." Er geht zielsicher zur Kommode und entnimmt der obersten Schublade ein kleines Kästchen, das aussieht, als würde man einen Ring oder ein Paar Manschettenknöpfe darin aufbewahren.

„Was hast du vergessen?", frage ich, während er die Schachtel in die Hosentasche steckt.

„Nichts von Belang für dich." Er klingt nicht mehr ärgerlich, eher resigniert. „Also, was tust du in meinem Bett?"

Ich setze mich auf, ziehe die Beine an und umschlinge sie mit meinen Armen. Eine Antwort gebe ich ihm nicht.

„Also schön", er seufzt, „aber zur Gewohnheit wird das nicht. Ich kann das nicht."

„Was kannst du nicht?" Ich sehe ihm zu, wie er noch zwei Krawatten aus dem Schrank nimmt.

„Mit jemandem mein Bett teilen."

„Du bist doch gar nicht da." Ich mag den Trotz nicht, der in meiner Stimme mitschwingt.

Aubrey legt die Krawatten wieder zur Seite, kommt zu mir und setzt sich auf die Bettkante. „Hör zu, ma chère, wahrscheinlich hätte ich es dir vor unserer Hochzeit sagen sollen. Vielleicht habe ich zu viel vorausgesetzt, weil ich dachte … egal, ich bin nicht wie andere Männer …", er zögert kurz, „… wie Alfie zum Beispiel. Ich habe kein Interesse an Vaterschaft, ich habe kein Interesse an der Ehe im Allgemeinen, ich habe kein Interesse daran, jemandem zu sagen, was ich tue und was ich lasse. Umgekehrt lasse ich dir doch auch jeden Freiraum, nicht wahr? Du bist ein Jahr lang zu deiner Mutter verschwunden und hast du bezüglich dessen je ein Wort der Kritik gehört? Ich dachte eigentlich, wir hätten in den letzten Tagen unsere Grenzen abgesteckt und eine Basis für unser beider Leben gefunden."

Er nickt langsam und ich begreife.

„Habe ich etwas gegen deine Reise nach Frankreich gesagt?“, frage ich leise und sehe ihn an.

„Nein.“

„Siehst du. Alles, was ich tue, ist, in deinem Bett zu schlafen, wenn du nicht da bist.“

Er zieht zweifelnd die Stirn in Falten. „Bien.“ Dann küsst mich der Mann, der kein Interesse an mir hat, flüchtig auf die Wange. „Bis bald, ma chère.“

Nachdem Aubrey gegangen ist, rolle ich mich zusammen wie ein Igel. Ich kann ihn jetzt wieder sehr deutlich fühlen, diesen kleinen harten Klumpen in meiner Brust, der schmerzhaft gegen meine Rippen schlägt.

Ich erwache spät am nächsten Vormittag. Fast zu spät. Mir bleibt kaum mehr als eine Stunde für das Frühstück und mein Bad. Ich scheuche Bridget durch das Zimmer. Sie tut mir leid und ich mir selbst auch. Wir fluchen beide. Die Haarnadeln wollen nicht halten, nichts will heute so richtig sitzen.

„Ach, gib mir das blaue Kleid, das mit den Punkten am Ärmel“, rufe ich ihr zu und pudere meine Nase. „Nein, nicht das Kleid, das andere, das dunkelblaue mit den Knöpfen.“

Endlich bin ich fertig und für einen Augenblick sehen Bridget und ich gemeinsam zufrieden in den Spiegel. Ich hätte absagen können, denke ich, denn große Lust noch einmal mit Cecil zu schlafen, habe ich nicht. Aber da ist es wieder, dieses undefinierbare Gefühl. Irgendetwas zwischen Sehnsucht und … ich weiß es nicht. Ich komme mir schäbig vor und zwinge mich dazu, Bridget anzulächeln. „Danke“, sage ich.

„Sie gehen aus, Madam?“

„Nur ein paar Besorgungen. Gegen Nachmittag bin ich wieder da.“

„Sehr wohl.“ Sie tritt zurück und senkt den Blick.

Unser Chauffeur setzt mich um Punkt zwölf vor Cecils Hotel ab und fragt, ob er warten soll. Gute Frage.

„Nein“, entscheide ich spontan. Zur Not würde ich mir eben ein Taxi nehmen.

Ich durchquere die Lobby und quetsche mich zu einem älteren Ehepaar in den Fahrstuhl.

Cecil reißt die Tür schon auf, als ich die Hand noch am Holz habe. Er zieht mich ins Zimmer und küsst mich, als würde er mich auffressen wollen.

„Ich konnte dich kaum erwarten“, haucht er zwischen zwei weiteren sehr feuchten Küssen, bevor ich ihn wegschiebe. Eine Geste, die er als Einladung versteht, sich sofort sämtlicher Kleidung zu entledigen.

„Wir werden uns nach heute nicht wiedersehen, Cecil.“

Er bleibt wie angewurzelt stehen, eine Socke in der Hand, die er dann dramatisch zu Boden wirft. „Aber was soll ich ohne dich anfangen? Ich begehre dich!“

„Das, mein lieber Cecil, ist nicht mein Problem.“

Langsam knöpfe ich meine Jacke auf, lege sie auf den Stuhl und ziehe mein Kleid über den Kopf.

„Wir werden uns in New York sehen“, sagt Cecil später und klingt ebenso trotzig wie ich heute Nacht. Oh Gott, denke ich, so muss sich Aubrey wahrscheinlich mit mir fühlen. Eilig kleide ich mich wieder an.

„Vielleicht.“ Ich zupfe meinen Hut zurecht und verlasse sein Zimmer.

Im Fahrstuhl wird mir so schwindelig, dass ich mich gegen die Wand lehnen muss und der Liftboy mich seltsam mustert.

Zum Glück ist die Lobby so voll, dass ich gar nicht weiter auffalle, als ich mich zu einem Stuhl taste und setze. Nur einen Moment lang die Augen schließen. Der Schwindel wird vergehen und dann werde ich wieder aufstehen können. Ich kann meinen eigenen Atem in meine Lungen strömen fühlen, höre das Rascheln meines Kleides, das Reiben meiner Strümpfe aneinander, als ich die Beine bewege. Ich kann alles hören, was mich betrifft, aber all die Geräusche der Lobby verschwimmen zu einem Brei, klingen dumpf, als hätte ich Watte in den Ohren.

Als ich die Augen ein paar Sekunden später öffne, schaut ein Mann nachdenklich auf mich herab. Ich habe das Gesicht schon einmal gesehen. Diese lange Nase, das kantige Kinn. Aber wo?

„Sie sehen aus, als könnten Sie einen Drink vertragen, Mrs la Valette.“

Jetzt fällt es mir wieder ein. „Mr Hatton“, sage ich matt.

Er dreht sich zu einem der Kellner um, die ihre Bahnen ziehen, hält ihn auf, folgt ihm und kehrt wenig später mit zwei Gläsern zurück, von denen er mir eines in die Hand drückt.

„Brandy hilft immer.“ Er setzt sich in den Sessel mir gegenüber. „Trinken Sie.“

Er wartet, bis ich das Glas tatsächlich zum Mund führe. Brandy hat seinen Namen nicht umsonst, denke ich, er brennt in meinem Mund, er brennt mir die ganze Kehle hinunter, aber Francis Hatton hat recht. Er hilft.

Ich merke, wie mein Blick klarer wird, wie meine Ohren sich wieder öffnen.

„Wahrscheinlich sagt man das einer Dame nicht, aber Sie sehen nicht gut aus.“

Ich lächele schwach. Was soll ich sagen? Ich schlafe aus Trotz und Verzweiflung mit anderen Männern und meinem Mann ist das völlig egal. Er fährt lieber nach Frankreich und der Teufel weiß, mit wem er ins Bett geht. Vielleicht, denke ich, sehe ich Victoire mit meinen fast schwarzen Haaren und der blassen Haut zu ähnlich. Vielleicht wird mein Mann mich nie als mich selbst sehen, sondern immer nur als müden Abklatsch der Frau, die er einst geliebt hat. Vielleicht starrt er deshalb oft an mir vorbei.

„Es ist sicher das Wetter“, versuche ich eine mögliche, naheliegende Erklärung. „Oder die weltpolitische Lage. Damit kann man doch auch alles entschuldigen.“

Francis Hatton lacht, trotzdem ist die Nachdenklichkeit aus seinen grauen Augen kein bisschen gewichen.

Ich stehe auf. Es geht wieder. Der Schwindel ist weg.

„Dann sehen wir uns morgen Abend?“

„Morgen Abend?“ Gut, mein Gehirn ist doch noch ein wenig vernebelt.

„Bei Lord und Lady Winterstone, meinem Cousin und seiner Frau“, hilft er mir sanft auf die Sprünge.

Ach ja. Gabrielles Dinnerparty …

„Wenn ich ehrlich bin, Mr Hatton, ich fürchte, ich werde schreckliche Migräne bekommen.“

Er war sehr nett zu mir, ohne in mich zu dringen und ohne dass ich das Gefühl hatte, dass er meine Schwäche ausnutzen wollte. Dafür bin ich jetzt ehrlich zu ihm.

Ein ironisches Lächeln taucht um seinen Mund auf. „Kann ich Ihnen nicht verdenken. Ich persönlich fände es allerdings schade, auf Ihre Gesellschaft verzichten zu müssen."

„Es gibt bessere Gesellschaft als mich. Klügere Frauen, geistreichere Gesprächspartnerinnen. Was sollte ausgerechnet mich so unverzichtbar für Sie machen?"

„Sie sind völlig frei von jeder Koketterie", sagt er trocken. „Das beeindruckt mich."

Und mir schmeichelt es.

„Ich muss gehen."

„Überlegen Sie es sich."

Ich gebe es zu, ich überlege den gesamten nächsten Tag, während ich meine Eskapade mit Cecil als Kurzgeschichte zu Papier bringe. Natürlich heißt Cecil nicht Cecil und ich nicht wie ich, aber ansonsten versuche ich, Worte für dieses Gefühl des Verlassenseins zu finden, das mich antreibt. Ansonsten lasse ich nichts aus. Auch unsere körperliche Begegnung nicht. Hatte ich zu Anfang noch geglaubt, es wäre schambehaftet, bestimmte Wörter überhaupt zu schreiben, stelle ich nun fest, dass es mir wesentlich leichterfällt, sie Buchstabe für Buchstabe zu formen, als tatsächlich auszusprechen.

Gegen Nachmittag bin ich zufrieden und gebe meinen Umschlag Broadwell. Mir hat Aubrey nicht gesagt, wo er absteigt, aber der Butler weiß immer alles, was meinen Mann betrifft.

Danach streiche ich rastlos durch alle Räume des Erdgeschosses – es sind ja nicht viele – und überlege, was ich tun soll. Ein Abend mit Gabrielle und ihren Freunden ist nicht das, wonach mir der Sinn steht. Auf der anderen Seite empfinde ich Francis als angenehm vernünftige Abwechslung zu all den schwierigen Menschen, die mich sonst in meinem Leben umgeben.

Gegen fünf entscheide ich mich, setze mich vor meinen Toilettentisch im Schlafzimmer und klingele nach Bridget.

„Das schwarze Seidenkleid mit dem weißen Schalkragen bitte. Und meine Haare, Bridget, was mache ich damit?"

Sie lächelt mir sehr freundlich zu. „Ich kümmere mich darum, Madam."

Als ich eine Stunde später in den Spiegel sehe, bin ich mehr als zufrieden. Bridget hat meine schwarzen Locken in Wellen eng an meinen Kopf gelegt. Weiß der Teufel, wie sie das macht. Ich hoffe, ich finde in Amerika jemanden, der das ähnlich geschickt hinbekommt.

Meine Lippen sind kirschrot und meine Wimpern liegen schwarz und dicht auf blassen Wangen, wenn ich die Augen schließe. Der weiße Kragen des Kleides fällt um einen tiefen Ausschnitt. Ich fühle mich wie Schneewittchen. Ich bin zufrieden.

Das ist auch noch der Fall, als mich später bei Tisch, unter der Mischung aus Kerzenschein und Kronleuchtern, der Blick meiner Mutter streift. Erst sieht sie mich an, dann wird ihr Blick seltsam glasig, so, als würde sie durch mich hindurchsehen. Ihr Mundwinkel zittert, als sie lächelt. Vielleicht sehe ich anders aus als sonst. Oder ... manchmal habe ich das Gefühl, in Momenten wie diesen neidet sie mir meine Jugend. Ich würde ihr dann gern sagen, dass sie schneller vergehen wird, als mir lieb ist, aber sie würde meine Gedanken wegwischen, abstreiten, mich absurd nennen. Über ihr Alter oder über meines reden wir nicht.

Ich wette, Mr Hatton hat ein wenig nachgeholfen, damit ich seine Tischdame werde. Ich persönlich glaube, dass er die Tischkarten vertauscht hat, denn Gabrielle hat für einen Moment lang verwundert auf meine Mutter gestarrt, die neben dem alten, fast tauben Mr Hastings Platz nahm, dann die Augen zusammengekniffen und Francis, der fortwährend lächelte, einen finsteren Blick zugeworfen.

Als Alfies nächster Verwandter sitzt er am oberen Ende der Tafel und ich zu seiner Linken. Während des Fischganges spricht er kurz mit Alfie und ich kann ihn ein wenig genauer betrachten. Nein, wahrlich, er ist kein schöner Mann. Augen und Mund sind zu schmal, seine Nase zu groß und, das fällt mir jetzt erst auf, von seiner rechten Stirn über die Schläfe bis zur Wange verläuft eine blasse Narbe. Trotzdem wirkt er auf eine Weise anziehend, die mich verwirrt. Ich frage mich, wie alt er ist. Vielleicht sogar jünger als Alfie, der mit seinen dreißig Jahren schon recht teigig wirkt. Ich kann Francis Hatton schlecht schätzen. Bei Aubrey geht es mir ähnlich. Auch er ist seltsam alterslos. Würde ich es nicht wissen, würde ich glauben, er könnte alles zwischen dreißig und fünfzig sein. Es gibt Momente, vor allem, wenn Aubrey so spöttisch lächelt, in denen er sehr viel jünger aussieht.

Ich überlege, woher Mr Hatton diese Narbe haben könnte. Sie hat bestimmt eine interessante Geschichte.

Vielleicht ergibt sich später die Gelegenheit und ich kann ihn fragen.

Einer der Butler hält mir eine Platte mit undefinierbarem Fleisch hin. Ich nehme mir ein kleines Stück, während ein anderer mein Weinglas wieder füllt. Dann lasse ich den Blick schweifen. Es ist eine Party. Ein Dinner wie ich schon bei vielen war und wahrscheinlich noch etliche besuchen werde. Es ist diese Mischung aus gepflegter Langeweile und angestrengter Konversation, die mich so anödet. Ich hätte nicht kommen sollen. Langweilen kann ich mich auch daheim.

Natürlich, meine Mutter ist da. Ich glaube nicht, dass sie eine Einladung ausschlägt, solange sie in London ist, jemand das teure Porzellan aus dem Schrank holt und ausreichend aufgetafelt wird – vor allem, was Wein und Champagner angeht. Die Gästeliste besteht aus Lord und Lady Farnsworth, Lord und Lady Billings sowie den Brittons, mit denen wir auf undefinierbare Weise entfernt verwandt sind. Ferner entdecke ich die Campbells, Lady Worthington und die junge Miss Butlers, die sicherlich bald eine alte Miss Butlers sein wird, eben weil sie weder mit großem Vermögen noch mit Schönheit gesegnet ist. Dazu hat Gabrielle noch einen Schauspieler eingeladen, wahrscheinlich, um ihrer Gesellschaft ein wenig Glamour zu verleihen. Er sitzt ebenfalls neben meiner Mutter, die mal dem alten Mr Hastings ins Hörrohr brüllt und dann wieder galant dem Schauspieler einen Augenaufschlag schenkt.

„Bedauerlich, dass Ihr Mann in Frankreich weilt, Mrs la Valette", sagt Francis und ich nicke ihm zu.

„In der Tat", gebe ich knapp zurück. „Ich wüsste ihn lieber in England als auf dem Kontinent." Ich verstehe zwar nicht viel von Politik, aber in den letzten Tagen habe ich etwas mehr Zeitung gelesen.

„Es ist gut, dass Frankreich und England dichter aneinandergerückt sind."

Ich denke daran, was Aubrey über den Krieg gesagt hat und trinke einen Schluck Wein. „Mich beängstigt es, wenn sich Länder so ihrer Verbundenheit versichern. Nach allem, was ich weiß, ist das ein sicheres Zeichen dafür, dass sie sich gemeinsam auf einen Feind verständigt haben."

Francis hebt eine Augenbraue. „Sie machen sich Gedanken über Politik?"

„Nicht viel", gebe ich zu. „Aber wenn sie mich und die Menschen um mich herum betrifft, dann schon."

Ich mag es, wie er sein Fleisch zerteilt. Sorgsam und präzise. Auf seinem Teller herrscht Ordnung, kein Chaos wie bei mir.

„Gabrielle sagte, Sie leben in Deutschland?", frage ich und wechsele das Thema.

Politik bei Tisch sehen weder Alfie noch Gabrielle gern – das hatte mir meine Mutter erzählt. Gabrielle findet, Politik ist ein Thema für die Herren nach Tisch, während die Damen bei halbherzigen Bridgerunden Klatsch und Tratsch austauschen sollten.

In Frankreich war das nie so. In Frankreich wurde über alles bei Tisch gesprochen. Das hat mich zu Anfang erstaunt und später mochte ich die Freiheit, die damit einherging, nicht jedes Wort auf die Goldwaage legen zu müssen. Überhaupt trennten sich Damen und Herren selten nach dem Dinner. Es wurde in gemeinsamer Gesellschaft feuchtfröhlich und ein klein wenig anzüglich, aber auch ungemein geistreich und witzig diskutiert.

„Nicht ständig, ich bin auch viel in Yorkshire. Ich habe ein kleines Anwesen in den North Yorkshire Moors geerbt. Grosmont Park.“

„Yorkshire“, murmele ich. „Ich war leider nie dort. Natürlich habe ich *Sturmhöhe* gelesen, aber das ist wohl nicht dasselbe.“

Francis lacht. „Nein, das ist es eher nicht. Aber vielleicht leisten Sie und Aubrey mir später im Jahr einige Zeit Gesellschaft?“

Ich schüttele bedauernd den Kopf. „Das wird leider kaum möglich sein. Wir brechen im Herbst nach Amerika auf.“

„Ach ja, Amerika …“, wiederholt Francis.

„Wir haben eine Passage auf der *Mauretania* gebucht. Aubrey wird seine Geschäfte in Zukunft auf dem amerikanischen Markt tätigen. Er glaubt, dass es Krieg in Europa geben wird und möchte so weit wie möglich davon entfernt sein.“ Ich seufze und lächele ein wenig. „Und schon sind wir wieder bei Politik. Kaum möglich, dies in diesen Tagen zu vermeiden.“

„Wohl wahr.“ Francis mustert mich aus seinen grauen Augen und ich vermag nicht zu sagen, was sein Blick bedeutet.

„Und Sie, Mrs la Valette? Freuen Sie sich auf Amerika?“

Das hat mich noch nie jemand gefragt und ich selbst habe darüber auch noch nicht wirklich nachgedacht.

„Sicher“, sage ich erst ausweichend, während er mich unverwandt ansieht, und füge dann hinzu: „Es wird sehr neu und sehr aufregend sein. Gabrielle sagte, Sie arbeiten für das Außenministerium?"

Kleine Fältchen tauchen um seine Augen herum auf. Er sieht belustigt aus. „Ja, ich ... ich beobachte die politische Lage in Deutschland und berichte dann an unseren Außenminister." Leiser sagt er, als er sich über seinen Teller beugt: „Aber das ist natürlich sehr viel langweiliger, als für König und Empire in Indien Bleistifte anzuspitzen."

Mir entfährt ein Kichern, das ich rasch mit einem Hustenanfall tarne.

Jetzt lehnt er sich vor und raunt in mein Ohr: „Oder es ist so aufregend, dass Alfies neuer Londoner Posten dagegen etwas fad wirkt."

Ich lächele und trinke noch einen Schluck Wein. „Und, Mr Hatton, wie ist die politische Lage in Deutschland?"

Sein Gesicht wird wieder ernst. „Schwierig, wenn ich ehrlich sein soll. Ich neige auch dazu, zu glauben, dass ein Krieg im Bereich des Möglichen liegt." Er sagt es so unaufgeregt, dass es mich ein wenig besorgt.

„Mein Mann sieht das ähnlich."

Francis Hatton lehnt sich ein wenig zurück und lässt den Blick über die Tafel schweifen. Das Murmeln, Lachen und Geschirrklappern hüllt uns träge ein, so wie ein Boot lautlos und mit eingezogenen Rudern in der Abendsonne auf der Mitte eines Sees treibt.

„Aubrey ist ein sehr kluger Mann. Ich bewundere seine Weitsicht." Francis taucht den Löffel in die Zitronenmousse, die eben aufgetragen wurde, und nimmt einen winzigen Klecks auf die Spitze. Für den Bruchteil einer Sekunde verzieht er das Gesicht, dann hat er sich wieder vollständig unter Kontrolle.

Ich habe schon lange vor ihm aufgegeben und den Teller zurückgeschoben. Es schmeckt so erbärmlich sauer, dass es mir die Tränen in die Augen treibt.

„Kennen Sie sich gut?", frage ich.

Aubrey hatte Francis Hatton nie erwähnt, aber was tut das schon zur Sache? Er spricht ja auch nicht wirklich mit mir.

„Wir kennen uns, seitdem ich für das Außenministerium arbeite. Er hat mich einen Sommer nach Südfrankreich eingeladen, auf sein Weingut in Valette. Ein schöner Ort."

Ich rücke ein Stückchen zurück. In meinem Weinglas spiegelt sich Laurents Gesicht statt meines eigenen. Ich sehe, wie sich sein Lächeln in seine Mundwinkel gefressen hat, ich kann seinen Atem riechen. Als ich den Kopf hebe und mich endlich von diesem Anblick losreiße, der so weit von der Realität entfernt ist und mir trotzdem so nah erscheint, als stünde er vor mir und könne seine Hand wieder um meine Kehle legen, verschwimmt Gabrielles Esszimmer.

„So", sage ich leise und starre auf meine weiße Serviette. Die Falten, die der schwere Damaststoff wirft, nachdem ich ihn auf meinem Schoß zerknüllt habe, erinnert mich an die Berge und Täler um Valette.

„Sie haben Ihre Hochzeitsreise dort verbracht, nicht wahr?"

Ich bin froh, als Alfie die Tafel auflöst und ich nicht antworten muss. Zum ersten Mal bin ich dankbar für meine Mutter, die lautlos neben mich getreten ist.

„Rette mich", wispere ich fast unhörbar.

„Bridge", sagt sie sofort und drückt meinen Arm. „Mr Hatton, vergeben Sie mir, aber meine Tochter hat mir vor Tagen schon eine Partie versprochen."

Er nickt und deutet eine ganz knappe Verbeugung an. Für einen Moment treffen sich unsere Augen. Er sieht ratlos aus. Ich drehe mich um und folge meiner Mutter.

Ich wette, jetzt hält er mich für überspannt. Aber allein die Erinnerung an Laurent und Valette und die Vorstellung dessen, was mir dort beinahe passiert wäre, nimmt mir die Luft zum Atmen. Es ist das vertraute Parfum meiner Mutter, das mich wieder zurückholt, mir den Boden unter den Füßen zurückgibt.

Es folgen zwei endlos langweilige Partien Bridge mit Lady Worthington und der jungen Miss Butlers, bevor ich mich verabschieden kann, ohne dass mein Aufbruch überstürzt wirkt. Ich küsse Gabrielle auf beide Wangen und finde es seltsam, dass sie sogar ganz anders riecht als früher. Sie ist mir ebenso fremd wie Lady Worthington, nur ohne deren wohlwollend distanzierte Art. Es ist, als hätte sich unser Kräfteverhältnis umgekehrt. Früher stand ich hinter Gabrielle zurück und nun kämpft sie verzweifelt darum, mich in jeder Beziehung zu übertreffen. Ich weiß nicht einmal warum. Was habe ich ihr nur getan?

Es ist still in der Halle. All das Gelächter und Geplauder, das leidenschaftslose Klavierspiel des Schauspielers und Gläserklirren sind nur mehr erahnbar.

Zu meiner Überraschung lehnt Mr Hatton an einer der Säulen vor der Eingangstür und raucht.

„Schade, dass Sie sich schon verabschieden, Mrs la Valette." Er zögert und richtet sich auf. „Ich habe den Eindruck, ich habe Sie verärgert und mir ist beim

besten Willen nicht klar, was genau es hätte sein können, das Sie kränkte."

Es ist derselbe nachdenkliche Blick, mit dem er mich
ansieht, wie in der Lobby. Er hätte mich schon dort fragen können, was mich in das Hotel geführt und was genau mich so aus der Bahn geworfen hatte.

Ich zupfe vor dem Spiegel an meinem dünnen Cape,
bis es richtig sitzt und meine Schultern ganz bedeckt,
bevor ich mich zu ihm umdrehe. „Glauben Sie mir,
wenn ich Ihnen sage, dass es nichts mit Ihnen zu tun
hatte?"

Er zögert und scheint im Geiste meine Antwort abzu-
wägen. „Nun, ich glaube, das ist die Antwort, die ich
wohl hinnehmen muss." Er lächelt freundlich und ein
wenig distanziert. „Leben Sie wohl, Mrs la Valette."

Ich weiß nicht warum, aber seine Abschiedsworte
schmerzen mich trotz allem. „Bis September bin ich
noch in der Stadt. Wir werden uns sicher noch sehen,
Mr Hatton."

„Bedauerlicherweise breche ich in den nächsten Tagen nach Deutschland auf und werde dort bis weit in
den Herbst verweilen."

„Deutschland?", entfährt es mir. Oh, was ist nur mit
den Männern, alle brechen irgendwohin auf. „Deutschland ...", wiederhole ich, „... nun, dann wünsche ich
Ihnen eine sichere Heimkehr."

Wieder dieses knappe Nicken.

Zum Abschied lege ich ihm meine Hand auf den Arm.
Nur ganz kurz. Warum ich das tue, weiß ich ehrlich gesagt nicht. Er offenbar auch nicht, denn in seinem Blick
liegt Erstaunen.

„Leben Sie wohl“, murmele ich und ziehe hastig meinen Arm zurück.

17

Die nächsten Tage plätschern mit gelegentlichen Besuchen meiner Mutter, Einladungen von Gabrielle, die ich ausschlage, und vielen leeren Stunden, die ich überwiegend lesend oder schreibend zubringe, so dahin. Ich höre nichts von Aubrey und frage mich, ob ihn meine Zeilen schon erreicht haben.

Dafür hat mir Cecil einen schmachtenden Brief geschickt, in dem er sich darüber empört, dass ich ihn verschmähe und in dem er schreibt, wie sehr er sich nach mir verzehrt. Ich verbrenne ihn im Kamin in Aubreys Arbeitszimmer, in dem ich jetzt häufiger sitze. Es ist der dunkelste und kühlste Raum im ganzen Haus und ich habe bereits am späten Vormittag das Gefühl, mich in einer Berghöhle aufzuhalten. Ich mag es, durch Aubreys Geschäftsunterlagen zu blättern. Ich liebe seine gestochen scharfe, schnörkellose Handschrift, seine kleinen Buchstaben mit den Accents darüber. Ich sehe Seiten ohne einen einzigen Fehler. Nicht einmal hat er sich verschrieben oder einen Aufschwung verwischt. Das beeindruckt mich und insgeheim hoffe ich, dass es mich zu ähnlichen Leistungen anspornt.

Innerhalb weniger Tage schreibe ich eine kleine Kurzgeschichte, die ich recht ordentlich finde und fange auch gleich eine neue an. Die Sätze darin trösten mich. Ich schreibe sie, um meine kleine Welt enger zu machen, um Grenzen zu setzen, innerhalb derer ich mich sicherer fühle.

Als ich eines Abends schon das Papier zur Seite gelegt habe, klingelt das Telefon. Es ist Broadwells freier Abend, also hebe ich selbst ab und melde mich.

„Ich bin es", meldet sich Aubrey und mein Hals zieht sich zusammen. Ich habe seine Stimme vermisst.

„Wie geht es dir?" Etwas anderes fällt mir beim besten Willen nicht ein, denn das, was ich eigentlich sagen möchte, steht außerhalb jeder Diskussion.

Aubrey schnaubt in den Hörer, so sehr befremdet ihn meine Frage offenbar. Ich stütze den Ellenbogen auf die Schreibtischplatte und sinke ein wenig in mich zusammen.

„Dein Brief kam mit der Abendpost", sagt er unvermittelt und jetzt bin ich hellwach. „Danke, ma chère." Seine Stimme klingt weicher, milder. Ich höre das Kratzen eines Streichholzes auf der Zündfläche der Schachtel, dann das Knistern verbrennenden Tabaks. „Du schreibst außergewöhnlich gut. Hast du dir einmal überlegt, damit etwas anzufangen?"

Meine Wangen werden heiß. Sein Kompliment freut mich und gleichzeitig schäme ich mich. Für was genau, weiß ich nicht. „Ich bin eine Frau, Aubrey."

„Die Brontë-Schwestern, Jane Austen, die du ja den Flammen überantwortet hast, Virginia Woolf – meines Wissens nach alles Frauen."

Das sind ganz andere Frauen, denke ich, *und sie sind alle nicht bei meiner Mutter aufgewachsen.*

Ich höre, wie er den Rauch ausbläst. „Amerika wird dir guttun."

„Vielleicht."

„Amüsierst du dich in der Stadt?"

„Nicht sonderlich", gebe ich zu und drehe den Füllfederhalter zwischen zwei Fingern. „Seit dem Abend bei Gabrielle drücke ich mich um Gesellschaften."

„Warum?"

„Ich schreibe. Ich bin gern allein."

Eine kurze Stille, dann sagt Aubrey: „Wir sind uns in manchen Punkten sehr ähnlich. Ich glaube, das ist dir gar nicht bewusst."

Ich weiß nicht, was er meint und schweige.

„Schick mir, was du schreibst."

„Es ist nichts ..." Ich halte inne und denke an die Kurzgeschichte. „Also schön", seufze ich, lege den Stift zur Seite. Ich falte die fünf Blätter, die ich gefüllt habe und nehme aus meiner Mappe eine weitere Geschichte, die ich schon vor ein paar Monaten beendet habe. Schließlich stecke ich alles in ein Kuvert.

„Wo bist du?", frage ich und füge rasch hinzu: „Oder soll ich den Brief wieder Broadwell geben?"

Ich höre seinen Atem und schließe die Augen. Ich wünschte, er wäre hier. Hier in der Stadt. Ich wünschte, ich könnte ihn sehen. Und vielleicht – ganz selten – auch berühren. Ich würde jeden flüchtigen Kuss von ihm nehmen, sei er auch noch so pflichtschuldig, wenn er nur hier wäre.

„Ich bin im Grand Hotel *Lutetia*", sagt er und legt sofort auf, als bereue er schon, dass er mich so viel hat wissen lassen.

Die nächsten Vormittage tue ich meiner Mutter den Gefallen und verbringe endlose Stunden bei *Harrods*, um meine Reisegarderobe zusammenzustellen. Ihr bereitet es große Freude, auf den dick gepolsterten Stühlen zu sitzen, Champagner zu trinken und eine endlose Parade von Kleidern an uns vorbeiziehen zu lassen, die junge Frauen uns präsentieren. Ach, ich wünschte, jemand würde sie einfach nur auf einen Bügel hängen und ich könnte sie durchblättern. Oder noch besser – jemand würde mir einfach eine fertige Auswahl bringen: Sieh her, das trägst du jetzt.

Aber so sitze ich ergeben neben ihr und bin blind von all den Mustern und Stoffen, die auf mich hereinprasseln.

Mein Boardingdress wird ein blau-weiß gestreiftes Kleid mit weißer Jacke im maritimen Stil und ich habe mir von der Verkäuferin einen Hut dazu aufschwatzen lassen, der ein wenig nach Matrose aussieht.

Als wir von einem dieser Ausflüge zurückkehren, erwartet mich Broadwell daheim mit einem Päckchen. Es hat die Größe eines Buches und ist in braunes Papier eingeschlagen.

Ich nehme es mit in den Salon, während mir meine Mutter über die Schulter schaut. Ich werfe ihr einen strengen Blick zu. Sie zuckt seufzend mit den Schultern, legt Hut und Handschuhe ab und setzt sich auf das kleine Sofa vor dem Fenster.

„Broadwell, wir brauchen Tee und ein paar Sandwiches", bestellt meine Mutter, um sich dann an mich zu wenden. „Ich bin völlig ausgehungert von all diesen Stunden im Kaufhaus. Und? Was hat dir Aubrey geschickt?"

Ich entfalte das Packpapier und schüttele den Kopf. Neugierig sieht sie zu mir herüber. Ich drehe mich um und wende ihr den Rücken zu.

„Sei nicht albern. Was ist es?", fragt sie ungeduldig.

„Es ist nicht von Aubrey", entgegne ich langsam und starre auf eine alte illustrierte Ausgabe der *Sturmhöhe* von Emily Brontë. Hastig reiße ich den Brief auf, der beiliegt.

Ich dachte, das könnte Ihnen gefallen, wenn Sie ein Ozean von Ihrer Heimat trennt. Francis Hatton

„Von wem dann?"

„Von niemandem." Hastig schiebe ich den Brief zwischen die Seiten und schlage das Buch wieder ein, bevor ich es in meine Handtasche stecke.

„Sei nicht albern", wiederholt meine Mutter störrisch. „Sag schon ... was und von wem?"

Broadwell serviert Tee und Lunch auf dem kleinen Beistelltisch. Meine Mutter sieht ihn finster an, bis er die Tür wieder hinter sich geschlossen hat.

„Nun?" Sie ist wirklich hartnäckig. Das muss ich ihr lassen.

„Mutter, es ist nicht wichtig. Du erinnerst dich doch an den Abend bei Gabrielle? Francis Hatton saß neben mir und ..."

„... und ich sollte dich vor ihm retten." Sie kneift die Augen zusammen.

„Eben. Er hat mir ein Buch geschickt, über das wir sprachen. Es ist nichts Besonderes."

Sie legt sich zwei Sandwiches auf einen Teller und beißt ab. „Dafür, dass es ja angeblich nichts Besonderes ist, machst du ganz schön viel Wirbel darum. Er hat einen Narren an dir gefressen, das habe ich an diesem Abend gleich bemerkt."

„Hat er das?" Ich ziehe eine Augenbraue nach oben.

„Ach, jetzt sage nicht, dass dir das nicht aufgefallen ist. Vielleicht hätte ich dich damals nach Deutschland verschicken sollen, statt ...“ Sie unterbricht sich und nimmt sich dann noch ein Sandwich. „Ich wünschte, Aubreys Köchin würde meine mal unter ihre Fittiche nehmen. Vielleicht kann ich sie haben, wenn ihr nach Amerika geht? Iss, Kind, es schmeckt göttlich!“

„Das Buch ist einfach eine nette Geste“, fahre ich fort und schenke uns beiden Tee ein.

„Eine nette Geste wäre es, wäre er in der Stadt. Er hat es dir aus Deutschland geschickt. Das ist schon noch einmal etwas anderes.“

„Wie du meinst“, erwidere ich müde und trinke einen Schluck.

„Hast du etwas von Aubrey gehört?“, fragt sie beiläufig.

„Natürlich. Er ruft regelmäßig an“, gebe ich zurück und strecke meine Beine aus. Meine Füße schmerzen von all dem Gehen und Stehen. Ich habe gut gelogen oder es interessiert sie nicht, denn sie fragt nicht weiter nach.

„Vielleicht komme ich im nächsten Jahr nach New York und schaue, wie ihr euch eingelebt habt.“

„Das würde mich sehr freuen.“

Meine Mutter lacht anerkennend. „Nicht schlecht, mein Kind, ich könnte dir fast glauben.“

Die Nachmittage und Abende gehören mir ganz allein. Ich verbringe sie an Aubreys Schreibtisch und fülle Seiten, ohne darüber nachzudenken, was ich erzählen möchte.

Später denke ich darüber nach, ob ich Francis schreiben sollte. Es würde sich so gehören, eine kurze Dankesnotiz, ein kleiner Gruß. Nichts, was ihn dazu auffordern könnte, mit mir eine Korrespondenz zu beginnen. Und gleichzeitig würde ich ihn trotzdem gerne wissen lassen, dass mich das Buch berührt hat, dass es neben meinem Bett liegt und dass ich gerne vor dem Einschlafen darin blättere, manche Zeile noch einmal lese und dann mit dem Finger über den Goldschnitt der Seiten streiche.

Aubrey ruft mich am Abend des Tages an, an dem mein Kofferset geliefert wird – zwölf große rindslederne Überseekoffer. Trotzdem werde ich nicht alles mitnehmen können, also habe ich etliche Kleider aussortiert und Bridget damit mehr als glücklich gemacht. Zu meiner Überraschung war sie nach dem Knicksen noch stehen geblieben, hatte ihre Finger über dem Berg Kleider verknotet und mich gefragt, ob sie nicht nach Amerika mitkommen könne. Ich würde eine Zofe brauchen und sie wäre mehr als bereit, London zu verlassen.

Ich würde es mir überlegen, hatte ich erst gesagt, ihr dann aber zugenickt, was sie mit einem strahlenden Lächeln quittiert hatte.

Das Telefonat nehme ich oben im kleinen Salon an.

„Ist es zu spät? Bist du schon zu Bett gegangen?", fragt Aubrey. Seine Stimme wird von Musik und Stimmen überlagert. Es klingt wie eine Party und das macht mich eifersüchtig auf all die Menschen, die um ihn herum sind.

„Ich packe", sage ich kurz angebunden und wische mir eine Haarsträhne aus dem Gesicht. „Ich habe noch einiges zu tun, bevor wir abreisen."

Eigentlich möchte ich ihm das Gefühl geben, dass er mich stört, obwohl ich ja eher glaube, dass der Anruf seinem ureigenen merkwürdigen Verständnis von Pflichtgefühl entspringt und mein Zutun zu diesem Gespräch herzlich unwichtig ist.

„Ich habe gelesen, was du mir geschickt hast."

Ich möchte wissen, wie es ihm gefallen hat und gleichzeitig nicht darüber sprechen. Daher sage ich nichts und presse die Lippen fest aufeinander.

„Die Kurzgeschichte über den *Glanz verlorener Zeiten* ist neuer, glaube ich. Hast du die andere im letzten Jahr auf Creston Hall geschrieben?"

Ich nicke, was natürlich verrückt ist, weil er mich ja nicht sehen kann und ich fühle, dass meine Augen feucht werden. Warum, weiß ich nicht.

„Bist du noch da? Warte, es ist so laut." Aus dem Hörer dringen ein Schnarren und ein Rauschen, dann klappt eine Tür und es wird stiller. Die Party ist jetzt nur noch ein Rauschen im Hintergrund.

„Ja, so ist es", antworte ich schließlich leise.

„Das habe ich mir gedacht. Ich finde die Tonalität aller Geschichten sehr außergewöhnlich, das muss ich sagen. Ich wüsste nicht, mit welchem Schriftsteller ich sie vergleichen würde oder könnte. Ich werde dich in New York mit ein paar Leuten bekannt machen, die dich weiterbringen werden."

„Das wäre schön. Warst du schon oft in New York?", lenke ich ab. Genug von meinen Geschichten, obwohl ich einräumen muss, dass mir seine Worte guttun.

„Aber ja, viele Male. Ich habe daran gedacht, ein Apartment in Sutton Place zu mieten."

„Ich habe keine Ahnung, was das ist, aber es klingt unglaublich aufregend und exklusiv."

Aubrey lacht und ich glaube, er schwenkt ein Glas. Ich höre Eiswürfel klappern. „Du und ich, ma chère, wir werden diese Stadt im Sturm erobern."

Einen Moment lang setzt mein Herz aus, dann beginnt es ohne jeden Rhythmus wieder zu klopfen und zu pochen.

„Ja", flüstere ich. *Du und ich*, wiederhole ich im Stillen.

Am nächsten Morgen setze ich mich an den Schreibtisch und kaue auf meinem Füllfederhalter. Ich schulde Francis Hatton immer noch eine Antwort. Im Geiste habe ich dutzende Briefe ent- und wieder verworfen. Keines der Worte, die ich im Kopf hatte, scheint das einigermaßen zu treffen, was ich ihm sagen will. Ich tippe ungeduldig mit der Spitze des Schreibgerätes auf einen leeren Briefbogen, als sich plötzlich die Tinte im Schwall aus der Feder ergießt. Wie ungeschickt! Ich sehe mich nach einem Tuch um, um das Malheur zu beheben, finde jedoch keines und ziehe daher die oberste Schreibtischschublade auf, in der Aubrey seine Tinte verwahrt und ganz sicher auch ein Tuch. Ich taste mit der Hand tiefer hinein und fühle einen Stapel Briefe, zusammengehalten mit einem Samtband. Unentschlossen streiche ich mit dem Finger über den Stoff und ziehe dann daran. Sie rutschen nach vorn. Endlich kann ich sie herausnehmen. Ich lege das Bündel auf den Schreibtisch. Aubreys Handschrift würde ich unter tausenden erkennen. Vorsichtig hebe ich Brief um Brief an. Es müssen um die zwanzig sein. Der Oberste ist an Victoire la Valette adressiert. Ich blättere sie durch ... sie sind alle an sie.

Ich weiß genau, dass es nicht richtig ist. Dennoch nehme ich den Stapel an mich, stecke ihn in meine Handtasche, schließe sorgfältig die Schublade und klingele nach Broadwell.

„Sie wünschen", fragt er und sieht mich freundlich an, während ich hilflos lächele und auf den verlaufenen Tintenfleck deute. „Es tut mir sehr leid, Broadwell, mir ist ein Missgeschick passiert. Könnten Sie sich darum bitte kümmern?" Ich stehe auf und greife nach meiner Tasche. „Ach ... ich habe Kopfschmerzen und werde mich hinlegen. Können Sie dafür sorgen, dass ich die nächsten zwei Stunden nicht gestört werde? Von niemandem bitte."

Er nickt beflissen. „Selbstverständlich, Madam."

„Danke, Broadwell."

Ich lasse ihn stehen, überlasse ihm die Tinte, fliege die Stufen in mein Schlafzimmer hinauf und ziehe die Tür hinter mir zu.

Dann lege ich mich bäuchlings auf das Bett und starre das Bündel Briefe an. Fast habe ich den Eindruck, sie starren zurück und flüstern mir zu: *Lies uns, lies uns, lies uns ...* Genau diesem ewig wispernden Gesang kann ich nicht lange widerstehen. Vorsichtig ziehe ich an der Schleife und zupfe dann den untersten Brief aus dem Stapel. Er duftet ganz zart nach Verbene.

Verdun, 10. Februar 1916

Ich halte inne. Diesen Brief hat ein junger Aubrey geschrieben, gerade achtzehn Jahre alt. Ich kann ihn mir vorstellen – das Gesicht ein wenig schmaler, die Augen größer. Er war ein schöner Mann, er ist ein schöner Mann. Ich lese weiter.

Meine geliebte Vic,

sehr wohl weiß ich, dass du, wenn du das Glöckchen des Postboten hörst, aufspringst und voller Vorfreude entgegennimmst, was er dir bringt. Ich sehe dein Gesicht vor mir, ich sehe die Enttäuschung in deinen grünen Augen, wenn du siehst, dass ich es bin, der dir schreibt und nicht Jules. Ich weiß, was du für ihn empfindest und jeder Gedanke daran brennt sich wie ein glühendes Schwert in meine Brust.
Ich denke oft zurück, wie es war, bevor er nach Valette kam. Ich denke daran, wie wir in den Wiesen lagen. Ich kann dein Haar riechen und deine Wimpern auf meiner Wange fühlen, so zart wie ein Schmetterlingsflügel. Auch wenn sich dein Herz für mich verschlossen hat, ist es meines, das sich zusammenzieht vor Schmerz, wenn ich an dich und Jules denke. Aber ich werde weiterschreiben, ich werde dich nicht vergessen, bis du eines Tages wieder mein bist, bis du mich wieder so ansiehst wie damals.

Dein treuer Aubrey

Mit einer Mischung aus Schmerz und Mitleid starre ich auf den Brief. Vielleicht meinte er das damit, als er sagte, wir seien uns ähnlich. Ich glaube, sein Herz ist ein harter Knoten, genau wie meines.

Er tut mir leid. Ich weiß genau, was er fühlte und mir wird klar, dass es bei mir ähnlich ist. Sicher, ich bin nicht ganz so verzweifelt wie er, aber ich erkenne mich in seinen Worten wieder. Sie sind sentimental und schwulstig. Am Ende müssen sie etwas bewirkt haben, denn Victoire hat ihn ja geheiratet. Ich verstehe nicht wirklich, falte den Brief wieder zusammen und stecke ihn zurück in den Umschlag.

Der nächste Brief ist vom 20. Februar 1916 und kommt auch aus Verdun. Ich wünschte, ich könnte mich richtig erinnern, aber ich glaube, es ging bei Verdun nicht gut aus für die Franzosen. Meine letzte Gouvernante, Mademoiselle Ferange, hatte versucht, mir den Ersten Weltkrieg zu erklären, aber viel war in meinem damals 16-jährigen Kopf nicht hängengeblieben.

Geliebte Victoire,

heute schreibe ich dir noch einmal. Vielleicht zum letzten Mal. Ein deutscher Angriff auf Verdun steht unmittelbar bevor und ich weiß nicht, ob ich die nächsten Stunden, Tage oder Wochen überleben werde. Sollte es einen Gott geben, und ich neige nicht dazu, dies anzunehmen, liegt es wohl in seiner Hand. Ich hoffe auf unsere militärische Überlegenheit und meinen eigenen ungebrochenen Willen, dies lebend zu überstehen, um zu dir zurückzukehren, dich in die Arme zu schließen und dich davon zu überzeugen, dass ich der Richtige für dich bin. Der einzige Mann, der dich so liebt, wie du geliebt werden musst.

Leider schreibe ich in grosser Eile, meine Geliebte. Ich küsse dich,

dein Aubrey

Beim nächsten Brief ist das Datum leider verschmiert. Ich weiß nicht, ob März oder Mai 1916. Es sieht aus wie ein Rotweinfleck. Ich muss an Jules' Weingut denken. Ist der Fleck von Victoire? Hatte sie Wein verschüttet, als sie den Brief las? Oder hat vielleicht Aubrey später noch einmal gelesen, was er ihr damals schrieb?

Du, meine einzig geliebte Victoire,

dein letzter Brief hat mich zutiefst verstört. Deine Worte haben mich wüst und leer zurückgelassen. Würde ich auch nur ein einziges davon glauben, ich würde sofort freiwillig nach Verdun zurückkehren und zu einem Gott, an den ich nicht einmal glaube, um meinen Tod beten, der so sicher wäre, wie das Amen in der Kirche von Valette.
Doch mein Herz schreit dagegen an und ich kann nur noch an diese letzte Nacht mit dir denken. Ich weiß noch genau, wie deine Haut duftete. Nach frischen Orangenblüten und nach Mandeln. Ich habe jeden Millimeter mit Küssen bedeckt, die zarte Stelle zwischen deinen Schenkeln liebkost. Nichts anderes auf der Welt betört mich mehr, als der Duft deines Schoßes, wenn du ihn mir entgegenstreckst, ihn mir darbietest wie ein Geschenk. Und ich mag nicht glauben, dass du dieses Geschenk nun Jules machst. Ich kann es nicht begreifen. Jeden Tag zermartere ich mir den Kopf, wo ich dir

Ich lasse den Brief sinken. Ach, da waren sie schon verheiratet? Ich denke nach. Niemals hat mir wirklich jemand etwas erzählt. Jules nicht, meine Mutter nicht und Aubrey schon gar nicht.

Der Brief schließt mit Liebesschwüren. Viel anders sind die nächsten Briefe auch nicht. Sie alle sind nur Variationen seiner Verzweiflung, seiner Liebe, seiner Einsamkeit. Ich hätte ihn gern gekannt, diesen jungen Aubrey, scheint er mir doch unbeherrscht und leidenschaftlich gewesen zu sein. Ganz anders als dieser Tage, in denen ich wohl die Resignation dieser gelebten und vergangenen Liebe spüre. Seine Gefühle für mich sind nicht einmal ein Echo der Leidenschaft, die er wohl für Victoire empfand. Natürlich habe ich Rebecca von Daphne du Maurier gelesen. Victoire ist meine Mrs de Winter. La Valette und de Winter.

Wie wird meine Geschichte ausgehen, frage ich mich und schiebe den Gedanken weit weg. Stattdessen öffne ich den letzten Brief. Das Kuvert ist größer als das der anderen und das Briefpapier dicker. Ich kenne es. Ich beschreibe die gleichen Bögen, wenn ich korrespondiere. Ich benutze die gleichen Kuverts, um meine Post zu verschicken.

London am 5. September 1921

Victoire,

es steht dir frei, auf Chateau Valette zu bleiben, solange wir verheiratet sind. Ich habe kein Interesse daran, dich dort aufzusuchen, noch wünsche ich, dass du hierher nach London kommst. Du kannst an meine Kanzlei in London schreiben – ich lege eine Karte bei – wenn du etwas benötigst. Weitere Korrespondenz, auch bezüglich deiner Umstände, ist überflüssig, habe ich doch offensichtlich nichts damit zu tun.

Lebe wohl,
Aubrey

Irgendwann hatte er resigniert, als er erkannt hat, dass er gegen Jules nicht ankam. War das Kind seines oder Jules'? Jules' sehr wahrscheinlich. Dies zumindest würde ich aus seinen Worten schließen. Dieser letzte Brief ist von dem Aubrey, den ich kenne. Ich kann seine Stimme hören. Ich höre die Kälte darin und die Distanz.

Langsam knüpfe ich das Band wieder um die Briefe und bringe sie zurück ins Arbeitszimmer. Vorsichtig schiebe ich das Bündel nach hinten und taste zweimal, ob sie auch bestimmt wieder so liegen wie zuvor.

Der Tintenfleck ist weg. Nichts erinnert mehr daran. Ich nehme einen frischen Bogen, fülle neue Tinte in meinen Füller und schreibe.

Lieber Mr Hatton, das Buch bereitet mir grosse Freude und ich bin sicher, dass ich es in Amerika oft in die Hand nehmen werde, um an England und all die Menschen, die mir etwas bedeuten, zu denken.

Damit bin ich schließlich zufrieden. Bevor ich zu Bett gehe, lege ich den adressierten Brief in die Schale in der Halle. Broadwell wird sich darum kümmern.

18

Am Nachmittag des 1. September 1939 sitzt meine Mutter neben mir auf dem Sofa. Gemeinsam starren wir auf das Radio, das Broadwell aus dem Musikzimmer geholt hat, als würde es Bilder übertragen. Auch Broadwell bleibt stehen. Es ist das erste Mal, dass ich sehe, wie er die Fassung verliert. Sein zuckendes Auge nimmt mich weit mehr mit als die Hand meiner Mutter auf meinem Arm.

Deutschland ist in Polen einmarschiert. Diese Nachricht kommt immer wieder. Wir können ihr nicht entgehen. Sie versetzt uns in einen ganz und gar merkwürdigen Zustand. Ich fühle eine Art innere Aufregung, ein Beben. Es erfüllt mich mit einer fassungslosen Erwartung. Ich glaube, meiner Mutter geht es ähnlich. Wir verstehen beide nicht genau, was das für uns bedeutet, ahnen aber, dass dies unmittelbar Folgen für unser beider Leben haben wird.

Nachdem sich Broadwell gefangen hat und das Zimmer verlässt, tupft sich meine Mutter über die Nase. Es ist ein ungewöhnlich warmer Tag und ich fühle kleine Schweißtropfen in meinem Nacken.

„Es ist gut, dass ihr nach Amerika geht", sagt meine Mutter und lehnt sich zurück.

„Vielleicht solltest du mitkommen." Ich meine es durchaus ernst. Je weiter weg, desto besser.

„Und Creston Hall? Dein Bruder? Auf keinen Fall!" Dann strafft sie den Rücken. „Es wird nicht so ernst werden. Es wird gutgehen. Wann kommt Aubrey?"

Die Wahrheit ist, ich weiß es nicht. Seit fast zwei Wochen habe ich nichts mehr von ihm gehört und davor waren es auch nur kurze Telefonate. Er schien mir bei jedem Gespräch angespannter zu sein und es kam mir vor, als hätte er sich die Zeit für diese paar belanglosen Worte, die wir wechselten, mühsam erkämpft.

Etwas in mir ist anders geworden, seitdem ich die Briefe gelesen habe. Vielleicht liegt es aber auch daran, dass ich ihn jetzt wochenlang nicht gesehen habe. Was auch immer es ist, dieses dünne Band, das wir geknüpft haben, es scheint mir jetzt fadenscheinig und sehr ausgefranst – zumindest an meinem Ende. Etwas an diesen Briefen hat mich sehr ernüchtert und jedes Mal, wenn ich an seine Liebesschwüre denke, ist mir, als würde sich diese harte Kugel in meiner Brust ein wenig bewegen und schmerzhaft gegen meine Knochen stoßen.

„Er konnte sich nicht festlegen“, sage ich ausweichend.

Meine Mutter verschränkt die Hände ineinander. „Ich wünschte, er käme wirklich bald. Es ist mir nicht wohl, dich allein hier zu wissen.“

„Mutter, es ist ja nicht so, dass ein plündernder deutscher Mob durch die Straßen von London zieht. Polen ist weit weg.“

„Und näher, als man glaubt“, ergänzt sie meine Worte. Dann spitzt sie den Mund und ein Lächeln huscht über ihre Lippen. „Francis Hatton ist übrigens wieder in der Stadt. Er kam gestern, sagte mir Gabrielle.“

Ich zucke mit den Schultern. „Ah ja? Es ist vielleicht gerade keine gute Zeit, sich in Deutschland aufzuhalten.“

Mein Desinteresse an ihrer Information langweilt sie. Das kann ich sehen. Vielleicht verabschiedet sie sich deshalb bereits vor dem Dinner.

In Aubreys Arbeitszimmer öffne ich später das Fenster und sehe in die Dämmerung. Ich wünschte, er würde heute zurückkehren. Ich wünschte, er würde anrufen. Doch das Telefon bleibt stumm und das Haus leer. Heute Nacht krieche ich wieder in sein Bett und es riecht nur noch nach mir und nach niemandem sonst.

Am nächsten Tag bricht ein heftiges Gewitter über London herein. Es zieht die Hitze aus der Stadt. Ich setze mich in Aubreys Arbeitszimmer und schreibe, bis es dunkel wird.

England und Frankreich haben Deutschland ein Ultimatum gestellt. Ich verstehe nicht ganz, was das bedeutet. Nach allem, was ich über die Deutschen weiß – und das ist wirklich nicht viel – werden sie sich doch nicht so einfach aus Polen zurückziehen, jetzt, da sie gerade erst ihre Invasion begonnen haben.

Immer wieder gleiten meine Gedanken zu Aubrey. Immer wieder frage ich mich, wo er ist. Wenn das Ultimatum abläuft, hätte ich ihn gern hier und auf keinen Fall in Frankreich.

Gabrielle hatte mich am Nachmittag angerufen und mir stolz erzählt, dass Alfie in Uniform eine blendende Figur mache. Mich erschauert. Ob Aubrey sich in Frankreich zum Dienst melden werde, hatte sie gefragt. Sicher nicht, hatte ich gedacht, und sie daran erinnert, dass wir nach Amerika gehen.

Es sei schade, sagte sie, dass ich auf Aubrey nicht so stolz sein könne, wie sie auf Alfie. Ich hatte trocken erwidert, dass Aubrey schon einen Krieg überlebt habe, für den Alfie noch zu klein gewesen war und aufgelegt.

Ich nehme den Stift wieder in die Hand und schreibe auf, was mir durch den Kopf geht. Seit gestern verfolgt mich das Gefühl einer unbestimmten Befürchtung. Es ist mir geblieben, als würde es mich nicht mehr verlassen wollen. Ich frage mich, wie viele Menschen schon in Polen gestorben sind.

Ich denke daran, dass Aubrey sagte, im Krieg gäbe es keine Helden. Ich habe es nicht verstanden. Jetzt beginne ich zu begreifen und frage mich, ob in Deutschland auch Frauen zu Hause in Salons sitzen, so wie Gabrielle, und stolz auf ihre Männer sind.

Ich erwache früh am nächsten Tag, frühstücke nur sehr wenig und setze mich dann vor das Radio. Regierungskrise. Eine Ansprache des Königs.

Halbherzig lese ich das Korrektur, was ich gestern geschrieben habe und finde hier und da noch Flüchtigkeitsfehler. Um kurz nach elf klingele ich schließlich nach Broadwell.

„Gibt es Post? Oder ein Telegramm für mich?"

Er schüttelt den Kopf. Nichts von Aubrey.

Leiser frage ich: „Haben Sie etwas von meinem Mann gehört?" Was für eine unschickliche Frage, aber ich bin verzweifelt.

Broadwell sieht mich nachsichtig an. Er ist ein guter Butler. „Nein, Madam, aber ich würde mir an Ihrer Stelle keine Sorgen machen."

Dann höre ich die Stimme von Neville Chamberlain, unserem Premierminister, aus dem Radio. Broadwell sieht mich fragend an. Ich nicke ihm zu. Hastig dreht er lauter. Ich traue mich kaum zu atmen.

„... und infolgedessen befindet sich unser Land mit Deutschland im Krieg ..." Der Rest seiner Worte erstickt im Rauschen. Ich höre nur noch Bruchstücke.

Broadwell schenkt mir, und auf meine energische Aufforderung auch sich selbst, einen Brandy ein. Wir trinken ihn schweigend. Bevor er hinausgeht, frage ich ihn doch: „Sind Sie sicher, dass Sie uns nicht nach Amerika begleiten wollen?"

Er schüttelt den Kopf. „Das ist sehr liebenswürdig, aber ich habe Verpflichtungen in England."

„Broadwell, versprechen Sie mir eines: Wenn Sie jemals Hilfe brauchen, wenn wir nicht mehr da sind, wenden Sie sich dann an meine Mutter auf Creston Hall?"

Er lächelt mich sehr mild an. „Danke, Madam."
Mehr werde ich aus ihm nicht herausbringen.

Meine Mutter kommt, als hätte sie gehört, dass wir über sie sprachen, nur eine Stunde später. Ich finde ihre Wangen ungewöhnlich blass, aber an einem Tag wie heute kann ich ihr das nicht verdenken.

„Ich nehme den Zug nach Hause am Nachmittag. Ich will keine Sekunde länger als nötig in London bleiben. Hast du etwas von Aubrey gehört?"

Ich schüttele den Kopf. Sie wirft einen begehrlichen Blick auf mein leeres Glas, das noch auf dem Tisch steht. „War das Brandy?" Ohne meine Antwort abzuwarten, schenkt sie sich großzügig ein und trinkt. „Du solltest mich begleiten."

„Ganz sicher nicht."

„Wann hast du das letzte Mal etwas von ihm gehört?" Sie sieht mich streng an.

„Vor zwei Wochen", flüstere ich.

„Richtig. Vor zwei Wochen! Gott weiß, was da in Frankreich los ist. Er könnte tot sein." Ihre Härte erschreckt mich.

„Mutter!"

„Nein, du kommst mit nach Creston Hall. Dort kannst du auch auf Aubrey warten."

„Jetzt ist Schluss! Ich verbitte mir diesen Ton."

Für einen Moment entgleiten ihr ihre Züge. Ich sehe so viel Hilflosigkeit und Zorn in ihrem Blick, dass mich tatsächlich Angst packt. Die Angst, Aubrey könnte tatsächlich etwas zugestoßen sein. Für einen Moment schließe ich die Augen. Vielleicht in der vagen Hoffnung, dass er in der Tür lehnt, wenn ich sie öffne. Doch natürlich steht dort nur meine Mutter. Sie hat immer noch das Glas in der Hand und sieht mich an.

„Also schön. Dann warte hier auf deinen Aubrey, der nicht deiner ist. Du bist erwachsen." Sie klingt erschöpft.

„Warum sagst du das?", frage ich matt.

Klirrend stellt sie das Glas auf das Tablett. „Herrje, ich dachte, er ist zu alt für dich, um dir gefährlich zu werden. Ich dachte, ihr findet ein Arrangement, mit dem ihr beide leben könnt. Ich habe dir doch gesagt, du sollst dich nicht in ihn verlieben." Sie runzelt die Stirn und sieht an mir vorbei. „Ich war so lange selbst ..." Sie beißt sich auf die Lippen.

Ich hätte darauf kommen können, verdammt! Die ganze Zeit! Vor aller Augen. Nur habe ich es nicht gesehen. Plötzlich tut sie mir leid.

Sie wendet sich ab, aber ich sehe, dass ihre Schultern beben. Hastig stehe ich auf und lege ihr meine Hand auf den Arm. „Es tut mir leid."

„Tu, was dir beliebt", sagt sie fast versöhnlich, bevor sie sich umdreht, mir einen Kuss auf die Wange gibt und sagt: „Auf Wiedersehen, mein Kind."

Ich fröstele trotz der Wärme im Raum und sehe ihr nach. Vielleicht sollte ich sie begleiten. Ich weiß es nicht. Ich wünschte, ich könnte mit jemandem sprechen. Mit jemandem, dem ich meine Gedanken anvertrauen kann. Früher einmal war das Gabrielle gewesen, aber das ist lange her und es waren unwichtige Gedanken, die nur in den verwirrten Köpfen zweier Mädchen eine Rolle gespielt hatten. Für die Gedanken, die mich seit meiner Ehe umtreiben, finde ich bei niemandem ein Zuhause.

Meine Mutter tut mir leid. Ich hätte es wissen können. Es ist die Art, wie sie ihn ansieht, wenn sie einen seiner gleichgültigen Blicke streift. Ich hatte es gesehen und doch war ich blind gewesen. Ich frage mich langsam, ob Liebe überhaupt auch nur einen einzigen Menschen auf der Welt eigentlich glücklich macht oder ob sie es nicht eigentlich ist, die am Ende in Verzweiflung und Krieg führt. Wenn man selbst nicht fühlt, dass sich das Leben lohnt, dann ist es doch einerlei, wen man mit in den Tod reißt. Das schreibe ich auf und nenne das Essay *Gedanken über die Liebe in den Zeiten des Krieges.*

Als ich aus dem Fenster auf die Straßen sehe, bin ich
überrascht, dass sich mir das gleiche Bild bietet wie gestern. Noch hat der Krieg nichts verändert. An der Ecke
lehnt ein Straßenfeger, zwei Frauen plaudern mit Ein-
kaufskörben in der Hand vor dem Haus von Mrs Malm-
quist gegenüber. Ab und an fährt ein Auto vorbei und
irgendwo in der Ferne bellt ein Hund.

Wenn Aubrey bis Mitte der Woche nicht zurück ist,
fahre ich auch nach Creston Hall, nehme ich mir vor.
Ich habe es satt, hier zu sitzen und zu warten. Vielleicht
wartet es sich an einem anderen Ort tatsächlich besser.

Vielleicht kommt er zu spät und das Schiff fährt ohne
uns ab. Vielleicht müssen wir einfach das nächste nehmen. Vielleicht hat er es sich auch ganz anders überlegt. Vielleicht wird es bald keine Schiffe mehr geben.

Kopfschmerzen breiten sich in meinem Hinterkopf
aus, dröhnend und pochend, so als würde darin ein ge-
fangenes Tier mit den Hinterpfoten gegen meinen
Schädelknochen schlagen.

Ich lehne mich auf dem Sofa zurück und schließe die
Augen. Nur ein paar Minuten schlafen und dann sollte
ich vielleicht einen Spaziergang machen. Das wird helfen, bevor mir die Augen zufallen.

Noch bevor ich sie wieder öffne, rieche ich ein Feuer
im Kamin, den Rauch einer Zigarette und höre zwei Eiswürfel im Glas klappern.

Aubrey sitzt mir gegenüber im Sessel, als wäre er nie
weg gewesen. Er hat meine eng beschriebenen Blätter
in der einen Hand, während er mit der anderen ein Glas
Whiskey schwenkt. Im Aschenbecher neben ihm verglüht eine Zigarette. Unter seinen Augen sind dunkle
Ringe zu sehen. Vielleicht ist sein Haar eine Spur zu

lang, aber das ist unwichtig. Ich widerstehe dem Impuls, aufzuspringen und ihn an mich zu reißen.

Jetzt hebt er die Nase, als würde er etwas wittern. Sein Blick trifft mich. Er lässt die Hand sinken, mit der er meine Zeilen hält. Er sieht mich anders an als sonst. Schließlich sortiert er drei Seiten aus meinem Stapel aus und legt sie obenauf. „Das Essay behalte ich, wenn du nichts dagegen hast."

Meine Kopfschmerzen sind fast weg, aber ich fühle mich noch benommen. Broadwell muss mir die Abendzeitung hineingelegt haben, während ich schlief. Mein Blick fällt auf die Überschrift: Unser Land befindet sich im Krieg.

„Gefällt es dir?", frage ich vorsichtig und reibe mir mit zwei Fingern über die Schläfen.

„Nein", sagt Aubrey. „Es gefällt mir nicht nur, es ist brillant."

Er faltet die Seiten schmal zusammen und steckt sie in seine Brusttasche. Dann steht er auf und hebt einen Karton auf, der neben der Tür steht. Er stellt ihn auf den kleinen Schreibtisch am Fenster und winkt mich zu sich.

„Ich habe dir aus Deutschland etwas mitgebracht."

Aus Deutschland? Wann war er denn in Deutschland? Meine Neugier überwiegt meinen kurzen Anflug von Ärger, als mir durch seine Worte wieder einmal klar wird, dass ich niemand für ihn bin, bei dem er das Bedürfnis hätte, etwas erklären zu müssen. Auf der anderen Seite bin ich auch dankbar, dass ich ihn nie in Deutschland vermutet hatte – meine Sorge um ihn wäre nur noch größer gewesen.

Ich löse die Schnur und entferne die Seiten der dicken Pappe. Darunter ist ein schwarzer Koffer. Ich sehe Aubrey fragend an. Er lächelt mir zu.

Vorsichtig klappe ich ihn auf. Eine schmale, flache Schreibmaschine kommt zum Vorschein. Ich bin verblüfft. Ich habe nie daran gedacht, auf einer zu schreiben. Ich kann es auch gar nicht.

Aubrey lacht. „Ich weiß, was du denkst. Es wird zu Anfang sicher länger dauern, aber wenn du dich daran gewöhnt hast, und das wirst du rasch, dann stelle ich es mir als große Erleichterung vor." Er zündet sich noch eine Zigarette an und lehnt sich gegen den Tisch.

Ich weiß ehrlich nicht, was ich sagen soll. Noch nie hat mir jemand ein Geschenk gemacht, das wirklich zu mir gepasst hat, das nur für mich bestimmt ist. Mit dem Finger streiche ich über die Maschine, berühre die Tasten und drehe mich dann zu Aubrey um. Er raucht genussvoll und sieht mich an.

Danke ist ein dummes Wort. Es passt für Kleinigkeiten, das mag wohl sein. Für so etwas Großes ist es völlig ungeeignet.

„Ich freue mich sehr", sage ich daher und finde Worte und Tonfall dermaßen inadäquat, dass es mich schaudert.

Aubreys Lippen kräuseln sich amüsiert. „Du hättest auch gar nichts sagen können. Ich sehe an deinem Blick, dass dir dein Geschenk gefällt."

Erleichtert lächele ich. „Ich bin froh, dass du wieder da bist", rutscht es mir heraus und weil ich weiß, dass ihm das nicht gefallen wird, füge ich rasch hinzu: „Meine Mutter wollte mich schon nach Creston Hall mitnehmen."

Er nickt. „Ich bin auch froh, wieder in London zu sein." Er drückt die Zigarette aus. Sein Blick streift nun ebenfalls die Zeitung auf dem Tisch.

Dann endlich beugt er sich vor und berührt mit den Lippen meine Wange. Ein flüchtiges Streifen, weil er weiß, dass es mir etwas bedeutet. Ich kann es beim besten Willen keinen Kuss nennen und trotzdem durchströmt mich ein warmes Gefühl der Sicherheit.

„Gute Nacht, ma chère."

Während er die Treppe nach oben geht und ich seine Schritte dumpf auf dem Läufer höre, bleibe ich unsicher stehen. Er hat mich nicht in sein Bett eingeladen und ich bezweifele, dass er in dieser Nacht zu mir kommt. Vielleicht muss mir einfach reichen, dass er wieder da ist, dass er zurückgekommen ist.

19

Wir sind seit einem Tag auf See und Bridget liegt irgendwo im Bauch des Schiffes, irgendwo in der dritten Klasse. Sie ist seekrank. Ich habe ihr Tee und Cracker bringen lassen und den Schiffsarzt zu ihr geschickt. Sie tut mir leid. Ich habe ihr gesagt, sie soll sich den Rest der Reise um sich selbst kümmern, ich selbst käme schon zurecht, was zumindest, was mein Haar betrifft, eine glatte Lüge ist.

Meine Mutter tat gut daran, auf ein Ersatzabendkleid zu bestehen, denn das Kleid, das ich heute eigentlich tragen wollte, hat Bridget bespuckt.

Nach einer halben Stunde verliere ich die Geduld mit meinen Locken und die Haarklammern gehen mir langsam aus. Ich pinne eine letzte Strähne an meinem Hinterkopf fest und vermisse den kurzen Pagenkopf, den ich als Kind trug. Nun ja, mit etwas gutem Willen kann man dies als ungewöhnliche Frisur gerade noch durchgehen lassen.

Ich schiebe den Stuhl vor dem Schminktisch ein Stückchen zurück. Es ist nicht leicht, auf einem schwankenden Schiff eine Halskette zu schließen. Nach unzähligen Anläufen gebe ich auf und gehe zu Aubrey in den Salon unserer Kabine.

„Würdest du ...?", bitte ich ihn.

„Sicher", sagt er abwesend und legt die Zeitung zur Seite.

Beim Ablegen hatte ich darüber gestaunt, wie viele Menschen an Bord kamen. Das Schiff war bis zum letzten Platz ausgebucht. Jeder, der konnte, verließ Europa.

Wir hatten unsere Suite gegen eine kleinere mit nur einem Schlafzimmer getauscht. Zu meiner Überraschung hatte sich Aubrey sofort einverstanden erklärt, als ihn der Steward darum gebeten hatte. Auch wenn das für ihn bedeutet hatte, dass er sich fünf Nächte mit mir ein Bett teilen musste. Eine Tatsache, die ihn wahrscheinlich nicht wirklich gefreut hatte, ganz im Gegensatz zu mir. Weit mehr als auf das Abendessen freue ich mich auf ihn, auf seinen Körper neben meinem, seine Wärme.

„Bereit?", frage ich, als er fertig ist, und greife nach meiner Stola.

Galant hält er mir den Arm hin und ich schiebe meine Hand darunter. Vielleicht haben sich so die Passagiere auf der *Titanic* gefühlt. Als wir oben auf der Treppe kurz innehalten, die zum Speisesaal der ersten Klasse hinabführt, bleibt mir tatsächlich der Mund offen stehen. Es sieht aus wie in einem Luxushotel. Mit einem Schiff, so wie ich es mir vorgestellt hatte, hat es rein gar nichts zu tun. Eine geschwungene Holztreppe, die mit dickem rotem Teppich belegt ist, führt von beiden Seiten der Kabinendecks an mehreren Bars vorbei in das Restaurant nach unten. Obwohl alles mit all den schweren Kristallkronleuchtern und dem vielen Mahagoni ein wenig altmodisch aussieht, hat es ein hübsches Flair vergangener Zeiten, das muss ich sagen.

Der Maître d'hôtel weist uns einen kleineren Tisch am Fenster zu und Aubrey sagt, nachdem wir Platz genommen haben: „Es tut mir leid, ma chère, ich habe darauf bestanden, dass wir allein sitzen. Ich kann Gesellschaft im Moment nicht ertragen. Macht es dir etwas aus?"

„Aber nein, es ist mir sehr recht." Das ist es wirklich. Mir reicht es, alles um mich herum aufzunehmen, alles auf mich wirken zu lassen. Ich fühle mich gerade wie ein Schwamm, der sich langsam mit Wasser vollsaugt, nur dass es bei mir Eindrücke sind, die ich sorgsam kartiere, etikettiere und dann hoffentlich wieder auffindbar in den Schubladen meines Gehirns sortiere.

Wir schweigen uns seltsam beschwingt durch zwei Gänge, dann sieht Aubrey mich an. „Wir sollten dein Essay drucken lassen", sagt er unvermittelt.

Ich runzele die Stirn. „Drucken lassen?", wiederhole ich ungläubig.

„Ich habe einen Freund bei der *New York Times*. Ich werde es ihm geben, wenn wir dort sind."

„Ich weiß nicht, ob meine Gedanken wirklich von Belang sind", sage ich langsam und lege die Serviette auf den Tisch.

„Ich finde, sie treffen in ihrer Lakonie genau den Punkt, den Zeitgeist. Deine Gedanken haben etwas ergreifend Universelles, weil sie nicht nach dem Großen und Ganzen fragen, sondern nach dem, was wir alle fühlen und erleben." Er lächelt nachsichtig. „Du wirst lernen müssen, beides zu ertragen. Widerworte und Lob gleichermaßen."

„Lob ist viel schwieriger", seufze ich. „Und ich frage mich schon sehr lange, warum das so ist."

Aubrey nimmt sein Glas in die Hand, ohne zu trinken. „Warum bist du so unzufrieden mit dir?"

Ich zucke mit den Schultern und sage, was mir durch den Kopf geht. „Ich hatte nie das Gefühl, dass jemand zufrieden mit mir war oder ist. Ich weiß gar nicht, wie sich das anfühlen sollte. Im Grunde war ich die meiste

Zeit meines Lebens eine finanzielle Last für jemanden."
Ich sehe zum Fenster, in das Spiegelbild einer blassen
Frau in einem sehr teuren Abendkleid mit einer seltsa-
men Frisur.

„Ich glaube, deine Mutter war mit deiner Heirat zufrieden", sagt er leichthin, stellt das Glas wieder ab und
tupft sich den Mund mit der Serviette ab, auf die in
Gold *Mauretania* gestickt ist.

Ich frage mich, ob ich für ihn jemals etwas anderes
sein werde als unser Haus in London. Eine Notwendigkeit, die es zu unterhalten gilt, weil es eben zum guten
Ton gehört, weil sie da ist. Nein, ich bin eine Last, die
einfach nur den Besitzer gewechselt hat. Wären wir in
unseren Entscheidungen frei gewesen, keiner von uns
beiden hätte sich auf den anderen eingelassen. Vielleicht hätte es mich glücklicher gemacht, aber ihn wohl
mit großer Sicherheit.

„Was geht dir durch den Kopf?" Seine Frage dringt so
plötzlich in meine Gedanken, dass ich zusammenzucke
und mein Besteck zur Seite lege.

„Nichts Wichtiges", antworte ich rasch.

Er hebt eine Augenbraue.

Aus der *Mauretania* ist gerade die *Titanic* geworden
und aus dem Abendessen ein Umschiffen von Eisber-
gen. Ich rutsche ein Stückchen auf meinem Stuhl zurück.

„Wenn es einen Platz in deinen Gedanken hat, wird es
wohl zumindest für dich wichtig sein, nicht wahr?" Etwas Kaltes ist in seine Stimme gekrochen. Mich fröstelt.

„Vielleicht wünschte ich, ich könnte dich zufrieden
machen", sage ich leise und sehe erst auf meinen halb

leeren Teller, dann zu ihm. Verwundert stelle ich fest, dass meine Worte ihn treffen. Ich sehe es in seinem Blick. Etwas in ihm scheint sich zusammenzuziehen.

Mir scheint, ich habe den ersten Abend an Bord ruiniert. Den ersten Abend auf dem Weg in ein neues Leben. Ich finde keine Worte, die zurücknehmen könnten, was ich sagte.

Aubrey schweigt. Dann steht er wortlos auf und lässt mich zurück, während einige Gäste an den Tischen in der Nähe die Köpfe drehen.

Ich beiße mir auf die Unterlippe, bis es schmerzt und entfliehe den restlichen beiden Gängen ebenfalls. Zurück in unsere Suite traue ich mich nicht, also ziehe ich die dünne Stola, die gar nicht dafür gedacht ist, die Kälte der Nacht abzuhalten, fest um meine Schultern und trete nach draußen. Der Wind auf dem Wasser ist eisig, fährt unter mein dünnes Kleid und durch mein Haar. Unter mir hat das Wasser ein anderes Schwarz als die Wolken am Himmel über mir.

Ich bleibe stehen, bis die Kälte ganz von mir Besitz ergriffen hat, bis ich fast nichts mehr auf meiner Haut spüre und nichts mehr denken kann. Meine Mutter hatte recht. Schon hier ist er der Mensch, auf den ich angewiesen bin und in Amerika wird er das auch sein. Ich bin von ihm und seiner Zuneigung abhängig. Etwas anderes gibt es in meinem Leben nicht und Aubrey selbst ist so unberechenbar wie eine Katze.

Als ich schließlich doch in unsere Suite zurückkehre, finde ich sie leer vor. Sicher, es gibt genügend Bars an Bord, in denen Aubrey die Nacht verbringen kann, wenn er will.

Ich wünschte, Bridget wäre hier und würde mir ein Bad einlassen. Allein bin ich zu müde. Also entkleide ich mich nur, schlüpfe in ein Nachthemd und krieche unter die Decke. Mein Körper ist und bleibt kalt. Ich finde keinen Schlaf.

Es müssen Stunden gewesen sein, die ich so dagelegen und an die Decke gestarrt habe, bis ich die Tür klappen höre, höre, wie Stoff raschelt, höre, wie Bügel leise klappern.

Dann spüre ich, wie Aubrey neben mir in die Matratze sinkt. Wir liegen beide auf dem Rücken und ich weiß, wir haben beide die Augen weit offen. Ich würde gern etwas sagen, aber ich weiß nicht, was.

„Je regrette", sagt Aubrey schließlich leise. Ich bedauere. Oder meint er, er bereut etwas? Es tut mir weh, das zu hören. Sicher meint er mich. Er spricht sonst nie Französisch mit mir.

„Nein", flüstere ich ebenfalls auf Französisch, „mir tut es leid." Ich denke daran, wie sehr er Victoire geliebt haben muss. So sehr, dass nichts mehr übrig ist. Wahrscheinlich für niemanden.

„Was um alles in der Welt sollte dir leidtun?" Er klingt ehrlich überrascht und sehr viel weniger bewegt, als eben. Er spricht wieder sein makelloses Englisch, das ich für einen Franzosen wirklich bemerkenswert finde.

„Ich … ich bin nicht genug."

„Es liegt nicht an dir." Dasselbe hatte ich Francis Hatton gesagt und er hatte mir nicht geglaubt, so wenig wie ich jetzt Aubrey glaube.

Seine Hand auf meiner Stirn erschreckt mich. Die Berührung kommt unerwartet.

„Herrje, bist du kalt." Er lässt mich los, steht auf und holt eine der Decken, die auf der Bank am Fußende des Bettes liegen.

Ich fühle ihr Gewicht, als er sie über mir ausbreitet, aber die Kälte bleibt und ich wünschte, Aubrey würde mit mir sprechen, würde etwas sagen, das für mich von Bedeutung ist, und nicht nur für ihn. Die Kälte liegt bleischwer in meinen Knochen.

Sie bleibt auch am nächsten Morgen, als ich aufstehe. Aubrey hat mir Frühstück bestellt. Es wartet im Salon auf mich. Er hat sich bereits angekleidet und eine Hand auf der Türklinke. „Gestern beim Einschiffen habe ich einen alten Geschäftsfreund von mir gesehen. Es wäre unhöflich, ihn nicht aufzusuchen." Er geht, ohne dass ich etwas sagen könnte.

Ich setze mich in einen der Sessel am Fenster, trinke ein paar Schlucke Tee und schreibe. *Warum Frauen in meiner Klasse keine Stimme haben*, nenne ich es. Wir werden nicht zum Sprechen erzogen. Wir werden nicht ermutigt, etwas zu benennen. Wir werden immer noch dazu erzogen, zu heiraten und gute Ehefrauen zu sein, offiziell blind und taub. Dabei sehen wir so gut wie jeder Mann. Wir sehen, wenn wir betrogen werden und wir hören, wenn wir belogen werden. Trotzdem ist es unsere Pflicht, zu schweigen.

Eine bleierne Müdigkeit überfällt mich. Ich schließe die Augen und ziehe meine eiskalten Füße unter meine Oberschenkel. Ich wünschte, ich könnte nach Broadwell klingeln, damit er mir eine Decke bringt. Mein Brustkorb fühlt sich seltsam schwer und groß an.

Später kommt Aubrey wieder und setzt sich mit einem Buch mir gegenüber. Er liest konzentriert zwei Stunden lang und fragt dann, ob ich mit ihm zum Lunch gehen möchte.

Ich schicke ihn allein, sage, ich hätte Kopfschmerzen, was auch tatsächlich nicht ganz aus der Luft gegriffen ist. Zwischendurch schüttelt mich die Kälte regelrecht durch. Ich wickele mich enger in meinen Morgenrock und schließe die Augen. Immer wieder döse ich weg, träume entsetzlich viel und sehr lebhaft, sodass ich jedes Mal wieder aufschrecke, mich gerade hinsetze und mir vornehme, nicht mehr einzuschlafen. Ein unmögliches Unterfangen, wie sich herausstellt, denn Schlaf und Kälte kämpfen in mir um die Vorherrschaft über meinen Geist. Mein Mund wird trocken, doch der Tee in der Kanne ist kalt. Ich würde gern nach Wasser klingeln, aber ich komme nicht hoch. Mein Körper ist ganz schwer und er will mir nicht gehorchen.

Ich bin das erste Mal in meinem Leben krank. Vielleicht, ich weiß es nicht, war ich als Kind einmal krank, aber eigentlich haben wir alle in unserer Familie eine beinahe stählerne Gesundheit. Sicher, genau wie meine Mutter habe ich gelernt, bestimmte Zustände als Flucht zu benutzen, aber im Grunde sind sie das einfach auch: Ausflüchte.

Als Aubrey zurückkommt, wirft er mir nur einen Blick zu, legt dann seine kühle Hand auf meine Stirn. Ich schiebe sie weg, sie ist mir zu kalt.

„Du hast Fieber." Er zieht die Stirn in Falten. Sein Gesicht verschwimmt vor meinen Augen und wird zur Fratze. „Du solltest dich hinlegen."

„Ich bleibe lieber hier sitzen", murmele ich.

„Nein“, sagt er entschieden, greift meinen Arm und zieht mich hoch. Seine Hand liegt auf meiner Taille. Sie ist so kalt, ich kann es durch den dünnen Stoff fühlen. Ich versuche, sie im Gehen wegzuschieben, aber er hält mich fest, bis ich liege. Es fühlt sich besser an als im Sessel. Er breitet Decken über mich, dann geht er hinaus.

In meinem schläfrigen Geist scheinen trotz der Dumpfheit, die mich umgibt, meine Sinne scharf. Es kommt mir vor, als würde ich jede einzelne Welle fühlen, auf der das Schiff entlanggleitet. Als wären alle nur dazu da, um mich in den Schlaf zu wiegen. Die Kälte weicht erst einer wohligen Wärme, die mir trügerisch vorkommt, und die dann rasch in ein innerliches Brennen übergeht. Ich kann mich nicht erinnern, mich jemals so gefühlt zu haben.

Der Schiffsarzt kommt irgendwann. Ich erkenne ihn, ich hatte ihn ja zu Bridget geschickt. Auch er legt mir eine entsetzlich kalte Hand auf die Stirn, schiebt etwas Kaltes auf meiner Brust hin und her und bittet mich, zu husten. Ich kann nicht. Ich starre ihn nur an.

Dann spricht er gar nicht mehr mit mir. Ich glaube aber, ich hätte ihn verstanden, wenn er mir etwas hätte sagen wollen. Er hätte nur langsam und deutlich sprechen müssen. Stattdessen murmelt er zu Aubrey, der am Bettende steht und auf mich herabsieht, als wäre ich ein halb totes Insekt, bei dem man auf zwei Ausgänge wartet: Entweder es erholt sich und fliegt aus eigener Kraft davon oder man kann es wegschnippen, wenn der Kampf endlich vorbei ist.

Ich schließe die Augen und öffne sie schreckgeweitet wieder, als mir der Schiffsarzt, ohne mich zu warnen, eine Spritze gibt. Ich vermute Aubrey irgendwo an

Bord des Schiffes, aber tatsächlich steht er ebenfalls an meinem Bett und setzt sich auf den Stuhl neben mich, nachdem der Arzt das Schlafzimmer verlassen hat. Er schlägt sein Buch auf.

„Was liest du?", frage ich und greife nach dem Wasserglas auf dem Nachtschrank.

„Balzac." Er klappt das Buch wieder zu. „Wie geht es dir?"

„Ein wenig besser."

„Schlaf."

Als ich mitten in der Nacht erwache, sind Hitze und Kälte aus meinem Körper gewichen. Fast fühle ich mich wieder wie vorher, aber nur fast. Von all dem Schütteln und Zittern schmerzen meine Muskeln. Ich drehe mich auf die Seite.

Aubrey liegt neben mir im Bett. Sein Atem geht regelmäßig. Leise und langsam. Das lullt auch mich wieder ein, bis mich ein Geräusch hochschreckt, ich mich orientierungslos umsehe und erst dann begreife, dass es Aubrey ist, der neben mir schreit. Ich packe ihn an beiden Schultern. Dann murmelt er etwas auf Französisch, das ich nicht verstehe, aber es klingt verzweifelt.

„Wach auf! Es ist ein Traum!"

Er versucht, mich wegzuschieben, aber ich bleibe hartnäckig und kralle mich an seinen Oberarmen fest. „Wach auf!"

Er windet sich unter meinem Griff, stöhnt und murmelt, bis er ebenso hochschreckt wie ich gerade eben. Auch er begreift erst einen Augenblick später, wo er ist.

Langsam lasse ich ihn los, als er sich aufrichtet. Ich kann die Spannung in seinem Körper fühlen, eine

Angst, die sich in sein Fleisch gegraben hat, wie das Fieber den Tag über in mich. Und ich begreife, dass er das, was ihn quält, immer bei sich trägt, während ich mich wieder fast gesund fühle. Er tut mir jetzt ebenso leid wie der junge Aubrey, der verzweifelt an Victoire schrieb.

Die Welt, aus der er eben kam, hält ihn immer noch fest. Ohne nachzudenken setzte ich mich auf seinen Schoß und schlinge meine Arme um seinen Hals. Zu meiner Überraschung hält er mich sehr fest und vergräbt sein Gesicht an meinem Hals.

Der Preis, den ich für diese Minuten der Intimität zahlen muss, ist hoch. Das wird mir klar, als wir vier Tage später von Bord gehen. Vier Tage, in denen Aubrey mit mir kein einziges Wort gesprochen, sondern mal hier, mal dort im Salon gesessen und gelesen hatte, wenn er nicht über das Deck spaziert war. Ich selbst hatte mich außerstande gesehen, dieses Schweigen zu brechen. Ich hatte es nicht gewagt. Wenn ich das Gefühl nicht mehr ertragen konnte, nichts und niemand zu sein, dann dachte ich an diese Minuten, in denen er mich gehalten hatte. An seinen Atem auf meiner Haut, seine Wärme, seine Nase an meinem Hals. Und ich denke auch jetzt noch daran, als ich neben ihm die Gangway hinuntergehe.

New York. Meine Aufregung und jede Vorfreude sind gänzlich verschwunden. Es ist ein warmer Tag, als wir von Bord gehen. Die Sonne scheint von einem klaren, hellblauen Himmel, über den Vogelschwärme ziehen.

Ja, die Häuser sind hier höher und es gibt mehr Menschen in dieser Stadt, aber das macht unser neues Leben auch nicht anders als das alte.

20

Zwei Tage später kündigt die Rezeption des *Ritz-Carlton*, in dem Aubrey eine Suite für uns hat reservieren lassen, einen Besucher an, während ich immer noch versuche, mich an das Hotel zu gewöhnen.

Diese Art des Luxus ist selbst mir fremd. Zum ersten Mal dämmert mir, dass Aubrey unglaublich wohlhabend sein muss. Die Zimmerflut, die uns im Hotel erwartete, und die allein uns zur Verfügung steht, verschlägt mir die Sprache. Unser Haus in Mayfair würde zweimal hineinpassen. Vor allem aber ist sie so modern eingerichtet, wie ich es sonst nur aus Zeitschriften kenne. Nicht ein Möbelstück wirkt klobig oder schwer, alles ist von einer filigranen, gradlinigen Eleganz, sodass es in den großen, hellen Räumen fast verloren wirkt.

Tagein tagaus dringt der Verkehr von unten herauf, säuselndes Gebrumme von Autos, Lieferwagen, Omnibussen, Hupen und Sirenen. Diese Stadt ruht nicht, so wie London in der Nacht, diese Stadt holt keinen Atem – ich glaube, sie braucht ihn nicht. Ihr Antrieb ist das ständige Gewusel, in dem ich mich schon beinahe verloren hatte, während ich durch die Straßen bummelte, vor Schaufenstern stehen geblieben war und an all den Fassaden hinaufstarrte, die mich umgaben.

„Ah", Aubrey lächelt, als ein Mann seines Alters eintritt und auf ihn zugeht. Im Gegensatz zu ihm wirkt unser Besucher noch sehr viel breitschultriger und massiger und das, obwohl er mindestens einen Kopf kleiner ist als mein Mann. Er ist Amerikaner. Ich sehe es an seinem breiten Gesicht, seinen sorglosen blauen Augen und dem, für meine Begriffe, viel zu langen, dunkelblonden Haar.

Etwas an ihm beruhigt mich sofort. Ebenso wie Cecil entblößt er unter einem kleinen Schnauzbart sehr viele weiße Zähne und ich frage mich, ob Amerikaner grundsätzlich mehr davon im Mund haben als wir Europäer.

„Aubrey!", ruft der Mann freudig und sehr laut aus. So, wie er es sagt, klingt es wie „Obrei" und ich muss lächeln. „Großartig, großartig." Fortwährend schlägt er Aubrey auf die Schulter, bis dieser sich einfach setzt. Dann dreht er sich zu mir. „Und Sie müssen Mrs la Valette sein." Er starrt mich einen Moment an, dann lächelt er noch breiter, so wie alles an ihm breit ist. Für einen Moment fürchte ich, dass er auch meine Schulter würde klopfen wollen, doch stattdessen bleibt er einfach stehen. „Gott, ich meine … Aubrey hat mir ja erzählt, dass Sie eine Schönheit sind, aber er hat definitiv untertrieben. Verzeihen Sie mir, wenn ich das so sage, aber ich bin Amerikaner. Wir sagen, was wir denken."

Meine Augen gleiten ganz schnell zu meinem Mann. „Das wird eine hübsche Abwechslung zu den Franzosen und Engländern sein, die ich bisher kenne, Mr …" Ich breche ab und sehe ihn fragend an, doch statt einer Antwort bricht er in schallendes Gelächter aus. „Ja, ja, Sie meinen unseren Aubrey, den schweigsamen Schlingel!" Verschwörerisch beugt er sich vor. „Aber stille Wasser sind tief und gut. Das sage ich Ihnen."

Tief und gut. Jules hatte etwas anderes gesagt, fällt mir plötzlich ein, und ich schiebe den Gedanken weit weg. Ich traue mich nicht, meinen Mann anzusehen, finde aber diesen mir unbekannten Herren überaus unterhaltsam. „Und jetzt verraten Sie mir doch endlich ihren Namen."

Unser Gast wirft seinen Hut in den Ring. „Meine Manieren! Ach ja, ich habe ja gar keine. Ich bin Douglas Pemberton. Alle nenne mich Doug und ich hoffe, Sie auch?" Er sieht mich so treuherzig an, dass ich an den verstorbenen Basset meines ebenfalls lange verstorbenen Vaters denken muss und nicke.

„Und falls Sie sich fragen, was ich hier tue, dann will ich Ihnen sagen, dass wir in Zukunft gut miteinander auskommen müssen, denn ich bin Aubreys Mann in New York. Eigentlich ja sein Faktotum. Ich verwalte und berate und Anwalt bin ich auch."

Letzteres verschluckt er fast, als wäre es unwichtig, dabei kann ich mir vorstellen, dass er ein guter Anwalt ist. Seine blauen Augen blitzen, als er mir zuzwinkert. Hinter all seiner lauten Art steckt ein cleverer, wacher Verstand, man muss nur genau hinsehen und hinhören.

„Meine Frau Harriet - nennen Sie sie bloß nicht so, alle sagen Harry zu ihr – also ... Harry brennt schon darauf, Sie kennenzulernen und Ihnen die Stadt zu zeigen." Er geht zu Aubrey herüber und klappt seinen Aktenkoffer auf.

„Nur ein paar Papiere, altes Haus."

Altes Haus? Ich verkneife mir ein Lachen, aber es fällt mir schwer.

„Würden Sie uns entschuldigen?" Doug nickt mir zu.

„Du kannst bleiben", sagt Aubrey kurz. „Es wird nicht lange dauern, nicht wahr, Doug?"

„Aber nein. Und dann Dinner bei uns? Heute Abend?"

Ich sehe das Entsetzen in Aubreys Augen. Dieser Tag wird immer besser, denke ich und lächele.

„Warum nicht?", sage ich an seiner Stelle und Aubrey sieht mich für den Bruchteil einer Sekunde finster an.

„Doug, lass uns erst einmal ankommen. Ich denke eher an nächste Woche."

„Sicher, sicher, Aubrey, ganz wie Ihr mögt."

Ich setze mich wieder an den Tisch und sehe hinunter auf die Straße, in diese unglaubliche Straßenschlucht. Von hier oben sehen alle aus wie geschäftige, winzige Ameisen oder ein Bienenvolk.

Dougs Stimme wird zwar etwas leiser, aber sie ist dennoch so durchdringend, dass ich sie kaum ausblenden kann. „Also, bisher haben wir sechsundneunzig Arbeiter aus Frankreich im Stahlwerk in Pittsburgh und in der Miene in Falls untergebracht."

Ich höre Aubreys Stimme, die wesentlich beherrschter klingt. „Sie sollen ihre französischen Verträge behalten. Rechne aus, was das an Verlusten bedeutet und kalkuliere, wie viele wir noch holen können."

Doug holt weitere Papiere aus dem Koffer. „So, wie ich höre, ist die Verständigung das Problem. Viele sprechen nur Deutsch, manche nur Französisch."

Deutsch? Und was für Arbeiter?

„Es wird Zeit brauchen", sagt Aubrey. „Ich werde mich selbst darum kümmern, wenn ich nächste Woche nach Pittsburgh fahre. Ach ... und Doug, ich werde hier in New York einen Sekretär gebrauchen können."

„Gerne. Das war's auch schon, altes Haus." Ich sehe aus dem Augenwinkel, wie Doug ihm wieder gegen die Schulter schlägt. „Ich werd dann mal wieder ... ihr ruft mich an, wenn ihr ein Apartment findet, ja? Und nächste Woche Dinner. Ich werde es Harry versprechen und ich rate nur jedem, meine Frau nicht wütend zu machen. Hat mich gefreut", sagt er zum Schluss zu mir.

Als er die Tür hinter sich zuschlägt, fühle ich mich ziemlich erschöpft, obwohl ich vorher hellwach gewesen war.

„Ich mag ihn", sage ich leise.

„Er ist ein feiner Kerl." Nach einer kurzen Pause fügt Aubrey hinzu: „Trotz allem." Mit der Hand fegt er sich über die Schulter, die Doug so hingebungsvoll geklopft hat.

„Außerdem ist er unterhaltsam."

Ich erwarte einen finsteren Blick von Aubrey, doch zu meiner Überraschung lacht er nur. „Du wirst dich in New York sehr wohlfühlen, das weiß ich jetzt schon. Hier bist du nicht mehr die ungewöhnliche Frau unter all den Braven."

Ungewöhnlich? Bin ich so ungewöhnlich? Ich habe daran meine Zweifel und behalte sie für mich. Dann fällt mir das Gespräch zwischen Aubrey und Doug wieder ein.

„Was sind das für Arbeiter, die nur Deutsch sprechen?", frage ich.

Aubrey, der in der Zeitung blättert, winkt ab, ohne den Blick zu heben. „Das soll nicht deine Sorge sein, ma chère."

Die Fassade ist sandsteinfarben und aus dem großen Gebäude erheben sich zwei Türme. Ich bin beeindruckt, ohne Worte dafür zu finden.

„Ich dachte Sutton Place?"

„Und ich denke Upper West Side“, gibt Aubrey zurück, als wir aus dem Taxi steigen. „Gegenüber des Central Park und nebenan das Naturkundemuseum. Ich dachte, das würde dir gefallen.“

Ich nicke schwach. Dieses große Haus ist noch weitaus beeindruckender als das *Ritz-Carlton* und das heißt schon etwas. Inzwischen habe ich gelernt: Wer etwas auf sich hält, wohnt in einem Wolkenkratzer.

Ein Portier empfängt uns in der Eingangshalle und führt uns zu einem von drei Lifts mit Liftboy, der uns in die zwanzigste Etage bringt. Das Foyer ist klein. Nur drei Türen gehen ab. Drei Apartments. Für einen derart großen Komplex erscheint mir das sehr wenig. Die Wohnungen müssen riesig sein.

„Du musst immer diesen Fahrstuhl nehmen, wenn du nach Hause willst“, erklärt Aubrey und schließt die Tür links von uns auf.

Wir stehen in einer leeren Eingangshalle mit Marmorboden und einem Kronleuchter. Aubrey geht vor in den Raum geradeaus. Auch er ist, bis auf einen Kronleuchter, leer.

„Hier der große Salon.“

Gibt es noch einen kleinen? Meine Schuhe klappern auf dem Parkett und in den leeren hohen Räumen hallt es.

„Nebenan das Esszimmer, der Morgenraum, die Küche, das Mädchen, der Butler. Zwei Gästezimmer, ein Bad. Auf der anderen Seite die Bibliothek.“

Aubrey bleibt stehen. Für einen Moment ist selbst er beeindruckt von der schieren Größe des Raumes, von der Holztäfelung und den Wandschränken, das kann ich sehen. Dann geht er vor in einen langen Flur und öffnet Türen.

„Ein Bad, mein Arbeitszimmer, dein Arbeitszimmer, dann hier mein Schlafzimmer, mein Bad und dein Schlafzimmer, dein Bad." Dazwischen eine Verbindungstür, die sicherlich immer geschlossen sein wird, befürchte ich.

„Mein Arbeitszimmer?", frage ich nach. Es dauert eine Weile, bis ich alles aufnehmen kann.

„Ja, sicher oder willst du lieber das andere?"

„Nein, aber … ich bin mir nicht sicher, wofür ich es brauche."

„Um ungestört zu schreiben natürlich."

„Aubrey, das sind so viele Räume. Ich frage mich, wie ich hier jemals gestört werden könnte. Und von wem." *Außerdem mochte ich es in deinem Arbeitszimmer, denn du wirst doch sowieso nicht hier sein*, will ich eigentlich sagen und tue es dann natürlich doch nicht.

„Komm mit." Zurück im Salon öffnet er die breite Tür zwischen den bodentiefen Fenstern und tritt hinaus auf die Dachterrasse.

„Himmel", sage ich, „man könnte Erde aufschütten, Kartoffeln anbauen und das halbe Empire ernähren."

Er lacht. „Möchtest du alles einrichten?"

Ich denke daran, was ich in London dachte. Dass ich ein Haus, eine Wohnung, mit meinen Dingen füllen wollte und jetzt, da ich es könnte, merke ich, dass mehr dazu gehört, als nur Sessel und Sofas zu kaufen, Teppiche und vielleicht eine Vase. Ich schüttelte den Kopf.

„Ich weiß, man sieht es mir nicht an, aber ich hasse schon jeden Gedanken, den ich an meine Kleidung verschwenden muss. Ich weiß, ich könnte dir damit eine große Ausgabe ersparen, aber ... nein, ehrlich nicht." Ich trete einen Schritt zurück und weiß nicht, ob ich mich hier jemals so zu Hause fühlen werde, wie in unserem kleinen Haus in Mayfair.

Zu meiner Überraschung ist der Blick aus seinen braunen Augen für den Bruchteil einer Sekunde fast liebevoll. „Geld, ma chère, wird nie unser Problem sein."

„Ja, ich weiß."

Aus der kleinen übersichtlichen Welt, die ich kannte, mit Regeln und Verstößen, deren Konsequenzen mir klar waren, ist etwas geworden, über das ich keine Übersicht mehr habe.

Ich fühle mich in dieser riesigen Wohnung, in der wir uns verlieren und kaum jemals sehen werden, so mutlos. Aubrey wird mich nie wieder berühren, denke ich. Hier wird es schlimmer werden als in Paris.

21

Eine Woche später, während unser Apartment noch immer renoviert wird, stehe ich mit Harriet, Dougs Frau, im Salon ihrer Wohnung und gebe vor, den Central Park genau von der anderen Seite zu bewundern, während ich sie eigentlich verstohlen mustere. Gerade rücken die Deutschen nach Osten vor und wir sind hier auf der östlichen Seite des Central Parks immer noch westlich genug, um sicher zu sein.

Harriets Alter kann ich schwer schätzen. Ihr sportlicher Körper scheint beim Gehen in allen Gliedmaßen zu federn. Sie sieht aus wie jemand, dem man gerade den Tennisschläger weggenommen hat. Muskulös, drahtig und energisch. Im Gegensatz zu Doug ist ihre Stimme etwas leiser, aber ihre blauen Augen haben mich, als ich ihre Wohnung betrat, nicht minder neugierig betrachtet als seine.

„Ich bin Harriet", hatte sie sich freundlich vorgestellt und meine Hand fest gedrückt. „Aber fast alle sagen nur Harry."

Danach hatte sie mir ihre vier Jungs im Alter von sechs bis vierzehn Jahren vorgestellt, die mich verschämt angegrinst hatten, bevor sie mit ihrem Kindermädchen den Salon verlassen hatten. Schließlich hatte sie mir einen Cocktail gemixt – Brandy und noch irgendetwas. Ich habe vergessen was, aber er schmeckte großartig.

Etwas an Harriet beruhigt mich genauso wie das, was ich an Doug entdeckt hatte. Vielleicht ist es die

Gelassenheit, die sie ausstrahlt und die sie sicher mit vier Jungs auch braucht. Vielleicht ist es ihre Freundlichkeit, ihre grenzenlose Offenheit. Sie wirkt wie jemand, der keine Geheimnisse hat und auch keine braucht, um sich von anderen zu unterscheiden. Etwas, das ich noch nie an einem Menschen erlebt habe. Sie erinnert mich auf eine entfernte Weise an Francis Hatton.

„Wie gefällt dir New York?", fragt sie und folgt lächelnd meinen Blick auf die Straße, auf die herbstlich rotbraunen Bäume im Park gegenüber.

„Es ist verwirrend", gebe ich ehrlich zu. „Es ist groß und laut und …" Ich trinke noch einen Schluck. „Ich glaube, man kann hier sehr einsam sein."

Harriet sieht mich an und in ihren Augen lese ich Verständnis. „Ja, so ging es mir auch, als ich hierherkam. Ich versuche Doug schon seit Jahren dazu zu überreden, aufs Land zu ziehen. Ein Haus, ein Garten, vielleicht ein Hund. Und gleichzeitig habe ich Angst davor, was das mit unserer Ehe macht. Ich habe es gesehen. Es geht oft nicht gut aus, wenn die Männer die ganze Woche über allein in der Stadt sind und nur am Wochenende nach Hause kommen." Sie sieht hinüber zu Doug und der einvernehmliche Blick, den sie tauschen, macht mich neidisch und verlegen.

Aubrey und ich sehen aneinander vorbei. Eine Tatsache, die Harriet nicht verborgen bleibt. Sie nimmt mir mein leeres Glas aus der Hand. „Kommst du mit in die Küche? Wir könnten uns zusammen um die Hors d'œuvres kümmern."

Dankbar folge ich ihr, sehe ihr zu, wie sie sich eine Schürze umbindet und schaue dann mit großen Augen, wie sie den Eisschrank öffnet.

Ihr Blick wird mitleidig, dann zwinkert sie mir zu. „Du bist nicht oft in einer Küche, oder?"

Ich schüttele den Kopf. „Nein, eher nicht. Die meisten Köchinnen, die ich kennengelernt habe, mochten das nicht. Zu Hause auf Creston Hall, also da, wo ich aufgewachsen bin, durfte ich als Kind Mrs Mulberry manchmal zusehen, wie sie Apfelkuchen buk."

Harriet lacht. „Wir haben nur eine Haushälterin. Das meiste mache ich selbst."

„Machst du das gern?", frage ich sie, weil es mich wirklich interessiert.

„Ja, schon." Sie holt eine Platte mit Lachshäppchen aus dem Eisschrank und beginnt, kleine Tupfen aus Meerrettich darauf zu setzen. Danach greift sie nach einem Handschuh und holt eine duftende Form aus dem Ofen. Es sieht aus wie Kartoffelauflauf und zum ersten Mal seit Monaten läuft mir das Wasser im Mund zusammen.

„Du kommst nicht aus New York, Harry?"

Sie hält einen Moment inne und lächelt warm. „Aber nein. Meine Heimat ist eine Kleinstadt in Virginia. Mein Vater züchtet Rennpferde. Es war ein schönes Leben auf dem Land. Wir sind eine große, verrückte Familie. Ich habe fünf Schwestern und vier Brüder."

Ich reiße meine Augen weiter auf. „Ich kann mir das kaum vorstellen", murmele ich.

„Wünschst du dir Kinder?", fragt sie beiläufig und schiebt den Auflauf wieder in den Ofen, nachdem sie etwas darüber gestreut hat. Es könnte Käse sein. Ein nagendes Hungergefühl macht sich in meinem Bauch breit.

„Eines Tages sicher", antworte ich ausweichend und denke daran, wie deutlich Aubrey mir damals gesagt hatte, dass er an Vaterschaft keinerlei Interesse hätte.

„Wie ist es, mit Aubrey verheiratet zu sein?"

Seltsam, denke ich, sehr seltsam. Ihre Frage trifft mich unvorbereitet. Zu Hause hätte ich sie unverschämt gefunden, hier bin ich mir nicht sicher. Hier haben mir die Menschen schon viele Fragen gestellt, bei denen ich hatte schlucken müssen. Erst vor ein paar Tagen, als wir uns die Sammlung Guggenheim angesehen haben, hatte jemand gefragt, ob ich Aubreys Tochter sei, was ihn amüsiert hatte und mich hatte rot anlaufen lassen. Eine andere Dame bei einem Lunch im Ritz hatte wissen wollen, welchen Rang ich in der britischen Thronfolge hätte. Sie hatte nicht verstanden, dass mein Bruder, der jünger ist als ich, den Titel meines Vaters geerbt hatte und dass unsere Familie eben doch nur Landed Gentry ist und in der Thronfolge keine Rolle spielt.

Was könnte ich jetzt Harriet berichten? Dass Aubrey tagelang nicht mit mir spricht? Oder von meinen Affären, die Aubrey nicht weiter stören?

Harriet streicht ihre Hände an der Schürze ab und sagt, als ich schweige: „Ich stelle es mir nicht so leicht vor. Versteh mich nicht falsch. Ich bin selten einem Mann begegnet, der besser aussieht und wahrscheinlich auch niemandem, der mehr Geld hat, aber ..." Hastig greift sie meine Hand und lässt sie nicht mehr los. „Es tut mir leid. Ich bin manchmal zu direkt. Das muss dir komisch vorkommen. Ich ..." Jetzt sieht sie mir in die

Augen. „Seitdem Doug mir erzählt hat, dass Aubrey geheiratet hat … nun, es hat mich einfach gewundert. Ich habe mich gefragt, wer die Frau an seiner Seite ist. Und dann kamst du zur Tür herein und ich habe einen Schreck bekommen. Du bist so jung, so schön und du siehst so unglaublich traurig aus.“

Ich fühle mich von dieser amerikanischen Frau, die ich kaum mehr als ein paar Minuten kenne, besser verstanden, als von irgendjemandem sonst. Hastig drehe ich ihr den Rücken zu, so, als könnte ich auf diese Weise verhindern, dass sie noch mehr in mir lesen kann.

„Ich hatte mich ja schon gewundert, dass er dich im letzten Herbst nicht mitgebracht hat, als er doch fast ein Vierteljahr in der Stadt war. Er hat nie gesagt, warum. Er hat nur sein Aubrey-Lächeln gelächelt.“

Sie hat einen Namen für sein Lächeln, das mir oft völlig unbegreiflich ist. Es verwundert mich auch gar nicht mehr, dass er in dem Jahr, in dem wir getrennt waren, allein nach New York gereist ist.

„Wie lange kennt ihr euch schon?“, frage ich, als ich meine Fassung wiedergefunden habe. Harriet benetzt den Braten, der in einem zweiten Ofen gart, mit Flüssigkeit.

„Lass mich überlegen. Na, gut fünfzehn Jahre, würde ich denken. Ich hatte Doug gerade geheiratet und war mit Gordon schwanger. Damals lebten wir noch in einem kleineren Apartment, drei Blocks von hier entfernt.“

„Seht ihr euch oft?“

„Aubrey kommt immer ein oder zweimal zum Essen, wenn er in der Stadt ist, weil ich darauf bestehe.“ Sie lacht. „Ich habe am College französische Literatur studiert und bin immer froh, dass ich ein paarmal im Jahr nicht über Baseball und Anwaltskram sprechen muss. Aubrey ist sehr klug. So klug, dass er Doug und mir manchmal Angst macht. Ich frage mich, ob alle in Europa so sind.“

„Nein, sieh mich an. Ich bin ganz sicher weit davon entfernt. Ich habe auch nie studiert.“

„Wenn du nicht klug wärst, hätte Aubrey dich nie geheiratet.“ Harriet hebt das Tablett mit den Häppchen an. „Außerdem mag ich an ihm, dass er nie auf uns herabsieht. Ich mag es, dass er meinen Kartoffelbrei isst und kein Wort darüber verliert, was für erlesene Speisen er sonst im Ritz bekommt.“

Später beim Essen beobachte ich meinen Mann und stelle fest, dass er mit dem gleichen Appetit begeistert isst – wie ich.

Ich unterhalte mich weiter mit Harriet, während Aubrey mit Doug plaudert. Sie macht es mir so leicht, mich wohlzufühlen. Wir reden viel über England und Amerika und über die Stadt. Wen man treffen sollte und wen besser nicht, wo man gut essen kann und welche Museen ich noch erkunden sollte. Das einzige Thema, das wir aussparen, ist Krieg. Wir erwähnen ihn mit keiner Silbe und ich bin dankbar, scheint er mir hier in New York doch unglaublich weit weg.

Zum Abschied entschuldige ich mich bei ihr, dass ich sie so beschäftigt habe, dass sie leider kaum mit Aubrey Französisch sprechen konnte, aber Harriet winkt ab. „Es war mir eine große Freude, dich kennenzulernen. Spielst du Tennis?“

Ich schüttele den Kopf. „Leider nein.“

„Ach, das ist auch eigentlich unwichtig. Vielleicht können wir uns einfach zum Lunch treffen.“

„Das wäre schön“, gebe ich zurück und lasse mich von ihr auf beide Wangen küssen.

Aubrey und ich nehmen den Lift nach unten. Im Taxi fragt er: „Hast du dich amüsiert?“

„Ja, sehr. Ich mag Doug und Harriet. Sie sind so …“
„Anders?“

„Ja, genau das ist es.“ Ich lehne mich zurück. „Ich fühle mich jetzt ein bisschen weniger verloren.“ Vielleicht ist es das Mixgetränk, das aus mir spricht. Ich könnte mich daran gewöhnen.

„Ich dachte mir, dass dir die beiden guttun“, sagt Aubrey schlicht.

Oben in unserer Suite schenkt er sich einen Brandy ein und lockert seinen Kragen. „Möchtest du auch noch etwas?“

„Ich habe vergessen, was ich heute bei Harriet getrunken habe. Es war sehr lecker“, rufe ich aus meinem Schlafzimmer und streife Schuhe und Ohrringe ab, bevor ich in den Salon zurückkehre.

„Sidecar, aber den gibt es auch in England.“

„Tatsächlich? Ich habe vorher noch nie einen getrunken.“

„Ich mach dir einen.“

Aubreys Sidecar ist fast so gut wie Harriets, aber nur fast. Ich trinke zwei, drei Schlucke und stelle das bauchige Glas dann zur Seite. Ich könnte es ohne Probleme sofort austrinken. Stattdessen greife ich nach den Seiten, die ich gestern gefüllt habe, und beginne, Korrektur zu lesen. Morgen will ich sie sauber abtippen.

„Woran arbeitest du?" Aubrey setzt sich halb auf die Seitenlehne meines Sessels und sieht mir über die Schulter.

„Ich habe auf der Überfahrt damit begonnen ...", erkläre ich ausweichend.

Er zieht mir die erste Seite aus der Hand. „Warum Frauen in meiner Klasse keine Stimme haben", liest er laut und dann leise weiter. Er nimmt mir nach und nach jede Seite aus der Hand, auch die nicht korrigierten, bis er fertig ist. Dann küsst er mich sanft auf den Kopf und geht mit seinem Glas zum Fenster.

„Ich würde es ein wenig kürzen, aber sonst so lassen. Auf der letzten Seite wiederholst du dich. Das finde ich überflüssig. Es nimmt deinen Worten die Schärfe", findet er, bevor er sich wieder umdreht und zu mir herübersieht. „Ich habe Ross Miller von der *New York Times* dein erstes Essay gegeben. Er ist begeistert. Wir treffen ihn morgen zum Lunch unten im Restaurant."

„Vielleicht sollte ich deine Sekretärin werden", denke ich laut.

„Du, ma chère, wirst bald selbst einen Sekretär brauchen, wenn du so weiterschreibst", entgegnet Aubrey trocken und leert sein Glas.

Ich trinke meinen Sidecar ebenfalls aus und der leichte Schwips kippt, das merke ich, als ich das Glas abstelle. Das fröhliche angeheitert sein, das ich bei Doug und Harriet gespürt habe, weicht einem tieferen Gefühl des Betrunkenseins. Nicht so, dass ich lalle, nicht so, dass ich stolperte, würde ich aufstehen, aber gerade so, dass ich mich vielleicht jetzt trauen würde, Dinge zu sagen und zu fragen, von denen ich weiß, dass ich sie später bereuen werde. Es ist ein Gefühl ohne

Morgen nach einem Abend wie diesem und ich mag es, lässt es doch den Gedanken hinter mir, dass wir nicht einmal vor Doug und Harriet die Fassade einer funktionierenden Ehe bewahren können.

„Ich möchte noch einen", sage ich und halte Aubrey mein Glas hin.

Wortlos nimmt er es mir aus der Hand und geht zur Bar hinüber. Dieser jetzt ist sehr viel schwächer als der, den er mir vorhin gemixt hat. Mit einer Spur Mitleid sieht er auf mich herab, als ich die Hälfte davon getrunken habe.

„Hör auf, mich zu bedauern", fauche ich unvermittelt und erschrecke für einen Moment lang selbst. Dann jedoch fühle ich eine gewisse Genugtuung, als ich die Irritation in seinen Augen sehe.

Ich nehme das Glas, stehe auf und gehe in mein Schlafzimmer. Mit dem Hacken schlage ich die Tür hinter mir scheppernd ins Schloss, rechtzeitig, bevor mir die ersten Tränen über die Wange laufen.

Aubrey reißt die Tür gleich wieder auf. Ich höre seine Schritte hinter mir dumpf über auf dem Teppich, dann packt er meinen Arm.

„Das dulde ich nicht!", zischt er mir ins Ohr. „Nie wieder wirst du in meinem Haus eine Tür knallen. Wenn du etwas zu sagen hast, dann sage es, aber benimm dich nicht wie ein trotziges Kleinkind."

Ich winde meinen Arm auf seinem Griff. „Ich tue, was mir gefällt!"

„Nicht in meinem Haus!", wiederholt er und geht hinüber zu dem kleinen Tisch, auf dem Sherry in einer Glaskaraffe steht, und nimmt das Glas in die Hand. Für einen Moment glaube ich, er wird es nach mir werfen, dann begreife ich, dass er mir den Alkohol wegnimmt.

„Ich werde dir nicht zusehen, wie du die Kontrolle verlierst, weil du deinen Willen nicht bekommst!" Er klemmt sich das Glas unter den Arm und nimmt die Karaffe vom Tisch. „Reiß dich zusammen", sagt er jetzt beherrschter, durchquert den Raum und zieht die Tür hinter sich zu.

Ich setze mich an den Toilettentisch und betrachte mein blasses Gesicht im Spiegel, warte, bis ich meine Beherrschung wiedergefunden habe und tupfe mir dann die Augen trocken, bevor ich Wimperntusche, Rouge und Lippenstift mit einem Wattebausch entferne. Noch nie habe ich Aubrey so erlebt, in all der Zeit nicht, aber mich auch nicht, wenn ich darüber nachdenke. Sicher, ich habe mich ihm immer unterlegen gefühlt. Ich bin eine Frau, er ist ein Mann, aber heute, heute hat er mich zum ersten Mal meinen Platz spüren lassen und es kränkt mich über alle Maßen.

Gerade als ich mein Kleid über den Kopf gezogen und meine Unterwäsche auf den Boden geworfen habe, um in mein Nachthemd zu schlüpfen, öffnet Aubrey noch einmal die Tür. „Ich warte auf eine Entschuldigung", sagt er.

Ich presse die Lippen fest aufeinander. Darauf kann er lange warten …

Sein Blick streift mich erst teilnahmslos, als ich so beinahe nackt vor ihm stehe und ihn anstarre, dann sehe ich, dass seine Hand zu zittern beginnt. Ich glaube, er versucht, es zu verbergen, aber ich habe es gesehen und ich weiß nicht warum, aber diese winzige Geste verändert alles. Meine Wut ist schlagartig verraucht. Es ist, als würde dieses Zittern mehr über ihn verraten, als jedes Wort.

Ich gehe zu ihm herüber, löse sanft seine Finger, mit denen er die Türklinke umklammert und führe seine Hand zu meiner rechten Brust. Er schließt die Augen, aber er zieht seinen Arm nicht zurück. Wir atmen gemeinsam. Ein und aus. Ein Rhythmus. Für einen Augenblick hält er sich an mir fest, ich kann es fühlen. Dann schiebt er seine Hand in meinen Nacken und küsst mich. Er schmeckt nach dem Brandy, nach der Zigarette, die er eben geraucht hat. All das ist so betörend, dass ich die Luft anhalte.

Ich habe zum ersten Mal eine kleine Ahnung davon, wie Aubrey liebt, wie er mich lieben könnte, wäre er dazu in der Lage, wäre ich die Richtige. Er atmet schnell an meinem Mund. Ich sauge ihn in mich auf, seinen Atem, seine Luft. Dies sind die winzigen Augenblicke, für die ich lebe und im selben Moment wird mir klar, wie trostlos das klingt.

Dann lässt er mich los und legt seine Wange an meine. „Es tut mir leid", flüstert er in mein Ohr, „ich kann das nicht."

„Warum?", wispere ich zurück, „Aubrey, sprich mit mir. Oh, Gott, bitte sprich doch mit mir!", flehe ich.

Doch er schweigt und schlingt seine Arme um meine nackte Taille. Dann hebt mich auf und legt mich auf das Bett. Ich will hochrutschen, aber er hält meine Beine fest, kniet sich davor und vergräbt seinen Kopf in meinem Schoß. Ich kralle mich in sein Haar. Sehr sanft greift er nach meinen Händen. Warm liegen seine schlanken Finger an meinen. Ich glaube nicht, dass ich mich ihm schon einmal näher gefühlt habe und ich glaube nicht, dass ich seine Hände jemals wieder loslassen werde.

Natürlich tue ich es doch. Sie entgleiten mir einfach. Sehr zart zieht er mir die Strümpfe aus und schlägt dann die Decke für mich zurück. Ich krieche darunter, fühle mich von den Sidecars und dem Abend benebelt.

Aubrey legt sich neben mich. „Ich bleibe bei dir, bis du eingeschlafen bist."

Ich drehe mich auf die Seite und sehe ihn an. Eigentlich will ich die ganze Nacht so liegen und ihn ansehen, aber irgendwann fallen mir die Augen zu. Ich merke nicht mehr, ob er den Raum tatsächlich verlässt.

22

Ross Miller ist ein schlanker Mann, der zu meiner Überraschung kaum die Dreißig überschritten haben mag.

Ich habe Kopfschmerzen. Es waren zu viele Sidecars gestern. Ich lege einen Finger an die Schläfe, während ich ihn mustere.

Aubrey bemerkt meine Geste und seine Lippen umspielt ein schadenfrohes Lächeln. Ich strecke ihm schnell meine Zunge heraus, als Ross nach dem Kellner winkt, was Aubrey mit einem amüsierten Lächeln zur Kenntnis nimmt und die Beine übereinanderschlägt.

Wir bestellen alle Salat, ich für meinen Teil würde mehr auch nicht herunterbringen, und Aubrey ordert mir süffisant noch eine Karaffe kalten Zitronenwassers.

„Wie lange schreiben sie schon, Mrs la Valette? Und darf ich fragen, wie alt Sie sind?" Ross lehnt sich zurück und sieht mich interessiert an.

„Zweiundzwanzig, Mr Miller."

Ross wirft Aubrey einen ungeniert bewundernden Blick zu, den dieser geflissentlich ignoriert. „Sie scheinen mir sehr jung für eine derart differenzierte Betrachtungsweise zu sein."

„Und Sie sehr jung, um bei einer Zeitung wirklich den Ton anzugeben." Meine Kopfschmerzen bringen mich um. Nie wieder Sidecars, schwöre ich mir.

Er lacht. „Touché." Dann wird er wieder ernst. „Haben Sie zufällig noch ein paar Arbeitsproben mitgebracht?"

Ich reiche ihm meine Mappe. Er blättert schweigend, bleibt bald hier, bald dort hängen und verharrt auf manchen Seiten sehr lange. Dann sieht er auf. „Sie haben mir immer noch nicht gesagt, wie lange Sie schon schreiben."

Ich zucke mit den Schultern. „Eigentlich so lange ich denken kann."

„Schreiben Sie noch mehr? Ich meine anderes? Einen Roman? Kurzgeschichten?"

„Kurzgeschichten, ja."

Der Kellner trägt auf und ich trinke das Zitronenwasser dankbar in großen Schlucken.

Ross Miller stochert ein wenig in seinem Salat, dann legt er die Gabel neben den Teller. „Mrs la Valette, zum einen würde ich ihr Essay gerne in der nächsten Sonntagsausgabe bringen, zum anderen könnte ich mir eine wöchentliche Kolumne vorstellen."

Ich verschlucke mich so sehr an einem Salatblatt, dass Aubrey sich vorbeugt und mir zweimal auf den Rücken klopft.

„Eine Kolumne? Worüber sollte ich wöchentlich schreiben?"

„Wir brauchen ...", Ross beugt sich vor, „... jemanden, der über den Krieg in Europa schreibt, der ihn empfindet, so wie Sie. Wir brauchen jemanden, der den Krieg zu uns nach Amerika holt, wenn Sie verstehen, was ich meine."

Ich nicke langsam und verstehe tatsächlich.

„Sehen Sie, Ihre Gesellschaftsschicht ist doch eigentlich schon nach dem Ersten Weltkrieg untergegangen und das, was jetzt passiert, wird ihr den Rest geben. Es wäre schon, das von jemandem zu hören, den es direkt betrifft."

Ich habe jedes seiner Worte schon einmal gedacht, trotzdem trifft es mich, so, wie er es sagt. Ich denke an Creston Hall, ich denke daran, wie es gewesen sein muss, bevor wir die Hälfte der Zimmer im Winter nicht mehr heizen konnten, bevor meine Mutter den Großteil der Pferde verkauft hatte. Ich war zu klein, um mich wirklich gut an ein *Davor* zu erinnern.

„Wissen Sie …", fährt Ross fort, kaut eine Tomate windelweich und spült sie mit einem Glas Wasser herunter. „… es ist so ein bisschen Bürgerkriegsstimmung, also … wie damals vor dem amerikanischen Bürgerkrieg, meine ich. Der Süden wird untergehen, alle wussten das, so wie wir eben jetzt wissen, dass dieser Krieg England, Deutschland und Frankreich verändern wird. Europa wird nicht mehr dasselbe sein."

Ich sehe Aubrey an. Sein Frankreich … mein England…

Ungerührt fährt Ross fort. „Ich mag das, was Sie über die Frauen geschrieben haben. Ich würde nur den Gesichtspunkt ändern. Wir haben hier, und wahrscheinlich doch auch in London, einen Haufen berufstätiger Frauen, an denen das völlig vorbeigeht."

„Nicht ganz, Mr Miller, denn fast jede Frau der Mittelschicht, die heiratet, gibt ihren Beruf doch auf, oder etwa nicht? Trotzdem verstehe ich, was Sie meinen." Ich schiebe das Kinn nach vorn. „Heute würde ich das Essay anders nennen: eine Frau, zum Aussterben erzogen." Ich lehne mich zurück. „Sehen Sie, für mich hat sich nie die Frage gestellt, ob ich überhaupt heiraten möchte. Es ging nur darum, wen. Ich hatte nie die Freiheit, zu wählen. Man mag mich um meine Kleider beneiden, man mag mich darum beneiden, dass ich weiß, wie man eine Tischgesellschaft führt und jede noch so absurde Regel englischer Etikette kenne, aber ich denke auch, im Laufe des Krieges wird dies unwichtiger werden und vielleicht, selbst wenn wir ihn überleben, aussterben." Ich trinke noch einen Schluck, um meinen trockenen Mund zu befeuchten. „Und das wäre wünschenswert."

„Genau." Ross Millers Augen funkeln. „Jetzt schreiben Sie erst mal über den Krieg und dann reden wir über die Frauen. Wie wäre es, wenn Sie mich morgen in der Redaktion besuchen würden? Sagen wir, gegen zehn?" Noch einmal streift er Aubrey mit einem interessierten Blick und ich habe das Gefühl, ich habe nicht nur mich selbst mit dem, was ich sagte, verraten, sondern auch meinen Mann.

„Gern."

Ross Miller sieht auf die Uhr und steht auf. „Hat mich gefreut, Aubrey, ich muss los." Vor mir bleibt er stehen und sieht auf mich herab. „Es war mir eine große Ehre, Mrs la Valette."

Für ein paar Minuten sieht mir Aubrey zu, wie ich immer lustloser in meinem Salat stochere, dann winkt er dem Kellner. „Rühreier und Speck und einen starken Kaffee, bitte."

Ich winke ab. Allein der Gedanke daran verursacht mir Übelkeit. „Hör auf mich, ich bin ein erfahrener Trinker. Es wird dir danach besser gehen."

Zweifelnd hebe ich eine Augenbraue und sehe ihn müde an.

„Wenn du studieren willst, ich würde dich ganz sicher nicht aufhalten", sagt Aubrey plötzlich unvermittelt.

„Hast du studiert?", frage ich ihn und bin überrascht, dass ich das nicht einmal weiß.

„Ja, an der Sorbonne", antwortet er leichthin.

Ich starre auf mein Platzset. „Würde es dir etwas ausmachen, wäre ich klüger als du?"

Er lächelt ganz leicht. „Bist du das nicht?"

Mir entfährt ein „Ha!" und ich räuspere mich. „Zieh mich nicht auch noch mit meinen seltsamen französischen Gouvernanten und kostengünstigen Hauslehrern zweifelhaften Rufes auf. Das ist keine Grundlage für eine Universität." Ich denke schmerzlich an die guten Schulen, die mein Bruder besucht hat, und verspüre zum ersten Mal so etwas wie Neid.

„Dein Französisch ist ausgezeichnet, so schlimm kann Mademoiselle Ferange nicht gewesen sein."

„Du weißt, wie sie heißt?", frage ich ungläubig, während der Kellner mir Kaffee und Eier vorsetzt.

„Du hast es mir erzählt, erinnerst du dich nicht?"

„Doch, aber ..." Ich breche ab, picke ein Stückchen Ei auf und verspeise es. Erst wird mir übel, dann geht es plötzlich leichter und ich führe gleich noch eine Gabel voll zum Mund.

Ich erinnere mich an einen Abend in Paris, an dem wir auch fast so etwas wie eine Unterhaltung geführt haben. Wir kamen aus einem Konzert. Ravel vielleicht, ich weiß es nicht mehr.

„Du hast nicht geglaubt, dass ich es mir merken würde, weil du glaubtest, ich hätte kein Interesse an dir."

Ich nicke, kaue und esse weiter. Mein Appetit kommt zurück. „Es tut mir leid, was ich über das Heiraten gesagt habe. Das hast du nicht verdient." Ich bin wirklich zerknirscht, doch er zuckt nur mit den Schultern. „Du hast einfach die Wahrheit gesagt."

Einen Moment schweigen wir und ich esse meinen Teller fast leer.

„Gott weiß, was Ross jetzt über uns denkt", murmele ich.

„Das kann uns doch herzlich egal sein, ma chère. Gefällt er dir?"

„Ross Miller?"

Aubrey nickt.

„Als Mann oder als Journalist?" Ich runzele die Stirn.

Aubrey antwortet nicht, sondern sieht mich nur an.

„Ich weiß nicht genau."

Und ganz plötzlich wird sein Blick wieder kälter. Es ist, als würden seine Augen das Interesse, das kurz aufgeflammt war, verlieren.

Ich seufze.

Leichthin sagt er: „Unser Apartment ist fertig. Ich denke, wir können morgen umziehen, wenn es dir recht ist. Doug schickt uns eine kleine Auswahl an Hauspersonal vorbei. Such dir aus, wen du magst."

„Ich hätte gern wieder einen Butler", gebe ich kleinlaut zu.

Aubrey lacht. „Wie war das mit dem Aussterben? Ist mir einerlei. Ich lebe mit oder ohne. Was ist mit Bridget, willst du sie behalten?"

„Unbedingt. Ich dachte, wir geben ihr das Dienstmädchenzimmer hinter der Küche."

„Sicher."

„Hast du schon einen Sekretär?", frage ich und schiebe den leeren Teller zur Seite.

„Nein, was ich habe, schicke ich in Dougs Büro. Sie tippen es für mich. Ich glaube, ich brauche gar keinen. Ach ..." Er trinkt einen Schluck aus meiner Kaffeetasse, „... ich breche übermorgen nach Pittsburgh auf. Ich werde mich aber beeilen und hoffentlich bald zurück sein."

„Ist es wegen der deutschen Arbeiter?"

„Das hast du nicht vergessen, was? Unter anderem ... aber ja."

Mir fällt etwas ein. „Aubrey, sind es Juden? Ich habe gelesen, dass ..."

Er unterbricht mich hastig. „Ich sagte doch, es soll nicht deine Sorge sein."

Ich trinke meine Tasse leer und denke noch einmal an Ross Miller. Ob Aubrey manchmal Sorge hat, dass ich mich verlieben könnte oder ob ihm das wirklich egal ist?

23

Es gibt in unserem neuen Apartment eine Überraschung für Aubrey, die ich mir habe einfallen lassen. Die Idee kam mir, als wir neulich im Konzert waren. Ich hatte an unseren Flügel in Mayfair gedacht. Obwohl ich jahrelang Unterricht hatte, sind meine Künste am Instrument sehr bescheiden. Aubrey dagegen spielt ganz ausgezeichnet und ich höre ihm gern zu.

Also hatte ich mich an einem Tag, an dem Aubrey geschäftlich unterwegs war, heimlich in unser neues Apartment begeben und habe mit dem von ihm beauftragten Innenarchitekten gesprochen – ein kleiner Mann mit einer rosafarbenen Krawatte. Er hatte mir versprochen, sich darum zu kümmern, sogar begriffen, dass er erst nach Aubreys Endabnahme geliefert werden darf. Jetzt, da wir vor dem Haus stehen, das sogar einen Namen hat, den ich mir auf mein Briefpapier drucken lassen werde, befällt mich die bange Frage, ob der Flügel seinen Platz wohl rechtzeitig gefunden hat.

Mein Herz klopft, als sich der Lift nach oben schiebt. Die Sekunden vergehen quälend langsam, bis Aubrey ohne zu öffnen die Tür aufschließt und mir dann einen Schlüssel gibt. Den Ersten in meinem Leben übrigens.

Auf Creston Hall hat nicht einmal meine Mutter einen. Mrs Carruthers, unsere Hausdame, trägt alle an einem großen Bund an ihrer Schürze. Weder zu unserer Wohnung in Paris noch zu unserem Haus in Mayfair hatte ich einen Schlüssel. Ich weiß, es klingt merkwürdig, aber es war auch fast immer jemand da gewesen, der mir die Tür geöffnet hatte. Hier ist es anders. Hier

sind wir die Ersten, die aufschließen. Ich glaube, dass
es vielleicht Aubreys Art ist, mich über die Schwelle zu
tragen.

Endlich stößt er die breite Eichentür auf. Im Foyer
steht in der Mitte ein runder Glastisch, auf dem verschwenderisch ein Bouquet Herbstastern blüht. Und
tatsächlich fällt Aubreys Blick jetzt durch die offene
Doppeltür des Salons auf den Flügel. Er bleibt zögernd
stehen. Seine Augen ruhen nachdenklich auf dem Instrument, dann wendet er sich zu mir um. Ich habe das
Gefühl, dass er diese harte Kugel in meiner Brust mit
seinen Augen erwärmt und ein ganz klein wenig weicher macht.

Er küsst mich wortlos auf die Stirn. Ein langer Kuss.
Er verharrt mit seinen Lippen auf meiner Haut. Dann
legt er mir seine Hand auf den Rücken und schiebt
mich sanft vorwärts, bis wir beide vor dem Instrument
stehen. Er streicht fast liebevoll mit dem Finger über
den geschlossenen Deckel und über die Tasten. „Ein
Broadwood ...“

„Die Steinways, die ich mir angesehen habe, eignen
sich nicht für Chopin oder Debussy.“

Aubrey nickt. „Er muss dich einiges gekostet haben,
ma chère.“

„Ich habe einen Scheck geschrieben“, sage ich und
fühle, wie meine Wangen warm werden. „Jetzt verdiene ich ja selbst etwas, aber es erstaunt mich ja immer noch, dass man mit Schreiben Geld verdienen
kann. Und Ross Miller will mich nächste Woche mit
Blake Edwards vom Grassleaves Verlag bekannt machen. Ross meint, Blake würde sich für meine Kurz-ge-
schichten interessieren.“ Ich zucke mit den Schultern.

„Ich denke nicht, dass du mir noch lange Geld geben musst."

Aubreys Mundwinkel rutschen erheitert nach oben. „Nun, sicherheitshalber werde ich dir wohl für den Anfang doch etwas Geld dalassen, während ich in Pittsburgh bin."

„Wie du meinst."

Er klappt den Deckel hoch und schlägt einen Akkord an. „Ein schönes Instrument", murmelt er fasziniert, setzt sich auf den Hocker und legt seine Hände auf die Tasten. Ich weiß, dass er an den Abend denkt, als er in London gespielt hatte, den Abend, an dem ich nach über einem Jahr nach Hause zurückgekehrt war. Ich erinnere mich selbst nur zu gut. Er spielt jetzt dasselbe Stück von Debussy wie damals.

Unvermittelt bricht er ab. „Das ist ein sehr wohlüberlegtes Geschenk, ich danke dir, ma chère."

Noch einmal küsst er mich, nachdem er aufgestanden ist. Er tut das warm und sehr weich auf den Mund. „Ich bin in meinem Arbeitszimmer."

Später am Tag stelle ich einen Butler ein, der Burns heißt. Vielleicht, weil er mich entfernt an Broadwell erinnert, ungefähr sein Alter hat und sein Name ebenfalls mit einem B beginnt. Ich engagiere ferner eine Köchin und drei Mädchen für das Putzen und die Wäsche. Burns kann sie beaufsichtigen. Ich seufze für einen Moment. Ich bin damit aufgewachsen, Butler, Zofen und Zimmermädchen, Haushälterinnen und Köchinnen sowie Stubenmädchen und Hilfsköchinnen zu haben. Und ich habe geglaubt, es würde immer so sein. Ich denke daran, was Ross Miller gesagt hat: Meine Gesellschaftsschicht würde aussterben. Er hat recht. Creston

Hall ist einer von den wenigen Landsitzen, die mehr
schlecht als recht die mageren Jahre überlebt haben,
weil Mutter diesen unfassbaren Willen gehabt hatte,
das Gut zu bewahren. Viele andere haben ganz aufgeben müssen.

Aubrey will nicht in Europa sein, wenn der Krieg der
Welt, die wir kennen, endgültig den Todesstoß gibt und
ich kann es immer besser verstehen. Im Moment steht
zwar jeden Tag etwas darüber in der Zeitung, aber bisher scheint der Krieg mir, zumindest für Frankreich
und für England, ziemlich folgenlos zu sein. Ich hatte
es mir schlimmer vorgestellt. Trotzdem habe ich Angst
vor einer deutschen Landung in England. Aber wer
weiß, denke ich, wer weiß, was noch kommt. Ich danke
Gott dafür, dass England eine Insel ist. Kein Deutscher
wird so einfach darüber hinwegmarschieren können.
Ich glaube, sie hätten auch Angst vor meiner Mutter.
Von ihrer Sorte gibt es schließlich etliche in England.

Genau das schreibe ich für meine nächste Kolumne
auf.

Am Sonntag darauf bringt mir Burns die Zeitung ans
Bett und ich sehe zum ersten Mal meinen Namen gedruckt.

Aubrey ruft mich nur Minuten später aus Pittsburgh
an. „Ich habe es gerade gelesen“, kommt er ohne Umschweife auf den Punkt.

„Ach, du kanntest es ja schon.“

„Trotzdem. Wie fühlst du dich?“

Ich überlege. „Stolz und ein wenig seltsam. Was
immer ich schrieb, ich kann es nicht mehr zurück-

nehmen. Das ist ein merkwürdiges Gefühl, so definitiv zu sein, wenn du verstehst, was ich meine."

„Ja, nur zu gut."

Ich glaube, er versteht wirklich.

„Was hast du noch vor, ma chère?"

„Ich treffe mich zum Lunch mit Harriet und morgen lerne ich Blake Edwards kennen." Ich gähne und als mir auffällt, dass unser Gespräch zum ersten Mal, seit ich denken kann, ganz ohne diese Spannung, dieses Lauern auskommt, bin ich hellwach. „Und du?", frage ich beiläufig.

Er gähnt ebenfalls. „Lunch mit einigen Geschäftspartnern. Vielleicht komme ich schon morgen Abend wieder zurück." Er klingt müde. „Hab einen schönen Tag", sagt er unvermittelt und legt auf.

Bridget knickst sich in mein Zimmer und ich schicke sie wieder weg. Es ist mir zu früh. Harriet kommt erst gegen eins. Ich habe noch Zeit, ich kann in meinem neuen mauvefarbenen Schlafzimmer liegen bleiben, von dessen Fenster ich den Central Park überblicken kann. Gestaunt habe ich über meinen Kleiderschrank, der keiner ist. Hinter der Tür, hinter der ich einen Abstellraum vermutete, erstreckt sich in Wahrheit eine Flucht von Kleiderstangen und Schuhregalen, die mindestens halb so viel Raum einnehmen wie mein Schlafzimmer.

Bridget und ich hatten beide die Augen aufgerissen und nachdem sie fertig gewesen war und alles eingeräumt hatte, was ich aus England mitgebracht hatte, hatten meine Kleider geradezu verloren ausgesehen. Alles ist hier größer. Die Häuser, die Autos und eben

auch die Kleiderschränke. Auch die Teller, denke ich
zum ersten Mal später beim Lunch mit Harriet.

Burns hat für uns im Esszimmer gedeckt, aber nicht
an der großen Tafel, sondern an einem kleinen Tisch,
der unter dem Fenster steht. Außerdem brennt ein
munteres Feuer im Kamin. Harriet hat ihren kleinen
runden Hut nicht abgesetzt, was ich irgendwie aller-
liebst finde.

„Wenn ich diesen trage, und ich trage ihn gern, weil
er mir gut steht, dann ruiniert er aber jede Frisur. Ich
weiß auch nicht ... kannst du damit leben, dass ich ihn
aufbehalte?“

Ich lache und nicke. Undenkbar in England ...

Nachdem wir einen Augenblick über das Wetter und
ihre vier Jungs geplaudert haben, lehnt sich Harriet mit
ihrem Glas Weißwein zurück. „Und? Hast du dich eingelebt?“

„Ein wenig, ja. Ich finde die Wohnung immer noch zu
groß. Es dauert immerhin zwei Minuten von meinem
Schlafzimmer bis ins Foyer.“

Harriet lacht herzhaft: „Kennst du das nicht von zu
Hause?“

„Doch, ja ... es ist nur ... ich weiß auch nicht. Unser
Haus in Mayfair war sehr viel kleiner. Nicht so ein altes, riesiges Haus wie das, in dem ich aufgewachsen
bin. Ich hatte mich an das kleine gewöhnt. Weißt du,
ich sehe es schon kommen ... Aubrey wird oft geschäftlich in Pittsburgh sein und dann bin ich hier ganz allein.“

„Hast du Angst vor Geistern?“

Nein, denke ich, *es gibt nur ein Gespenst und das ist Victoire. Und sie spukt auch nicht in diesem Haus, sie steht zwischen Aubrey und mir.*

„Du kannst jederzeit herüberkommen", bietet Harriet an, „ich bin ja nur auf der anderen Seite des Parks. Bei uns ist immer was los."

„Das glaube ich gern. Was machen deine Umzugspläne?"

„Aufs Land? Ach, ich habe es auf Eis gelegt. Ich versuche, mich damit abzufinden, dass Gregory mit seinen Rollschuhen das Parkett im Flur eben zerschrammt und Paul an der Gardinenstange Klimmzüge macht. Und die Schulen in der Stadt sind auch besser. Ich mag Doug nicht nur am Wochenende sehen."

Ich weiß genau, was sie meint. Ich vermisse Aubrey.

„Hör mal, ich habe deine Kolumne heute Morgen gelesen. Ich finde sie großartig!"

„Danke", gebe ich zurück.

Bei Harriet freue ich mich einfach über das Lob. Ob es einen Unterschied macht, von wem es kommt? Scheint wohl so zu sein. „Ich schreibe jetzt wöchentlich."

„Das ist großartig! Weißt du, es wäre schön, wenn du ein paar meiner Freundinnen kennenlernen würdest."

„Sehr gern."

Sie lächelt jetzt verschmitzt. „Und morgen triffst du Blake, ja?"

„Kennst du ihn?", frage ich erstaunt.

„New York ist in gewissen Gesellschaftsschichten einfach ein Dorf, Herzchen, das kann doch in London nicht viel anders sein, oder? Ja, Blake ist ein reizender Mann. Ich war mit seiner Frau auf dem College. Ach, das waren Zeiten ... Wir sind alle gut befreundet." Etwas an ihrem Ton irritiert mich, ich weiß aber nicht was.

Dann sieht sie mich plötzlich mitleidig an. „Es muss schrecklich sein, deine Familie in diesen Zeiten in England zu wissen. Ich meine ..." Sie beendet den Satz nicht. Das muss sie auch nicht. Wir wissen es beide: Wer weiß, was noch kommt.

„Das klingt sicher seltsam, aber um meine Mutter mache ich mir eigentlich gar keine Gedanken. Ich denke, sie überlebt alles. Wenn du sie kennen würdest, würdest du es verstehen. Mein Bruder macht mir mehr Sorgen. Er ist siebzehn und auf dem Internat, aber wenn der Krieg noch länger dauert, dann ..."

„Wird er sich freiwillig melden?" Harriet schüttelt sich. „Ich mag mir das gar nicht vorstellen. Ich bin froh, dass Greg erst vierzehn ist."

Ich mag auch nicht daran denken.

24

Alle New Yorker scheinen mir ganz versessen darauf zu sein, sich mit mir irgendwo zum Lunch treffen zu wollen. Blake Edwards hat das *L'Étoile* vorgeschlagen, ein kleines französisches Restaurant südlich vom Central Park. Es ist brechend voll, als ich eintrete und ich muss mich hinter dem Ober regelrecht an Stühlen und Tischen vorbeiquetschen. Weiter hinten wird es etwas ruhiger. Kleine Nischen säumen die Wand und vor einer davon bleiben wir stehen.

Blake Edwards ist ein schlanker Mann Mitte Dreißig. Das Besondere an ihm sind die fast schwarzen Augen, die aus seinem oliv getönten Teint herausstechen. Von allen Männern, die ich bisher in Amerika getroffen habe, sieht er am wenigsten amerikanisch aus.

Vor ihm liegt meine Mappe. Dieselbe, die ich Ross Miller gegeben hatte. Niemand hat offenbar Respekt davor, dass Schreiben etwas Persönliches ist. Nachdem ich ihm gegenüber auf die Bank gerutscht bin und wir bestellt haben, lächelt er. „Es gefällt Ihnen nicht, dass ich Ihre Mappe habe?"

„Es gefällt mir nicht, dass sie weitergegeben wird, ohne zu fragen."

„Wenn es gedruckt wird, passiert genau das. Ich glaube, das ist Ihnen nicht ganz klar, Mrs la Valette." Er fährt mit seinem schmalen Finger über das Band, das die beiden Pappdeckel verbindet. „Ich mag Ihre Kurzgeschichten", fährt er ohne Umschweife fort. „Sie haben eine bedrückende Klarheit, die mich trifft, ohne dass ich sagen könnte, was es genau ist, was Sie in mir bewegen. Ich bleibe rastlos zurück und das gefällt mir. Wie viele Geschichten haben Sie?"

Ich denke nach. „Vierzehn, das sind insgesamt etwa um die hundertneunzig Schreibmaschinenseiten."

Er sieht mich an, mustert mein Gesicht, meinen Oberkörper, soweit er ihn sehen kann, und bleibt dann in meinen Augen hängen. Er hat unverschämt lange Wimpern für einen Mann, fällt mir auf.

„Ich möchte den Rest auch gerne lesen." Er schiebt mir die Mappe über den Tisch. „Ich habe diese Geschichten kopieren lassen. Meine Änderungsvorschläge gehen Ihnen in den nächsten Tagen zu."

„Änderungsvorschläge?", frage ich langsam.

Er beugt sich ein Stück über den Tisch. „Sehen Sie, Mrs la Valette, kein Autor schreibt druckreif. Dafür gibt es Lektoren, die das sehen, wofür Sie selbst in Ihren Texten blind werden. In Ihrem Fall würde ich gerne selbst lektorieren."

Er sieht mich unverwandt an, bis der Kellner zwei Salate und zwei Gläser Wein auf den Tisch stellt. Er trinkt nur den Wein. Sein Essen rührt er nicht an. Ich dagegen esse mit großem Appetit und komme mir albern vor, dabei beobachtet zu werden.

„Vielleicht kann ich Sie nach Hause begleiten, wenn Sie aufgegessen haben." Ein Hauch Belustigung liegt in seinem Ton und ich spüre, dass meine Wangen warm werden, während ich kaue.

„Ich frage mich, warum immer alle mit mir zum Lunch wollen, wenn sie doch nichts essen."

Aus dem Hauch wird ein ganz zartes, zuckendes Lächeln. „Sie sollten dieser Frage nachgehen. Vielleicht in einer Ihrer zukünftigen Kolumnen."

Gute Idee.

Er trinkt noch einen kleinen Schluck Wein. „Versprechen Sie sich aber nicht zu viel von Ihrem ersten Buch, Mrs la Valette. Haben Sie einmal daran gedacht, einen Roman zu schreiben?"

Mehr als einmal. Und ich habe mehr als einmal zerknüllt, was ich schrieb und dem Kamin anvertraut. Meine stümperhaften Versuche sollten zwischen mir und den Flammen ein Geheimnis bleiben.

„Ich denke darüber nach", erwidere ich knapp und schiebe dann den Teller zurück. „Lektorieren Sie sonst nicht, Mr Edwards?"

„Nein. Ich leite einen Verlag, das frisst den Großteil meiner Zeit."

„Was ist bei mir anders?", frage ich und lasse ihn nicht aus den Augen.

„Ich sagte ja vorhin schon, Ihre Geschichten lassen mich unbegreiflicherweise rastlos und tieftraurig zurück. Vielleicht ist das eine Frage, der ich gerne nachgehen möchte."

Seine Änderungsvorschläge werden wehtun, ich weiß es schon jetzt. Ich ertappe mich bei dem Gedanken daran, seine Finger auf meiner Haut spüren zu wollen. Vielleicht könnte dies den Schmerz erträglicher machen.

Er bezahlt und ich erwarte, dass er vor dem Restaurant ein Taxi ruft, doch ich liege falsch. Er bietet mir seinen Arm an und wir überqueren die Straße.

„Sie gehen nicht oft zu Fuß, was?", fragt er.

„Nicht wirklich. Ich sehe in einer Stadt keinen Sinn darin. Sie ist für Autos geschaffen und für anonyme

Massen, die ein festes Ziel haben, nicht für einzelne Menschen."

Aubrey spaziert oft durch den Park, seitdem wir in New York leben. Ich dagegen laufe wirklich kaum. Das Einzige, was ich vermisse, ist das Reiten. Es ist eine stille Art der Fortbewegung, Meter um Meter rasch hinter sich zu lassen. Der Schweiß des Pferdes. Der Regen auf der Haut.

Blake Edwards hebt beide Augenbrauen. „Und ich sehe auf dem Land keinen Sinn darin. Wen sollte ich auf dem Land beobachten?"

„Auf dem Land geht es um das, was man beobachtet, Mr Edwards."

„Sie sind kein Mensch, der Menschen mag, Mrs la Valette, nicht wahr?"

Ich mag, wie er ausdrückt, wer ich bin. Er hat recht und auch wieder nicht, denke ich, aber eigentlich geht ihn das auch nichts an.

Nachdem ich ihm keine Antwort auf seine Frage gebe, fährt er fort: „Sie mögen New York nicht sonderlich, was?"

„Ich sollte lernen, es zu mögen. Wer weiß, wie lange der Krieg noch dauert und wer weiß, ob es am Ende noch eine Heimat gibt, in die ich zurückkehren kann. Vielleicht hängen überall deutsche Fahnen."

„Schauerliche Vorstellung."

„Allerdings", stimme ich ihm zu.

Es dauert gar nicht lange, bis wir schließlich das Haus erreicht haben und mit dem Lift nach oben fahren.

„Kommen Sie, ich zeige Ihnen mein Arbeitszimmer", sage ich, nachdem ich Burns im Foyer Hut und Handschuhe anvertraut habe. Mein Blick streift unseren

Butler, als er Mr Edwards den Mantel abnimmt. Broadwell mochte zu Aubrey gehört haben, Burns habe ich ausgesucht, mir wird er loyal sein, schießt es mir durch den Kopf, während ich durch die Bibliothek vorweggehe, den kleinen Flur entlang, bis ich die Tür öffne und Mr Edwards eintreten lasse.

Er sieht kurz auf seine Armbanduhr und dann auf mein Telefon. „Darf ich?"

Ich nicke. „Selbstverständlich."

Er setzt sich halb auf meinen Schreibtisch und wählt hastig eine Nummer, während ich der Schublade den Stapel mit fertigen Geschichten entnehme.

„Betsy? Ich bin es. Sagen Sie meine Nachmittagstermine ab."

Ich sehe auf, schiebe ihm die Papiere herüber und setze mich dann auf den Stuhl und überschlage die Beine.

„Ich weiß." Er klingt ungeduldig. „Sagen Sie meiner Frau, ich werde sie nicht begleiten können."

Stimmt, Harriet hatte erwähnt, dass er verheiratet ist, aber ich kann ihn mir schlecht als Ehemann vorstellen. Warum, kann ich gar nicht sagen. Vielleicht hat er Kinder. Er macht auf mich nicht den Eindruck, als sei er Vater. Nicht ein Vater wie Doug, bei dem ich mir vorstellen kann, dass er seinen Jüngsten hochreißt und ihn jauchzend durch die Luft schleudert.

Blake Edwards lauscht noch einen Moment in den Hörer, dann legt er unvermittelt auf, lockert seinen Kragen und greift nach dem Stapel Geschichten. Er trägt ihn zum Sessel unterm Fenster, der meinem Schreibtisch gegenübersteht, und beginnt zu lesen. Er legt Seite um Seite beiseite und ich vermag nicht zu sagen, was in ihm vorgeht. Sein Gesicht bleibt seltsam leer dabei. Es ist mir schlichtweg unmöglich, ihn nicht anzusehen, seinen Augen nicht zu folgen, die über die Zeilen gleiten, nicht seinen Brustkorb anzusehen, der sich gleichmäßig hebt und senkt. Er liest konzentriert und ohne Pause fast eine Stunde lang, bis er die letzte Seite schließlich sinken lässt und mich wieder ansieht.

Sein Blick beinhaltet eine Irritation, die ich irgendwo zwischen Verblüffung und Unverständnis einordnen würde. Dann nimmt er alle Seiten wieder auf, sortiert sie und legt fünf auf einen zweiten Stapel. Ich weiß genau, welche Geschichte er aussortiert hat.

„Diese hier." Er hält *Der Glanz verlorener Zeiten* hoch. „Diese hier nicht. Sie ahnen das vielleicht noch nicht, aber das ist ihr Romananfang. Die letzten Seiten nehme ich Ihnen weg, damit Sie weiterschreiben." Er zerknüllt sie und wirft sie in den Kamin, bevor er aufsteht und sich wieder halb auf den Schreibtisch setzt.

Ich schlucke. Ich will *Der Glanz verlorener Zeiten* nicht weiterschreiben. Damit will ich nichts zu tun haben. Ob er weiß, dass ich selbst die Frau aus dem Roman bin? Ich glaube es fast, so unverhohlen, wie er mich mustert.

„Sind Sie in New York geboren, Mr Edwards?"

„Mein Vater war Engländer. Er kam als junger Mann mit seiner Frau nach Amerika. Er hat meine Mutter aus Indien mitgebracht."

Daher sein Teint, daher seine Züge.

Sein Blick fällt auf meine Schreibmaschine. „Schreiben Sie aus Prinzip auf einem deutschen Gerät?"

„Nein. Mein Mann hat sie vor dem Krieg mitgebracht."

„Wie dem auch sei, Sie werden eine neue brauchen. Etwas Moderneres." Plötzlich habe ich den Eindruck, dass er nicht nur die Schreibmaschine meint.

„Ich hänge daran", erwidere ich trotzig.

„Sie können sie ja behalten. Arbeiten werden Sie auf der, die ich Ihnen aus dem Verlag schicken lasse." Er legt die ersten zwei Seiten meiner Geschichte vor mich auf die Unterlage. „Ich möchte wissen, wie es weitergeht."

„Ich nicht", murmele ich leise. „Sie hatte ein Ende, auch wenn es Ihnen nicht gefällt."

Er zieht die Luft scharf ein und mit ihr wohl eine Ahnung von dem alten Geist, den Aubrey und ich aus Europa mitgebracht haben. Für einen Moment fühle ich mich so wie bei Doug und Harriet. Wir sind exotische Relikte einer Zeit, die auf der anderen Seite des Atlantiks gerade begraben wird. Wir sind nicht hier, um einen Kontinent zu erobern, der längst erobert ist, wir sind hier, damit uns Menschen dabei zusehen, wie wir untergehen. Wir sind die letzte wahre Dekadenz.

Und wenn Blake Edwards mich eines Tages küssen wird, und das wird er ganz sicher tun, dann wird er es auch tun, um noch einmal etwas kosten zu dürfen, was in seiner Welt noch nie existiert hat.

„Sie verstehen nicht. Es geht nicht um das Gefallen. Es geht darum, ob eine Geschichte ein Ende hat. Und Ihre Geschichte, Mrs la Valette, hat keines." Er steht auf. „Wie dem auch sei. Wir treffen uns nächste Woche für das Lektorat. Halten Sie sich die Nachmittage frei."

„Warum sollten wir uns treffen? Sie ändern, was Sie ändern wollen." Ich öffne den Mund ein wenig und frage mich, wie er schmeckt.

Er lächelt ganz leicht auf mich herab. „Nein, so arbeite ich nicht." Er nimmt die restlichen Geschichten in die Hand. „Bemühen Sie sich nicht, ich finde allein hinaus."

Einen Augenblick lang sehe ich zur Tür, die sich bereits hinter ihm geschlossen hat, dann spanne ich eine leere Seite in meine Schreibmaschine und starre darauf.

Der Glanz verlorener Zeiten. In Wahrheit bin ich nach London gereist, um meinen Mann nach über einem Jahr wiederzutreffen. In meiner Geschichte wird es Paris oder irgendeine andere Stadt sein. Ich seufze und beginne zu tippen.

Später esse ich allein zu Abend und setze mich danach mit einem Glas Rotwein vor den Kamin im Salon.

Aubrey kommt herein, als das Feuer fast verglüht ist und legt ein Stück Holz nach.

Sein Blick streift mich erst unbeteiligt, dann interessierter. „Wie war dein Treffen mit Blake Edwards?"

Seltsam, denke ich und sage laut: „Er will meine Geschichten herausbringen und er will, dass ich einen Roman schreibe."

Aubrey nimmt im Sessel mir gegenüber Platz und schwenkt sein Glas Brandy. „Das sind gute Neuigkeiten", findet er und starrt ins Feuer, während ich das Gefühl bekomme, dass er weniger gute Nachrichten für mich hat.

„Was ist?", frage ich.

Er sieht auf. „Ich werde noch einmal nach Frankreich zurückkehren."

„Nein", sage ich langsam, „nein, das geht nicht."

„In Paris ist es sehr ruhig dieser Tage." Er stellt sein Glas auf den Boden und krempelt sich die Ärmel hoch.

„Wir brauchen hier einen Tisch oder so was", murmelt er und hebt es wieder auf.

„Aber, das geht nicht. Wer weiß, wie lange noch Schiffe fahren! Es gibt doch kaum noch Passagen. Wie lange willst du bleiben?"

„Nur solange ich muss. Zwei, drei Monate vielleicht. Nicht länger."

Eine halbe Ewigkeit also. Ich beiße mir auf die Lippe. Es hat keinen Sinn, ihn zu bitten, hierzubleiben. Mir zuliebe wird er gar nichts tun.

„Wann fährst du?", frage ich tonlos und trinke einen großen Schluck Wein.

„Ich habe für morgen einen Platz auf der *Belle Epoque* bekommen."

„Morgen", wiederhole ich fassungslos.

„Was für einen Roman?"

Er hat genug von meinem Ärger, meiner Enttäuschung, das spüre ich wohl. Er will es nicht hören, das Thema wechseln.

„Blake Edwards mochte *Der Glanz verlorener Zeiten* nicht. Er findet, es ist eher der Anfang eines Romans als eine Kurzgeschichte. Er hat mir die letzten Seiten weggenommen. Und nächste Woche möchte er mit dem Lektorat für die Kurzgeschichten beginnen."

Ich trinke noch einen Schluck, fühle Aubreys Blick auf mir ruhen, aber ich sehe ihn nicht an. „Er hat mit vielem recht, was er sagt", ergänze ich.

Eine Weile starren wir so nebeneinander in die Flammen, die Aubreys nachgelegtes Scheit umzüngeln, und hängen unseren Gedanken nach.

Noch einmal sieht er mich an. Ich habe keine Lust, zurückzublicken. Keine Lust, in das Gesicht zu sehen, das ich vermissen werde.

„Ich habe nur Gutes über Blake Edwards gehört." Aubrey steht auf und stellt sein Glas auf den Tisch. Bevor er die Tür erreicht, sage ich: „Ich werde mich nicht verlieben, falls du das glaubst."

Er kommt noch einmal kurz zurück und küsst mein Haar. „Nichts könnte mir gleichgültiger sein, ma chère."

Nur Aubrey schafft es, mich so unvermittelt und so tief zu treffen, dass mich in den nächsten Minuten allein vor dem Kamin jeder Atemzug schmerzt.

Zum Teufel mit seiner letzten Nacht in New York, denke ich später allein in meinem Bett, bevor ich die Augen schließe. Ich werde es bereuen, denke ich im Einschlafen, heute hätte er sicher nichts dagegen gehabt, wenn ich mich neben ihn gelegt hätte. Vielleicht hätte er mich ein letztes Mal berührt, ich weiß es nicht.

Trotzdem, zum Teufel, Aubrey la Valette.

Ich erwache vom Knarren meiner Tür in der Morgendämmerung. Aubrey steht angezogen im Türrahmen. Wortlos sieht er mich an, dann dreht er sich um und geht.

Nein, ich werde ihm nicht nachlaufen, nein, nein …

Natürlich tue ich es doch. Natürlich laufe ich ihm nach und erreiche ihn noch im Flur. Er bleibt stehen, als er meine nackten Füße auf dem Parkett hört. Es ist kühl und ich habe nur ein Nachthemd an. Es ist mir egal. Ich stelle mich auf die Zehenspitzen und schlinge meine Arme um seinen Nacken, vergrabe mein Gesicht an seinem Hals. Er riecht nach Rasierseife und Zitrone. Es dauert einen Moment, dann legt er seine Arme um meine Taille und streicht über meinen Rücken, bevor er sich losmacht und sehr sanft meine Lippen küsst.

„Ich bin im Grand Hotel *Lutetia* in Paris.“

Kein Broadwell mehr, der sich diskret um seine Post kümmert.

Ich möchte so viel sagen und schweige dennoch. Nichts von dem wäre für ihn von Bedeutung, denke ich.

25

„Hast du etwas von Aubrey gehört?", fragt Harriet und drückt mir ein volles Glas Champagner in die Hand.

Ich ziehe meinen Mantel fester um die Schultern, schüttele den Kopf und lasse meinen Blick über die Partygäste schweifen. Ich kenne nicht mal die Hälfte der Leute, die Harriet und Doug eingeladen haben und die jetzt mit mir auf der Dachterrasse ihrer Wohnung stehen und zum Feuerwerk über dem Times Square sehen. Ich frage mich, wo Aubrey jetzt feiert.

„Verdammt", flucht Harriet und legt mir einen Arm um die Schulter. „Ist doch wahr. Dieser Mann ist unmöglich!"

„Und Doug hat auch nichts gehört?"

Sie schüttelt den Kopf. „Nichts seit Anfang Dezember."

Ich stürze das Glas Champagner hinunter. Ich sehe auf und tausche für einen Sekundenbruchteil einen Blick mit Blake, der neben seiner Frau steht.

„Du bringst dich und ihn noch in Teufels Küche", flüstert Harriet neben mir und sieht ihn ebenfalls an. „Es ist deine Sache, aber ... ach, ich verstehe es einfach nicht. Du liebst Aubrey so sehr, dass es selbst mich schon körperlich schmerzt ... und dann Blake? Ich meine ... ja sicher, er ist ein attraktiver Mann, aber ..." Sie bricht ab und schüttelt wieder den Kopf. Ihre Missbilligung schmerzt wiederum mich.

Um uns herum wird gezählt. „fünf ... vier ... drei ... zwei ... eins ... Frohes neues Jahr!"

Alle küssen sich. Blake küsst seine Frau, Harriet ihren Doug. Ich bleibe ungeküsst. Natürlich kann mich Blake hier nicht küssen, so wie er es sonst tut, wenn wir im Bett landen, wenn wir uns auf den noch nicht lektorierten Seiten meines Romans wälzen. Seine olivfarbene Haut auf meiner weißen.

Und während alle laut und falsch *Auld Lang Syne* singen, drehe ich mich um.

Nur Harriet küsst mich dann doch auf die Wange. „Pass auf dich auf in diesem Jahr, ja?"

Ich nicke und gehe. Ich widerstehe dem Drang, Blake noch einmal anzusehen. Wir werden uns bald wiedersehen und dann habe ich ihn ganz für mich.

Jetzt aber gehe ich allein nach Hause und wähle einen Umweg, weil mir vor der leeren Wohnung graut. Dieses riesige Apartment, das still und dunkel auf mich lauert, in dessen Ecken sich Schatten zusammenrotten, nur um mich zu erschrecken. Schatten, die ihre Hände nach mir ausstrecken, nach mir greifen und mich eines Tages auch erreichen werden.

Ich habe allen freigegeben. Rasch knipse ich das Licht im Foyer an. Meine Schritte hallen lauter als sonst, als ich in die Bibliothek gehe und mich im Schein der Stehlampe vor den Kamin setze, der dunkel und kalt ist und nach Asche riecht.

Ich hatte Aubrey schon Ende Oktober eine neue Kurzgeschichte geschrieben. Blake heißt in der Erzählung Jonathan. Ich selbst habe keinen Namen.

Aubrey schrieb mir, wie sehr ihm die Geschichte gefallen würde. Und ich hatte ihm weiter geschrieben – den ganzen November hindurch. Ich schickte nicht nur Geschichten geschickt, sondern erzählte auch aus meinem Alltag: vom Konzert in der Carnegie Hall, zu dem mich Blake mitgenommen hatte. Ein junger Pianist aus Deutschland. So habe ich noch nie jemanden Chopin spielen hören. Außer Aubrey. Ich weinte fast das ganze Konzert hindurch.

Ich schrieb ihm nicht, dass es Stunden gab, in denen ich ihn so vermisste, dass ich dachte, ich könnte den Schmerz nicht mehr ertragen. Ich spürte ihn überall an meinem Körper und es gab keine Stelle, keinen Muskel, keine Faser, die ich nicht quälend fühlte.

So wie eben jetzt. Ich denke an unser letztes Telefonat. Ich denke daran, dass wir über nichts gesprochen haben, das wirklich wichtig gewesen wäre.

Ich habe ein paarmal mit meiner Mutter telefoniert. Sie schlägt sich wacker in England und sagt, es gäbe nichts, was im Moment nicht zu ertragen wäre, außer den Rationierungen vielleicht, aber selbst das nimmt sie stoisch hin. Sie hatte mich gefragt, ob ich wisse, dass Aubrey in London wäre. Ich habe aufgelegt.

Es zieht sich wie ein roter Faden durch mein Leben. Alle wissen immer alles, nur ich habe keine Ahnung. In der letzten Zeit denke ich manchmal an den Sommer in Valette, an die Hitze und an Jules. Ganz selten fällt mir Laurent ein. Ich habe versucht, meine Angst zu beschreiben, aber jede Seite in den Kamin geworfen. Neulich habe ich panisch Aubreys Arbeitszimmer nach seinen Briefen an Victoire abgesucht. Ich habe sie nicht gefunden. Vielleicht gehören sie nach London. Vielleicht besucht er sie dort, wenn er da ist, vielleicht liest er sie, genauso wie ich sie gelesen habe.

Neulich musste ich auch an unseren gemeinsamen Abend bei Doug und Harriet denken und zum ersten

Mal ist mir aufgefallen, dass er mit Doug länger am Stück gesprochen hat als jemals mit mir. Das alles sind die wirren Gedanken, die mich durchkreisen, wenn ich allein hier sitze, was ich ja oft tue. Im Grunde sind es immer dieselben Erinnerungen, die mein Gemüt in unterschiedlichen Variationen durchziehen.

Und wie immer warte ich darauf, dass Aubrey anruft, schreibt oder erscheint und mich damit herausreißt, für eine sehr kurze Zeit in ein Leben wirft, das mir als das wahre und echte erscheint, bis er mich wieder zurücklässt und ich Winterschlaf halte wie eine Bärin in der Höhle.

Ich werde Aubrey auch nie in einer Geschichte von dieser einen Nacht berichten, in der ich ihn betrogen habe. Von dieser einen Nacht, die Blake bei mir verbracht hatte, als seine Frau nicht in der Stadt gewesen war. Außer mit Aubrey habe ich niemals mit jemandem den Schlaf geteilt und ich habe mich am nächsten Morgen gefühlt wie eine Verräterin. Ich will es nie wieder tun.

Im März erscheint mein Buch und irgendwie glaube ich nicht, dass Aubrey bis dahin zurück sein wird.

Gegen zwei lege ich mich in mein kaltes Bett und warte auf den Schlaf.

In der letzten Nacht ist Schnee gefallen. Er hat sich auf die Blumenkübel auf der Dachterrasse gelegt, auf das Steingeländer, auf die Stühle und unten auf die Straße, auf die kahlen Äste und Zweige der Bäume im Park.

Ich schiebe die weiße Gardine in meinem Arbeitszimmer zur Seite und sehe hinaus, während Blake an meinem Schreibtisch sitzt und liest. Er raucht mit einer Hand und in der anderen hält er einen Bleistift. Vier neue Kapitel von *Der Glanz verlorener Zeiten*. Ich habe sie geschrieben, während er mit seiner Frau zwei Wochen in Aspen zum Skilaufen verbrachte.

„Das ist unpräzise. Hier zum Beispiel: Er sieht sie an. Das ist die Stelle, als er aus Italien zurückkehrt. Wie sieht er sie denn an?"

„Vielleicht sieht er sie einfach nur an", gebe ich zurück. „Manchmal kann man nichts in einen Blick hineininterpretieren. Manchmal ist man zu müde dazu, manchmal ist es einem doch egal."

„Dann gehört es hinein."

Ich seufze, weiß aber gleichzeitig, dass Blake wie immer recht hat.

„Das Bild mit dem Wasser ist sehr gut." Er sieht mich an. Wir haben nie darüber gesprochen, aber ich denke, er weiß inzwischen ganz genau, dass ich die Frau aus *Der Glanz verlorener Zeiten* bin und Aubrey im Buch Olivier heißt. Dann legt er die Seite auf den Tisch und greift nach der nächsten.

Ich mag diese Stunden mit ihm. Sie haben etwas Leichtfüßiges. Was nicht heißt, dass es nicht anstrengend wäre. Mit niemandem kann ich wohl so lange über ein einziges Wort streiten, wie mit Blake.

„Was meinst du an dieser Stelle?

Was auch immer es ist, dieses dünne Band, das wir geknüpft haben, es scheint mir jetzt fadenscheinig und sehr ausgefranst, zumindest an meinem Ende.

Ich bin mir nicht sicher, ob nur ich das nicht begreife. Warte. Ich muss nachdenken. Glaubt sie denn, dass Olivier sie liebt?"

Ich schüttele den Kopf. „Nein, sicher nicht, was aber nicht heißt, dass er nicht auf seine eigene Art vielleicht sogar etwas für sie empfindet. So meine ich das."

Blake nickt langsam. „Ah ja. Das ergibt Sinn. Es ..."

Das Schrillen des Telefons auf meinem Schreibtisch unterbricht ihn. Ich zucke mit den Schultern. „Lass nur, Burns wird abheben. Wir lassen uns jetzt nicht stören."

Wahrscheinlich Harriet, denke ich.

„Freut mich, dass dir der Vergleich gefällt. Ich hänge irgendwie an ihm. Habe ich doch das Gefühl, es ist eine der wenigen ganz präzisen Stellen im ganzen bisherigen Text."

Blake lächelt ganz leicht. „Nein, davon gibt es schon noch ein paar mehr, keine Sorge." Er streckt seine Hand nach mir aus, als es klopft. Rasch zieht er sie zurück.

„Herein!", rufe ich laut und Burns öffnet die Tür.

„Ein Gespräch für Sie, Madam."

„Ich sagte doch, wir wollen nicht gestört werden."

Burns steht für einen Moment unschlüssig da. „Es ist Mr la Valette aus Europa. Soll ich ihm sagen, dass Sie beschäftigt sind?"

Ich erstarre. Wochenlang keine Nachricht von ihm, dann ruft er plötzlich an und ich soll springen. Der Teufel soll ihn holen!

Aubrey la Valette!

Ich werfe Blake einen Blick zu. Er sieht mich ausdruckslos an. Ihm ist es einerlei, ob ich abhebe oder nicht.

„Fragen Sie, wo ich ihn erreichen kann. Vielen Dank, Burns."

„Sehr wohl, Madam."

Ich bereue es, noch bevor er die Tür wieder ins Schloss gezogen hat, aber es ist zu spät. Eine Überseeverbindung zu bekommen, ist keine Selbstverständlichkeit. Ganz oft funktioniert es auch gar nicht.

Rasch drehe ich mich wieder zum Fenster. „Wo waren wir?"

Blake raschelt mit den Papieren. Ich höre, wie er aufsteht, höre seine Schritte.

„Hör mal, um meinetwillen hättest du das nicht tun müssen."

„Was tun?"

„Du hättest mit Aubrey sprechen sollen. Nach allem, was ich weiß, habt ihr nicht oft die Gelegenheit. Gott weiß, seit wann er versucht hat, diese Verbindung zu bekommen."

Blakes Stimme klingt vorsichtig. Er spricht seine Worte derart bedacht aus, als würde er damit über rohe Eier laufen. Es nützt trotzdem nichts. Meine Augen werden feucht.

Er legt seine Hände sanft auf meine Schultern, dreht mich um und umarmt mich. Es tut so gut …

„Weißt du, viel von der Liebe verstehe ich auch nicht. Ich wünschte, ich könnte dir helfen."

„Alle bemitleiden mich wegen Aubrey", schluchze ich. „Ich will das nicht. Der Teufel soll ihn holen!"

„Sei vorsichtig, was du dir wünschst. Die Wahrscheinlichkeit ist in Europa gerade sehr hoch", sagt Blake nachdenklich und streicht mir über das Haar.

Ich schluchze lauter und er bekommt einen Schreck. „Oh je, das tut mir leid. Das war völlig taktlos." Er murmelt beruhigende Worte in meine Haare.

„Kann ich dich etwas fragen, Blake?" Ich sehe auf.

Er nickt. „Natürlich. Raus damit.“

„Liebst du deine Frau?“

Er lächelt. „Ihrem Vater gehört der Verlag. Ich habe klug geheiratet und sie hätte es schlechter treffen können.“

„Weiß sie von uns?“

„Wir sprechen nicht darüber. Wir sind beide sehr diskret. Unsere Verbindung ist im Grunde eine wunderbare Freundschaft. Sie hat kein Interesse an Männern.“

Ich seufze. „Ob alle Ehen so sind?“

Er küsst meine Haare. „Die, die ich kenne schon.“

„Doug und Harriet“, flüstere ich leise und sage dann lauter: „Solltest du etwas wissen, was meinen Glauben an das Glück der beiden erschüttern könnte, schweig still.“

Er lacht und schweigt. Dann küsst er mich lange und sehr freundlich. „Gott, habe ich ein Glück, dass ich mich nicht in dich verliebt habe“, sagt er danach und schiebt mich ein Stückchen weg.

Ich sehe ihn fragend an und er lacht wieder.

„Na, zum einen liebst du doch deinen Aubrey und zum anderen möchte ich ihn sicher nicht zum Feind haben, nach allem, was man so hört. Wenn er schon sein eigen Fleisch und Blut so ... na, lassen wir das.“

„Was hört man denn?“, frage ich erstaunt. „Ich höre nichts, aber auch gar nichts.“

„Schau, viel verstehe ich auch nicht davon, aber dein Aubrey hat seinen Bruder vor zwei oder drei Jahren ziemlich kaltgestellt. Er hat das Weingut unter seinem Hintern wegverkauft und ihn auf einen unwichtigen, aber arbeitsreichen Posten irgendwo in eine Miene nach Montana geschickt.“

„Montana?", wiederhole ich. Ich weiß genau, wann Aubrey Laurent nach Amerika geschickt hat. Es muss nach dem Sommer in Valette gewesen sein, als ich bei meiner Mutter war. „Weißt du, was Aubrey in Europa macht?"

Blake runzelt die Stirn. „Wäre es nicht …" Er unterbricht sich, dann huscht Verstehen durch seinen Blick. Nein, ich glaube, ihm war bis eben nicht klar, wie autobiografisch mein Roman tatsächlich ist.

„Soll ich versuchen, es für dich herauszubekommen?"

„Diskret." Ich recke mich nach oben und küsse ihn. „Schlaf mit mir", bitte ich ihn leise.

Er schüttelt den Kopf. „Heute nicht. Ich glaube, wir müssen beide ein wenig auf uns aufpassen."

Trotzdem küsst auch er mich. Heute wird viel geküsst. Mehr als sonst.

„Ich komme morgen wieder, wenn es dir recht ist."

„Es ist mir recht", gebe ich zurück und bringe ihn zur Tür.

Ich finde Burns beim Polieren des Silberbestecks im Esszimmer vor. „Hat mein Mann eine Nummer hinterlassen?", frage ich und er sieht mich mitleidig an. „Bedauere, Madam."

Ich könnte telefonieren. Grand Hotel *Lutetia*, unser Haus in Mayfair, sein Club in London. Ich würde ihn doch nicht finden oder erst gar keine Verbindung bekommen.

26

Nachdem ich am nächsten Morgen meine aktuelle Kolumne an Ross Miller geschickt habe, schlendere ich durch den winterlichen Park auf die andere Seite, bis ich vor Harriet und Dougs Apartmenthaus stehe. Die Kinder müssten in der Schule sein und Doug in der Kanzlei. Harriet wird mir guttun.

Ich habe Glück. Sie ist da und will mich sehen. Sie steht sogar schon in der Apartmenttür, als der Lift auf ihrer Etage zum Stehen kommt.

„Das ist ja eine Überraschung!“ Sie küsst meine Wange. „Komm, wir trinken einen Kaffee zusammen.“

Wir setzen uns zu meinem Erstaunen in ihre Küche. Sie brüht selbst auf und schiebt mir dann eine Tasse über den Tisch. „Du kommst zur rechten Zeit. Estelle ist krank, aber das Kindermädchen ist zum Glück da und ich brauche dringend eine Pause.“ Harriet trinkt einen Schluck. „Ah, viel besser. Hör mal, mich hat eine Freundin gefragt, ob du einen Cecil Leyland kennst.“

Oh ja, und sehr wahrscheinlich intimer als viele Frauen.

Ich nicke knapp.

Harriet sieht mich prüfend an. „Er schwärmt ihr wohl ein bisschen viel von dir. Und sie ist sich nicht sicher, ob sie ihn heiraten soll.“

Wenn sie Männer mag, die sich im Bett gerne nehmen, was sie brauchen, ohne zu geben, dann ist wäre bei ihm richtig, denke ich. „Er hat Geschäfte mit Aubrey gemacht. Ich kenne ihn nur flüchtig.“

„Ah, verstehe. Aber wo wir gerade von Aubrey sprechen ..."

„Nein. Ich habe nur gehört, dass er zwischendurch in
London war."

„Was ist das mit euch? Ist das der Altersunterschied?",
fragt Harriet so direkt, dass ich zusammenzucke. Das
ist selbst für ihre Verhältnisse sehr explizit.

„Ich weiß nicht. Ich glaube nicht, dass ich seiner ersten Frau jemals das Wasser reichen kann. Ich ..."

Und dann platzt alles mehr oder weniger aus mir heraus. Es ist, als hätte sie mir mit ihren Worten eine
Schleuse geöffnet, mir einen Moment gegeben, auf den
ich schon ewig gewartet habe. Ich beginne zu erzählen.
Von Aubreys Briefen aus Verdun, die ich las, vom Sommer in Valette, von Jules. Laurent deute ich lediglich an
und ich bin froh, dass sie nicht weiter nachfragt. Es ist
mir auf eine sehr obskure Art peinlich. So, als fürchtete
ich, dass sie mir die Schuld daran geben könne, was
Laurent mir hätte antun können.

Ich erzähle von London, von meiner Mutter und von
Cecil. Zwischendurch trinke ich immer wieder und sie
lässt mich reden, ohne zu unterbrechen, ohne mich so
anzusehen, als wäre ich verrückt.

Ich erzähle ihr von Blake, was sie ja eigentlich schon
weiß, und davon, dass ich nicht ans Telefon gegangen
bin, als Aubrey anrief. Ich lasse sie an meiner Angst um
ihn teilhaben, an meiner Wut, meiner Liebe und an
meinem Begehren, ich lasse wenig aus. Ich sage ihr,
und nur ihr, dass ich das Gefühl habe, nichts zu wissen,
dumm zu sein. Ich gestehe zum ersten Mal jemandem
ein, dass ich dieses Gefühl habe, weil ich jung bin und

mich niemand wirklich ernst nimmt. Am allerwenigsten Aubrey.

Als meine Tasse leer ist und ich fertig bin, lehnt sich Harriet zurück. Zu meiner Überraschung und Bestürzung glänzen ihre Augen feucht. Hastig zieht sie ein Taschentuch aus ihrer Rocktasche und tupft sich über die Nase.

„Ich weiß gar nicht, was ich sagen soll." Sie steht auf, entnimmt dem Regal neben der Tür eine Flasche Whiskey, dem Schrank daneben zwei Gläser und aus dem Eisfach lässt sie zwei Eiswürfel hineinfallen, bevor sie großzügig einschenkt.

Sie trinkt in kleinen Schlucken und setzt sich wieder mir gegenüber.

„Du musst ihn verlassen", sagt sie schließlich und sieht mir fest in die Augen.

„Ja, es ist nicht so leicht. Blake und ..."

„Blake?" Ihre Stimme überschlägt sich fast. „Ich spreche von Aubrey!"

Ungläubig sehe ich sie an.

„Siehst du das nicht? Du bist von ihm abhängig, du bist ... du bist wie das Kaninchen vor der Schlange. Er tut dir nicht gut, er ..." Sie bricht ab und sieht mich mitleidig an. „Du siehst es gar nicht, nicht wahr? Du bist so erpicht auf die Krümel, die er dir hinwirft, dass du gar nicht begreifst, dass er sich nicht für dich interessiert, es wahrscheinlich niemals hat."

Ich stehe auf. „Ich glaube, das reicht, Harriet", sage ich langsam.

„Ja", flüstert sie. „Ich wünschte ... wir wollen nicht mehr davon sprechen", fügt sie leise hinzu.

Ich sehe auf die Uhr. „Ich muss gehen. Danke für den Kaffee."

Harriet stellt sich mir in den Weg. „Ich will, dass du weißt, dass wir trotzdem Freundinnen sind. Ich musste dir das sagen. Ich will, dass du weißt, ich bin für dich da, wenn du einmal nicht mehr weißt, wohin."

Ich küsse ihre Wange. „Danke", sage ich knapp und gehe rasch hinaus. Es ist eine Flucht vor der Enge, die ich zuletzt in ihrer Küche gespürt habe. Es gibt sogar einen kleinen Teil in mir, der ihr zustimmt, aber er ist sehr klein und sehr leise.

Harriet weiß nicht, wie Aubrey mich manchmal ansieht und sie weiß nicht, wie es ist, wenn er mich umarmt - dann begreife ich, dass er ein Gefangener seiner Welt ist, ebenso wie ich in meiner.

Auch Harriet wird eine Welt haben, von der sie nicht möchte, dass daran gekratzt wird. Ich weiß, dass Doug häufiger mal nach Pittsburgh fährt und ich wette, dass sie sich darüber in ihrer Welt auch keine Sorgen machen möchte.

Ich kehre zurück in meine leere Wohnung. Es ist Burns freier Tag und ich denke, auch Bridget wird ausgegangen sein.

Ich erreiche das klingelnde Telefon in der Bibliothek und melde mich atemlos.

„Störe ich dich?", fragt Aubrey und ich höre, wie er an einer Zigarette zieht.

„Heute nicht", sage ich kühl und streife die Schuhe ab.

Er lacht leise. „Ich vermisse deine Briefe und die Geschichten."

„Nach allem, was ich weiß, hättest du tot sein können,
so lange wie ich nichts gehört habe. Toten schickt man
keine Briefe. Und schon gar keine Geschichten.“

„Für einen Toten klinge ich sehr lebendig, n'est-ce
pas?“

„Meine Mutter sagte zwischendurch, du wärst in London. Ich war verwirrt. Wohin hätte ich sie denn schicken sollen?“

„Deine Mutter ...“, seufzt er. „Ich war genau zwei Tage
in London, ma chère.“

„Aubrey, du hast dich zu Weihnachten nicht gemeldet, nicht zu Silvester, nicht im neuen Jahr. Sind wir eigentlich noch verheiratet?“

Er klingt jetzt amüsiert. „Ich habe noch nichts Gegen-
teiliges gehört, und du?“

„Vielleicht habe ich mich in der Zwischenzeit ja verliebt“, sage ich leichthin.

„Ich sagte dir ja schon, das wäre deine Sache.“ Ich
höre, wie er den Rauch ausbläst. „Und, hast du?“ Er
fragt es so neugierig, als hätte ich ihm einen fantasti-
schen Klatsch aus der New Yorker Gesellschaft erzählt.

Ich möchte laut schreien, zähle bis zehn und frage
dann gerade eben noch beherrscht: „Warum rufst du
an?“

„Nun, zum einen, um dir zu sagen, dass ich noch lebe,
zum anderen ... warte kurz.“ Ich höre eine männliche
Stimme im Hintergrund und Aubrey sagt etwas in einer Sprache, die ich nicht verstehe, aber sehr wohl erkenne.

„Bist du in Deutschland? Mein Gott, Aubrey, was tust
du in Deutschland?“

„Das, was ich am besten kann, ma chère. Geschäfte." Plötzlich klingt er müde.

„Wirst du mir eines Tages erklären, was das für Geschäfte sind?"

„Habe ich dir jemals etwas erklärt?"

„Weißt du Aubrey, ich trage einen Kopf auf den Schultern, der mehr ist, als nur eine Vorrichtung, um Haar darauf zu befestigen und Make-up aufzutragen."

„Ich glaube, kaum jemand hat das wohl früher geahnt als ich", sagt er. „Habe ich jemals deinen Verstand angezweifelt?"

Wieder höre ich im Hintergrund Stimmen. Aubrey ruft etwas, dann höre ich seinen Atem im Hörer. „Also, ich vermisse deine Briefe."

„Du sagtest zwei, drei Monate."

„Und ich sage wieder zwei, drei Monate." Nach einem kurzen Moment der Stille ergänzt er: „Glaub mir, ich wäre auch lieber in New York."

„Wie kann ich dir das glauben?", frage ich leise in die Stille danach und warte auf das vertraute Klicken in der Leitung, wenn er auflegt.

„Es tut mir leid", entgegnet er stattdessen.

„Ich wäre gerne ein Teil deines Lebens."

Jetzt wird er sicher auflegen. Ich höre das Aufflammen eines Streichholzes und irgendwo bei ihm im Raum leises Gelächter. Es könnte das einer Frau sein, aber ich kann es nicht genau hören.

„Frag mich etwas, das du schon immer wissen wolltest."

Ich schnappe nach Luft. Ich könnte alles fragen. Über seinen Bruder, über Deutschland, über Jules und doch gibt es nur eines, das mich interessiert.

„Erzähl mir von Victoire", bitte ich und ich fühle, wie mir Scham den Rücken hinaufkriecht.

Aubrey lacht. Er lacht wie jemand, der Schmerz und Erleichterung gleichermaßen fühlt.

„Ich verspreche dir, ich erzähle dir von ihr, aber nicht heute." Er zieht wieder an seiner Zigarette. „Ich wusste, dass du von ihr hören willst." Dann bläst er den Rauch aus. „Vor allem, nachdem du die Briefe gelesen hast, nicht wahr?"

Ich schlucke. „Woher weißt du das?"

„Ich habe sie ja nicht versteckt. Und ich wusste, dass du mein Arbeitszimmer benutzt. Es war nur eine Frage der Zeit. Ich sah es am Band. Ich bin Linkshänder, wie du weißt, ich binde meine Schleifen andersherum." Gläserklirren im Hintergrund.

„Wolltest du, dass ich sie finde?", frage ich und nehme mir ebenfalls eine Zigarette aus meinem Etui.

„Das ist doch die weitaus interessantere Frage, nicht wahr?" Ich höre ihn trinken. „Aber genug der Fragen für heute."

„Du hast keine beantwortet", bemerke ich und ziehe an meiner Zigarette.

Er lacht entspannt. „Habe ich dir das versprochen? Ich rufe dich wieder an."

„Aubrey ...", sage ich hastig.

„Ja?"

„Pass auf dich auf." Ich schließe die Augen. Mir war wohler, als ich noch nicht wusste, dass er in Deutschland ist.

„Das tue ich immer."

Ich lege auf und habe zum ersten Mal seit Langem das
Gefuhl, dass wir so etwas wie eine Unterhaltung geführt haben, auch wenn sie mich ganz sicher nicht befriedigt hat.

27

„1. März“, sagt Blake, noch bevor er einen Schritt in mein Arbeitszimmer gemacht hat. „Wir bringen deine Sammlung mit Kurzgeschichten am 1. März heraus. Es ist ein Freitag und wir geben eine Party bei *Smith & Langdon*, dem Buchladen auf der Madison Avenue. Mitte Februar gehen die Rezensionsexemplare an die Presse.“

„So bald?“ Ich weiß gar nicht, was ich gedacht habe. Nachdem wir mit den Kurzgeschichten fertig waren, habe ich jeden Gedanken an sie ganz weit weggeschoben.

„Ja, es ist soweit.“ Blake küsst mich, lässt mich los und sagt dann: „Du wirst sehen, es wird eine unglaubliche Party und die Kritiker werden deine Geschichten lieben, so wie deine Kolumne geliebt wird.“

Es stimmt. Zu meiner Überraschung erfreut sich meine wöchentliche Kolumne in der *Times* großer Beliebtheit. Ich bekomme immer mehr Zuschriften, die ich gar nicht alle lesen kann. Ross Miller stellt mir nur noch ausgewählte Briefe zu, den Rest beantwortet die Redaktion mit Standardschreiben.

„Ich finde“, fährt er fort, „heute arbeiten wir nicht, heute feiern wir. Ich habe im L'Ètoile einen Tisch reserviert.“

Darüber muss ich lächeln. Dort hatte alles begonnen. „Gib mir ein paar Minuten. Ich ziehe mich um.“

Das L'Ètoile ist voll wie immer, aber Blake hat dieselbe Nische reserviert wie beim ersten Mal. Es sind

diese Kleinigkeiten, die ihn so liebenswert machen. Er
ist eine treue Seele, denke ich.

Wir plaudern über dieses und jenes. Mit Blake ist das
leicht. Er erzählt mir, dass sein Schwiegervater sich im
Herbst aufs Land zurückziehen und ihm alle Geschäfte
überlassen will.

„Es macht mir auch ein bisschen Angst", sagt er gera-
deheraus. „Weißt du, all die Jahre habe ich genau darauf hingearbeitet, habe es nicht erwarten können, Entscheidungen selbst zu treffen, dem Verlag meinen
Stempel, meine Richtung aufzudrücken und dann geht
dieser alte Mann, weint, klopft mir auf die Schulter und
glaubt einfach an mich. Weißt du, wie beängstigend
das ist?"

„Du wärst ein Narr, Blake, hättest du keine Angst.
Dein doppelter Boden geht. Du turnst bald ohne. Das ist
ganz ..."

Ich breche ab und starre den Mann an, der gerade aufsteht und bezahlt. Ich kenne diese Statur. Ich kenne
diesen Hinterkopf. *Laurent*, denke ich, *es ist Laurent.*

„Hast du etwas?" Blake beugt sich vor und greift nach
meiner Hand. Ich sehe ihn an und dann wieder zu dem
Mann. Er ist verschwunden.

„Nein, ich ... ich sehe Gespenster", entgegne ich lächelnd. Ich bin müde, merke ich. Ich habe nach dem Gespräch mit Aubrey gestern schlecht geschlafen. Ich
habe geträumt, ich wäre wieder auf Chateau Valette,
ohne ihn, allein mit Laurent.

„Kein Wunder, New York ist voller Gespenster."

„Ich wollte sagen ... Blake, du wirst das großartig machen mit dem Verlag. Ich finde auch deine Idee, das
Portfolio zu erweitern, sehr passend."

„Ja", er lehnt sich zurück, „Bildbände werden gut gehen. Vielleicht verschaffen sie mir das Geld für Literatur, die nicht sofort den großen Gewinn bringt."

Das Filet Mignon ist köstlich.

„Übrigens ...", Blake tippt mit einem Finger gegen sein Weinglas, „... ich habe herausbekommen, was Aubrey in Europa so treibt. Ich kenne jemanden, der jemanden kennt, der in Aubreys Club in New York geht." Blake lächelt. „So ungefähr jedenfalls."

„Und?"

„Fakt ist, nachdem er all seine Fabriken in Frankreich verkauft hat und stattdessen in Pittsburgh investiert hat, hat er seine komplette jüdische Belegschaft in die USA geholt. Weiß Gott, wie er das geschafft hat. Weit über hundert Menschen plus Familien. Er muss irgendjemanden bei der Einwanderungsbehörde kennen oder ordentlich geschmiert haben. Was er aktuell treibt, ist ein bisschen undurchsichtig. Die einen sagen, er versucht die Deutschen übers Ohr zu hauen, die anderen sagen, er würde noch mehr Juden holen." Blake zuckt mit den Schultern. „Vor allem mit Letzterem macht er sich hier nicht viele Freunde. Die meisten finden, wir haben selbst genug Juden und brauchen ganz sicher keine mehr aus Europa. Es ist erschreckend."

Ich nicke langsam und weiß nicht recht, was ich davon halten soll. Etwas Wahres wird dran sein, denke ich.

Blake lächelt wieder. Es hat etwas Wehmütiges, finde ich. Er öffnet den Mund, schließt ihn wieder und fragt dann: „Habt ihr eigentlich in der Zwischenzeit mal miteinander gesprochen?"

Ich frage mich, was er eigentlich hatte sagen wollen.

„Ja, er hat mich aus Deutschland angerufen.“

„Dann ist es also wahr, was man sich so erzählt.“ Blake legt seine Serviette neben den Teller und fegt einen imaginären Krümel vom weißen Tischtuch. „Grace ist übers Wochenende auf dem Land.“

Ich schüttele ganz leicht den Kopf und ich glaube, er weiß, was ich meine. Er versteht tatsächlich, denn später, nachdem wir uns geliebt haben, zieht er sich wieder an, während ich auf dem Bett liege und ihm zusehe.

„Fühlst du dich hier manchmal einsam?“, fragt er beiläufig und bindet sich die Schuhe zu.

Ich drehe mich auf den Bauch und ziehe meine Füße zum Po. „Einsam … nein. Allein sehr oft.“

„Mir geht es ähnlich, wenn Grace nicht da ist.“

Er tut mir leid. „Das Einzige, was ich dir anbieten kann, ist mein Gästezimmer.“

Sein Lächeln wird schief. „Nein, ich glaube, das ist noch trauriger.“

Ich habe, sofort nachdem ich den Karton ausgepackt habe, ein Rezensionsexemplar meines Buches nach Paris zu Aubrey geschickt. Noch zwei Wochen bis zum 1. März. Noch zwei Wochen, in denen er nach Hause kommen könnte.

Burns bringt mir am späten Vormittag einen Brief meiner Mutter. Sie ist, genau wie ich, eine nachlässige und unregelmäßige Schreiberin.

Creston Hall am 4. Februar 1940

Mein Kind,

es ist eine seltsame Zeit, in der wir leben. Kommt es mir doch so vor, als wäre dies die Ruhe vor dem Sturm. Mir gefällt es nicht, dass wir uns den Deutschen so anbiedern. Mir ist der Sinn nach Frieden gründlich vergangen, wenn ich lese und höre, wie die Deutschen in Polen wüten.

Vielleicht interessiert es dich, dass dein Mann mir vierzehn jüdische Frauen und Kinder nach Creston Hall brachte. Ich solle sie im Haushalt beschäftigen, sagte er, aber das erscheint mir unmöglich, gibt es in diesen stillen Tagen hier nicht wirklich viel zu tun. Das Leben hält den Atem an. Niemand traut sich mehr, eine ordentliche Abendgesellschaft zu geben und die Jagdsaison plätschert so vor sich hin. Also unterrichte ich diese jungen Frauen in Dingen, die sie besser gebrauchen können: französische Konversation, Etikette und Tischmanieren.

Ich hörte, dass dein großer Tag näher rückt und wünschte, ich könnte bei dir in New York sein, befürchte aber auch, dass diese Stadt nichts für mich wäre. Selbst London deprimiert mich zurzeit. So schneidig alle auch in ihren Uniformen aussehen, so sehr schmerzt es mich. Ich habe das alles schon einmal gesehen: junge Männer, die gierig auf den Krieg sind und so wenige nur, die wiederkamen.

Ich hoffe, all dies ist in Amerika sehr weit weg. Und ich hoffe, du bist auf deine Art glücklich.

Mutter

Ihr Brief erheitert mich und gleichzeitig macht er mich sehr traurig. Einen Moment lang frage ich mich, ob ich jemals wieder nach Creston Hall zurückkehren werde. Es fühlt sich sehr weit weg an, noch weiter weg, als die tatsächliche geografische Entfernung vermuten lässt.

Ich verpacke noch ein Rezensionsexemplar und schicke es meiner Mutter mit ein paar Zeilen. Außerdem stelle ich mir vor, wie glücklich sie sein muss, wenn sie diese jungen Frauen um sich schart und sie ihr hoffentlich, im Gegensatz zu mir, andächtig zuhören.

Die nächsten zwei Wochen plätschern dahin. Ich schlafe mit Blake, gehe viel spazieren und beobachte die Eichhörnchen im Central Park. Hier in New York sind sie grau und schmaler als zu Hause. Das irritiert mich. Sollten Eichhörnchen nicht überall gleich sein?

Am Vorabend meiner Buchpremiere bringt mir Burns einen Brief von Aubrey.

Berlin am 10. Februar 1940

Ma chère,

hoffentlich erreichen dich diese Zeilen noch rechtzeitig, um dir Glück zu wünschen. Ich bedauere zutiefst, nicht an deiner Seite zu sein. Ich würde ihn gern spüren, deinen Stolz, und deine Freude teilen.
Leider ist es mir nicht möglich, Europa zu verlassen. Sei dir dennoch gewiss, dass meine Gedanken dich am 1. März begleiten.

In der Mitte des Buchladens steht ein kleiner Tisch, dahinter ein Stuhl. Dort werde ich lesen, denke ich, und sofort wird mir wieder übel.

„Ich sitze gleich dort in der ersten Reihe." Harriet deutet auf einen Stuhl. „Wenn du meinst, es geht nicht mehr, dann sieh mich an. Ich werde dir zulächeln." Sie drückt meine Hand. „Du schaffst das."

Blake hat Gott weiß woher ein Glas Champagner für mich aufgetrieben. „Trink, das hilft."

Ich trinke es artig leer. Mein Blick fällt auf all die leeren Stuhlreihen, die in der Mitte des Ladens aufgestellt wurden. Die Vorstellung, dass sie leer bleiben, ist genauso erschreckend wie die Vorstellung, dass sie bis auf den letzten Platz gefüllt sind.

„Ich kann das nicht", murmele ich.

„Natürlich!" Blake und Harriet tauschen einen besorgten Blick, während ich das Gefühl habe, dass mein Sichtfeld ganz eng wird, nur noch ein Tunnel ist. Wie soll ich auf diese Weise auch nur eine Zeile lesen?

Blake und Harriets monotone Stimmen, mit denen sie im Hinterzimmer auf mich einreden, helfen. Ich schließe die Augen und lasse mich von ihnen in einen seltsamen Zustand versetzen, fast, als wäre es eine Art Trance.

So trete ich dann eine Stunde später mit meinem Buch in der Hand hinter den Tisch. Ich setze mich und lasse meinen Blick kurz schweifen. Der Laden ist berstend voll, alle Stühle sind belegt. Etliche Besucher lehnen sich gegen die Regale und bevor ich beginnen kann, klatschen sie schon.

Mir wird klar, dass es nicht mein Buch sein kann. Es ist die Kolumne, die sie lieben, meinen Blick auf Europa und den Krieg. In der letzten Kolumne habe ich Teile des Briefes meiner Mutter zitiert und das hat viele Menschen tief bewegt.

Ich beginne zu lesen. Ich war nie eine gute Vorleserin, aber ich bemühe mich. Ich versuche, so zu lesen, wie ich schreibe, das herauszukitzeln, was zwischen den Zeilen steht.

Den Applaus danach nehme ich gar nicht so richtig wahr. Ich weiß, dass ich lächele und meine Mundwinkel vor Anspannung zucken. Ich hoffe, das fällt niemandem auf. Ich bin böse auf Blake, weil er mich so lange allein hinter dem Tisch stehen lässt, bis er nach vorne kommt und endlich ein paar Worte sagt.

Wenn ich gedacht habe, danach sei ich frei, so habe ich mich gründlich getäuscht. Ich sitze noch fast bis Mitternacht da und signiere Bücher. Manche lassen sich auch ausgeschnittene Kolumnen von mir unterschreiben.

Hatten wir alle eigentlich noch feiern wollen, so vertröste ich Harriet, Doug und Blake auf ein andermal, als sich der Buchladen später geleert hat. Aber trotz aller Müdigkeit verspüre ich ein Glücksgefühl, das ich bis dahin nicht kannte. Es scheint komplett außerhalb aller anderen Emotionen zu bestehen. Vielleicht war es das, was Aubrey meinte, als er sagte, dass man es lernen müsse, Lob anzunehmen. Vielleicht bin ich heute Abend ein Stück weitergekommen.

Blake bringt mich nach Hause. Wir gehen zu Fuß. Vor dem Haus bleiben wir stehen.

„Möchtest du jetzt wirklich allein sein?", fragt er vorsichtig.

„Ja, irgendwie schon."

Der Gedanke an die leere Wohnung erleichtert mich, nach all den vielen Menschen, die ich heute sah. Ich habe Burns und Bridget zur Feier des Tages freigegeben. Die anderen wären um diese Zeit eh nicht mehr da.

„Ich kann es verstehen." Blake küsst mich. „Du hast das großartig gemacht heute. Ich bin stolz auf dich."

„Es war aufregend", gähne ich. „Aber ich muss das jetzt nicht jede Woche machen, oder?"

„Nein, sicher nicht." Er lacht. „Vielleicht so vier-, fünfmal im Jahr …"

Ich knuffe ihn in die Seite.

„Sehen wir uns morgen zum Lunch?"

Ich nicke und lasse mich noch einmal warm von ihm küssen, dann drehe ich mich um und gehe hinein.

Ich grüße den Nachtportier, der mit hochrotem Kopf hinter dem Telefon sitzt und ärgerlich ruft: „... ja, heute noch … ja, der Lift auf der Nordseite …"

Trotzdem sieht er auf und winkt mir freundlich zu, bevor ich in meinen Fahrstuhl steige und froh bin, dass wir nicht auf der Nordseite wohnen.

Es klingelt an der Wohnungstür, keine drei Minuten nachdem ich mir die Schuhe ausgezogen habe. Vielleicht ist Blake doch noch einmal nach oben gekommen, vielleicht werde ich ihn wegschicken müssen. Vielleicht habe ich auch gar nicht mehr die Kraft dazu. Ich ziehe die Jacke aus, während ich zur Tür laufe und sie wieder öffne.

Für einen Moment starre ich in dieses Gesicht, das Aubrey so ähnlich ist und doch ganz anders. Laurent!

Als ich die Tür wieder zuwerfen will, hat er schon seinen Fuß dazwischen gestellt. Er verriegelt sie sorgsam hinter sich. Dann zieht er sein Jackett aus.

„Heute, Madame la Valette, werden wir unsere Begegnung dort fortsetzen, wo wir beim letzten Mal unterbrochen wurden."

Irgendwann in der Nacht höre ich ein Klappen und weiß, ich bin wieder allein. Er hat mir das Unaussprechliche angetan und darüber hinaus Dinge, von denen ich nicht einmal eine Ahnung hatte, dass Menschen dazu fähig sein können. Ich krieche auf allen Vieren durch die Bibliothek, rutsche auf etwas Feuchtem aus, fange mich wieder und krabbele weiter wie ein Kind, das noch nicht laufen kann. Der Flur bis zu meinem Schlafzimmer erscheint mir endlos und lang. Ich krieche durch die Schatten, die das Parkett gefressen haben, und richte mich erst an meiner Tür wieder auf. Blind greife ich nach der Klinke, robbe weiter und lege erschöpft die Arme auf mein Bett. Ich kann mich nicht hochziehen, bekomme stattdessen nur die Decke zu fassen, die zu mir herunterrutscht. Es ist kein Schlaf, der mich erlöst, sondern eine bleierne Finsternis, die mir den Boden unter den Füßen wegzieht.

Ein entfernter spitzer Schrei weckt mich. Noch immer liege ich halb vor meinem Bett, die Beine seltsam verwinkelt. Sie sind beide taub. Ich fühle nichts.

Dann höre ich Schritte und Stimmen im Flur. Burns und Bridget. Burns, der die Tür öffnet und sich schamhaft abwendet. Bridget, die noch einmal schreit – die mich ansieht und schreit, bis Burns sie schüttelt.

Mein Mund schmerzt, als ich ihn öffne.

„Ruf Harriet an“, befehle ich und höre nichts. Bridget nickt und schickt Burns weg, bevor sie mir aufhilft, mich auf das Bett zieht, meine Beine hineinhebt, als wären sie gelähmt.

Ein Strahl Sonnenlicht fällt durch die halbaufgezogene Gardine auf eine rostrote wellenförmige Linie von der Tür zum Bett.

Der Anblick befremdet mich und es dauert einen Moment, bis mir klar wird, dass es mein Blut ist, das sich dort in den beigefarbenen Teppich gefressen hat.

Ich döse wieder weg, bis Harriet mein Zimmer betritt. Sie schreit nicht, hält sich aber eine Hand vor den Mund und scheint mir für ein paar Sekunden völlig erstarrt. Ihr sonst so drahtig energischer Körper wird für einen Moment ganz schlaff. Dann scheucht sie Bridget, die weinend neben einer Schüssel kniet und das Blut nur noch tiefer in die Fasern reibt, hinaus.

An der Tür redet sie leise auf Burns ein. Ich höre *Arzt* und *Telefon* und will abwinken. Ich will keinen Arzt. Ich glaube nicht, dass ich einen brauche. Das muss ich wohl laut gesagt haben, denn für einen Moment starren mich beide an, als wäre ich verrückt.

Harriet kommt mit einer Karaffe Wasser und einem Glas wieder an mein Bett. Sie setzt sich sehr vorsichtig und legt mir eine Hand auf den Arm. „Was ist passiert?“

Sie hält mir das Glas an die Lippen, als könne ich nicht allein trinken. Das Schlucken schmerzt und ich habe keine Ahnung, warum, bis mir einfällt, dass er mit einer Hand meinen Hals umfasste, während er das Unaussprechliche tat. Das Wasser tut gut. Es kühlt meinen Hals und meine Zunge.

„Laurent“, krächze ich heiser.

„Oh mein Gott!" Harriet schlägt sich ein zweites Mal die Hand vor den Mund, hatte sie bis eben wahrscheinlich einfach geglaubt, ich wäre ein Opfer der Großstadt geworden.

„Wir müssen die Polizei benachrichtigen, Liebes!"

Ich schüttele den Kopf. Der Gedanke, alles irgendwo erzählen zu müssen, versetzt mich in Panik, kann ich ja kaum in Gedanken rekapitulieren, was geschah, nachdem er mich in den Salon gezerrt hatte.

„Ich habe einen Arzt gerufen", sagt sie und duldet keine Widerrede. „Er ist ein Freund. Er wird ... er wird gut zu dir sein. Hat Laurent ..." Sie beißt sich auf die Lippe.

Ich nicke und sie drückt meine Hand so fest, dass es schmerzt. „Es tut mir so leid", flüstert sie, als hätte sie selbst Laurent die Tür aufgemacht.

„Wir müssen die Polizei rufen! Es kann doch nicht ..."

Ich unterbreche sie mit einem einzigen Blick und sie versteht.

„Wo ist Aubrey?", fragt sie und sieht mich an.

„Frag Doug", forme ich mühsam, hebe dann meine Hand und betaste vorsichtig mein Gesicht. Ich erkenne es nicht wieder. Es scheint nur noch aus Schwellungen zu bestehen.

Burns steckt den Kopf hinein. „Dr. Weller ist jetzt da."

„Schicken Sie ihn hinein, Burns. Ich gehe in die Bibliothek zum Telefonieren."

In der Tür bleibt sie stehen. Dr. Weller ist ein schlanker junger Mann. Harriet wechselt leise ein paar Worte mit ihm.

Als er schließlich an mein Bett tritt, ruhen seine blauen, schmalen Augen nachdenklich auf mir.

„Ich werde Sie ganz vorsichtig untersuchen, Mrs la Valette. Ist das in Ordnung?" Er spricht mit einem ganz leichten deutschen Akzent.

Ich nicke schwach.

„Sie brauchen nicht zu sprechen. Nicken Sie einfach oder schütteln Sie den Kopf."

Er streckt beide Hände nach meinem Gesicht aus, betastet vorsichtig meine Stirn, meine Wangen, meine Nase, mein Kinn, fragt jedes Mal, ob etwas wehtut. Er mustert meinen Hals genau, bevor er langsam die Decke zurückschlägt. Ich trage immer noch mein zerfetztes Unterhemd. Er entnimmt seinem Koffer eine Schere und schneidet die paar Stoffteile, die es noch halten, ganz auf. Dann tastet er sehr distanziert meinen Brustkorb ab. Ich sehe an mir herab, folge seinen Händen und sehe jeden einzelnen blauen Fleck, den er begutachtet. Ich folge seinem Tasten bis zu meinem Schoß.

„Ich werde Sie auch dort untersuchen müssen. Da ist sehr viel Blut und ich muss wissen, woher es kommt."

Er sagt es so freundlich, dass ich die Zähne zusammenbeiße und nicke. Ich schließe die Augen, als er meine Beine aufstellt und sie sanft auseinanderbiegt. Ich lasse es über mich ergehen. Ich lasse ihn tun, fühle Finger, die hier und da tasten, drücken und sich schließlich zurückziehen.

„Ich helfe Ihnen jetzt auf die Seite, ja?"

Er fährt über meinen Rücken, meine Wirbelsäule, meine Rippen entlang, dann dreht er mich ganz sacht wieder zurück und zieht mir die Decke bis zum Kinn.

„Mindestens eine Rippe ist gebrochen. Sie haben eine Gehirnerschütterung, Prellungen und Schürfwunden am ganzen Körper. Ihr Unterkiefer ist angebrochen, aber es wird ohne Operation verheilen. Ansonsten haben Sie harte Knochen, das muss ich sagen", sagt er, während er eine Spritze aufzieht. „Gegen die Schmerzen", fügt er hinzu. Die Nadel pikst nicht einmal.

Ich senke den Blick auf meinen geschundenen Schoß. Er legt einen Finger auf meinen Arm und drückt auf die Einstichstelle. „Es wird alles wieder gut, Mrs la Valette."

„Das Blut?", frage ich und es kostet mich Mühe, das auszusprechen.

Er schluckt. Ich kann sehen, dass er betroffen ist. Ich glaube, so etwas hat er noch nicht erlebt.

„Es kam aus Ihrem Darm, aber dort ist das Gewebe dünn und gut durchblutet. Es wird wieder heilen." Er zögert. „Ich denke nicht, dass Sie ins Krankenhaus wollen, oder?"

Ich schüttele, so energisch ich kann, den Kopf.

„Schön. Ich werde jeden Tag nach Ihnen sehen."

Ich forme mit den Lippen einen Dank und er legt mir ein Tablettenröhrchen neben mein Glas Wasser. „Dreimal täglich gegen die Schmerzen. Wollen Sie schlafen? Soll ich Ihnen etwas geben?"

Ich schüttele den Kopf. „Kann ich baden?", frage ich und er sieht einen Moment lang auf mich herab. Ich weiß, er will Nein sagen und nickt dennoch – mir zuliebe.

„Aber nur, wenn Sie jemanden haben, der Ihnen hilft. Auf keinen Fall allein!"

Nachdem Dr. Weller mich verlassen hat, kommt Harriet zurück. „Doug kümmert sich darum, Aubrey aufzuspüren."

„Kannst du mir einen Gefallen tun?“ Jedes Wort fällt mir schwer.

Harriet erwidert eilig: „Natürlich, Liebchen!“

„Hilf mir in die Wanne.“

Sie zögert, dann nickt sie, geht nach nebenan und lässt Wasser ein. Ich habe mich inzwischen aufgesetzt und meinen Morgenrock übergestreift. Die Schmerzen werden dank der Spritze dumpfer, weg sind sie allerdings nicht. Vor allem nicht, wenn ich mich bewege.

Harriet greift unter meinen Arm. Die Schritte hinüber fallen mir schwer. Mein Kopf dröhnt. Vor der Badewanne öffne ich den Gürtel und streife den Morgenrock ab. Harriet reißt die Augen auf, als sie meinen nackten Körper sieht und fängt an zu weinen.

Ich würde auch gern weinen, aber ich kann nicht mehr. Meine Augen sind ein ausgetrockneter See. Es ist, als würde mein Körper sagen, dass ich für ein ganzes Leben genug geweint hätte.

28

Dass Harriet auch Blake angerufen hat, wird mir erst klar, als ich wieder im Bett liege. Bridget hat es wohl inzwischen frisch bezogen.

Als ich aus der Badewanne gestiegen war, hatte sich Harriet zwischen mich und den Spiegel gestellt. Alles, was ich gesehen hatte, waren meine bläulichen Hände neben meinem Körper. Ich erinnere mich daran, dass Laurent meine rechte Hand mit seinem Fuß beschwert hatte, als ich versucht hatte, wegzukriechen.

Wie genau mein Gesicht aussieht, weiß ich immer noch nicht. Vielleicht ist es auch besser so.

Blake reißt nur für den Bruchteil einer Sekunde die Augen weit auf, dann hat er sich wieder völlig unter Kontrolle, zieht sich den Stuhl vom Fenster an mein Bett und setzt sich zu mir. Er hält wortlos meine Hand, während Burns Harriet aus dem Zimmer winkt.

Blake lässt meine Hand auch nicht los, als ich immer wieder wegdöse. Jedes Mal hält er mir danach das Wasserglas an die Lippen und lässt mich trinken, was derzeit ein ganz und gar anstrengendes Unterfangen für mich ist. Er fragt mich nichts, was ich erleichternd finde.

Harriet schiebt sich durch den Türspalt und sieht Blake an. „Er will mit dir sprechen."

„Wer?", fragt Blake verständnislos.

„Aubrey", sagt sie schlicht.

Blake und ich schnappen zeitgleich nach Luft. Er lässt mich los und hebt abwehrend die Hände. „Ich glaube nicht, dass das ..."

„Es ist in Ordnung, glaub mir." Harriet nickt ihm zu. Zögernd steht er auf und verschwindet im Flur.

Sie setzt sich zu mir und entfaltet einen kleinen Zettel. „Aubrey sagt, ich soll dir das hier sagen." Sie räuspert sich. „Es ist unbedingt notwendig, sich einmal nach dem Tod gesehnt zu haben, um zu wissen, wie schön das Leben ist." Sie lässt den Zettel sinken. „Das ist aus *Der Graf von Monte Christo*, nicht wahr?"

Ich nicke und ich verstehe. Wir sind uns jetzt in gewisser Weise noch ähnlicher. Ich erinnere mich an die Briefe, die er Victoire aus Verdun schickte.

Harriet legt die Stirn in Falten. „Ich weiß nicht, was ich über ihn denken soll", sagt sie abwesend, dann sieht sie mich an. „Und er sagte, Laurent wäre ganz und gar seine Sorge."

Blake kommt später zurück und sieht seltsam irritiert aus. Er setzt sich zwischen Harriets Stuhl und mich auf die Bettkante und zündet sich eine Zigarette an.

Ich gehe nicht davon aus, dass er mir jemals erzählen wird, was Aubrey zu ihm gesagt hat. Ich weiß nur, dass in den nächsten Tagen entweder Harriet oder er immer an meinem Bett sitzen und über mich wachen.

Aubrey ruft zwei Wochen später an. Harriet ist gerade da und bringt mir das Telefon zum Bett, bevor sie sich leise zurückzieht. Es ist still im Hintergrund, keine lachenden Deutschen, kein Gläserklirren.

„Ich habe mich um Laurent gekümmert", ist seine Begrüßung und jetzt fühle ich, wie mich eine Anspannung verlässt, die ich wohl die ganze Zeit über in mir hatte, aber derer ich mir gar nicht bewusst war. Ich weine, weil ich es endlich kann, und er begreift, dass der größte Trost für mich gerade gar keine Worte braucht, sondern nur sein Atmen auf der anderen Seite des Ozeans.

Er atmet für mich, bis mein Schluchzen verebbt, dann beginnt er, leise zu sprechen. „Victoire war die Tochter des Bürgermeisters von Valette und zweifelsohne das schönste Mädchen des Ortes. Ihr Haar war lang, beinahe schwarz wie deines und ihre Augen so grün wie ein Waldsee. Ich glaube, ich habe mich schon mit sechs Jahren in sie verliebt, in meinem ersten Sommer in Valette. Als meine Eltern starben und wir dann zu meinen Großeltern ziehen mussten, war sie mein einziger Trost, das einzig Gute am Leben auf dem Land. Ich konnte sie jeden Tag um mich haben. Später, als wir älter wurden, verbrachten wir unsere Zeit in den Weinbergen. Wir, das waren Victoire, einen Sommer lang deine Mutter und Jules. Ich hatte nicht gesehen, dass Victoire sich für meinen besten Freund Jules mehr interessiert hat als für mich. Ich war so blind. Ich hatte geglaubt, es ginge einfach immer so weiter. Ihr Vater war mehr als einverstanden, als ich um ihre Hand bat. Jules wäre für ihn nicht infrage gekommen. Montagenet war zu dieser Zeit kaum mehr als eine heruntergekommene Ruine und nicht das Weingut, das du heute kennst. Victoire und ich haben kurz nach Ausbruch des Ersten Weltkrieges geheiratet – Jules war schon zur Armee gegangen. Ihm hat sie die Ausgabe von *Der Graf von Monte Christo* geschenkt. Nur falls du glaubtest, die Widmung darin sei für mich gewesen."

Ich höre, dass er scharf Luft durch die Nase einzieht. *Er weiß einfach immer alles*, denke ich, sogar, dass ich damals in London das Buch durchgeblättert habe.

„Ich habe erst viel später begriffen, dass sie mich die ganze Zeit über mit Jules betrogen hatte, dass sie jede freie Minute, die ich mit meinem Studium in Paris verbracht hatte, bei Jules im Bett gelegen hatte. Du musst wissen, Jules und ich ... wir waren Freunde. Enge Freunde. Ich habe ihm Geld für Montagenet gegeben und konnte nicht ahnen, dass er es einzig und allein für Victoire herrichtete und immer in Valette war, sobald ich den Ort verließ. Ich erwischte die beiden genau dort, wo ...“

Er unterbricht sich und wartet einen Moment, damit ich folgen kann. Ich weiß genau, welchen Ort er meint.

„Damals war dort noch kein Pool, sondern einfach nur eine weitere Terrasse mit Blick ins Tal, auf der mein Großvater früher seine Staffelei aufzustellen pflegte. Ich sah die beiden und ich konnte es nicht glauben. Ich wollte nicht. Ich tat das, was Männer tun, wenn sie jung und dumm sind. Ich ging nach Jules in den Krieg, um diese eine Frau, die ich über alle Vernunft hinaus begehrte, zurückzugewinnen und für sie als Held zurückzukehren. Dass niemand als Held zurückkehrt, habe ich erst viel später verstanden, lange, nachdem der Krieg vorbei war. Ich schrieb ihr aus Verdun, wie du weißt. Ich schrieb ihr aus jedem verdammten Schützengraben, in dem ich lag, wohlwissend, dass der einzige Mann, nach dem sie sich verzehrte, Jules war. Ich weiß nicht einmal, ob sie meine Briefe je gelesen hat.“

Ich schlucke.

„Ich betete, dass Jules es nicht überlebt. Er lag nur ein paar Meter von mir entfernt und hat wahrscheinlich genau das Gleiche erfleht. Wir sind beide zurückgekehrt. Und wenn ich so zurückblicke, grenzt das an ein Wunder. All die anderen, die um uns gestorben sind ... keiner von uns hätte das überleben dürfen."

In der Stille nach diesem Satz liegt eine Spannung, die sich nicht mehr lösen wird.

Aubrey atmet langsam aus. „Als ich sah, wie Victoire ihm entgegenrannte, war mir klar, dass ich sie nie gehabt hatte, dass sie wahrscheinlich nie mehr als eine kurze Schwärmerei für mich empfunden hatte, dass sie mich nur geheiratet hatte, weil sie musste. Sie verbrachte die Nacht mit Jules. Ich war außer mir, als sie am nächsten Morgen in mein Zimmer kam, die Scheidung verlangte und mir sagte, sie sei schwanger. Und dann tat ich etwas, das ich mir bis heute nicht vergeben kann: Ich war ihr Mann und ich schlief mit ihr. Sie hat es über sich ergehen lassen. Als ich begriff, was ich getan hatte, verließ ich Valette und ging nach London. Sie schrieb mir noch einmal, behauptete, das Kind wäre meines, obwohl das zeitlich unmöglich gewesen war, und bat mich, nach Valette zu kommen. Ich lehnte ab. Den Rest müsstest du kennen. Victoire starb bei der Geburt, das Kind ein paar Tage nach ihr."

Seine Schritte knarren auf einem Holzfußboden, dann ist es still. Vielleicht hat er sich wieder hingesetzt.

Also war es gar nicht sein Kind, es war das von Jules.

Ein wenig verstehe ich jetzt, wie sich beide in diesem Sommer in Valette verhalten haben. Trotzdem liegt noch ein Schleier darüber, den auch Aubreys Worte nicht lüften können.

„Ich weiß nicht, warum ich dich während unserer Hochzeitsreise nach Valette brachte. Ich hätte Laurent dort einfach weiterarbeiten lassen können. Das war es nicht. Du hast jede Minute dort gehasst, das habe ich gespürt. Trotzdem war ich unfähig, mit dir wegzufahren." Er macht eine Pause und fährt dann fort: „Ich hätte nie gedacht, dass Laurent ..." Er bricht ab und fährt einen Augenblick später fort: „Das vergebe ich mir nicht."

Ein paar der Puzzlestücke fallen gerade an ihren Platz. „Hätte ich die ganze Geschichte gekannt, ich hätte niemals mit Jules ..." Jetzt stocke ich.

„Das hat mich nicht getroffen. Im Gegenteil ... ich hatte geglaubt, Jules würde auf dich dieselbe Anziehungskraft ausüben wie auf sie. Aber ich begriff schnell, dass er dich keinen Deut interessierte. Ich war so überrascht, als ich begriff, dass du noch Jungfrau bist. Nach allem, was ich über dich gehört hatte, schien mir das völlig ausgeschlossen zu sein."

Scham frisst sich in meine Wangen, wie mein Blut in den Teppich. „Ja, ich war eine Frau mit einem gewissen Ruf."

„Mir persönlich war und ist das völlig egal, ma chère. Eine Frau nutzt sich nicht ab, wenn sie viele Liebhaber hat. Als ich dich heiratete, glaubte ich, du wärst so beschäftigt mit deinen Affären, dass es für uns keine emotionalen Verwicklungen gäbe. Wir würden unser beider Leben leben. Ich hatte gehofft, wir würden ein Arrangement finden, das uns beiden behagt. Ich wäre verheiratet und hätte meine Ruhe, du wärst verheiratet und ... hättest die Freiheit, nach der du dich so sehntest. Mit keiner Frau vor dir hätte ich mir das vorstellen können. Du bist so anders ..."

Ich höre ein Polster knarren. Ich glaube, Aubrey lehnt sich in einem Sessel zurück.

„Meinst du nicht, dass wir ein Arrangement gefunden haben?", frage ich leise. Mein Kiefer schmerzt immer noch.

Stoff reibt auf Stoff. Er überschlägt die Beine. Ich höre ein Plätschern. Sicherlich gießt er sich einen Brandy ein.

„Ich ahnte nicht, dass … ich muss darüber nachdenken, ob ich nicht zu viel von dir verlange", sagt er schließlich.

„Sollte ich das nicht entscheiden?"

„Ich weiß nicht, ob du das kannst. Sollte es dir nur halb so gehen wie mir damals mit Victoire, kann man von einer Entscheidung gar nicht sprechen."

Er liebt mich nicht, denke ich. Nicht so, wie ich es mir wünsche. Vielleicht wird er es niemals tun. Ich muss mich fragen, ob mir das, was er mir geben kann, jemals reichen wird.

„Siehst du …", sagt er leise.

Ich habe das Gefühl, dass mein Zimmer immer kleiner wird, die Wände näher an mich heranrücken.

„Genau das meine ich."

Ich schließe die Augen. Jeder Zentimeter meines Körpers schmerzt.

„Der Teufel soll dich holen", flüstere ich in den Hörer. Seltsamerweise sagt er etwas Ähnliches wie Blake: „Das, ma chère, ist hier jeden Tag mehr als wahrscheinlich." Dann legt er auf, während ich ohnmächtig vor Wut auf das Telefon starre.

29

Der März bleibt grau und trüb. Gegen Ende des Monats beginne ich wieder zu schreiben. Ich veröffentliche wöchentlich meine Kolumne und arbeite an meinem Roman weiter. Oft sitze ich auf der Terrasse unter einem großen Sonnenschirm, der auch den einen oder anderen Regenschauer abwehrt. Ich mag das Rauschen des Verkehrs von unten. Dass ich ab und zu aufstehen und mich über die Balustrade lehnen und überlegen kann, wie es wohl wäre, zu fallen. Blake hatte mich einmal, als er mich so stehen sah, gefragt, ob er sich Sorgen machen müsse. Ich hatte nur den Kopf geschüttelt.

Obwohl es Blake eigentlich zu laut ist, sitzt er mir zuliebe auch draußen auf der Terrasse, beschwert die Seiten, die er gerade nicht liest, sorgsam mit einem schweren Stein und blinzelt, wenn ab und an mal die Sonne durch die Wolken bricht.

Manchmal ertappe ich ihn dabei, dass er mich seltsam ansieht. Ich weiß nicht, woran das liegt. Hat er Mitleid mit mir, wegen dem, was Laurent mir antat oder bewegt er die Worte, die Aubrey ihm sagte, in seinem Kopf? Ich weiß es nicht. Ich weiß so wenig, dass mein Kopf manchmal von all dem schmerzt, was sich nicht darin befindet.

Nein, ich werde Blake nicht nach Aubrey fragen, aber ich genieße es, wenn er mich einfach so hält. Manchmal gehen wir beim Denken beide auf der Terrasse auf und ab – in unterschiedlichen Richtungen. Wenn sich unsere Bahnen dann kreuzen, nimmt er mich jedes Mal in den Arm und hält mich fest. Wortlos und immer auch ein wenig hilflos.

Der März verstreicht ohne ein weiteres Wort von Aubrey und geht in einen wesentlich kühleren April über, zu dessen Beginn die Deutschen in Dänemark und Norwegen einmarschieren. In dieser Woche schreibe ich über die Kapitulation Dänemarks und darüber, wie sehr es mich verzweifelt, dass ausgerechnet diese kleine, stolze Nation keinen anderen Weg mehr sieht, als sich zu ergeben. Ich nehme Dänemark als Wendepunkt des Krieges und frage mich, wie viele überrannte Nationen es noch brauchen wird, bis jemand den Deutschen Einhalt gebietet.

Ross mag nicht, dass ich damit den Amerikanern indirekt Untätigkeit unterstelle, druckt es aber trotzdem und Fiorello LaGuardia, der Bürgermeister von New York, lädt mich prompt ein, bei seinem Vierteljahrsdinner die Tischrede zu halten.

Ich hoffe, dass ich Ende des Monats wieder halbwegs repräsentativ aussehe. Noch immer schimmert mein Hals bläulich von Laurents Fingern. Ich frage Blake, ob er mitkommt, und zu meiner Überraschung stimmt er sofort zu. „Natürlich. Ich bin dein Verleger ... hör mal.“

„Ist das für Grace denn kein Problem?“, frage ich ihn an einem lauen Abend auf der Terrasse.

„Sie begleitet ihre Freundin Carol für zwei Trimester nach Stanford. Offiziell des Wetters wegen.“ Blake sieht unglücklich aus.

„Du wirst sie vermissen, Blake, nicht wahr? Ich meine ...“ Und dann dämmert es mir. „Oh, du Armer“, flüstere ich und er lächelt das schiefe Lächeln, das ich so liebgewonnen habe. „Was soll ich sagen? Ich habe eine

Schwäche für Frauen, die sich nicht für mich interessieren."

Rasch schlinge ich meine Arme um seinen Hals.

Sonst, vor Laurent, hätte ich jetzt mit ihm geschlafen. Das wäre mein Trost für ihn gewesen, ein müder Trost, ich weiß, aber es wären Minuten gewesen, in denen keiner von uns beiden sich allein gefühlt hätte. Minuten, in denen warme Haut und Küsse alles bedeckt hätten, so wie der Schnee im Winter die grauen Straßen der Stadt. Doch im Moment kann ich weder ihm noch mir diesen Trost bieten.

Jeden Tag habe ich bisher gebadet und ich hatte keine Chance, Laurent aus und von mir zu vertreiben. Er ist in dieser Nacht ein Teil von mir geworden, hat sich tief in mich verstrickt. Den Erinnerungsfetzen nach zu urteilen, die meine Träume durchstreifen wie hungrige Wölfe, wird das wohl für immer so bleiben.

Blake löst sich aus meiner Umarmung und küsst sehr sanft meinen Hals. Genau die Stelle, auf der Laurents Finger immer noch zu sehen sind. Dr. Weller sagte, das würde wahrscheinlich am längsten brauchen, aber ich sehe seinen sorgenvollen Blick, mit dem er jedes Mal meinen Hals streift, und ich frage mich, ob diese Spuren jemals verblassen werden. Oder bin ich es am Ende, die sie nicht loslassen kann?

Schließlich hält mich Blake und lässt mich weinen, bis ich völlig ausgetrocknet bin.

Vier Tage vor dem Dinner beim Bürgermeister fühle ich mich elend. Ich übergebe mich nach allem, was ich esse und glaube schon, absagen zu müssen, bis die Übelkeit mich nur noch morgens quält und den Tag über besser wird. Ich glaube, es liegt an meinen schlechten Nächten, in denen ich von Laurent träume.

Harriet mustert mich prüfend, während ich an meinem Toilettentisch sitze und letzte Hand an mein Make-up lege. Als Halsschmuck bleibt mir nur ein breites, schwarzes Samtband, um die Male zu verdecken. Ich habe es mit Perlen besetzen lassen. Jetzt, finde ich, geht es als etwas exzentrisches Accessoire gerade so durch. Mittlerweile bin ich aufgeregt, weil ich heute Abend vor über hundert Menschen sprechen muss.

„Wie sehe ich aus?", frage ich und drehe mich zu ihr um.

„Sehr hübsch", sagt sie abwesend und starrt auf meinen Bauch. Es stimmt. Ich habe ein ganz klein wenig zugenommen in der letzten Zeit, was mich selbst überrascht, schaffe ich es doch kaum, eine Mahlzeit durchzuhalten.

„Sag mal, Herzchen, wann hast du eigentlich zuletzt geblutet?"

Ich verstehe sie nicht. Vielleicht auch, weil ich es nicht will. Dann wird mir plötzlich eiskalt. Panisch beginne ich zu rechnen, versuche, mich zu erinnern. Eine Woche vor meiner Buchpremiere oder zwei?

„Vor Laurent und danach nicht mehr."

„Blake?", fragte sie mit einer Spur Hoffnung in der Stimme.

Ich schüttele den Kopf. „Nein, wir haben nicht ..."

Mir wird wieder speiübel. Ich schaffe es gerade eben noch ins Bad nebenan. Während ich vor der Toilette knie, taste ich hilflos nach meinem Bauch. Ich habe große Lust, mir meine Gebärmutter mit der bloßen

Hand herauszureißen. Vielleicht habe ich deshalb auch die ganze Zeit das Gefühl, dass Laurent in mir lebt.

Es fällt mir später schwer, mich zu konzentrieren. Etwa einhundertfünfzig Menschen verteilen sich an vielen runden Tischen im Saal, die mit amerikanischen Flaggen dekoriert sind, und ein bisschen so aussehen, wie ich mir einen rauschenden Südstaatenball vor dem Bürgerkriegt vorstelle. Senatoren, Gouverneure und ich weiß nicht, wer sonst noch alles, verteilen sich in weißen Dinnerjackets oder Smokings an den Tischen. Ihre Begleitungen sind fast ausnahmslos junge, schöne Frauen, die aussehen, als könnten sie in jedem Hollywoodfilm eine Hauptrolle übernehmen. Die Frauen sind hier anders schön. Sie tragen ihre teuren Abendkleider stolz und ohne die selbstverständliche Eleganz, nach der jede englische Frau strebt. Das verwirrt mich.
Der Bürgermeister ist ein bezaubernder kleiner italienischstämmiger Mann, den ich überaus sympathisch finde. Er versichert mir, wie entsetzlich er es findet, dass sich Italien dazu bereit macht, Deutschland in den Krieg zu folgen. Ich suche Blake in der Menge, der mir aufmunternd zulächelt, bevor ich zwei Stufen auf eine Bühne hinaufsteige und mich hinter das Mikrofon stelle.
„Ich bin heute als Bürgerin des britischen Empires zu Ihnen gekommen. Mein Land befindet sich im Krieg. Frankreich und England bieten Deutschland die Stirn. Wir bieten einer Nation die Stirn, die halb Europa überrollt, die in ihrem Größenwahn kein Halten mehr kennt. Polen, Dänemark, Norwegen: stolze Nationen,

aber schutzlos. Und ich frage mich, wie lange wir standhalten können.

Es wird der Tag kommen, an dem sich mein Land verzweifelt an Ihre Nation wenden wird und ich bitte Sie inständig, sich daran zu erinnern, dass wir Brüder und Schwestern sind und Despotismus nur gemeinsam besiegen können. Vielen Dank."

Ich raffe das letzte Blatt zusammen. Ich habe gar nicht alles gesagt, weil mir so übel ist. Jetzt singt der ganze Saal *God Save the King* und danach die amerikanische Nationalhymne. Ich lächele und nicke in den Applaus, nur um mich dann im Gedränge an allen vorbei auf die Toilette zu stürzen und mich wieder zu übergeben. Ich habe mich nie elender gefühlt. Nicht einmal in der Nacht, als Laurent mir Unaussprechliches antat. Ich wusste, es würde auf die eine oder die andere Weise vorbeigehen. Beide Ausgänge waren mir in dieser Nacht gleich lieb und teuer. Das hier allerdings würde neun Monate in mir wachsen.

Ich entschuldige mich noch vor dem Dinner. Blake bringt mich nach Hause. Ich sage es ihm nicht. Er hat damit nichts zu tun. Es würde mir nicht helfen und ihm auch nicht.

In dieser Nacht stelle ich lange einen Fuß auf den unteren Vorsprung der Balustrade auf der Terrasse, lehne mich darüber und sehe auf die Straße tief unter mir. Es ist nicht der Aufschlag, den ich fürchte, wohl aber die Sekunden des Falls.

Am nächsten Morgen klingele ich nach Bridget, die artig knickst und mich dann erwartungsvoll ansieht.

„Ich habe eine Frage, die dir vielleicht merkwürdig vorkommen wird, Bridget.“

Sie kneift die Augen zusammen. „Was könnte das sein, Madam?“

„Nehmen wir an, eine Frau wäre vielleicht in anderen Umständen und bräuchte Hilfe, wüsstest du, was zu tun wäre?“

„Bei einer Entbindung?“ Sie sieht mich entsetzt an.

Ich seufze. „Nein, Bridget, damit es gar nicht erst so weit kommt.“

Sie weicht meinem Blick aus. „Ich weiß nicht.“

„Es ist wichtig, Bridget, bitte!“

„Also schön.“ Bridget sieht sich um, als würde gleich jemand hinter der Badezimmertür hervorspringen und sie verhaften wollen. „Ich weiß von einer Freundin von einer Frau in Little Italy. Warten Sie.“

Sie läuft hinaus und kommt erst eine Stunde später wieder zurück. Auf dem Zettel, den sie mir in die Hand drückt, steht kein Name, nur eine Adresse.

„Aber von mir wissen Sie es nicht!“, sagt sie eindringlich.

„Und mir hast du die Adresse nie gegeben“, warne ich sie und stecke ihr einen Geldschein zu.

Später kommt Harriet zum Lunch und ich setze ein beruhigendes Lächeln auf. „Es ist alles in Ordnung“, sage ich zu ihr.

„Was meinst du?“

„Ich glaube, das war durch die Aufregung. Jetzt ist es wieder gut.“

„Bist du sicher?“ Sie sieht mich merkwürdig an.

Ich nicke unbekümmert und trinke Tee. Ich schaffe es sogar, ein halbes Sandwich zu essen, ohne mich zu übergeben.

„Das freut mich für dich." Tatsächlich sieht Harriet erleichtert aus und mustert noch einmal meinen Bauch. „Vielleicht solltest du dich dann ein bisschen mit den Desserts zurückhalten."

„Ja, wahrscheinlich." Ich seufze.

Für den Rest der Woche sage ich Blake ab und schütze Unpässlichkeit vor. Als es dunkel wird, nehme ich mir ein Taxi nach Little Italy.

Hier sind die Straßen enger, wirken die Häuser grauer und der Himmel ein bisschen weiter weg. Ich steige aus und schicke den Fahrer weg. Um die Ecke ist ein kleines Restaurant. Es ist gut besucht. Auf der Straße stehen Tische und Stühle. Ich höre Lachen und Gläserklirren.

Die Haustür, an die ich klopfe, ist dunkel. Und gerade als ich glaube, dass niemand öffnen wird, höre ich Schritte und wie jemand einen Riegel zur Seite schiebt. Eine Frauenstimme murmelt etwas auf Italienisch. Ich werde plötzlich sehr mutlos, weil ich keine Ahnung habe, was ich sagen soll.

Vielleicht ist es mein verzweifeltes Gesicht, vielleicht sieht sie im schmalen, schummrigen Lichtkegel meinen Hals, als ich das Tuch lockere – auf jeden Fall zieht mich die Frau in einen engen Flur und funkelt mich finster an.

„Bridget schickt mich", sage ich hilflos.

„Wer ist Bridget?", fragt sie mit starkem italienischem Akzent.

Ich überlege und flüstere schließlich: „Eine Frau, der Sie geholfen haben."

Sie mustert mich von Kopf bis Fuß und streckt die Hand aus. Es dauert einen Moment, bis ich begreife, dass sie Geld will. Ich zerre hastig einen Schein aus meiner Tasche.

Mit einer geschickten Handbewegung steckt sie ihn in den Ausschnitt ihres abgewetzten Kleides. „Komm morgen wieder. Gegen sechs."

„Morgen?", frage ich entsetzt, aber sie nickt nur und sieht mich an. Ich weiß, es hat keinen Sinn, zu diskutieren.

„Ja, morgen", murmele ich.

Morgen. Es erscheint mir ewig lange hin zu sein. Länger als alles, worauf ich jemals gewartet habe.

Als ich wieder in den Abend hinaustrete, habe ich Glück und vor dem Restaurant lässt ein Taxi ein junges Paar heraus. Ich springe in den Wagen, noch bevor der Mann die Tür zuschlagen kann, und nenne dem Fahrer eine Adresse an der Upper West Side. Ich erwische Dr. Weller gerade, als er seine Praxis schließt.

„Haben Sie einen Augenblick?"

Besorgt sieht er mich an, öffnet die Tür, knipst das Licht an und bleibt stehen. „Geht es Ihnen nicht gut, Mrs la Valette? Haben Sie Schmerzen?"

„Ich brauche Hilfe", sage ich flehend.

„Hilfe? Was meinen Sie?" Er sieht mich einen Moment lang entgeistert an, dann erst versteht er und sagt leise: „Bedaure. Ich könnte alles verlieren. Meine Praxis, mein Visum." Er sieht mich traurig an.

„Kennen Sie jemanden?"

Er schüttelt den Kopf und flüstert leise in mein Ohr: „Fragen Sie die Frauen in Ihrer Umgebung. Sie werden Ihnen jemanden nennen können."

Das habe ich getan. Es ist eine Adresse in Little Italy, die nicht sehr vertrauenserweckend scheint.

Ich laufe nach Hause. Von der Praxis aus ist es nicht weit. Ich komme an so vielen Frauen vorbei und frage mich, wie vielen es schon so ging wie mir.

In meinem Arbeitszimmer schleiche ich eine Weile lang unruhig um das Telefon, dann hebe ich ab. Es dauert lange, bis ich verbunden werde.

„Monsieur Aubrey la Valette, bitte", sage ich auf Französisch, als sich schließlich eine gelangweilte Dame meldet.

„Er ist abgereist", antwortet sie knapp.

„Gibt es eine Nachsendeadresse?"

„Bedauere, nein."

„Wann ist er denn abgereist?"

Sie seufzt und ich kann hören, dass sie blättert. „Vor zwei Wochen, Madame." Dann legt sie auf.

Nach Mayfair komme ich nicht durch. Ich versuche es im Londoner Club. Dort hat man ihn seit Wochen nicht gesehen. Gott weiß, wo er steckt. Nach allem, was ich jedoch vermute, wahrscheinlich wieder irgendwo in Deutschland.

Ich starre auf das Telefon. Im Grunde kann ich dankbar sein, dass ich ihn nicht erreiche. Ich habe nämlich keine Ahnung, was ich ihm eigentlich hatte sagen wollen.

In meinem Schlafzimmer nehme ich zwei Schmerztabletten und trinke eine halbe Flasche Rotwein dazu. Schlafen kann ich dennoch nicht. Ich liege mit offenen

Augen im Bett auf der Seite, zusammengerollt wie ein Igel.

Mit jeder Minute, die vergeht, wird dieses Etwas in mir wachsen, weiterwachsen. Würde ich es lassen, es würde mich auffressen. Ich denke an die Worte meiner Mutter. Sie hätte mir helfen können, sie hätte jemanden gewusst. Aber sie ist weit weg.

Alles schmerzt. Ich sehne mich nach den Zeiten, als nur mein Herz eine harte Kugel war, inzwischen ist es mein ganzer Körper, der sich verkrampft.

Ich trinke morgens nach dem Aufstehen einfach weiter. Und das kann ich tun, weil ich Burns und Bridget freigegeben habe. Bis zum Abend versuche ich, einen Pegel zu halten, bei dem ich das Gefühl habe, auf Watte zu gehen und der meine Beine herrlich taub macht, sodass ich keinen der Schritte zum Taxi wirklich spüre.

Wieder die Tür in Little Italy, wieder diese Frau. Diesmal ist es hell im Flur oder zumindest heller. Der Steinboden scheint frisch gescheuert, die Möbel sind einfach, aber schlicht. Die Frau hat ihre Haare streng zurückgebunden und bevor sie mich in einen Raum führt, den ich für die Küche halte, wischt sie sich die Hände an ihrer geblümten Schürze ab.

Wasser kocht brodelnd in einem Topf auf dem Herd. Der Tisch riecht wie frisch geschrubbt. Ich verstehe erst, dass ich mich darauf legen soll, als sie saubere Handtücher ausbreitet und einen Eimer an das untere Ende stellt. Das Schöne an diesem Pegel, den ich mir sorgsam angetrunken habe, ist, dass mir alles relativ gleichgültig ist. Ich ziehe Schuhe und Strümpfe aus, als letztes auch meinen Slip und schiebe den Rock nach oben.

Sie muss nicht mit mir sprechen. Irgendwoher weiß ich genau, was jetzt passiert. Und ich weiß, dass es schmerzen wird. Bevor ich mich auf die Tischkante setze, streckt sie mir noch einmal die Hand hin und ich lege ihr wieder einen Schein hinein. Es ist mein Geld, denke ich, mein verdientes Geld. Und ich kann damit machen, was ich will.

„Adresse." Sie gibt mir einen Zettel und einen Stift. Fast so ungelenk wie Bridget kritzele ich darauf.

„Holt dich jemand ab?", fragt sie streng.

Ich schüttele den Kopf.

Nach meiner Antwort scheint sie die Dosis der Flüssigkeit abzuschätzen, die sie jetzt in einen Fingerhut gießt.

Ich halte die Nase darüber. Es riecht wie das, was meine Großmutter gern zu sich nahm: eine Opiumtinktur. Ach, es ist mir einerlei.

Ich trinke und lege mich zurück. Ich spüre den harten Tisch unter mir. Ich höre, dass eine zweite Frau den Raum betritt. Ich höre leises Lachen und eine Unterhaltung in der mir so fremden gutturalen Sprache. Ich sehe die mir unbekannte Frau mit einer seltsam geformten Zange hantieren. Bisher fühlt es sich nur sehr kalt in meinem Unterleib an. Der Schmerz kommt ein wenig später, aber genauso intensiv, wie ich ihn mir vorgestellt habe. Er erreicht binnen Sekunden jede Faser meines Körpers, nur meinen Kopf nicht. Es ist, als wäre mein Kopf nicht auf meinen Schultern, als würde er über mir schweben und auf mich herabsehen, so, als würde ich mir selbst aus der Ferne milde zulächeln. Ich hebe eine Hand und will mir winken, aber eine der Frauen greift danach und presst sie auf die Tischkante.

Der Schmerz lässt nach und die Hand, die mich festhält, zieht mich hoch, bis ich sitze. Vor mir auf dem Boden steht noch der Eimer. Ich sehe schwarze Klumpen auf einem See roten Blutes treiben. Zwischen meinen Beinen fühle ich viele Lagen Watte und Stoff.

„Es wird noch bluten. Das ist normal", sagt die jüngere der beiden Frauen, die sich vor mich gekniet hat.

Ich lasse die Strümpfe Strümpfe sein und will nur in meine Schuhe schlüpfen, doch die ältere Frau murmelt etwas und zieht sie mir doch an. Dann muss ich mich auf eine harte Holzbank setzen. Immer wieder schaut die jüngere der beiden mir unter den Rock. Nach einer gefühlten Ewigkeit führt sie mich auf die Straße, wo ein Taxi wartet.

Der Fahrer singt den halben Weg durch die Stadt italienische Volkslieder. Ich drücke auch ihm einen Schein in die Hand.

Er fragt mich, ob es allein geht. Ich nicke und taumele aus dem Auto. Ich schaffe es irgendwie in den Lift, lächele stoisch und brauche ungefähr fünf Anläufe, bis ich oben den Schlüssel in die Tür gesteckt habe.

Ich stolpere ins Foyer und frage mich in meinem benebelten Kopf, warum eigentlich Licht im Salon brennt. Bis zu dem kleinen Tisch, auf dem die Astern standen, als wir eingezogen waren, schaffe ich es und klammere mich an der Glasplatte fest.

„Ma chère, ist es nicht ein bisschen früh, um sturzbetrunken nach Hause zu kommen?"

„Zum Teufel mit dir, Aubrey", murmele ich und versuche, meine Beine zu koordinieren.

„Da komme ich her", gibt er matt zurück, macht ein paar Schritte auf mich zu und greift nach meinem Arm. Er hält mir seine Nase unter den Mund, riecht zwei-, dreimal an meinem Atem und runzelt die Stirn.

„Wo warst du?", fragt er scharf.

„Little Italy", antworte ich wahrheitsgemäß und richte mich auf.

Ein stechender Schmerz in meinem Unterleib lässt mich aufstöhnen und vornüber sinken. Meine Hände greifen ins Leere. Sie erreichen jedoch nicht die Glasplatte, sondern wischen nur die Vase vom Tisch, die auf dem Marmorboden zerspringt.

„Opium. Wirklich?"

Einen winzigen Moment lang kann ich ihm in die Augen sehen, bevor sich wieder alles dreht. Ich ziehe an meinem Rock, was ihn wohl sehr befremdet, denn er versucht, nach meinen Händen zu greifen. Aber ich stoße ihn weg und reiße an dem Stoff, bis er die blutigen Lagen Watte zwischen meinen Beinen sieht. Dann mache ich mich los und taste mich an den Wänden durch den Salon. Ich rutsche an den Tapeten entlang, um Vorsprünge und kleine Möbelstücke herum. Ich will nur noch in mein Schlafzimmer. Der Weg scheint mir unendlich weit. Es ist ein irrationaler Wunsch, der mich antreibt. Vielleicht die Vorstellung, dass alles in dem Augenblick gut wird, in dem ich in mein weiches Laken sinke, in meinen Kissen verschwinde und die Augen schließe.

Noch einmal drehe ich mich zu Aubrey um. Er steht einfach da und sieht mich an. Ich glaube, er versteht nichts. Schließlich kommt er mir doch nach, hebt mich hoch und trägt mich ins Bett. Danach muss er wohl

Harriet angerufen haben, denn sie steht irgendwann an meinem Fußende. Wie sich die Bilder gleichen, denke ich mir. Es ist noch gar nicht so lange her, dass sie mich mit demselben Entsetzen angesehen hatte.

„Little Italy?“, fragt sie. „Mein Gott, hättest du mir doch die Wahrheit gesagt, ich hätte jemanden gewusst.“

„Wo ist Aubrey?“

„Er telefoniert mit Dr. Weller.“

„Etwas stimmt nicht“, sage ich und taste nach meinem Bauch. Ich kenne das Gefühl, im Blut zu schwimmen.

Harriet schüttelt nur den Kopf.

Dr. Weller kommt rasch. Wie beim ersten Mal schiebt er mir sanft die Beine auseinander. Ob er bedauert, dass er mir nicht geholfen hat?

Ich schließe die Augen. Als ich sie wieder öffne, lächelt er mir zu, wie man jemandem zulächelt, dem man nicht die Wahrheit sagt. Er steht auf und geht zur Tür. Ich sehe Harriet und Aubrey dort stehen und fühle einen seltsamen irrealen Neid auf Harriet, die Aubrey eine Hand auf den Arm legt.

Zum ersten Mal bekommt der Tod in meinem Kopf eine Dimension des Möglichen. Nicht die Art von abstraktem Wunsch, den ich gefühlt hatte, als ich meinen Fuß auf den Vorsprung der Balustrade stellte, sondern eine Wirklichkeit, die mich ängstigt, weil sie eben nicht mehr nur von mir abhängt, sondern Faktoren entspringt, die ich nicht beeinflussen kann.

Jetzt sehen mich alle drei an. Und ich kann genau diesen Gedanken auch in ihren Gesichtern lesen, bevor alles schwarz wird.

30

„Mein Kollege und ich haben Sie noch in der letzten Nacht operiert." Dr. Weller holt Luft und umfasst mit beiden Händen das weiße Gestell des Krankenhausbettes, in dem ich liege.

Ich fühle mich immer noch benommen. Das mag sicher an der Narkose liegen, vielleicht ist es auch ein Kater oder die Nachwirkung der Opiumtinktur oder alles zusammen.

Was ich sehr wohl weiß, ist, dass es knapp war. Sehr knapp. Das sehe ich an Dr. Wellers Augen. Es hätte letzte Nacht ganz anders ausgehen können. Trotzdem spüre ich keine Freude, sondern zu meinem Erstaunen eine trostlose Enttäuschung.

„Haben Sie Schmerzen?"

„Nein." Es stimmt sogar. Zum ersten Mal seit Wochen habe ich keine Schmerzen irgendwo. Zum ersten Mal fühle ich mich leer.

Aubrey steht am Fenster. Er lehnt sich gegen die breite Fensterbank und hält sich daran fest. Ich sehe, dass seine Fingerknöchel ganz weiß sind.

Dr. Weller fährt sich durch sein dunkles Haar. „Die Blutung rührte von einer Verletzung der Gebärmutterwand her. Wir mussten sie entfernen." Er macht eine Pause und sieht mich direkt an. „Sie werden keine Kinder mehr bekommen können." Jetzt verschränkt er die Arme vor der Brust. „Es tut mir sehr leid."

Das erklärt das Gefühl. Eigentlich wusste ich es schon, bevor er es mir sagte. Es tut ihm wirklich leid.

Ich will nicht, dass er sich Vorwürfe macht. „Ich bin sicher, Sie haben Ihr Bestes getan." Ich schlucke. „Aber was ich getan habe, ist gegen das Gesetz, nicht wahr?", frage ich leise.

Dr. Weller zögert. „Darüber, Mrs la Valette, kann sich niemand ein Urteil erlauben." Er wirft einen kurzen Seitenblick auf Aubrey, dann verlässt er das Zimmer.

Ich frage mich, ob mein Mann böse auf mich ist. Es gibt diesen Teil in mir, der glaubt, dass Aubrey das Kind gerne gehabt hätte. Warum, weiß ich nicht.

Er zieht sich einen der Stühle an mein Bett. „Was brauchst du?", fragt er leise.

Ich weiß es nicht.

Ich weiß es nicht.

Ich weiß es doch. Und ich werde es nie bekommen.

Ich starre mit offenen Augen an die Decke.

Ich starre durch Harriets Besuche hindurch und durch die von Blake. Ich starre, als mir Aubrey einen Brief meiner Mutter vorliest. Ich starre einfach nur.

Und ein großer Teil in mir wünscht sich, ich hätte die Operation nicht überlebt oder wäre im günstigsten Fall in der Nacht gestorben, als Laurent zu mir kam. Nichts, was danach passiert ist, hat sich in irgendeiner Weise gelohnt.

Ich liege in diesem Krankenhausbett und starre weiter. Ich werde gewaschen und angekleidet. Ich werde ernährt und gepflegt, zu Untersuchungen über Flure geschoben. Ich spreche die ganze Zeit über kein Wort. Ich starre mich durch die gesamte nächste Woche und durch jeden Tag – vom ersten fahlen Licht an bis zum späten Abend, wenn meine Augen endlich von all dem erschöpft sind, was sie nicht gesehen haben.

Ich starre, während Dr. Weller jeden Tag nachdenklicher auf mich herabsieht und leise mit Aubrey spricht. Es fallen immer wieder die Wörter Melancholie und Depression.

Ich höre einen anderen Arzt, der an meinem Kopf herumdrückt, als wäre er eine Melone, durch meine Augen hindurchsieht und mich mustert. Dieser Arzt ist ganz anders als Dr. Weller. Er sagt Sachen wie *transorbitale Lobotomie* oder *ganz neuer Ansatz, Durchbruch* und *Elektrokrampftherapie.*

Entschieden sagt Aubrey: „Non!" Und es klingt auch ein wenig entsetzt.

Eine Woche später tritt Aubrey wieder an mein Bett. Ich weiß nicht, wo er war und es war mir auf eine sehr dumpfe Art auch seltsam gleichgültig. Etwas in mir glaubte schon, er hätte mich verlassen. Die Last, die ich schon immer gewesen war, war jetzt untragbar. Ich kann es ihm nicht verübeln, nicht verdenken. Ich bin schon für mich selbst eine Bürde, die ich nicht mehr lange werde tragen können.

Diesmal holt sich Aubrey keinen Stuhl, um in sicherer Entfernung für ein paar Stunden gesellschaftlichen Erwartungen zu genügen und eine gewisse Zeit bei seiner verrückten Frau zu verbringen, sondern setzt sich neben mich auf die dünne Matratze und nimmt meine Hand.

„Hör zu, ich glaube, ich weiß sehr gut, wie es in dir aussieht und ich kenne einen Ort, an dem es dir bessergehen wird. Willst du dorthin?"

Ich habe mich schon an einen weit entfernten Ort gestarrt. Mittlerweile weiß ich gar nicht, ob es einen Weg
von dort wieder zurückgibt ... irgendwohin.

„Sieh mich an", bittet er, „sieh mich an."

Ich wünschte, er würde meinen Namen sagen. Niemand sagt je meinen Namen. So, als ob ich gar keinen
hätte. Trotzdem drehe ich den Kopf.

Ein kleiner Teil von mir will nicken und ich hoffe,
Aubrey wartet, bis ich es schaffe, den weitaus größeren
Teil, der weiter starren will, zu besiegen.

Er wartet. Ich glaube, es sind Stunden. Ich senke das
Kinn und hebe es wieder. Das muss reichen, denke ich
erschöpft.

„Also schön, so soll es sein", sagt er und küsst meine
Stirn.

Ich weiß nicht, ob es am Ende die Neugier ist, die siegt
oder ob ich meinen Lebenswillen nie wirklich begraben habe. Aber ich weiß, ich will diesen Ort mit eigenen
Augen sehen. Selbst wenn es nur darum geht, Aubrey
zu sagen, dass er unrecht hat. Dass es ein Platz wie jeder
andere auf der Welt ist, an dem gar nichts gut wird und
der überhaupt nicht so magisch ist, wie er ihn darge-
stellt hat ... nein, wie er in meinem Kopf geworden ist,
als er ihn erwähnt hatte. Ich möchte sein Gesicht sehen,
wenn ich den Kopf schüttelte, wenn ich ihm und mir
alle Hoffnung nehme.

Trotzdem dauert es Tage, bis ich mich wieder bewegen kann. Alles an mir und in mir ist steif und ungelenk, so, als hätte ich mich jahrelang nicht mehr gerührt. Jede meiner Bewegungen schmerzt, jeder Schritt
ist Mühsal, jeder Weg um das Bett Qual.

Die Medikamente bringen mir schwarze Nächte, in denen der Schlaf eher einer Bewusstlosigkeit gleichkommt, die in den Morgen überhängt, wie die Zweige einer Trauerweide in das Wasser eines Sees. Tage, in denen mein Kopf so leer ist, dass es mir schwerfällt, auch nur einen einzigen klaren Gedanken zu fassen.

Erst im Laufe der nächsten Woche spreche ich mein erstes Wort seit langem. Ich sage es zu Dr. Weller. „Danke.“

Er schüttelt nur den Kopf.

„Doch“, formuliere ich mühsam und sorgfältig, als würde ich eine mir fremde Sprache sprechen.

Er legt seine Hand auf meine.

Ich spreche mit den Krankenschwestern und mit Harriet, ich spreche mit Blake – nur für Aubrey bleibe ich stumm. Warum, weiß ich nicht. Er nimmt es hin und sitzt an meinem Bett. Jeden Tag. Manchmal hält er meine Hand, manchmal überschlägt er die Beine und sieht mich an, so wie damals, als er mich fragte, ob ich einverstanden wäre. Das Wort *Heirat* war überflüssig gewesen, so überflüssig wie es jetzt für mich ist, mit ihm zu sprechen.

Es kommt mir seltsam vor, dass er genauso aussieht wie damals. Dieses schöne Gesicht.

Für dieses Gesicht starre ich weiter.

Blake lehnt sich auf dem knarzenden Holzstuhl zurück. Spüre ich bei Harriet eine angespannte Verlegenheit, wenn sie mich besucht, bleibt Blake immer auf seine ihm ureigene Weise gelassen.

„Ich wusste, dass du es schaffst.“

„Woher?“

Er zuckt lächelnd mit den Schultern. „Schriftstellerinnen leben, um zu erzählen. Dein Buch verkauft sich gut. Sehr gut, um genau zu sein. Alle wollen jetzt einen Roman von dir."

„Ich weiß, das hast du mir schon letzte Woche erzählt." Ich lächele. Es fällt mir schwer.

Er sieht mich an. „Ich wusste nicht, ob du mich gehört hast."

Einen Augenblick lang schweigen wir, dann sagt er: „Du hast mir gefehlt."

„Du mir auch."

„Ich war hier."

„Was macht Grace?"

Blake sieht an mir vorbei. „Ich habe das Gefühl, es geht ihr an der Westküste zu gut. Sie ist bei Carol eingezogen. Ich weiß nicht, ob sie zurückkommt."

„Wünschst du dir nicht, dass sie glücklich ist?"

Er zieht eine Augenbraue hoch. „Ehrlich jetzt? Ich meine, natürlich will ich, dass die Menschen, die ich liebe, glücklich sind, inklusive dir übrigens, aber es gibt mir zu denken, dass sie es immer nur ohne mich sind." Er sagt es so beschwingt, dass es mir wehtut.

„Ich bin glücklich, wenn du da bist", flüstere ich und strecke meine Beine aus.

„Das mag sogar stimmen. Aber am glücklichsten bist du doch, wenn Aubrey da ist."

Er hat recht. Er hat wie immer mit allem recht, was er sagt. Selbst wenn ich nicht mit Aubrey spreche, ist mir seine Gegenwart eine seltsame Art von Glück.

„Würdest du mit mir schlafen, Blake?"

Er sieht einen Moment lang unsicher zur Tür. „Hier?"

„Nein, ich meine generell."

„Was ist das für eine Frage? Ich wollte dich schon, als ich dich das erste Mal sah.“

„Ich weiß“, seufze ich, „aber das meine ich nicht.“ Noch nie, und ich weiß nicht, ob ich mir das einbilde, noch nie hat sich mein Bauch so flach angefühlt.

„Ah.“ Blake lehnt sich nach vorne und legt seine warme Hand auf meine. „Das meinst du. Natürlich.“

„Es ist doch …“, sage ich langsam, „… es ist doch, als wäre etwas weg, oder nicht?“

„Nein, für mich nicht. Wie es dir damit geht, mag ich mir nicht mal ansatzweise vorstellen.“ Er lehnt sich wieder zurück.

Ich glaube, ich weiß, was er meint. In mir bohrt sich ein Gedanke hartnäckig in meinen Kopf. Es hätte mich nicht gestört, wäre ich eines Tages von ihm schwanger geworden. Sicher wäre es nichts gewesen, worauf ich es angelegt hätte, aber wäre es passiert, es wäre gut gewesen, wie es ist.

„Was macht der Verlag?“, frage ich, um mich und ihn abzulenken.

„Gut.“ Blake lächelt. „Weißt du eigentlich, dass wir *Der Glanz verlorener Zeiten* herausbringen könnten?“

„Aber es hat kein Ende“, erwidere ich erstaunt.

„Ich habe lange darüber nachgedacht. Vielleicht ist das das eigentliche Ende. Sie sitzt und wartet auf Olivier. Die letzten Zeilen dieses Wartens sind so stark, dass sie gar keine Erfüllung brauchen. Selbst wenn er zurückkommt, wird sie immer noch auf den Teil warten, der ihr vielleicht nie gehören wird, verstehst du?“

Ich verstehe nur zu gut. Und vielleicht wäre es für mich auch gut, mit diesem Warten abzuschließen.

„Also schön", sage ich, „ich glaube, du hast recht, Blake."

31

Dr. Weller kommt am Tag meiner Entlassung zu mir, schickt die Krankenschwester und selbst Aubrey mit einem einzigen Blick aus dem Zimmer, bevor er an dem kleinen Tisch am Fenster Platz nimmt und mit einer Hand auf den Stuhl ihm gegenüber deutet.

Morgensonne fällt mir ins Gesicht und ich blinzele in ihren gleißenden Strahl. Noch immer gibt es dieses kleine Zögern in mir, die Erwartung eines Schmerzes, einer Irritation vielleicht eher, während mein Körper ein paar Zentimeter über dem Stuhl schwebt. Und jedes Mal bin ich überrascht, dass alles sich anfühlt wie vorher, wenn ich sitze.

„Wie geht es Ihnen?"

Sein Ton lässt keine Plattitüden zu. Ich schlucke. „Ich weiß es nicht", gebe ich schließlich ehrlich zu und Dr. Weller nickt langsam.

„Was Ihre körperliche Genesung angeht, sind Sie ganz wiederhergestellt, Mrs la Valette. Sie können alles tun, was Sie möchten. Keine Einschränkungen."

Bis auf die kleine Tatsache, dass ich nie Kinder haben werde. „Tatsächlich ...", murmele ich.

Eine Wolke hat sich vor die Sonne geschoben. Jetzt sehe ich Dr. Wellers Gesicht klar und deutlich. Ich weiß nicht, was in seinen Zügen liegt ... vielleicht Sorge, vielleicht arbeitet er mich aber auch einfach nur ab.

„Haben Sie noch ...", er räuspert sich, „... noch eine Frage?"

Stumm schüttele ich den Kopf und sehe dann aus dem Fenster. Die Straße ist schmal. Auf der anderen

Seite erhebt sich ein Bürogebäude aus Glas und Stein in den Himmel. Von Ferne dringt eine Sirene zu uns herauf.

Ich habe Heimweh. Nicht nach London, aber nach Creston Hall. Nach dem Wald hinter den Hügeln, nach Tee im Salon mit Blick auf die alte Buche und die Teerosen, nach der breiten Treppe und all den Gemälden in der oberen Galerie, nach meinem alten Zimmer mit dem breiten Himmelbett und dem quietschenden Kleiderschrank. Ich hatte nicht abwarten können, es zu verlassen, endlich alt genug zu sein, um ein eigenes Heim zu haben und jetzt gerade erscheint es mir wie der Hort des Friedens und einer unbeschwerten Freude, von der ich mir ziemlich sicher bin, dass ich sie nirgendwo anders mehr fühlen werde.

„Haben Sie Geduld mit sich", sagt Dr. Weller, so, als würde er zumindest ansatzweise verstehen, was gerade in mir vorgeht.

„Geduld …", wiederhole ich und komme mir vor wie ein Kind, das die Bedeutung des Wortes gar nicht erfassen kann.

Er steht auf. „Sie können mich jederzeit anrufen oder in meiner Praxis aufsuchen."

„Danke …", sage ich und erhebe mich ebenfalls, „… für alles", füge ich wesentlich leiser hinzu.

„Nein." Dr. Wellers Stimme klingt müde. „Ich wünschte, ich hätte mehr für Sie tun können. Es war …" Er bricht ab.

Zu spät. Ich weiß.

„Es ist in Ordnung. Wirklich."

Er drückt zum Abschied meine Hand. „Ich wünsche Ihnen alles Gute, Mrs la Valette. Passen Sie auf sich auf." Für einen Moment sieht er so aus, als würde er noch etwas sagen wollen, dann jedoch dreht er sich um und zieht die Tür hinter sich zu.

Die Krankenschwester besteht darauf, mich im Rollstuhl nach unten zu fahren und sogar bis nach draußen zum Wagen. Einsteigen darf ich dann allein. Es ist ein warmer Tag, Anfang Mai. Ich ziehe die Jacke aus, bevor ich ins Auto steige. Aubrey deutet auf den Kofferraum. „Ich habe Bridget gebeten, ein paar Sachen zu packen. Ich hoffe, es sind die richtigen."

Ich zucke mit den Schultern.

Aubrey sitzt selbst hinter dem Steuer. Wir überqueren den East River in östliche Richtung, bis wir die Stadt hinter uns lassen. Als ich das Fenster öffne, riecht es nach Salz und nach Meer.

„Wohin fahren wir?" Zum ersten Mal seit langer Zeit richte ich das Wort an ihn. Es fällt mir schwer.

„Lass dich überraschen."

Ich bin froh, dass er meine wiedergefundene Sprache einfach so hinnimmt, als wäre sie selbstverständlich.

Die Straße durchquert Felder und Wälder. Ab und an schlängelt sie sich ans Meer, nur um dann wieder auf das sichere Land zurückzufinden. Wir passieren kleine Ortschaften und mir fällt auf, dass ich New York zum ersten Mal verlasse. Ich weiß gar nicht, wie dieses Land Amerika eigentlich aussieht. Es hatte sich für mich bisher auf New York und sonst nichts beschränkt. Den Rest kenne ich nur aus Erzählungen.

Aubrey durchfährt langsam einen kleinen Fischerort namens Montauk, bleibt auf der Küstenstraße, bis er schließlich rechts abbiegt und vor einem weiß getünchten Holzhaus bremst.

„Das ist der Ort, von dem ich sprach", sagt er schlicht.

Ich steige aus. Ich kann das Meer rauschen und Möwen schreien hören. Vor dem Haus mit einer breiten, überdachten Veranda steht eine krüppelige Kiefer, daneben führt ein Weg an wiegenden langen Gräsern vorbei hinunter zum Strand.

„Es tut mir leid", sagt er und eine plötzliche Böe reißt ihm fast die Worte aus dem Mund. „Kein Burns, keine Bridget, nur wir."

Nur wir. Ich wusste gar nicht, dass es ein Wir gibt. Ich kannte lange nur mein Ich.

Das Haus ist klein. Viel kleiner als unseres in Mayfair. Es gibt außer der Küche, an die sich eine Waschküche und eine Speisekammer anschließen, nur einen Salon, den sie hier Wohnzimmer nennen und das Esszimmer zum Meer hin. Es ist einfach möbliert und ohne Eleganz. Hier hat jedes Möbelstück eine Funktion und eine Ernsthaftigkeit, die jeden Schnörkel verbietet.

Auf dem großen Holztisch vor dem Fenster im Esszimmer steht die Schreibmaschine, die mir Aubrey geschenkt hat und jemand hat einen Stapel Papier danebengelegt und mit einem Stein beschwert. Ich frage mich, ob es Aubrey war. Das Wohnzimmer zur Linken schaut ebenfalls seitlich über das Meer. In der Mitte erhebt sich ein großer Steinkamin, davor zwei hohe Sessel und gestapelte Umzugskisten.

Oben, am Ende der Treppe, befinden sich unter Dachschrägen ein Schlafzimmer mit einer breiten Sitzbank im Erker, die das Meer überblickt und ein kleines Bad. Mehr nicht.

„Gehört dir das Haus?", frage ich und lege meinen Hut auf das kleine Bänkchen neben der Eingangstür.

„Ich habe es den Sommer über gemietet. Du kannst schreiben und spazieren gehen, während ich in Pittsburgh bin."

Da ist kein Wir, denke ich, sondern wie immer nur ein Du und ein Ich.

Aubrey trägt nach und nach unser Gepäck hinein und nach oben. Ich dagegen gehe durchs Wohnzimmer, öffne die breiten Türen zur Terrasse und sehe auf das Meer. Das Haus steht etwas oberhalb der Küste. Eine schmale Treppe führt an der Seite direkt zum Strand. Im Moment ziehen große Wolkenbänke von Osten nach Westen und der Wind streift mir durchs Haar. Ich lasse die Türen dennoch offen.

„Wann fährst du?", frage ich Aubrey, der einen Stapel Bücher in das Wandregal neben dem Kamin räumt. „Heute Abend noch?"

Er runzelt die Stirn. „Wohin soll ich fahren?"

„Pittsburgh."

Er sieht mich an. Sein Gesicht ist ausdruckslos. „Nicht vor Montag. Ich denke, ich werde etwa vier Tage die Woche weg sein und an den Wochenenden hier."

„Gibt es eigentlich ein Telefon?" Ich sehe mich suchend um. Aubrey deutet auf einen kleinen Tisch neben dem blau karierten Sessel.

„Es war nicht leicht, eine Leitung hierher legen zu lassen."

Nichts ist hier modern, denke ich und bin erleichtert über den Gegensatz zu unserem Apartment in New York. Selbst das Telefon hat mit der hohen Gabel und dem unförmigen Hörer einen altbackenen Charme.

„Wie viele hast du nach Amerika geholt?" Ich verschränke die Arme vor der Brust und ziehe meine Strickjacke fester um den Körper.

Er zögert. Ich weiß nicht, ob es ihm unangenehm ist, dass ich überhaupt eine Ahnung davon habe, was er in Europa getan hat. Vielleicht ist er nur erstaunt. Vielleicht braucht er auch einfach nur eine Weile, bis er begreift, dass ich die Arbeiter aus Deutschland meine.

„Nicht so viele, wie ich wollte."

„Wirst du nach Deutschland zurückgehen?"

„Nein, ganz sicher nicht." Er sieht den Zweifel in meinem Blick und fährt fort: „Schau, das kann ich gar nicht, selbst wenn ich es wollte. Ich habe einige Leute dort sehr weit über den Tisch gezogen und fürchte, das wird man mir nachhaltig übelnehmen." Ein kleines Lächeln huscht über seine Mundwinkel.

„Womit verdienst du eigentlich genau dein Geld, Aubrey?" Sicher, ich weiß noch, was meine Mutter mir damals erzählt hat und ich habe hier und da etwas aufgeschnappt, aber ich habe ihn nie gefragt und er hat es mir nie erzählt. Warum ich es jetzt wichtig finde, weiß ich nicht. Ich weiß nur, dass seit Laurent andere Dinge an Bedeutung gewinnen und ich ahne, dass das, was mir früher etwas bedeutet hat, jetzt vielleicht nicht mehr wichtig ist.

Er zieht eine Augenbraue nach oben und ich sehe zu, wie er Balzac und Dumas einsortiert.

„Ich besitze zwei Stahlwerke, ein Kohlebergwerk und zwei Weingüter in Kalifornien. Mir gehören Anteile an mehreren Zeitungen und ein Radiosender. Außerdem habe ich kürzlich in ein Unternehmen investiert, das Rechenmaschinen herstellt. Soll die Zukunft sein. Na, das wird man sehen." Er zögert. „Bist du müde, willst du dich hinlegen?"

Nein, will ich sagen, aber ich merke, er hat recht. Ich bin wirklich erschöpft. Ich setze mich in den Sessel. Er will die offene Terrassentür schließen, aber ich winke ab. „Lass, die Luft ist so schön."

Aubrey sieht sich suchend um, dann nimmt er die karierte Decke, die auf dem Sofa liegt, und breitet sie mir über die Knie.

„Wer wird hier eigentlich für uns kochen?"

„Niemand." Als er mein besorgtes Gesicht sieht, lacht er laut. „Du wirst schon nicht verhungern. Unten an der Straße ist ein Diner, in Montauk gibt es zwei gute Restaurants und wenn ich da bin, koche ich."

Ich wusste nicht, dass er kochen kann. Ich selbst habe nur eine ungefähre Ahnung davon, wie man Teewasser aufsetzt.

„Schlaf jetzt."

Ich schließe die Augen. Im Wegdämmern höre ich, wie Aubrey mehr Bücher aus den Kartons nimmt und in das Regal stellt. Ich höre, wie die weiß getünchten breiten Holzdielen unter seinem Schritt knarren.

Als ich die Augen öffne, steht ein Glas Wasser auf dem Tisch, daneben ein Teller mit einem Sandwich. Aubrey hat etwas auf einen Zettel gekritzelt. Ich muss lächeln.

„Ich bin nicht in Deutschland, aber am Strand."

Nachdem ich aufgegessen habe, gehe ich nach draußen auf die Terrasse. Es ist wärmer geworden. Die Wolken sind weitergezogen und haben einen klaren blauen Himmel hinterlassen, an dem hoch die Sonne steht. Die Küste ist menschenleer, bis auf Aubrey, der seine Hosenbeine hochgekrempelt hat und mit den Füßen im

Wasser steht. Kleinere Wellen umspülen seine Knöchel.

Ich gehe die kleine Treppe hinab und spüre zum ersten Mal den Strand unter meinen Sohlen. Ich tue es ihm gleich, ziehe meine Schuhe aus und lasse sie an der Treppe stehen. Auch ich schlage meine Hosenbeine um. Ein kühler Wind streift um meine Haut. Ich mag den Sand zwischen meinen Zehen. Die oberste Schicht ist von der Sonne ganz warm, doch sobald ich ein Stück einsinke, wird es feucht und kühl.

Als ich Aubrey erreiche, nehme ich ihm die Zigarette aus der Hand und ziehe daran, bevor ich sie ihm wiedergebe. Die Wellen schlagen kalt gegen meine Waden.

„Ich war noch nie am Meer. Ich meine … ich habe einen Ozean überquert, aber am Strand war ich noch nie." Ich muss laut sprechen. Über uns kreischen Möwen und vor uns rauscht die Brandung.

„Aber schwimmen kannst du doch, oder?" Aubrey sieht mich an, als wäre ich verrückt.

„Natürlich. Im Wald hinter Creston Hall ist ein See. Einer der Stallburschen hat es mir beigebracht. Ich war acht und er war … ich weiß nicht, ein Junge eben. Er war nicht sehr geduldig."

„Komm mir nicht auf die Idee, im Meer zu schwimmen. Und schon gar nicht hier. Es gibt Strömungen, die dich weit hinaustragen können."

Ich schüttele den Kopf. „Nein, ich habe kein Bedürfnis, darin zu schwimmen. Ich will es nur ansehen."

Das Rauschen der Brandung dringt bis in unser Schlafzimmer. Vielleicht fehlt mir das Schlafmittel, das man mir im Krankenhaus immer gegeben hatte, denn als ich endlich einschlafe, kann ich mich nicht mehr gegen die Träume wehren. Im Krankenhaus hatte ich nicht geträumt. Ich war völlig erschlagen erwacht … genauso müde, wie ich eingeschlafen war.

Hier dagegen befinde ich mich wieder in dieser seltsamen Zwischenwelt, die ich erst seit Laurent kenne. Hier habe ich das Gefühl, dass mein Körper schläft und mein Geist dabei wach ist. Ich höre Laurents Schritte, ich spüre seine Hände auf meiner Haut, um meinen Hals. Ich bekomme keine Luft mehr. Ich will husten, schreien, kann mich aber nicht bewegen. Ich fühle seinen Fuß bleischwer auf meiner Hand und frage mich, wie es möglich ist, dass nicht jeder einzelne Knochen bricht. Ich spüre, wie sich die Lehne der Couch in meinen Bauch drückt. Sein massiger Körper beschwert mich wie ein Stein. Ich werde untergehen, denke ich. Es ist, als würde ich auf dem Trockenen ertrinken.

Keuchend schrecke ich hoch und setze mich auf. Das Haar in meinem Nacken klebt an meiner Haut und meine Wangen sind feucht. Ich kann nicht sagen, ob vom Schweiß oder von Tränen.

Aubrey dreht sich langsam zu mir um, drückt mich an der Schulter zurück auf mein Kopfkissen, bevor er seine Arme um meinen Körper schlingt.

Eine Weile liegen wir so da, er an meinem Rücken, und lauschen den Wellen. Ich weiß, wir sind beide wach. Ich starre in die Dunkelheit, bis seine Stimme die Nacht durchbricht, dann schließe ich wieder die Augen.

„Eine Woche habe ich gewartet, bis Laurent nach Paris kam. Es war eine der längsten Wochen meines Lebens.“

Ich will ihn fragen, aber er wird es mir auch so erzählen. Also schweige ich, während er hörbar ausatmet und fortfährt: „Ich habe drei Tage in seinem Apartment in Paris gesessen. Als er schließlich kam, hat er sich einen Cognac eingegossen und mir erzählt, was er mit dir getan hat. Er hat nichts ausgelassen, nach dem zu urteilen, was mir Harriet und Dr. Weller am Telefon gesagt haben. Es gehört nicht viel dazu, einer zarten Person wie dir den Kehlkopf einzudrücken. Laurent dagegen war stark. Er hat sich gewehrt, obwohl er genau darauf gewartet hat. Ich habe ihn lange danach angesehen, so, als müsste ich mich davon überzeugen, dass er wirklich tot ist."

Aubrey tastet mit dem Zeigefinger meinen Hals entlang und streicht über die Stelle, an der Laurents Finger, als Narbe, die mir für immer bleiben wird, noch sichtbar sind und die ich sonst mit einem Halstuch verdecke. Was auch immer ihn und Laurent entzweit hat – falls sie sich jemals nahestanden, es muss lange vor mir begonnen haben ...

„Und die Polizei?", flüstere ich.

„Sie könnten sich im Moment kaum weniger für den Tod eines Mannes interessieren, der Waffen nach Deutschland geliefert hat."

„Aber du machst auch Geschäfte mit den Deutschen, oder?"

„Nicht diese Art Geschäfte. Ich nehme ihnen nur ab, was sie eh nicht mehr wollen."

Dieser Satz bleibt für mich rätselhaft, aber ich ahne, dass ich wenig klüger würde, würde ich nachfragen.

„Ich denke manchmal an Jules. Es fällt mir schwer, ihn mir tot vorzustellen. Laurent dagegen ..."

Jetzt tastet er sich über mein Kinn nach oben und wischt über meine Wangen. Einen Augenblick lang rauschen nur die Wellen, dann sagt er leise: „Ich weiß nicht, ob du das verstehen kannst, aber auf eine sehr merkwürdige Weise fehlt mir Jules sogar. Ohne Victoire wären wir wahrscheinlich immer noch befreundet."

„Kann ich dich etwas fragen, Aubrey?"

Er küsst meinen Hinterkopf und mein Haar. „Frag mich, was du willst, aber frag nichts, wenn du die Antwort nicht wirklich hören willst."

Ich schlucke. „Liebst du Victoire noch?"

„Nein." Seine Stimme wird leiser. „Vielleicht habe ich sie auch nie geliebt. Vielleicht habe ich Verlangen und Begehren mit Liebe verwechselt. Ich bin vollauf damit beschäftigt, mich selbst zu lieben und das ist, nach allem, was ich bisher getan habe, ein schweres Unterfangen."

Das Brandungsrauschen füllt das ganze Zimmer.

„Schlaf", sagt er nach einer Weile.

Ich frage mich, ob er mir deshalb nie einen guten Morgen oder guten Tag wünscht, sondern immer nur den Schlaf, weil sich für ihn, genau wie für mich, die Nächte unserem Einfluss entziehen und wir ihnen schutzlos ausgeliefert sind.

32

Am nächsten Morgen legt Aubrey mir die Zeitung auf den Tisch im Esszimmer. Er hat mir ein Sandwich neben meine Schreibmaschine gestellt.

Es ist der 10. Mai 1940. Die Deutschen sind in Holland, Belgien und Luxemburg einmarschiert.

Ich schiebe meinen Teller zurück und trinke nur einen Schluck Kaffee, während Aubrey aus dem Fenster starrt und sagt: „Die Alliierten haben dem nichts entgegenzusetzen. Sie werden fliehen oder sterben wie die Fliegen."

Ich denke komischerweise zuerst an den tumben Alfie, dann aber an Richard Wolsey, der bei der Royal Air Force ist. Ich denke an die Söhne von Lord und Lady Billings, an die der Hastings und der Brandons, an all die Männer, mit denen ich auf den Bällen getanzt habe. Mir wird übel. Schließlich beginne ich zu tippen und schreibe alles auf, was mir durch den Kopf geht. Aubrey liest über meiner Schulter mit. Als ich fertig bin, zieht er das Blatt aus der Schreibmaschine.

„Ich bringe es nach Montauk und schicke es per Kurier an die *Times*. Ross wird es haben wollen."

Nachdem Aubrey gegangen ist, muss ich an meine Mutter denken. Ich nehme ein paar leere Seiten mit auf die Terrasse, setze mich unter das Vordach und beginne zu schreiben. Ganz von vorn. In Valette.

Ich hole mehr Papier und versuche diesen Gedanken abzuschütteln, der mich erst als nagender kleiner Zweifel gepackt hat und dann seine Hände nach mir ausstreckte. Wie Efeuzweige zieht er sich um meinen Geist

306

und meinen Körper. Ich werde meine Mutter vielleicht niemals mehr wiedersehen.

Ich springe von den Stufen des Hauses auf, als ich Aubreys Wagen höre und laufe zur Fahrertür. Er nimmt den Brief entgegen - *Creston Hall* steht darauf - und wiegt ihn in seiner Hand. All diese Seiten. Es sind viele geworden und ich habe den Umschlag kaum zubekommen. Wir tauschen einen Blick, dann nickt er, wendet und gibt Gas.

Er kehrt erst zurück, als die Sonne schon sehr schräg am Himmel steht und immer wieder von Regenwolken verdunkelt wird. Aus dem Kofferraum holt er eine Kiste. Zwei Weinflaschen ragen heraus. Als ich mich vorbeuge und hineinsehe, zucke ich wieder zurück. Ein Hummer, dessen Scheren man zusammengebunden hat, streckt mir seine Fühler entgegen.

„Mein Gott", murmele ich.

Ungerührt schiebt Aubrey den Wein in den Eisschrank und bricht ein Baguette in der Mitte durch – ich habe keine Ahnung, wo er das in einem Fischerdorf wie Montauk aufgetrieben hat. Vielleicht war er auch in New York, wer weiß …

„Setz dich. Leiste mir Gesellschaft", bittet er und legt Knoblauch und Sellerie auf ein Holzbrett, bevor er einen großen Topf mit Wasser auf den Herd stellt.

Ich beobachte ihn, während er eine Zitrone auspresst und den Saft in eine Sauciere umfüllt.

„Um wen machst du dir am meisten Sorgen in England?"

Ich überlege. „Das klingt sicher komisch, aber um meine Mutter. Sie ist so zäh, sie würde jedem

Deutschen die Stirn bieten, aber gleichzeitig ..." Ich breche ab und hebe die Schultern. Mich fröstelt. „Komischerweise muss ich dann an Alfie denken. Er erscheint mir wie ein tumbes, fleischiges Riesenbaby, das den Krieg nicht überleben wird. Vielleicht noch Francis Hatton, du erinnerst dich an ihn?"

„Natürlich." Aubrey schneidet den Knoblauch sehr klein. „Ein feiner Mann. Er hat dir eine illustrierte Ausgabe der *Sturmhöhe* geschenkt, nicht wahr? Ich habe sie in das Regal im Wohnzimmer geräumt, falls du darin lesen willst. Sie fiel mir in deinem Arbeitszimmer in die Hände."

Ich beobachte den einzelnen Faden einer Spinnwebe an der Decke. Er glänzt in der sinkenden Sonne und schwankt sanft im Zug der Holzfenster hin und her. Für uns wiegt er, denke ich, für die Spinne muss es ein Sturm sein.

„Was hast du?", fragt er, als er sich zu mir umdreht und die Butter aus dem Kühlschrank nimmt.

„Ich glaube, ich möchte gar nicht mehr in die Stadt zurück. Können wir das Haus hier kaufen?"

„Bestimmt, ma chère, aber meinst du nicht, dass es dir hier draußen ein wenig einsam werden könnte? Vielleicht sollten wir uns ein wenig dichter an New York umsehen. Ein größeres Haus ..." Er bricht ab und sieht mich sehr genau an. „Ah, ich verstehe. Ich glaube, ich habe die Tatsache unterschätzt, dass du auch auf dem Land aufgewachsen bist."

Ich sehe mich um. Mir kommt eine Idee.

„Hast du eine Ahnung, wie viel Geld ich auf dem Konto habe, Aubrey?"

„Auf deinem? Nein, aber ich kann mich am Montag erkundigen, wenn du magst." Er hebt das Messer vom Brett. Ein Lächeln kräuselt seine Lippen. „Warum? Willst du das Haus kaufen?"

„Ja", sage ich. Der Gedanke erfüllt mich mit Stolz. „Es wäre schön, wenn es mir gehören würde." Und nach einer kurzen Pause füge ich lachend hinzu: „Dann wärst du hier Gast."

Aubrey legt ein Stück Butter in eine Pfanne und gibt den Knoblauch dazu. Ich kann sehen, dass ihn die Vorstellung erheitert.

„Interessant", murmelt er und sagt dann lauter: „Ich werde mich darum kümmern, aber wenn du hierbleiben willst, wirst du lernen müssen, einen Wagen zu lenken."

Wie schwer kann das sein, frage ich mich, während Aubrey eine Flasche Wein öffnet und zwei Gläser füllt. Dann nimmt er den Deckel vom Topf und hebt den Hummer aus der Kiste.

„Sieh mich nicht so an, ma chère, ich kann nicht zählen, wie viele Männer ich im Krieg getötet habe. Ich habe meine Frau dazu gezwungen, mit mir zu schlafen, ich habe meinen eigenen Bruder erwürgt. Dieser Hummer wird nicht auf meiner Seele liegen."

Trotzdem schließe ich die Augen, als er ihn in das kochende Wasser fallen lässt.

Nur wenig später schmeckt er mit der Zitronen-Knoblauch-Butter, frischem Brot und kühlem Weißwein köstlich.

Ich lehne mich schließlich satt zurück. Aubrey dreht die Flasche nachdenklich, als er uns wieder eingießt.

„Chablis liegt in der Bourgogne. Wer weiß, vielleicht wird dieser Wein bald ein deutsches Etikett haben."

„Die Maginot-Linie ...", versuche ich tröstlich einzuwerfen.

Er unterbricht mich. „Ich habe das ungute Gefühl, dass die Deutschen darüber hinwegmarschieren werden."

„Die Deutschen." Ich seufze und trinke einen Schluck.

„Viele sind wie du und ich. Man sollte ihnen nur keine Uniformen anziehen. Es bekommt ihnen einfach nicht." Aubrey steht auf.

Es ist dämmerig, als er Gläser und Aschenbecher auf den Tisch vor der Bank auf die Terrasse stellt. Es ist kalt. Ich nehme die Decke vom Sofa mit und wickele mich darin ein. Aubrey reicht mir eine angezündete Zigarette und wir rauchen schweigend Schulter an Schulter. Ich weiß, dass wir beide dann und wann in Richtung Osten sehen und uns fragen, wie weit die Deutschen marschieren werden.

Als es ganz dunkel geworden ist, lehnt Aubrey sich zu mir herüber. Er nimmt mein Gesicht in beide Hände, bevor er mich sehr vorsichtig küsst, so, als wäre ich aus Porzellan.

Ich lasse es geschehen und lege eine Hand an seine Brust. *So möchte ich immer geküsst werden*, denke ich und finde, dass ein Kuss genauso individuell ist wie eine Handschrift. Keine zwei Männer küssen gleich. Ich muss an Blake denken, der es liebt, an meiner Oberlippe zu ziehen.

Aubrey küsst so, wie er mich liebt. Er hält inne, verharrt und wartet auf mich, so als wäre es ihm besonders wichtig, mich auf eine Reise mitzunehmen, die wir nur gemeinsam antreten können.

Dann lässt er mich los und tastet nach meiner Hand. „Komm", sagt er einfach und küsst mich oben im Schlafzimmer noch einmal, bevor er sein Hemd aufknöpft und seine Hose auszieht. Ich tue es ihm gleich, bis wir nackt voreinander stehen. Mondlicht fällt in schrägen Bahnen durch den breiten Erker herein. Etwas ist anders mit uns beiden und ich weiß nicht was.

„Ich kann nicht. Ich-", flüstere ich.

„Ich weiß", sagt Aubrey und schlingt seine Arme um mich, legt mich auf Bett und umhüllt mich mit seinem Körper wie eine wärmende Decke.

Wir liegen lange einfach so wach, ohne zu sprechen. Er hat nach meiner Hand gegriffen und sie nicht mehr losgelassen. Vielleicht fragen wir uns beide, was das mit uns ist.

Nachdem wir am nächsten Morgen die Überreste des Abendessens beseitigt haben, bricht Aubrey zu einem Spaziergang auf. Ich weiß, er wird lange unterwegs sein und ich lasse ihn ziehen.

Am Sonntagabend bringt er seine Tasche zum Auto und küsst mich. „Ich habe eine Frau im Ort gefunden. Edna. Sie kommt zwei Mal in der Woche zum Putzen und für die Wäsche, ansonsten bist du auf dich allein gestellt. Ich versuche, am Donnerstag wieder da zu sein." Er legt noch einmal seine Lippen auf meine, dann steigt er ein. Bevor er losfährt, kurbelt er das Fenster hinunter. „Du musst Autofahren lernen und sag Blake, dass du hier bist. Vielleicht möchte er dich besuchen."

Stirnrunzelnd sehe ich ihn an. Aubrey streckt die Hand aus und berührt meine Wange. „Wir mögen verheiratet sein, aber du gehörst mir nicht. Ich erwarte, dass du tust, was dir beliebt ...“ Er zögert, sucht vielleicht nach Worten. „... mit uns hat es nichts zu tun.“ Dann gibt er Gas.

Für einen Moment lang setzt mein Herz aus. Was wird er tun, was nichts mit uns zu tun hat? Was tut er, was ihm beliebt?

Am Montagmorgen ruft Aubrey mich an und gibt mir meinen Kontostand durch.

„Reicht das für das Haus?“, frage ich beinahe atemlos und setze mich auf die Lehne des Sessels neben dem Apparat.

„Ja, ma chère, es ist sehr viel mehr als genug, selbst wenn du es möbliert kaufen willst. Möchtest du dich selbst darum kümmern?“

„Ich habe keine Ahnung, wie.“

Er gibt mir die Nummer des Maklers, der ihm das Haus vermietet hat.

„Dein eigenes Konto ist bei der *Wells International.* Dort ist das Geld hingeflossen, das du kaum angerührt hast, als du das Jahr bei deiner Mutter warst. Und außerdem natürlich das Geld, das ich dir monatlich überweise und das du ebenfalls nicht ausgibst. Ich empfehle dir, sprich mit der Bank und sieh zu, dass du es irgendwo anlegst, damit es sich vermehrt.“

Darüber habe ich nie nachgedacht. „Habe ich noch ein Konto?“

„Natürlich. Meinst du, ich gebe das Geld aus, das du mit deinem Buch oder deiner Kolumne verdienst? Ich

habe es ebenfalls zu *Wells International* transferieren
lassen, allerdings auf ein Extrakonto."

Die Summe auf diesem Konto ist ebenfalls eine Überraschung für mich. Ich denke nach. „Also … das ist das
Konto, auf das die Tantiemen fließen, ja?"

„Der Vorschuss und alle Tantiemen, ja. Sowie dein
Honorar von der *Times*."

„Das ist das Konto, von dem ich die Frau bezahlen
kann, die das Haus putzt", denke ich laut.

„Ja, schreib ihr einen Scheck oder ich bringe dir Geld
aus New York mit. Wie du willst."

Ich denke angestrengt nach und bin so in Gedanken
versunken, dass Aubrey sich irgendwann räuspert.
„Bist du noch da, ma chère?"

„Ja, sicher. Ich überlege, ob es nicht Sinn ergeben
würde, einen Handwerker im Ort zu finden, der sich
das Haus ansieht und mir sagt, was daran zu machen
ist. Vielleicht kann das in meine Preisverhandlungen
mit einfließen."

Jetzt schweigt Aubrey.

„Ist das klug?", frage ich unsicher nach.

„Sehr", sagt er schließlich trocken. „Sehr sogar. Es ist
dir wirklich ernst, nicht wahr?"

Mehr als das. Ich werde nie Kinder bekommen, denke
ich, und für einen Moment zieht sich mein Bauch
schmerzhaft zusammen. Ich werde allein sein oder so
gemeinsam, wie man eben mit Aubrey gemeinsam sein
kann. Ich kann weiter darauf bauen, dass er sich um
alles kümmert oder es selbst in die Hand nehmen.

„Ja", sage ich schlicht. „Aubrey?"

„Hmm …" Ich höre, wie er in Papieren blättert.

„Tust du, was dir beliebt?"

Er atmet tief ein. „Ich sagte dir schon einmal, du sollst mir keine Fragen stellen, deren Antwort du nicht hören willst." Jetzt zündet er sich eine Zigarette an. „Und weiterhin gilt, dass ich sehr damit beschäftigt bin, mich selbst zu lieben. Nicht ganz leicht, wie du als Einzige weißt."

Ich habe keine Ahnung, wie ein Bordell aussieht, vielleicht hat er auch eine Geliebte, zu der er sich in der Dämmerung schleicht und die er noch vor dem Morgengrauen verlässt. Vielleicht erfüllt sie seine Wünsche. Vielleicht schläft er mit ihr. Ich weiß es nicht.

„Wo kann ich dich in Pittsburgh erreichen, wenn ich Fragen habe?"

„Ich bin immer im *Crown Plaza* oder in New York hier in unserem Apartment."

„Bis Donnerstag, Aubrey." Ich lege auf.

Es kann nicht so schwer sein, denke ich und telefoniere ein wenig herum. Ich erreiche einen Bauunternehmer, der das Haus inspizieren will und den Makler, der mir erzählt, dass der Besitzer des Hauses sogar sehr interessiert daran wäre, zu verkaufen. Gegen Mittag rufe ich Blake im Verlag an.

„Wie weit bist du mit *Der Glanz verlorener Zeiten*?", frage ich und trommele mit meinem Bleistift auf die Schreibtischunterlage.

„Ich kann dir die Korrekturfahnen nachher vorbeibringen, wenn du magst. Ich wusste nicht, dass du schon wieder zu Hause bist."

„Ich bin nicht in New York, Blake."

Ich gebe ihm meine Adresse in Montauk.

„Hat Aubrey dich dahin verschleppt?", fragt er. Hinter dem Spott höre ich eine Schärfe, die mich überrascht.

„Ja und nein. Er wusste schon lange, dass die Stadt nichts für mich ist. Ich glaube, ich kann mich hier gut erholen und gut arbeiten."

„Und Aubrey?"

„Er ist die Woche über in Pittsburgh."

Bei wem auch immer.

„Ich könnte am Mittwoch zu dir kommen", schlägt Blake vor.

„Das passt mir gut." Es tut gut, seine Stimme zu hören. „Ich habe dich vermisst."

„Ich dich auch", sagt er leise und legt auf.

Edna, die Frau, die zweimal in der Woche zu mir kommt, steht am Nachmittag vor der Tür. Sie trägt einen kleinen Hut, den sie sofort ablegt, Mantel und ein abgetragenes mausgraues Kostüm. Sie erinnert mich mit ihrem schmalen, zähen Körper irgendwie entfernt an meine Mutter.

„Ich komme jeden Montagnachmittag zum Putzen und Donnerstag früh für die Wäsche. Ich koche nicht, ich hüte keine Kinder und auch keine Hunde. Und ich erwarte donnerstags einen Scheck."

Sie macht mir Angst, also nicke ich. „Keine Kinder, keine Hunde", beeile ich mich ihr zu versichern.

„Und ich koche nicht", erinnert sie mich streng.

„Ja, ich weiß."

Edna wirbelt um mich herum, während ich mich an die Schreibmaschine setze und arbeite. Als sie den Aschenbecher von der Terrasse hereinträgt, bleibt sie stehen.

„Arbeiten Sie an Ihrer neuen Kolumne?"

Überrascht sehe ich auf. „Nein, im Moment nicht, aber Sie lesen sie?"

Edna nickt und ihre Augen werden schmal. „Ich habe drei Söhne. Ich mag es nicht, dass Sie so schreiben, als müssten sie für England in den Krieg ziehen."

Ich weiß, was sie meint.

„Ich habe keine Kinder, Edna, aber …", ich atme ein, „… aber ich sehe gerade alle Männer, mit denen ich vor drei Jahren noch getanzt habe, in Belgien sterben."

Drei Jahre, die mir vorkommen wie eine halbe Ewigkeit. Ich frage mich, ob der Krieg noch einmal drei Jahre dauern wird.

Sie nickt langsam und geht dann in die Küche.

„Kann ich Sie etwas fragen, Edna?", rufe ich ihr nach.

Sie steckt den Kopf durch den Türrahmen, ein Wischtuch in der Hand. Ich werde mich an sie gewöhnen müssen. Sie ist nicht wie Jenkins, Broadwell, Burns oder Bridget. Sie ist nicht in eine Generation von Dienstboten oder in eine Familie von Feldarbeitern hineingeboren worden, die vom gesellschaftlichen Aufstieg träumen, wenn sie sich ins Haus der Herrschaft vorarbeiten.

„Können Sie Auto fahren?"

Edna sieht mich einen Moment an, als wäre ich nicht ganz bei Trost. „Kindchen, was denken Sie denn, wie ich hierhergekommen bin? Auf einem Besen?"

Spät am Abend nehme ich mir ein Glas Rotwein und setze mich mit einer Decke auf den Liegestuhl auf der Terrasse. Das Meer ist heute aufgewühlt. Ich sehe weiße Gischt in der Dämmerung. Es riecht nicht salzig, sondern nach Tang und Brack. Es riecht ein bisschen wie damals, als wir in den Hafen von New York eingelaufen sind.

Ich versuche nicht darüber nachzudenken, was Aubrey jetzt tut. Ich habe Angst, mich in diesen Gedanken zu verlieren. Ich fürchte mich davor, wenn ich mir vorstelle, was er vielleicht mit anderen Frauen tut.

Das Telefon klingelt in meine Gedanken. Ich weiß nicht, ob ich Aubreys Stimme hören möchte, aber am Ende stehe ich doch auf, weil es sich so hartnäckig in die beginnende Nacht klingelt.

„Mutter?", frage ich erstaunt, als ich ihre Stimme höre.

„Ja, ich bin gerade in London."

Meinen Brief kann sie nicht erhalten haben, denke ich, noch nicht.

„Ich habe deine Nummer von eurem Butler. Ich wusste nicht, dass ihr jetzt ein Sommerhaus habt."

Sommerhaus. Fast hätte ich gelacht. Würde sie es sehen, sie würde es wahrscheinlich kaum als Haus bezeichnen.

„Ich habe dir geschrieben. Vielleicht bekommst du meinen Brief in der nächsten Woche."

„Ah ...", sie seufzt, „... dann frage ich jetzt nicht, wie es dir geht."

„Wie ist es in London?"

„Ich bin froh, wenn ich Ende der Woche wieder auf Creston Hall bin. London ist einsam."

Ich habe kein gutes Gefühl. „Ist etwas passiert?"

„Wir werden uns daran gewöhnen müssen, denke ich."

Woran, frage ich mich gerade, als sie fortfährt: „Alfie ist gefallen. Und der älteste Sohn von Lord und Lady Billings auch."

Ich schlucke. „Es tut mir leid für Gabrielle und die Kinder", flüstere ich.

„Dein Bruder erzählt von nichts anderem, als dass er sich im nächsten Jahr freiwillig melden will. Wie sein ganzer Jahrgang im Internat übrigens. Hören Edward Elgar, kriegen glasige Augen und wollen alle Helden werden.

„Narren … allesamt." Ich schüttele den Kopf und zünde mir eine Zigarette an. Ich höre, wie sie dasselbe tut.

„Das, mein Kind, habe ich ihm auch gesagt."

Der Krieg kommt immer näher. Unausweichlich.

„Francis Hatton ist eingezogen worden. Er ist in Frankreich, soweit ich weiß. Er ist Colonel oder Lieutenant Colonel. Ich habe es vergessen." Sie bläst den Rauch aus. „Schreib ihm. Warte …"

Ich höre sie rascheln, dann gibt sie mir eine Postadresse für das Britische Expeditionscorps, die ich hastig auf einen Zettel kritzele.

„Schreib. Es würde ihn freuen und wer weiß …" Sie bricht ab. Ich schließe die Augen.

„Als ich …", sagt sie, „… als ich in deinem Alter war, hat der Erste Weltkrieg meine schönen jungen Männer verschlungen. Und jetzt sind es deine Männer. Was für eine Verschwendung."

Ich bin so froh, dass Aubrey hier mit mir in Amerika ist, schießt mir durch den Kopf. Gott weiß, mit wem er gerade schläft, aber er lebt. Im Gegensatz zu Alfie.

„Ich muss Schluss machen. Ich freue mich auf deinen Brief.“

Ich wünschte, ich könnte ihn zurücknehmen. Sie hat genug, worüber sie sich Sorgen machen muss, denke ich.

„Gute Nacht, Mutter, und viel Glück.“

Einen Moment lang starre ich auf das Telefon, dann wähle ich doch und lasse mich verbinden. Als Aubrey sich meldet, klingt er verschlafen.

„Was ist das, ma chère, ein Kontrollanruf?“

Mir fällt ein, was ich eben dachte. „Nein, Aubrey, es könnte mir nicht gleichgültiger sein, wer neben dir im Bett liegt.“ In diesem sehr kurzen Moment stimmt es sogar. „Ich musste nur deine Stimme hören.“

„Was ist passiert?“, fragt er alarmiert und klingt jetzt ganz wach.

„Alfie ist tot …“, bricht es aus mir heraus, „… und ich weiß nicht mal, warum ich weine. Ich kannte ihn doch gar nicht richtig. Er ist in Frankreich gefallen. Alle werden eingezogen oder gehen freiwillig. Der älteste Sohn von Lord Billings …“

„Jonathan?“

„Ja genau … siehst du, ich hatte vergessen, wie er heißt und ich weine trotzdem um ihn, weil auch er tot ist. Und Francis Hatton ist Colonel oder Lieutenant Colonel und ist auch in Frankreich.“

„Colonel Hatton“, korrigiert Aubrey sanft. „Ich weiß, ma chère. Und es wird noch schlimmer werden.“

„Mein Bruder spricht von nichts anderem mehr, als sich im nächsten Jahr freiwillig zu melden.“

„Idiot.“

„Es tut mir leid." Ich tupfe mir über die Nase. „Ich wollte dich nicht wecken und stören."

„Du störst nicht", sagt er und atmet in den Hörer, während ich still vor mich hin weine.

33

„Also, das Haus ist so weit in Ordnung, Ma'am." Mr Brenner, der Bauunternehmer, kratzt sich am Kopf. „Das Dach ist recht neu, der Keller trocken. Die Regenrinne müsste gemacht werden. Noch vor dem Winter."

Ich nicke und schreibe mit. „Würden Sie das tun, wenn ich es gekauft habe?"

„Sicher. Aber ..." Er zögert und zupft an seinem Hemd. „Ich begreife nicht, warum Sie nicht neu bauen oder ein größeres Haus kaufen."

Lächelnd gebe ich zurück: „Ich will genau dieses Haus, genau diesen Blick. Sind Stürme hier eigentlich ein Problem?"

Mr Brenner zieht die Mundwinkel nach unten. „In den letzten dreißig Jahren wohl nicht. So alt ist das Haus."

Das soll mir reichen. Ich rufe sofort den Makler an, nachdem sich Mr Brenner zum Abschied an die Mütze getippt hat, und bitte ihn, alles für den Kauf in die Wege zu leiten. Danach lasse ich mich noch einmal verbinden.

Edna bellt ihren Namen in den Hörer. Ich schlucke wieder. Himmel, diese Frau beängstigt mich wirklich. Ich atme tief durch.

„Hätten Sie heute Zeit für mich?", frage ich.

„Kindchen, heute ist Dienstag. Ich sagte doch. Montags und donnerstags sind Sie dran."

„Ich habe kein Auto, Edna, und selbst wenn ich eines hätte, ich kann ja nicht fahren, aber ich bräuchte ein paar Sachen."

Sie seufzt. „Ich koche nicht, ich hüte keine Kinder und Hunde und ich bin kein Chauffeurdienst."

„Und wenn ich Ihnen dafür einen Wochenlohn extra gebe?"

„Also schön, Mrs la Valette, aber zur Gewohnheit wird das nicht!"

„Danke, Edna, Sie können mich in einer Stunde abholen."

Sie lacht laut auf. „Heute um drei oder gar nicht."

Ich sehe auf die Uhr. Diesmal seufze ich. „Na gut."

Edna fährt mich zwei Stunden durch Montauk und Umgebung. Ich kaufe weiße Farbe für die vordere Veranda. Es wird nicht so schwer sein, das Geländer selbst zu streichen. Der freundliche ältere Mann schenkt mir noch einen Spachtel, um die alte Farbe abzukratzen. Außerdem erstehe ich ein Kochbuch und unter Ednas strengem Blick und der freundlichen Erinnerung, dass sie nicht kocht, auch alle Zutaten für zwei Rezepte.

Dann verliert Edna die Geduld und stellt noch Milch, Brot, Eier, Mehl, Zucker, Öl, Reis und einen weiteren Sack Kartoffeln dazu. Ich solle lernen, mir Vorräte anzuschaffen. Sie könne mich nicht jeden Tag durch die Gegend kutschieren, sie sei schließlich kein Chauffeurdienst. Kleinlaut kaufe ich noch zwei Blumenkübel, die ich neben die Eingangstür stellen will.

„Ich glaube, das war's, Edna", sage ich erschöpft.

Sie sieht auf die Uhr. „Wird auch Zeit. Wenn mein Mann nach Hause kommt, will er etwas essen."

„Was macht Ihr Mann?"

„Er ist Fischer. Davon können wir vorne und hinten nicht leben."

„Arbeiten Sie noch für andere außer mir?"

Sie sieht mich seltsam an, als sie vor meinem Haus bremst. „Mittwochs und freitags, sicher.“

Ich lade nachdenklich meine Sachen aus. Bevor sie davonfährt, ruft sie mir noch zu: „Und Kindchen ... Sie müssen dringend fahren lernen.“

Ich kann doch nicht alles auf einmal machen.

Blake bremst vor dem Haus, als ich gerade den Deckel des Farbeimers schließe. Er steigt aus dem Auto aus und sieht mich mit offenem Mund an. „Ich dachte, das Haus ist nur gemietet. Was tust du da?“

„Es ist mein Haus.“

Und es stimmt. Der Makler hat mich heute Morgen aus dem Bett geklingelt.

„Du meinst, Aubrey hat es gekauft?“

Ich schüttele den Kopf und lache. „Nein, ich habe es gekauft. Von den Tantiemen und dem Vorschuss.“

„Du bist verrückt.“ Blake lacht ebenfalls und sieht sich um. „Es ist winzig. Ich glaube, der ganze Klapperkasten passt fünfmal in mein Apartment und in eures erst recht!“

„Komm.“ Ich ergreife seine Hand und ziehe ihn durch das Wohnzimmer auf die hintere Terrasse.

Er blickt einen Moment sprachlos aufs Meer, dann murmelt er: „Ja gut, das ist schon ... beeindruckend.“

„Das Essen braucht noch etwa eine Stunde. Möchtest du ein Glas Wein?“

Sein Blick wird immer ungläubiger. „Kochst du selbst?“

„Nichts Aufwändiges. Nur ein Kartoffelgratin mit Speck. Wein oder nicht?“

Blake lässt sich auf den Stuhl draußen fallen und legt die Beine auf den Hocker davor. „Ich glaube, ich brauche einen Brandy.“

„Kriegst du“, verspreche ich, gieße ihm ein Glas ein und hole mir den Rest einer Weinflasche.

Er zieht mich an der Hand auf die Lehne seines Stuhls. „Ich erkenne dich gar nicht wieder“, sagt er langsam und sieht mich neugierig und eine Spur besorgt an.

Mit seinen Worten ist etwas in mir verflogen. Ich drehe mich weg, bevor er sieht, dass meine Augen verdächtig schimmern.

„Geht es dir gut?“

Ich habe Blake noch nie gut anlügen können. Ich stehe auf und setze mich mit dem Rücken zum Meer in den Stuhl ihm gegenüber. Er greift über den Tisch nach meiner Hand und hält sie sehr fest.

„Nein, wenn ich ehrlich bin, geht es mir nicht wirklich gut.“ Es fällt schwer, mir das einzugestehen. „Ich muss mich beschäftigen, sonst werde ich wahnsinnig.“

„Aubrey?“

Ich schüttele den Kopf. „Ausnahmsweise mal nicht. Er tut wirklich alles für mich.“

„Was dann?“

Ich entziehe ihm meine Hand und reibe mir über die Augen und die Wange. „Weißt du, ich werde mir mein ganzes Leben anders einrichten müssen.“

„Wie meinst du das?“

„Ich dachte immer, ich würde noch ein paar Jahre vor mich hinleben und dann ...“ Ich breche ab.

„Keine Kinder“, sagt er leise.

„Genau", gebe ich tonlos zurück. „Ich meine ... nicht, dass sich Aubrey je Kinder gewünscht hätte. Trotzdem habe ich eigentlich immer damit gerechnet, dass es irgendwann einfach passiert." Am ehesten wahrscheinlich mit Blake. Und ich hätte das Kind sicher gewollt.

Ich will nichts mehr sagen und bin froh, dass Blake aufsteht, zu mir kommt und mir die Wangen küsst. Er sagt nichts Dummes über ein Wunder, eine Adoption oder sonst etwas.

Er liebt mich in der Küche im Stehen neben dem Backofen. Wir haben die Hände ineinander verschränkt und sehen uns die ganze Zeit an. Blake zu lieben, hat nichts Aufregendes. Vielleicht war mir von Anfang an klar, dass er es sein würde, der den Bann nach Laurent brechen muss, eben weil ich Blake nicht liebe, weil an diesen körperlichen Gefühlen kein Leid klebt.

Es fühlt sich an wie das Nachhausekommen zweier Menschen, die sonst keine Heimat kennen.

Würde es mich bei Aubrey stören, wenn es ihm mit einer anderen Frau dasselbe bedeuten würde? Unbedingt, ist meine Antwort und ich weiß nicht, warum.

Danach dreht Blake sich zum Backofen. „Ich habe Hunger."

Wir essen draußen, sitzen nebeneinander, wie es Liebespaare in Restaurants tun, und schauen aufs Meer. Es schmeckt nicht überragend, aber ich habe auch schon schlechter gegessen. Das nächste Mal muss ich daran denken, nicht ganz so sparsam mit dem Salz zu sein.

Nach dem Essen entnimmt Blake seinem Aktenkoffer mein Manuskript. „Ich muss dir auch etwas sagen."

„Gott, Blake, das klingt so ernst. Ist es doch so schlecht, dass du es nicht mehr herausbringen willst?“

„Im Gegenteil. Ich glaube, es wird das beste Buch und gleichzeitig auch das letzte, das ich herausgebe.“

„Wie meinst du das?“, frage ich entsetzt.

Blake reibt sich die Nase. Er sieht müde aus.

„Grace ist zurückgekommen. Sie hat sich von Carol getrennt und ist mit in den Verlag eingestiegen. Ihr Vater hat ihr alle Anteile überschrieben. Jetzt will sie dem Verlag ein neues Gesicht geben. Meine Idee mit den Bildbänden findet sie so gut, dass sie gar keine Belletristik mehr verlegen will.“

Ich weiß gar nicht, was ich sagen soll.

Blake lacht auf. Es klingt bitter. „Sie will die Scheidung. Ich darf aber im Verlag weiterarbeiten und werde gut bezahlt. Meine Liebe, hast du noch einen Brandy für mich?“

Ich gieße ihm nach und greife jetzt nach seiner Hand, während er trinkt.

„Na ja, jetzt weiß ich, wie es ihr all die Jahre neben mir ging.“

„Was willst du tun?“

Er macht sich los. „Was denkst du denn? Was sollte ich tun?“ Er schüttelt den Kopf. „Ich werde für sie arbeiten. Sie bekommt die Wohnung. Ich habe schon ein schönes Apartment an der Upper East Side gefunden. Ich bin frei.“

Er klingt nicht frei, denke ich, und kann nichts weiter tun, als mich auf seinen Schoß zu setzen und meine Arme um seinen Hals zu schlingen.

Sieben Uhr morgens, denke ich nach einem Blick auf die Uhr. Verdammt, wer ruft um diese Zeit an? Ich stolpere die Treppe hinunter und schlinge den Morgenmantel fest um meinen Körper. Es ist kalt. Atemlos melde ich mich.

„Hast du Zeitung gelesen? Radio gehört?", fragt Aubrey knapp.

„Ich bin noch nicht mal aufgestanden." Mein Herz rutscht ein Stückchen tiefer. „Was ist passiert?"

„Die Deutschen haben Sedan eingenommen."

Ich brauche einen Moment, bis ich begreife, dass die Deutschen in Frankreich einmarschiert sind.

„Gott steh uns bei", murmele ich und rutsche an der Wand hinunter, bis ich auf dem Boden sitze.

„Warte nicht, es wird spät bei mir." Aubrey legt auf.

Ich hätte sowieso nicht gewusst, was ich noch hätte sagen sollen.

Es beginnt sacht zu regnen, nachdem ich die Zeitung hineingeholt habe und mich damit an den Küchentisch setze. Ich lese, bis alles vor meinen Augen verschwimmt, koche dann einen Kaffee und hole mein Briefpapier aus dem Esszimmer in die Küche.

Montauk, Long Island am 15. Mai 1940

Lieber Colonel Hatton,

Ich fange an zu weinen und frage mich, ob es von jetzt an einen einzigen Tag geben wird, an dem ich nicht aus dem einen oder anderen Grund weinen werde.

Als Edna kommt, wische ich mir mit dem Handrücken über die Augen. Sie wirft mir einen mitleidigen Blick zu und stellt den Kessel auf den Herd.

„Was schreiben Sie da?"

Ich starre auf *lieber Colonel Hatton* und schon verschwimmt wieder alles. „Ich versuche, an einen Mann zu schreiben, der, nach allem, was ich heute in der Zeitung gelesen habe, schon tot sein könnte."

Ich denke an Gabrielle. Auf ihre Art wird sie sicher um Alfie trauern.

Edna gießt erst den Kaffee auf und dann meine Tasse voll. Sie holt sich selbst noch eine, bevor sie sich mir gegenübersetzt und ein Taschentuch über den Tisch schiebt. Sie wirft einen Blick auf die Zeitung.

„Ihr Mann ist Franzose, nicht wahr?"

Ich nicke. „Als wir nach Amerika kamen, habe ich gar nicht so richtig verstanden, was Aubrey mir ersparen wollte. Langsam dämmert es mir."

Edna trinkt einen Schluck. „Und der Mann, an den Sie schreiben?"

„Er ist ein alter Freund aus England. Ich ... ich kenne ihn gar nicht wirklich. Meine Mutter sagte, ich solle schreiben, bevor ..." Ich beiße mir auf die Lippe.

„Dann schreiben Sie, Kindchen, das können Sie doch nun wirklich gut."

Sie steht auf und geht nach nebenan in die kleine Waschküche. Einen Moment sehe ich ihr nach, dann nehme ich einen neuen Bogen.

Montauk, Long Island, am 15. Mai 1940

Lieber Colonel Hatton,

oft und gerne nehme ich die Sturmhöhe in die Hand und blättere darin. Tatsächlich übermannt mich manchmal das Heimweh, genau wie Sie es vorhergesagt haben. Aber während ich hier auf das Meer sehe und mein Ausblick nicht anders als mit friedlich und zauberhaft zu beschreiben ist, frage ich mich, wie es Ihnen gerade gehen muss. Gerne würde ich Ihnen etwas schenken, was Sie ebenso tröstet, wie mich ihr Buch, fürchte aber, dass mir das nicht möglich sein wird. Trotzdem hoffe ich, dass Sie vielleicht mein Band mit Kurzgeschichten erfreut, sollten Sie die Möglichkeit haben, hineinzusehen.
Ich hoffe und bete, dass Sie gesund und unversehrt bleiben und wünsche Ihnen eine baldige und sichere Heimkehr!

Ich unterschreibe, wickele einen Band meiner Kurzgeschichten ein und lege meinen adressierten Brief bei.

Edna hebt das dünne Päckchen auf, als sie den Berg Wäsche in die Waschküche gebracht hat. „Ich kümmere mich darum."

„Danke", sage ich einfach und rühre in meinem kalten Kaffee.

„Wissen Sie was, Kindchen, ich habe ja dienstags frei. Was halten Sie davon, wenn ich Ihnen Montag, Dienstag und Donnerstag Fahrstunden gebe? Dann können Sie so etwas in Zukunft selbst erledigen." Sie hält mein Päckchen hoch.

„Das würden Sie tun?“

Sie lacht. „Sie würden mich doch bezahlen, oder etwa nicht?“

„Natürlich.“ Schnell hole mein Scheckbuch aus der Tasche. „Was denken Sie ... wie lange werde ich brauchen?“

Sie zuckt mit ihren schmalen Schultern. „Das hängt davon ab, wie Sie sich anstellen. Drei, vier Wochen?“

Ich nicke. „Das klingt gut.“

Ich esse allein zu Abend. Aubrey sagte ja, es würde spät werden. Als ich gegen zehn gähnend auf die Uhr sehe, habe ich das Gefühl, er könnte vielleicht auch gar nicht mehr kommen. Aber gerade als ich aufstehe, um ins Bett zu gehen, höre ich Motorengeräusch.

„Es tut mir leid. Es ist spät geworden.“ Die Tür klappt hinter ihm zu, während er seinen Mantel abstreift und an die Garderobe hängt. Seine Schritte sind schwer und er sieht müde aus.

„Willst du etwas trinken?“ Ich gieße ihm, wie Blake gestern, einen Brandy ein. Er lässt sich in den Sessel fallen und lockert dabei seine Krawatte. Dankbar trinkt er ein paar Schlucke, dann sieht er mich an. Oh nein, denke ich, er wird mir gleich etwas sagen und es wird mir nicht gefallen.

„Ich werde nach London fahren.“

Ich schließe die Augen. „Wann?“

„Nächste Woche.“

Ich frage gar nicht wie. Wenn Aubrey la Valette nach Europa will, wird er eine Möglichkeit finden ... und wenn er selbst rudert.

Er trinkt noch einen Schluck und hält mir dann das Glas hin. Ich stehe auf und hole die Flasche. Zu meiner Überraschung schüttelt er lachend den Kopf.

„Nein, ma chère, ich dachte, du könntest jetzt auch einen Schluck vertragen. Wenn ich noch etwas brauche, hole ich es mir selbst."

Ich gieße trotzdem nach, weil ich schon stehe, und trinke dann auch aus seinem Glas. Der Brandy brennt angenehm in meinen Schmerz.

„Den Engländern wird bald das Geld ausgehen. Und wenn sie jetzt noch ihre Truppen in Frankreich ver-lieren …" Er sieht nachdenklich in sein Glas. „Vielleicht kann ich ja doch ein paar sture englische Quadratschädel davon überzeugen, Amerika um Hilfe zu bitten. Vielleicht kann ich für dein Land noch etwas tun, meines ist wohl verloren."

Ich setze mich auf die Sessellehne und ziehe seinen Kopf an meine Brust. Er legt mir seine Hand in meinen Nacken und ich küsse ihn, weil es kein Wort gibt, das ein Trost wäre. Als er mich loslässt, reibt er sich die Augen.

„Wollen wir zu Bett gehen?"

„Gleich. Erzähl mir von dir", bittet er und ich berichte von der Inspektion des Hauses und meinem erfolgreichen Kauf. Ich erzähle ihm von Edna, die mir das Fahren beibringen will.

Er schwenkt sein Glas. „Und wie geht es Blake?"

„Woher weißt du, dass er hier war?", frage ich verblüfft.

Aubrey lächelt amüsiert. „Der Brandy, ma chère. Du trinkst allein keinen, also schließe ich aus dem Pegelstand der Flasche, dass Blake hier war und dass er Sorgen hat."

Ich erzähle ihm zögernd von der Scheidung, von Grace und dem Verlag.

Aubrey nickt. „Ich mag Blake, aber er hat einen großen Fehler gemacht."

Ich runzele die Stirn. „Wie meinst du das?"

„Er hat eine Frau unterschätzt, weil sie eine Frau ist." Aubrey hebt die Schultern. „Er hat geglaubt, dass Grace so sehr damit beschäftigt sein würde, Frauen zu lieben, dass sie alles andere darüber vergisst. Er hat sich nicht mal im Entferntesten vorstellen können, dass sie nach ihrem Studium auch etwas mit dem Wissen anfangen will, das sie angesammelt hat." Er lächelt mir zu. „Sieh dich an. Du bist doch auch nicht zufrieden damit, hier herumzusitzen und auf mich zu warten, n'est-ce pas?"

Ich nicke und begreife. „Der Krieg wird auch die Frauen verändern."

„Exakt. Und es hat schon nach dem letzten begonnen." Er streift mich mit einem Blick. „Noch sind Frauen wie Grace und du exotisch und ungewöhnlich. Eines Tages wird es viele von euch geben."

Er steht auf, geht in die Küche und stellt sein Glas in die Spüle. „Ich habe noch etwas für dich im Auto, aber es muss bis morgen warten. Ich bin zum Umfallen müde."

Tatsächlich schläft er schon, als sein Kopf noch nicht einmal das Kissen berührt hat. Ich schmiege mich an seinen Rücken und liege lange wach.

Als ich am nächsten Morgen aufwache, ist Aubreys Bettseite leer. Ich sehe vom Fenster aus, dass er am

Strand steht und hinaus aufs Meer starrt. Nach dem
Duschen schlüpfe ich in Hosen und eine Bluse. Ich
trage hier kaum etwas anderes und bin seltsam erleichtert, dass ich mir über Kleidung keine Gedanken machen muss. Auch versuche ich gar nicht erst, meine Locken zu bändigen – das hatte eh nur Bridget geschafft.
Ich habe sie mir in Montauk etwas kürzer schneiden
lassen und binde sie jetzt mit einem Schal zurück.

Heute fällt mir vor dem Spiegel auf, dass man die Spuren von Laurents Fingern auf meinem Hals nur noch
sieht, wenn man ganz genau hinschaut. Die Narbe ver-
blasst.

Ich rutsche das Treppengeländer hinunter, so, wie ich
es jetzt oft morgens tue und finde Aubrey mittlerweile
im Wohnzimmer, wie er vor einem riesigen Kasten aus
Holz kniet.

„Was ist das?“, frage ich neugierig und sehe ihm über
die Schulter.

„Das, ma chère …“, sagt er feierlich, „… ist jetzt dein
Fenster zur Welt. Es ist nicht nur ein Radio, sondern
auch ein Plattenspieler. Ich lasse dir die Gebrauchsan-
leitung da. Du wirst es schon herausfinden.“ Er lächelt
mir zu und hält mir einen Karton hin. „Deine Platten
aus New York.“

Mit einem Jauchzen sehe ich sie durch: Ella Fitz-
gerald, Benny Goodman, Fred Astaire, Mahler, Vaug-
han Williams und Beethoven.

Vorsichtig hole ich eine aus ihrer Hülle und lege sie
auf den Plattenteller. Dann begutachte ich das Gerät
und stelle fest, dass es eigentlich genauso funktioniert
wie mein altes. Die Platte rauscht und knistert. *Cheek*

to Cheek erklingt und ich strecke Aubrey meine Hand hin. „Du hast noch nie mit mir getanzt."

Er denkt einen Augenblick nach, dann zieht er mich zu sich heran. „Das ist wahr", murmelt er mir ins Ohr und legt seine Wange an meine.

Oh Gott, bitte lass ihn zurückkommen, denke ich, *bitte lass ihn zu mir zurückkommen.*

Ich kann an fast nichts anderes mehr denken, als dass mein Herz so schnell schlägt, dass ich kaum denken kann. Er hält mich weiter fest, auch, als die letzte Note längst verklungen ist. Als er mich dann doch loslässt, sind wir beide einen Moment verlegen.

Er fährt sich durchs Haar. „Ich habe mir Arbeit mitgebracht."

„Und ich habe noch eine Kolumne, die wartet."

Wir arbeiten den Tag über schweigend. Aubrey über seine Geschäftsbücher gebeugt und ich an meiner Schreibmaschine. Zu Anfang sehen wir nur ab und an hoch. Unsere Blicke treffen sich freundlich, dann verändert sich etwas, so, als würde in unseren Augen ein Hunger erwachen. So, als würde jeder von uns sehen, was er gerne mit dem anderen tun würde.

Wir springen fast zur selben Zeit auf und küssen uns so atemlos und so gierig, dass ich mir die Hüfte am Küchenschrank stoße. Auf dem Weg nach oben ziehen wir uns gegenseitig aus, zerren und reißen ungeduldig an Stoffen, an Ärmeln, an Hosenbeinen. Es gibt keine Rücksicht mehr, nur noch Gier. Ich grabe meine Fingernägel in seinen Rücken, als er mich nimmt, als er mich besitzt. Dabei besitze ich ihn ganz genauso. Es ist keinen Deut anders, nur dass ich ihn umklammere und nicht mehr gehen lasse.

Als wir atemlos nebeneinanderliegen, weiß ich, dass wir heute einen Bann gebrochen, einen Zauberspruch umgekehrt, einen Magier vertrieben haben. Und ich weiß ganz genau, dass ich nie wieder mit Blake werde schlafen können. Heute Nacht und alle Nächte, die kommen werden, gehören allein Aubrey und mir.

Wir kehren nicht mehr an unsere Arbeit zurück. Wir lieben uns noch zweimal und liegen danach eng umschlungen beieinander. Das, was ich dabei empfinde, kann unmöglich mit Worten beschrieben werden.

„Du nennst mich nie bei meinem Namen", sage ich schließlich, als die Nacht längst hereingebrochen ist und Aubrey mir eine Zigarette reicht.

Er lacht leise. „Hast du Angst, ich könnte ihn vergessen haben?"

„Nein", sage ich und lege meinen Kopf an seine Schulter. „Eigentlich nicht."

„Ein Name ist nur ein Name. Nicht mehr und nicht weniger", murmelt er und küsst mein Haar.

34

Ross Miller klingelt mich am Samstag in aller Frühe aus dem Bett und fragt einigermaßen empört nach meiner Kolumne.

Ich koche Kaffee und setze mich dann mit meiner Tasse in den warmen Maimorgen, um zu lesen, was ich gestern schrieb. Und noch während ich die zwei Seiten begutachte, weiß ich, worüber ich eigentlich schreiben will.

Innerhalb einer Stunde tippe ich zwei neue Seiten und schreibe dann handschriftlich darüber: *Frauen, die Abschied nehmen.*

Aubrey liest sie schweigend und isst dabei das Rührei, das ich ihm hingestellt habe.

„Gefällt sie dir nicht?", frage ich, als er sie zur Seite legt.

„Nein, im Gegenteil." Er trinkt noch einen Schluck Kaffee. „Weißt du, ma chère, es sind nicht nur die Frauen, die Abschied nehmen. Wenn ich morgen gehe, werde ich genauso Abschied nehmen, ohne zu wissen, ob ich dich wiedersehen."

„Würde es dir denn etwas ausmachen, mich nie mehr wiederzusehen?"

Er stellt die Tasse ab, zieht eine Augenbraue nach oben und einen Mundwinkel nach unten. „Was denkst du eigentlich von mir?", fragt er.

Ich sehe ihn lange an. „Frag mich nicht, wenn du die Antwort nicht wirklich hören willst."

Wir prusten im selben Augenblick los und lachen, bis uns die Seiten wehtun, bis wir Tränen in den Augen haben, bis unsere Mundwinkel zittern. Ich glaube, wir lachen das erste Mal gemeinsam und können uns erst Minuten später wieder beruhigen.

„Gib mir deine Kolumne. Ich lasse sie per Kurier nach New York bringen." Er nimmt mir die Papiere aus der Hand.

Blake ruft an, während Aubrey unterwegs ist. „Störe ich?"

„Nein, Blake, natürlich nicht. Was gibt es?"

„Ich habe einen Erscheinungstermin für *Der Glanz verlorener Zeiten* Wir bringen es am 13.08. raus."

Ich frage mich, ob Aubrey bis dahin wieder da sein wird.

„Ist es dir nicht recht?", fragt Blake.

„Doch, doch", entgegne ich abwesend. „Ein Tag ist so gut wie der andere."

„Ist etwas?"

„Nein. Es ist nur … Aubrey muss wieder nach Europa …"

„Und du bist außer dir. Verstehe …"

Täusche ich mich oder klingt er gelangweilt? Oder resigniert?

„Wie wäre es, wenn wir uns nächste Woche sehen?", schlage ich vor.

„Sicher. Viel habe ich im Verlag nicht mehr zu tun. Wie es dir passt."

„Mittwoch?"

„Gern. Ich habe mit einem Freund bei *Random House* gesprochen. Wenn du wieder was schreibst … er ist sehr interessiert."

„Das klingt gut, vielen Dank!"

„Bis Mittwoch dann", sagt Blake knapp und legt auf.

Ich frage mich, wie viel es wohl kosten würde, das Haus vergrößern zu lassen. Ein Gästezimmer wäre schön und vielleicht ein zweites Bad.

Ich gehe nach draußen und betrachte es. Nach rechts ist noch eine Menge Platz, dort, wo der Parkplatz ist. Wenn ich eine Garage bauen lassen würde, könnte der Platz darüber gut für ein weiteres Zimmer reichen und vor der Garage könnte man immer noch ein Auto abstellen.

„Was machst du hier draußen im Regen?", fragt Aubrey und schlägt die Autotür zu.

Es ist mir gar nicht aufgefallen, dass der Himmel sich bezogen hat. Aber jetzt spüre ich die feinen Tropfen kühl auf der Haut. Ich gehe mit ihm hinein, während ich ihm von meiner Idee erzähle.

„Weißt du, Harriet könnte mal über Nacht bleiben, wenn sie mag, oder Blake. Und meine Mutter könnte kommen." Ich drehe mich zu ihm, während er sich die Schuhe auszieht. „Kannst du sie fragen?"

„Was fragen?" Er sieht mich erst verständnislos an, dann nickt er leicht. „Sie wird nicht mit mir kommen."

„Ich weiß, aber fragst du sie trotzdem?"

„Natürlich." Er streicht mir eine Locke aus dem Gesicht.

Noch eineinhalb Tage und eine ganze Nacht. Wieder rollt diese Kugel in meiner Brust, als hätte sie jemand mit einem Queue angestoßen, als würde sie danach ziellos durch meine Brust treiben, schmerzhaft gegen Knochen stoßen und weiterrollen, ohne ihren Platz zu finden.

Den ganzen Tag lang hängen wir unseren Gedanken nach. Vor den Fenstern regnet es und manchmal drückt eine Böe die Tropfen fast senkrecht gegen die Scheibe.

Aubrey sitzt wieder über seinen Büchern und ich lese Korrektur. Ich lese viele Sätze doppelt und dreifach, kann sie mir nicht merken und beginne wieder von vorn, bis ich ein nagendes Hungergefühl spüre und dennoch keinen Appetit habe.

Trotzdem stehe ich auf, gehe in die Küche, schäle und reibe Kartoffeln in eine Schüssel, gebe Speck, Sahne, Salz und Pfeffer dazu und verteile Erbsen und geriebenen Käse darüber.

Aubrey kommt in die Küche, als ich die Form gerade in den Ofen schiebe und sieht mir interessiert über die Schulter. Ich habe das Gefühl, jede meiner Bewegungen in der Küche ist ungelenk und ungeschickt. Es wird besser werden, je öfter ich das tue, sicherlich, aber fürs Erste muss es so gehen.

„Ich bin gern bei dir zu Gast", sagt er schließlich, während ich abwasche. Er nimmt sich eines der Handtücher und trocknet, was ich spüle, sorgsam ab, bevor er es wegräumt.

„Woher kannst du eigentlich kochen?", frage ich, lehne mich gegen den Spülstein und sehe ihm zu, wie er Tropfen von einem Weinglas reibt.

„Ich habe während des Studiums nicht sehr üppig gelebt. Meine erste Wohnung in Paris war klein und sehr weit weg von dem Apartment, das du kennst. Laurent hat den größeren Teil des Vermögens geerbt, als meine Großeltern starben. Ich musste meinen Anteil gut investieren."

„Woher wusstest du, was du tust?“

Er lacht und stellt das Glas weg. „Ich hatte keine Ahnung und im Nachhinein betrachtet eine gute Portion Glück. Zu Anfang habe ich für Laurent gearbeitet. Er hatte mir die Leitung seiner Unternehmen übertragen, während er versucht hatte, Chateau Valette zu einem großen Weingut zu machen. Wir waren von Anfang an sehr unterschiedlich. Bei Laurent ging es um den schnellen Erfolg, ich hatte immer Respekt vor dem Risiko. Als ich die Fabriken in Toulouse übernahm, habe ich zuerst die Arbeitsbedingungen dort verbessert. Und nein, ma chère, nicht weil ich ein Menschenfreund bin. Ich könnte dir jetzt leicht erzählen, wie philanthropisch ich bin, aber du selbst weißt, dass das nicht stimmt. Ich war und ich bin alles andere als selbstlos. Was ich tue, hat immer einen Grund.“ Er lacht, stellt das Glas auf den Tisch und ein zweites dazu. Aus dem Eisschrank nimmt er eine Flasche Chablis und schenkt ein. „Wie dem auch sei. Ich erkannte schnell, dass gut ausgebildete Arbeiter nicht an jeder Ecke zu bekommen sind und dass ihr Verschleiß langfristig unwirtschaftlich ist. Es war das erste Mal, dass ich mich ernsthaft mit Laurent überworfen, dass ich gegen ihn aufbegehrt habe. Außer den Geschäften hatten wir nie viel, worüber wir zu sprechen wussten. Ich erzählte dir ja von den Ziegen im Weinberg. Jedenfalls machte ich Laurent ein Angebot, die Fabriken aufzukaufen und da er in Valette gerade sehr erfolgreich war, hat er sich sogar darauf eingelassen. Ich begriff, dass ich mehr Geld verdienen konnte, wenn ich an der kompletten Produktionskette beteiligt war und kaufte Bergwerke und Mienen auf, etablierte solide Handelsbeziehungen mit

England. Ich bin nur bedingt stolz darauf. Auf meinem Weg nach oben habe ich keine Rücksicht genommen." Er trinkt einen Schluck und setzt sich auf den Küchenstuhl. „Laurent hat beim Börsencrash alles verloren. Ich griff ihm unter die Arme, kaufte La Valette, bevor es die Steuer fressen konnte, und ließ ihn dort bleiben. Er war mir unheimlich und gleichzeitig hatte ich Mitleid. Vielleicht hatte ich gehofft, dass ihn das Mitleid erweicht. Ich weiß es nicht."

Er hält einen Moment inne und ich frage: „Inwiefern?"

Aubrey dreht das Weinglas. Es gibt einen weitaus größeren Teil der Geschichte, den er mir nicht erzählt, denke ich. Als er aufsieht, weiß ich, dass ich recht habe.

„Ich glaube, dass, was er mit dir getan hat, hat er nicht zum ersten Mal getan."

Mehr wird er mir nicht erzählen und ich glaube, dass er damit schon das Gefühl hat, zu viel gesagt zu haben.

„Ich habe ihn nach dem Sommer in Valette nach Montana in eine meiner Mienen geschickt. Ich habe ihm alles genommen, was ihm etwas bedeutete, als ich das Weingut verkaufte. Ich habe die ganze Zeit gefürchtet, er würde zu mir nach Frankreich zurückkommen. Jedes Mal, wenn ich nachts hinter mir Schritte hörte, war ich auf alles gefasst. Dass er es wagen würde, sich an dir zu vergehen ..." Er bricht ab, zupft vorsichtig mein Halstuch hinunter und sieht auf die verblassten Streifen. „Träumst du noch?"

Ich ziehe den dünnen Stoff wieder hoch. Ich schäme mich vor ihm und weiß nicht warum. Es ist eines dieser Gefühle ohne Grund, die ich seit Laurent habe. Oder vielleicht ist Laurent ja der Grund.

„Ja. Und wenn ich mich morgens nichts mehr erinnern kann, glaube ich, dass ich dennoch ...“ Trotz der Wärme in der Küche fröstelt es mich. „Ich wache manchmal auf und fühle seine Finger an meinem Hals, seinen Fuß auf meiner Hand. Er ist nicht mehr in mir, trotzdem hat er noch Macht über meinen Schlaf.“ Ich trinke einen großen Schluck Wein. „Wird das so bleiben?“

Von all den Menschen, die ich kenne, wird Aubrey der einzige sein, der mir eine Antwort geben kann.

Er nickt langsam. „Vielleicht werden die Träume seltener, vielleicht werden die Bilder blasser, aber ganz vergehen wird es nie.“

Das war nicht das, was ich hören wollte. Ich muss an die Nacht auf der *Mauretania* denken, als ich Aubrey aus seinem Albtraum wachrüttelte. Im Schlaf sind wir alle verwundbar.

„Laurent hatte es damals in der Hand. Es kam mir vor wie ein Faden, eine einzelne Spinnwebe“, flüstere ich. Dieselbe Verzweiflung wie in den Tagen im Krankenhaus legt sich so plötzlich über mich, dass ich den Rand des Spülbeckens umklammere. Ich schwanke, als wäre ich ein angestoßenes Pendel.

Aubrey greift nach meinem Ellenbogen und hält mich fest. Das Taumeln wird besser.

„Du hast dich danach gesehnt, dass er diesen Faden durchtrennt. Ich weiß das sehr genau“, sagt er leise.

Ich drehe den Kopf weg und kann ihn nicht ansehen. Auch kann ich unmöglich noch einmal daran denken. Würde ich es tun, hätte ich das Gefühl, ich würde mich hier und jetzt vor seinen Augen auflösen. Mir fällt das Zitat aus *Der Graf von Monte Christo* ein.

„Er wollte, dass du damit lebst. Der Tod schien ihm zu gnädig. Für dich und für mich.“

„Hat er das gesagt?“, frage ich und weiß gleichzeitig, dass es unwichtig ist, ob Laurent es wirklich ausgesprochen hat. Es ist so.

Aubrey schweigt, umfasst mein Kinn und dreht meinen Kopf. In seinem Blick liegt so viel Wut, dass mir eiskalt wird. Ich war nicht dabei und kann es jetzt trotzdem sehen. Ich sehe, wie er seine Hände um Laurents Hals gepresst hat. Ich kann seine Anstrengung fühlen, seinen Hass und seine Hilflosigkeit.

Dann werden seine Augen wieder warm und ich erinnere mich an die Erlösung, die ich empfand, als er mir sagte, er hätte sich um Laurent gekümmert. Mir fällt wieder ein, was Jules vor langer Zeit gesagt hat: Aubrey wäre kein Gentleman. Vielleicht bin ich heute zum ersten Mal froh, dass er es nicht ist. Ich glaube nicht, dass er damals lange darüber nachgedacht hat, was er mit Laurent tun wird.

Einen Moment lang bleiben wir so stehen und ich spüre, dass alles wieder ein wenig leichter wird, ein wenig weiter wegrückt, dann mache ich mich los und gehe zum Ofen.

Braun und appetitlich wölbt sich die Käsekruste.

„Ich glaube, das Essen ist fertig.“ Ich bin froh über diesen belanglosen Satz und klammere mich an jedes Wort, das ich spreche.

„Gut, ich bin halb verhungert.“ Aubreys Augen werden wieder ausdruckslos.

Wir essen gleich hier in der Küche, direkt aus der Form. Es gibt keine Teller, nur zwei Gabeln und unseren Wein.

Zwischen zwei Bissen sagt Aubrey: „Es tut mir leid, dass ich schon wieder eine Buchpremiere von dir verpasse.“

Ich winke ab. Vielleicht ist es gar nicht tragisch. Vielleicht wäre ich aufgeregter, wenn ich ihn bei mir wüsste.

„Hast du das Manuskript gelesen?“

„Natürlich“, sagt er und sieht stirnrunzelnd auf. „Ich lese alles, was du schreibst.“

Ich räuspere mich und spüle mein Essen mit dem Rest aus meinem Glas herunter. „Macht es dir etwas aus? Ich meine … dass es so dicht an der Realität ist.“

Aubrey lächelt ganz leicht und es erleichtert mich.

„Nein, sicher nicht. Zum einen wird dies kaum jemand ahnen oder auch nur zu denken wagen, zum anderen …“ Er tupft sich mit einem Taschentuch über die Lippen. „Zum anderen finde ich deine Gedanken und Beschreibungen sehr treffend.“

Ich nicke. Das reicht mir. Mein Blick fällt auf die Uhr. Es ist nach fünf. Noch vierundzwanzig Stunden.

Wir lieben uns zweimal in dieser Nacht, schlafen beide schlecht und wachen früh auf.

Der Wind hat den Regen davongetragen. Zurückgeblieben ist ein weißes Wolkenband, das sich hier und da für die Sonne öffnet. Nach dem Frühstück bummeln wir in östlicher Richtung den Strand entlang. Ich habe meine Hand in seinen Arm geschoben. Wir sprechen über nichts Wesentliches mehr, sondern nur noch über das, worüber Menschen am Meer eben sprechen: seltsam geformte Stücke Treibholz, kreischende Möwen, die Brandung und die Muscheln, nach denen wir uns ab und an bücken. Wir laufen, bis wir den Leuchtturm in der Ferne sehen und drehen dann um. Die Sonne scheint uns ins Gesicht.

Erst als wir wieder zu Hause ankommen, sagt Aubrey leise: „Ich werde gegen drei fahren. In New York muss ich noch ein paar Anweisungen für Doug dalassen."

Mein Magen zieht sich schmerzhaft zusammen. Das kleine, harte Herz hat Gesellschaft bekommen.

Wir sitzen schweigend auf der Terrasse und trinken Kaffee, bis es Zeit ist. Niemand von uns beiden hat Hunger.

Als ich ihn zum Abschied küsse, habe ich das unbestimmte Gefühl, dieser Abschied ist ein Aufschub. Ein anderer wird noch kommen. Ich schiebe den Gedanken weit weg.

„Ruf mich nicht noch einmal an", bitte ich, nachdem er mich lange geküsst hat.

Er lächelt mich an. „Glaub mir, das hatte ich nicht vor."

Ich sehe ihm nach, bis sein Auto hinter der Kurve verschwunden ist.

35

Am Montagnachmittag sitze ich noch immer in einem von Aubreys Pyjamas mit einem kalten Kaffee am Küchentisch, als Edna kommt. Ich hatte sie ganz vergessen. Sie mustert mich und vor allem meinen Aufzug mit einer Mischung aus Entsetzen und Missbilligung.

„Ich finde …", sage ich und trinke einen Schluck aus meiner Tasse, „… das Haus ist ziemlich aufgeräumt."

Sie sieht sich um und sagt dann trocken: „Im Gegensatz zu Ihnen sicher, Kindchen."

Wortlos brüht sie frischen Kaffee auf, nimmt mir meine alte Tasse weg, holt Brot, Mayonnaise und Käse aus dem Schrank. Mit ruhiger Hand bereitet sie ein Sandwich zu, legt es auf einen Teller und stellt ihn vor mich hin. Dann schenkt sie uns beiden Kaffee ein und setzt sich mir gegenüber.

„Wissen Sie, ich kenne diesen Blick", beginnt sie. „Sie sehen aus, als wäre Ihr Mann auf See."

Überrascht starre ich sie an. „Aubrey ist auf dem Weg nach Europa."

„Sehen Sie, so ging es mir, als ich frisch verheiratet war und Jim in aller Frühe mit seinem Kutter rausfuhr. Ich habe aus dem Fenster auf das Meer gestarrt und es gehasst. Ich konnte keinen Fisch mehr essen, wenn er nicht da war, weil er mich an ihn erinnerte. Es wird besser. Es wird anders. Sie gewöhnen sich daran."

Ich habe mich die ganze Zeit nicht daran gewöhnt, dass er kommt und geht, wie es ihm passt.

„So, und jetzt essen Sie und danach ziehen Sie sich an. Heute ist Ihre erste Fahrstunde."

Das hatte ich völlig vergessen.

„Ich weiß nicht, ob das so eine gute Idee ist", sage ich langsam und starre auf das Brot vor mir. Ich habe seit fast zwei Tagen nichts gegessen.

„Gerade", sagt Edna, steht wieder auf und nimmt den Besen aus dem Wandschrank. „Essen, anziehen, fahren. Glauben Sie mir, Sie werden sich besser fühlen, wenn Sie fahren können."

Ich esse langsam. Gegen Edna komme ich nicht an. Ich habe weder Kraft noch Lust, mich zu wehren.

Zwei Stunden später sitze ich in ihrem Auto auf dem Fahrersitz, während sie mir geduldig den Schalthebel am Lenkrad und all die Pedale zu meinen Füßen erklärt. Ich lerne, wo die Scheinwerfer sind, die Lüftung und die Aschenbecher. Sie zeigt mir, was ich in den Spiegeln sehen kann und was nicht.

„Autofahren ist kein Hexenwerk", beruhigt sie mich, doch ich zweifele daran, während ich mit Kupplung und Gaspedal kämpfe.

„Blake, wenn ich einen Wagen kaufen wollte, wie würde ich das anstellen?"

Er sieht auf und schwenkt den Brandy in seiner Hand. Wir haben gerade gegessen und über sein neues Apartment geplaudert. Vor allem aber über seine Nachbarn – ein frisch verliebtes Paar, dessen Schlafzimmer nur eine dünne Wand von seinem entfernt ist. Wir haben beide über seine kläglichen Versuche, mit Watte in den Ohren ein wenig Schlaf zu finden, gelacht.

„Ein Auto? Ich wusste nicht mal, dass du fahren kannst."

„Ich lerne es noch, aber wenn ich fertig bin, brauche ich einen Wagen.“

Er überlegt. „In Easthampton bin ich an einem Autohändler vorbeigefahren. Soll ich dich hinbringen?“

Ich nicke und stehe auf.

„Gleich?“, fragt er überrascht.

„Warum nicht?“

Langsam stellt Blake sein Glas zur Seite. „Also schön“, seufzt er.

Ich entscheide mich für einen Ford, dessen Verdeck man zurückklappen kann. Er ist rot und das mag ich. Der Autohändler verspricht, ihn mir in den nächsten Tagen vorbeizubringen.

Während Blake uns zurückfährt, wirft er mir einen kurzen Seitenblick zu. „Irgendetwas ist anders an dir. Ich meine, ich kann verstehen, dass das letzte halbe Jahr nicht spurlos an dir vorübergegangen ist, aber zu meiner Überraschung hast du etwas von deiner Zerbrechlichkeit verloren. Du wirkst zäher, wenn man das so sagen kann.“

Ich lache. In erster Linie, weil mich seine Worte treffen. Sie bringen etwas auf den Punkt, worüber ich selbst gar nicht nachdenken mochte. Laurent hat mir fast alles genommen, was mir vertraut war, und alles in meinem Leben hat danach eine neue Bedeutung bekommen.

„Ist das ein Kompliment?“, frage ich und sehe aus dem Fenster. Das Meer zieht rechts vorbei.

„Vielleicht. Ich weiß noch nicht.“

Zu Hause setzen wir uns zurück auf die Terrasse. Blake gibt mir eine Zigarette und schenkt sich dann noch einen Brandy ein. Die Flasche ist fast leer. Ich brauche Nachschub.

„Wie geht es dir mit all den Veränderungen, Blake?", frage ich und wickele mich gegen den Abendwind in eine Decke.

„Gut, gut. Ich lese gerade ein Werk über Malerei im 19. Jahrhundert Korrektur."

So lange ich Blake kenne, hat er nie Korrektur gelesen. Er hat lektoriert, natürlich. Das ist das, was er kann. Seiten so lange schütteln, bis die Worte an die richtigen Stellen fallen. Ich kann mir nicht vorstellen, dass er mit dem Rotstift Flüchtigkeitsfehler jagt.

„Warum suchst du dir nicht einen anderen Job, Blake? Du bist der beste Lektor, den ich kenne und ..."

„In einem anderen Verlag müsste ich von vorn anfangen ... für sehr viel weniger Geld." Er winkt müde ab. „Das Gute ist, ich habe Zeit. Vielleicht schreibe ich selbst ein Buch. Das macht man doch so, wenn man genug andere gelesen hat, nicht wahr? Oder ich lerne angeln oder Golf spielen oder ..." Er lacht und es klingt ganz falsch in meinen Ohren. „Pass auf, bei deiner Buchpremiere machen wir das genauso wie bei der letzten. Du liest, dann signierst du und wenn du nicht mehr kannst, gibst du mir ein Zeichen und der Abend ist vorbei."

Automatisch muss ich an die Nacht danach denken und mir wird kalt. Hastig sage ich: „Ich dachte für die Lesung an das erste Kapitel. Einverstanden?"

Blake trinkt einen Schluck. „Finde ich gut. Oder du teilst. Die Hälfte vom Anfang und dann springst du nach London."

„Geht auch“, überlege ich. „Ist vielleicht sogar abwechslungsreicher.“

„Wird Aubrey diesmal kommen?“, fragt er und gießt jetzt den letzten Rest aus der Brandyflasche in sein Glas.

Ich reibe mir die Oberarme. „Ich denke nicht, nein, er ist in London.“

„Was ist anders?“, fragt er, ohne mich anzusehen.

Blake ist zu klug. Ich habe ihn, außer auf die Wange zur Begrüßung, kein einziges Mal geküsst. Natürlich hat er das bemerkt.

„Ich weiß es nicht“, erwidere ich ausweichend. Ich habe eine Ahnung, aber ich befürchte, wenn ich es ausspreche, verletze ich das, was ich mit Aubrey gerade habe. Ein dummer Gedanke, ich weiß.

„Ich schon.“ Blakes Stimme klingt dumpf. „Er wirft dir mal wieder ein paar Häppchen Aufmerksamkeit zu und du bist hin und weg, nicht wahr?“ Mit einer lässigen Handbewegung wischt er sich Asche vom Ärmel. „Du lässt dich davon einlullen. Aber ich sag dir mal was, mein Herz: Nach allem, was man so hört, ist ihm einfach wahrscheinlich mal wieder eine seiner Gespielinnen weggelaufen und jetzt muss er sich mit seiner eigenen Frau begnügen.“

Ich halte die Luft an, öffne dann den Mund, aber Blake ist schneller: „Erinnerst du dich noch? Du hattest mich gebeten, ich solle mich nach Aubrey erkundigen. Das habe ich getan und ich habe dir nie etwas von dem gesagt, was ich erfahren habe. Ich habe dich beschützt, so gut ich konnte, meine Hand über dich gehalten und dich geschont. Ich habe dir nichts von der Frau in Pittsburgh erzählt, nichts von der in London und nichts von der Frau in Chinatown." Er trinkt noch einen großen Schluck. „Ich dachte, du würdest es eines Tages von allein begreifen. Das war wohl falsch, wenn ich dich jetzt so ansehe."

Blake steht auf. Sein Schwanken ist kaum merklich. Ich frage mich, wie viel er wohl zu Hause trinkt.

„Nein, bemüh dich nicht. Ich finde allein hinaus."

Sehr viel später am Abend, als ich immer noch auf der Terrasse sitze und im rauschenden Meer seltsamen Trost finde, klingelt das Telefon. Aubrey kann es nicht sein, denke ich, und stehe langsam auf.

Ich erkenne meine Mutter, nachdem man mich verbunden hat, an ihrem Atmen zwischen all den statischen Geräuschen in der Leitung und schweige, bis sie schließlich sagt: „Ich habe deinen Brief gelesen, mein Kind."

Ich schließe die Augen und setze mich auf den Sessel neben dem Telefontischchen.

„Die Wahrheit ist, auf eine ganz und gar merkwürdige Weise verwundert mich nichts davon, was darinsteht und gleichzeitig ...", sie seufzt, „... bricht es mir das Herz."

Ich glaube ihr. Ich habe ihre Stimme noch nie so zittern hören. Sie weint.

„Weißt du, ich mache mir große Vorwürfe. Es ist meine Schuld. Hätte ich dich Aubrey nicht heiraten lassen ..."

„... hättest du mir viel erspart und mich um sehr viel mehr gebracht", sage ich leise und meine es auch so.

„Siehst du das so, ja?", fragt sie, nachdem sie eine Weile in das Telefon geschluchzt hat.

Ja, selbst jetzt.

„Vielleicht, Mutter, hätte ich ihn selbst irgendwo aufgestöbert und mich verliebt. Wer weiß, wie es dann ausgegangen wäre.“

„Vielleicht.“ Sie klingt zweifelnd.

„Kann ich dich etwas fragen und wirst du mir ehrlich antworten?“

Sie zögert, dann sagt sie: „Ich wüsste nicht, wovor ich dich jetzt noch schonen müsste.“

„Ist dir jemals zu Ohren gekommen, dass Aubrey mich betrügt? Denk nach, Mutter, ich will keine eilige Antwort, aber eine ehrliche. Ich kann jetzt alles ertragen.“

„Nach allem, was du durchgemacht hast, glaube ich das gern“, sagt sie trocken und ist für einen Moment wieder meine alte Mutter.

Eine ganze Weile lang ist es sehr ruhig in der Leitung, bis auf das übliche Schnarren und Knarzen, immer verbunden mit Angst, dass die Verbindung zusammenbricht. Dann sagt sie: „Nein. Ich habe jetzt sehr lange und sehr gründlich über jeden Tratsch nachgedacht, den ich gehört habe. Aubreys Name ist nie so gefallen, dass ich es für wahrscheinlich halten würde.“

Ich atme aus. „Danke.“

Ein kleiner Teil in mir weiß, dass sehr wohl ein Körnchen Wahrheit in dem liegen könnte, was Blake mir erzählt hat, aber der weitaus größere Teil glaubt, dass er einfach wütend ist – eifersüchtig und frustriert. Und was tut es jetzt eigentlich zur Sache?

„Aubrey kommt nach London“, sage ich etwas zusammenhangslos.

„Ich weiß. Ich weiß alles.“ Nach einer kleinen Pause fragt sie: „Wie geht es dir damit? Ich meine, dass du keine Kinder bekommen kannst? Ich habe ...“ Sie bricht ab.

„Mich nie als Mutter gesehen?“, beende ich ihren Satz.

„Nein!“, ruft sie aus und gibt dann doch leise zu: „Ja, irgendwie ... ja.“

„Ich mich auch nicht“, flüstere ich, „aber ich ... ich weiß erst jetzt, dass ich vielleicht doch gern ein Kind gehabt hätte. Müßig, darüber nachzudenken.“

„Es tut mir so leid!“ Ihre Stimme klingt brüchig und ihr Mitleid ist mehr, als ich ertragen kann. Rasch wechsele ich das Thema: „Gibt es etwas Neues?“

„Nicht viel. Keine Toten mehr. Jedenfalls niemanden, den wir näher kennen.“

„Ich habe Colonel Hatton geschrieben.“ Noch während ich das ausspreche, wundere ich mich, wie schnell ein Mister durch einen militärischen Rang ersetzt werden kann.

„Nun, ich bin sicher, er wird es zu schätzen wissen.“ Noch einmal atmet sie tief durch. „Gute Nacht, mein Kind, und viel Glück.“

Harriet kommt unangekündigt nach meiner dritten Fahrstunde am Donnerstag. Sie küsst mich auf die Wange. „Also, Blake hatte schon erzählt, dass es nicht gerade ein Palast ist, aber Kindchen, ehrlich, das ist ja kaum ein Haus!“

Ich zucke mit den Schultern. „Es ist moderner als der alte Kasten, in dem ich aufgewachsen bin. Es hat vier Wände und ein Dach, meinst du nicht?“

„Ich kann mir nicht vorstellen, dass Aubrey sich hier wohlfühlt", murmelt sie. Sie legt Handschuhe und Hut ab.

Im Gegenteil. Vielleicht waren weder Aubrey noch ich jemals für die Leben geschaffen, von denen wir dachten, dass wir sie leben müssten.

„Möchtest du einen Kaffee?"

Sie nickt und folgt mir in die Küche. Ich fühle ihren bohrenden Blick in meinem Rücken, als ich mit dem heißen Wasser hantiere und schließlich zwei Tassen aufgieße. Danach führe ich sie auf die Terrasse. Ähnlich wie Blake schaut sie mit offenem Mund über das Meer. „Also … hier ist es wirklich schön."

„Setz dich, Harry, wie geht es dir? Was macht Doug? Was machen die Kinder?"

„Herzchen, die Jungs haben gerade die Masern durch, inklusive Doug, der sie offenbar als Kind nicht hatte. Ich musste mal raus." Sie sieht mich an und pustet in ihre heiße Tasse, bevor sie sie abstellt, ohne zu trinken. Vielleicht traut sie mir nicht zu, einen guten Kaffee zu brühen.

„Blake sagte, du hättest dich sehr verändert."

„Hat er das?" Ich zünde mir eine Zigarette an.

„Ich meine …", sie mustert mich von Kopf bis Fuß, „… du könntest zwar ein paar Kilo mehr auf den Rippen vertragen, aber sonst muss ich sagen, dass du gut aussiehst. Endlich wieder." Sie lacht und schaut auf meine dunkelblaue Hose und die weiße Bluse. „Irgendwie wie eine Seemannsbraut."

Jetzt trinkt sie doch einen Schluck und ich sehe, dass sie angenehm überrascht ist. „Vielleicht kommst du am Wochenende mal in die Stadt? Wir könnten ausgehen, wenn Doug wieder gesund ist." Sie sieht mich noch einmal an. „Ah, ich glaube ..."

„Ich fühle mich gerade sehr wohl hier, Harry."

Die Stadt ängstigt mich, wenn ich ehrlich bin. Ich habe kein Bedürfnis nach ihr und ich glaube, mich will sie auch nicht haben. Ich wüsste nicht, wie ich ihr das sagen sollte. Sie würde es nicht verstehen, denke ich.

„War auch nur eine Idee." Mit spitzen Fingern zieht sie eine Zigarette aus ihrem Etui.

Ich beuge mich vor und gebe ihr Feuer. Sie inhaliert tief und bläst den Rauch in Richtung Strand, wo der Wind ihn weiter aufs Meer hinausträgt.

„Ich mache mir Sorgen um Blake." Harriet schnippt die Asche weg. „Er hat mir gesagt, dass ihr nicht mehr zusammen seid."

„Er trinkt sehr viel", sage ich vorsichtig und reibe mir die Schläfe.

„Ist das der Grund?"

„Nein. Natürlich nicht."

„Er ist zu viel allein", sagt Harriet, als sie merkt, dass ich nichts weiter dazu sage.

„Er leidet unter der Situation. Der Verlag ..."

„Grace." Harriet spuckt ihren Namen fast aus. „Es geht nicht gut aus, wenn sich Frauen ins Geschäft einmischen."

„Es geht nie gut aus, wenn Männer Frauen unterschätzen."

Ihr Blick streift mich erstaunt und vielleicht auch eine Spur verächtlich. „Bist du etwa eine von diesen modernen Feministinnen?"

Ich sehe sie an und begreife. Sie hat vier Kinder und einen Mann. Ihre Zukunft ist wie ein Tunnel, der immer enger wird.

„Ich weiß nicht." Ich stehe auf und lehne mich gegen die Wand. „Ich glaube nur, dass Frauen das gleiche Recht haben sollten, etwas zu finden, was ihnen Freude bereitet. Über Haushalt und Kinder hinaus."

Auf dem Meer türmen sich dunkle Wolken auf.

„Ich meine … sieh mich an. Ich tue, was mir gefällt."

„Du kannst es dir leisten. Sobald du mit dem Finger schnippst, zückt dein Mann sein Scheckbuch."

„Das Haus gehört mir, Harriet, und der Wagen, der davorsteht, auch."

Sie lacht. „Sicher doch, Herzchen."

Eine Sekunde lang will ich noch etwas sagen, dann schweige ich doch. Es würde keinen Sinn machen. Ihr bedeuten Dinge nicht mehr, wenn sie allein ihr gehören. Mir schon.

„Willst du sagen, dass Blake an seiner Misere selbst schuld ist?", fragt sie schließlich und sieht mich kalt an.

„Aber nein." Ich seufze. „Ich verstehe nur nicht, warum er nicht zu einem anderen Verlag wechselt. Er ist ein brillanter Lektor und er würde überall …"

„Blake ist keine Zwanzig mehr. Eben hatte er noch fast seinen eigenen Verlag und dann …" Sie bricht ab und drückt ihre Zigarette in den Aschenbecher. „Ich muss gehen. Ist eine ganz schöne Fahrt hier raus und wieder zurück."

Eine Fahrt, die sie nicht mehr oft machen wird, denke ich und nicke.

36

„Schön, schön und jetzt die Kupplung langsam kommen lassen ... ja, genauso." Edna lächelt mich zufrieden an. Nach einigen Anfangsschwierigkeiten bin ich nun eine sehr gelehrige Schülerin.

„Irgendwie, Edna, sind Autos wie Pferde, sie funktionieren nur sehr viel präziser."

In ihrem Blick liegt belustigter Zweifel. „Wenn Sie das sagen ..."

Ich konzentriere mich und lenke den Wagen um eine Kurve.

„Und schalten", erinnert mich Edna. „Himmel, Sie mögen es ein bisschen schneller, was?"

Ich lache. Das Verdeck ist offen und mein Schal weht im Wind.

Als ich zu Hause in die Auffahrt einbiege und den Wagen neben den ihren lenke, sehe ich zu ihr herüber. „Edna, kann ich Sie etwas fragen?"

„Warum so förmlich? Sie nehmen doch sonst auch kein Blatt vor den Mund", gibt sie trocken zurück.

„Was denken Sie über Frauenrechte?"

„Ha", macht sie überrascht und sieht dann geradeaus durch die Windschutzscheibe. „Nicht viel", gibt sie zu und fügt dann hinzu: „Aber wissen Sie was? Ich fühle mich schon ziemlich gleichberechtigt, wenn ich ehrlich bin. Ich arbeite und mache den Haushalt, mein Mann arbeitet und kümmert sich um alle Reparaturen zu Hause. Das ist schon ziemlich gut, nicht wahr?" Sie lächelt leicht. Es fällt mir auf, weil sie fast nie lächelt.

„Nicht, dass das Putzen und Fahrstunden geben jetzt so erfüllend ist, aber ich verdiene mein eigenes Geld, so wie Sie, oder?“

Eine Weile lang schweigen wir. Dann sagt sie: „Der Krieg in Europa wird die Frauen verändern. Ich habe das Gefühl, dass sie sich danach nicht mehr so leicht in die Häuser und Küchen zurückdrängen lassen werden oder Arbeit als etwas sehen, was sie wieder aufgeben, sobald sie heiraten.“

Sie sieht es ähnlich wie Aubrey.

Ich schreibe ihr später, bevor ich die Post aus dem Kasten nehme, einen großzügigen Scheck, befürchte aber, dass sie ihn mir wieder wortlos zur Korrektur auf den Schreibtisch legen wird.

Im Wohnzimmer öffne ich die Tür und lasse das Meeresrauschen hinein, während ich die Briefe sortiere. Einen drehe ich in der Hand und sehe auf den Absender. Darauf steht Colonel Francis Hatton. Ich lege den restlichen Stapel zur Seite und reiße ihn auf.

Dunkirk am 22. Mai 1940

Liebe Mrs la Valette,

vielen Dank für Ihre Zeilen und das Exemplar Ihres Buches, das mich jetzt überallhin begleitet. Ich lese darin in jeder freien Minute und bin von Ihrer Art, auf die ganze Bandbreite der menschlichen Emotionen zu sehen, sehr beeindruckt. Gleichzeitig sind Ihre Geschichten von einer so schmerzhaften Distanz, dass ich glaube, es steckt sehr viel von Ihnen darin. Ebenso

frage ich mich übrigens, wie dieser Ort mit dem geheimnisvollen Namen Montauk wohl aussieht?
Ich habe oft an Sie gedacht und überlegt, ob Amerika Sie glücklich macht. Natürlich habe ich es Ihnen gewünscht, aber gleichzeitig gebe ich zu, dass ich auch ein wenig gehofft hatte, Ihr Heimweh könnte Sie vielleicht dazu bewegen, Ihren Mann auf seinen Reisen nach Europa zu begleiten, gleichwohl ich weiß, dass Aubrey Sie einem Risiko dieser Art wohl niemals aussetzen würde. Und während ich mit Sorge auf die derzeitige Lage blicke, kann ich ihn zu seiner Weitsicht nur beglückwünschen.
Was mich angeht, hoffe ich einfach, dass wir uns eines Tages unter besseren Umständen wiedersehen.

Herzlichst, Ihr Francis Hatton

Mir fällt ein, dass meine Mutter mir gesagt hatte, er sei wieder in London und ich fühle mich erleichtert. Ich lege den Brief neben meine Schreibmaschine.

Als an diesem Abend das Telefon klingelt, weiß ich genau, wer mich sprechen will. Ich sage seinen Namen in den Hörer und Aubrey lacht. „Ich werde doch nicht der einzige Mensch sein, der dich anruft, ma chère?"

„Wenn alle schon angerufen haben, kannst es nur noch du sein, nicht wahr?"

„Auch wieder wahr."

„Wie ist es in London?"

„Ruhig." Nach einem Moment fügt er hinzu: „Deine Mutter hat mich aufgesucht."

„Oh ..."

„Ja, das trifft es ziemlich gut." Er schluckt hörbar.

„Was …" Ich halte die Luft an. Eigentlich will ich wissen, was sie gesagt hat, aber schon dieses eine Wort brennt in meiner Kehle.

„Alles, was du dir ohnehin schon vorstellen kannst", sagt er leise. „Willst du mehr wissen?"

„Hat sie dir Vorwürfe gemacht?"

Vorstellen kann ich mir das wirklich, ich mag es nur nicht. Trotzdem sehe ich jetzt meine Mutter in unserem Salon in Mayfair aufgeregt redend und gestikulierend auf- und abgehen, während Aubrey schweigend in dem braunen Ledersessel vor dem Kamin sitzt.

„Zu Recht hat sie das. Was gibt es Neues?", fragt Aubrey.

Ich kann mir gerade lebhaft vorstellen, dass er sich Zeige- und Mittelfinger seiner rechten Hand an die Schläfe legt.

Ich überlege. Dann erzähle ich ihm von Blakes Besuch.

„Er tut mir leid", sagt Aubrey knapp.

„Er ist so verzweifelt. Kannst du ihm irgendwie helfen?", frage ich leise.

„Wohl kaum, aber ich werde sehen, was ich tun kann. Schläfst du noch mit ihm?"

Seine Frage kommt so unvermittelt, dass ich überrascht ausatme.

„Nein", antworte ich schließlich wahrheitsgemäß.

„Ich dachte es mir."

Ich weiß nicht, ob ihn die Tatsache, dass ich mit Blake nicht mehr ins Bett gehe, freut, erleichtert oder ärgert.

„Das trifft ihn sicher auch."

„Sei nicht albern. Wir waren nie ein Liebespaar."

„Wenn du das sagst …"

„Wo bist du?" Ich will es nicht wirklich wissen. Ich will nur nicht über Blake und mich nachdenken.

Aubrey zögert. Ganz kurz nur.

„In Mayfair. Ich ertrage es nicht im Club. Ich kann die Gespräche nicht mehr hören."

Ich denke an die Frau in London, die Blake erwähnt hat.

„Hast du etwas auf dem Herzen, ma chère?"

„Nein", sage ich leise und denke, ich könnte eigentlich auch auflegen.

„Ich höre es an der Art, wie du atmest. Sag schon."

„Es ist nichts. Ich nehme Fahrstunden bei Edna und ich habe mir ein Auto gekauft."

Er lacht. „Gütiger Himmel! Das sind die Neuigkeiten, auf die ich gehofft hatte." Tatsächlich klingt er jetzt vergnügt. „Ich wette, das Fahren macht dir Spaß."

„Sehr", entgegne ich lachend. „Es ist ein roter Ford Cabrio."

Er lacht auch. „Eine sehr gute Wahl."

Dann höre ich eine Stimme im Hintergrund. Ich glaube, es ist Broadwell. Aubrey seufzt. „Ich rufe dich wieder an, ma chère, ja?"

„Pass auf dich auf, Aubrey."

„Das muss ich jetzt, wo du selbst fährst, wohl eher zu dir sagen."

Er legt auf und ich bleibe zurück – mit all den Zweifeln, die mir Blake ins Herz gestreut hat. Sie bohren sich auf die Oberfläche der harten Kugel in meiner Brust und haken sich fest.

Montauk, Long Island, am 15. Juni 1940

Lieber Colonel Hatton,

längst schon wollte ich Ihnen geschrieben haben und mich für Ihre Zeilen bedanken, für die Sie mir Ihre wertvolle Zeit geopfert haben. Tatsächlich aber haben mich die jüngsten Ereignisse in Europa sehr mitgenommen. Heute weine ich um Paris. Ich weine um das freie Paris, das nicht mehr ist, und all die Menschen dort.
Sie fragten in Ihrem letzten Brief nach dem Ort, in dem ich wohne, und heute will ich Ihnen gerne davon erzählen. Lenkt es mich doch ab, wenn ich hier auf der Terrasse meines Hauses sitze und auf das Meer sehe, an dessen anderen Ende der Wahnsinn regiert.
Montauk ist ein kleines Fischerdorf an der äußersten Spitze von Long Island, in dem die Menschen in einem anderen Tempo leben als in New York. Die Strände hier sind weit und wüst. Jemand anderes würde sie wahrscheinlich als öde bezeichnen. Mir sind sie mehr als lieb geworden und ich schreite sie Meter um Meter ab. Vielleicht war ich nie wirklich für die Grossstadt geschaffen. Oft denke ich daran, dass mich selbst London schon ermüdet hat und ich mich nach den rollenden grünen Wiesen um Creston Hall gesehnt habe. Geht es Ihnen nicht ähnlich mit Ihrer Heimat in Yorkshire?
Ich glaube, Sie würden staunen, wenn Sie mein Haus hier sehen würden. Insgesamt kann es kaum größer sein als die Eingangshalle in Creston Hall, die Sie ja kennen. Ich erinnere mich übrigens wieder, dass Sie uns einmal mit Ihren Eltern besuchten – ich muss acht

oder neun Jahre alt gewesen sein. Es erscheint mir wie aus einem anderen Leben.

Das Schöne an meinem Haus in Montauk ist, dass es meines ist. Ich habe es gekauft – und alles, was darinnen ist. Und das ist nicht viel. Ich wünschte, ich könnte Ihnen ein Bild der Aussicht schicken!

Überhaupt wünschte ich, es stünde in meiner Macht, Sie ein wenig aufzuheitern.

Gerne will ich Ihnen, sobald ich es in den Händen halte, ein Exemplar meines Romans zukommen lassen. Ich freue mich sehr über Ihr Interesse daran.

Jedes Mal, wenn im Radio I vow to thee, my country spielt – und das ist dieser Tage oft – dann denke ich an Sie.

Ich schließe mit allen guten Wünschen für Sie, Colonel Hatton, mögen Sie immer behütet sein.

***

London am 24. Juni 1940

Liebe Mrs la Valette,

tatsächlich kann ich mir jetzt ein besseres Bild von Ihrem Montauk machen. Ich glaube, Sie haben einen sehr freien Geist, den man kaum in die engen Straßen einer Grossstadt pressen kann – er ist am Meer wohl sehr viel besser aufgehoben. In der vergangenen Woche übrigens stand ich in Cornwall an der Küste und sah zu Ihnen herüber. Und gestern blickte ich über den Kanal nach Frankreich. Ich sah auf eine geschlagene Nation, die tapfer an unserer Seite, nein, mit uns gegen einen

Aggressor gekämpft hat, der wohl Europa nicht unbarmherziger hätte überrollen können.

Manchmal muss ich mich daran erinnern, dass auf allen Seiten Menschen kämpfen, mit ihren ureigenen Wünschen, Hoffnungen und Zielen, die sich wohl von meinen kaum unterscheiden werden, betrachtet man nur die Grundbedürfnisse. Und wenn ihr uns stecht, bluten wir nicht? So heißt es doch im Kaufmann von Venedig.

In diesem Krieg sind wir alle menschlich und doch stehen wir uns gegenüber und lassen uns von Hass und Verzweiflung leiten. Ich weine mit Ihnen und Ihrem Mann um Frankreich und ich weine um England. Niemals kam mir unser Land so klein vor, niemals so verloren. Eine Insel mitten im Meer. Früher mögen wir uneinnehmbar gewesen sein, aber wir leben heute.

Verzeihen Sie, dass ich so kurz angebunden bin, aber ich erhielt heute meinen Marschbefehl. Ich kann Ihnen nicht sagen wohin, ich kann Sie nur bitten, mir weiter zu schreiben, erheitert und erfreut mich doch jeder Ihrer Briefe.

Herzlichst
Ihr Francis Hatton

PS: Sie denken doch an ein Exemplar Ihres Romans für mich, ja?

Von Aubrey habe ich nichts gehört, seitdem die Deutschen in Paris einmarschiert sind. Ich bete, dass er wirklich in London ist und nicht in Frankreich. Seine Worte, er habe die Deutschen nachhaltig verärgert, gehen mir nicht aus dem Kopf. Sie geistern durch meine Gedanken und ich versuche sie weit wegzuschieben.

Meine Vormittage verbringe ich am Meer. Ich habe mir angewöhnt, morgens zwei Stunden zu laufen, bevor ich mich an den Schreibtisch setze. Tatsächlich habe ich einen neuen Roman begonnen. Ich weiß noch nicht, wohin er mich führt und was ich sagen will, aber mir fehlt Blake mit seinem klugen Blick. Es fehlt mir, dass er nicht bei mir sitzt, schweigend liest und raucht, ab und an hochsieht und mir zulächelt. Manchmal fehlt es mir durchaus auch, mit ihm zu schlafen, das räume ich ein. Ich habe seine samtige olivfarbene Haut geliebt und seine schwarzen Augen, die sich in meine bohrten. Er ruft nicht mehr an und ich rufe ihn auch nicht mehr an. Vielleicht ist es aber auch so, dass mir die Nähe eines anderen Menschen fehlt. Wenn Edna nicht da ist, bin ich allein.

In einem Brief hat Blake mir die Adresse eines Lektors bei *Random House* geschickt und sehr förmlich den Termin meiner Buchpremiere bestätigt.

Mit Harriet habe ich mich zweimal getroffen. Einmal zum Lunch in Easthampton, einmal bin ich zu ihr gefahren, aber es ist, als gäbe es nichts mehr, worüber wir sprechen könnten, als hätte sich jedes Thema erschöpft. Wir sehen uns ab und an in die Augen, während sie über ihre Kinder plaudert oder ich ihr von den Wolken über dem Meer erzähle.

Wir sehen uns an und ich weiß ganz genau, dass das, was uns einmal verbunden hat, nicht mehr existiert. Wir sind uns fremd. Anders fremd, als mir Gabrielle geworden ist, aber dennoch fremd.

Mittlerweile empfinde ich mich wirklich als im Exil oder wie das Exil selbst. Ich denke manchmal darüber nach, dass Aubrey gesagt hatte, wir würden New York erobern. Es war eine hübsche Vorstellung, aber diese Stadt hat mich in allen Disziplinen geschlagen. Mehr, als sie aus der Ferne zu sehen, bleibt mir nicht mehr. Aber ich habe auch kein Verlangen danach, dorthin zurückzukehren und den Kampf wieder aufzunehmen. Ich wüsste gar nicht, was und wen ich gewinnen wollte. Vielleicht rufe ich deshalb den Lektor bei *Random House* nicht an.

37

Der Juli beginnt heiß, beinahe schwül und oft gehe ich nachmittags im Meer schwimmen, auch wenn mich Aubrey davor gewarnt hat. Niemals schwimme ich weit hinaus. Ich spüre schon, während ich ins Wasser laufe, an den Füßen, wo die Strömung mich an diesem Tag hinziehen will und halte mich fern.

Als ich an einem dieser heißen Julitage in ein Handtuch gewickelt zurück ins Haus gehe, hält mir Edna den Telefonhörer hin. „Ihre Mutter, Kindchen.“

Ich frage mich, ob die beiden Frauen sofort verstanden haben, dass sie aus demselben Holz geschnitzt sind.

„Danke, Edna. Ich weiß, Sie sind nicht dafür hier, um das Telefon abzunehmen.“

„Keine Kinder, keine Hunde, kein Kochen und kein Telefon“, ermahnt sie mich und geht wieder in die Küche. Ich wette, sie hat mir wieder ihren selbst gemachten Kartoffelsalat, den ich so liebe, in den Kühlschrank gestellt.

„Bist du in London, Mutter?“

„Nein, bei den Billings, mein Herz. Sie haben Telefon. Ich dachte, ich höre mal, wie es dir geht. Ich bin so eine lausige Briefschreiberin.“

„Ich auch“, seufze ich.

Meine Mutter lacht schnippisch. „Na, Colonel Hatton kann sich über mangelnde Korrespondenzfreudigkeit deinerseits nicht beklagen.“

„Hattest du nicht selbst gesagt, ich solle ihm schreiben, Mutter?“

Diesmal lacht sie herzlich. „Ja, ich erinnere mich gut. Eines noch ...“

Jetzt beginnt mein Herz doch zu klopfen. *Keine Todesmeldungen, bitte*, denke ich, *nicht heute*. Mir reichen die Zeitungsartikel, mir reichen die deutschen Bomben auf mein Land.

„Ja?“

„Ich soll dich von Aubrey grüßen.“

„Hast du ihn gesehen?“

„Nur ganz kurz, vor ein paar Tagen in London. Ich glaube, er arbeitet viel.“

Nach einem Augenblick Ruhe fragt sie: „Bist du noch da?“

„Ich muss Schluss machen, Mutter, ich erwarte noch Besuch zum Dinner“, lüge ich.

„Ja, mein Kind, ich wollte auch nur deine Stimme hören. Diese Gespräche kosten ein Vermögen und ich bin froh, dass das diesmal die Billings zahlen.“ Sie lacht.

„Bis bald.“

Ich lege auf, dann wähle ich erneut. Ich warte, lasse mich verbinden und warte wieder. Ich brauche drei Anläufe, bis sich Broadwell in Mayfair meldet. Für einen Moment überkommt mich so eine Sehnsucht nach England, dass mir Tränen in die Augen steigen.

Ohne große Hoffnung frage ich, ob Aubrey da ist und zu meiner Überraschung sagt Broadwell: „Einen Augenblick, Madam.“

„Ja?“

„Zum Teufel, Aubrey, du hättest anrufen können!“

Einen Augenblick ist es sehr ruhig, dann holt Aubrey Luft. „Weißt du, ma chère, diese Leitung funktioniert in zwei Richtungen, wenn sie denn funktioniert.“

Jetzt atme ich tief ein und stelle dann fest, dass er recht hat. Ich habe das Warten für so selbstverständlich erachtet, dass mir kaum in den Sinn gekommen war, ihn anzurufen.

„Was tust du?", frage ich schließlich.

Er lacht und es klingt müde. „Ich nehme dem amerikanischen Botschafter Geld für den Krieg in England ab und versuche ihn dazu zu überreden, Deutschland ebenfalls den Krieg zu erklären."

„Bist du erfolgreich?"

„In vielerlei Hinsicht nein", sagt er knapp.

„Dann könntest du auch nach Hause kommen, nicht wahr?"

„Ma chère, ich habe keine Heimat mehr."

„Du hast mich", sage ich leise und lege auf.

Montauk, Long Island, am 13. August 1940

Lieber Colonel Hatton,

wie ich heute der Zeitung entnehmen musste, ist England schwer bombardiert worden. Meine Gedanken und Gebete sind bei Ihnen und in meiner Heimat. Ich fühle mich unendlich weit weg und wie gelähmt. Ich kann nichts tun.

Ich sende Ihnen anbei meinen Roman – heute ist der Erscheinungstag und mir steht nicht der Sinn danach, eine belanglose Geschichte vorzulesen. Wie unwichtig erscheinen mir meine Gefühlsduseleien im Vergleich dazu, was in der Welt vorgeht. Ich fühle mich gerade sehr egoistisch und sehr klein. Ich hoffe, Sie vergeben mir meine wirren Worte.

Grace ist eine schöne, sehr schlanke große blonde Frau. Sie löst sich aus der Menge der Menschen in der Buchhandlung und kommt auf mich zu. Wir haben uns nur ein paar Male bei Doug und Harriet gesehen. Ich weiß nicht, ob ich sie auf der Straße wiedererkannt hätte, aber hier sofort.

Sie begrüßt mich und küsst mich auf meine Wangen, während ich mich unauffällig umsehe. Ich sehe weder Doug noch Harriet. Ich sehe niemanden, den ich kenne, außer Ross Miller, der mir aus der Ferne lächelnd zunickt.

„Wo ist Blake?", frage ich, nachdem wir artig Höflichkeiten ausgetauscht haben.

Grace schüttelt leicht den Kopf. „Er ist krank. Ich werde für ihn einspringen."

„Krank …", wiederhole ich entgeistert.

Sie zieht mich am Arm ein Stückchen an die Seite und beugt sich dann dicht zu mir heran. „Er war nicht in der Verfassung, dir heute eine Stütze zu sein und da dachte ich, ich springe für ihn ein." Sie sagt es sehr freundlich und sehr nüchtern. „Mach dir keine Sorgen, deine Lesung wird großartig. Du siehst ja, wie voll es hier ist und wie viele Leute deinen Roman schon gekauft haben."

Es werden um die hundert Menschen sein, die sich im Laden verteilen und tatsächlich sehe ich bei fast jedem das blaue Cover meines Romans in der Hand oder unter dem Arm.

„Bereit?", fragt Grace und umspannt meinen Ellenbogen mit ihren langen dünnen Fingern.

Ich nicke, denn etwas anderes bleibt mir bei ihrem Griff auch nicht übrig.

Wie beim ersten Mal setze ich mich hinter den Tisch, trinke hastig noch zwei Schlucke Wasser, bevor Grace mich vorstellt.

„... und während er die Treppe nach oben geht und ich seine Schritte dumpf auf dem Läufer höre, bleibe ich unsicher stehen. Er hat mich nicht in sein Bett eingeladen und ich bezweifele, dass er in dieser Nacht zu mir kommt. Vielleicht muss mir einfach reichen, dass er wieder da ist, dass er zurückgekommen ist."

Ich schlucke trocken und lausche dem einsetzenden Applaus mit einer Mischung aus Bestürzung und Bewunderung.

Grace hebt die Hand. Langsam wird es wieder still.

Meine Hände zittern, als ich das Buch zuschlage. „Vergeben Sie mir. Ich weiß, Sie alle sind gekommen, um mich heute lesen zu hören. Ich habe so viel gelesen, wie ich konnte. Eigentlich würde ich jetzt mit dem zweiten Teil meines Buches fortfahren."

Ich mache eine kleine Pause, um mich zu sammeln. Grace wirft mir einen irritierten Blick zu, den ich ignoriere. *Blake hätte mich verstanden*, denke ich.

„Wie Sie vielleicht wissen, bin ich Engländerin. Vielleicht lesen Sie meine Kolumne in der *Times*, vielleicht kennen Sie bereits mein erstes Buch. In der letzten Nacht, wie auch in den Tagen und Wochen zuvor, ist meine Heimat bombardiert worden. Mein Land und alle Menschen, die darin leben, befinden sich im Krieg. Ich habe mich nie nur als Engländerin gesehen. Ich habe Spanien und Italien bereist und ich habe mit meinem Mann in Frankreich gelebt. Das Europa, das ich kenne, das sich nach dem Ersten Weltkrieg gerade neu sortiert hat, steht wieder auf dem Spiel und die Welt, so wie ich sie kenne, geht gerade unter. Ich habe Menschen verloren, die ich liebe, ich fürchte um das Leben derer, die mir nahestehen. Glauben Sie mir, ich würde gerne lesen, aber heute sind es nicht meine Gedanken, die es wert sind, gehört zu werden, sondern wir sollten derer gedenken, die im Kampf für ein freies Europa ihr Leben geben. Ich kann Sie nur bitten, für mein Land und für alle Länder in Europa, die an die Freiheit und die Selbstbestimmung glauben, zu beten.“

Die Stille, die folgt, scheint mir ewig zu dauern, dann aber klatschen einige und stehen auf, dann mehr, dann erfüllt das Klatschen den ganzen Raum. Ich sehe in ihren Gesichtern Bestürzung, ich lese Trauer, ich lese Wut. Viele werden Familie, Freunde und Bekannte in Europa oder ihre Wurzeln dort haben. Ich lasse meinen Blick über sie schweifen, bis sich eines aus der Menge erhebt.

Aubrey.

Er lehnt gegen eines der Bücherregale weiter hinten. Noch niemals zuvor hat er mich so warm und so liebevoll angelächelt. Noch niemals zuvor hat er mich in einem Raum voller Menschen geküsst und er tut es doch.

Ich denke für einen Moment an Blake und daran, dass die Geschichte der verlorenen Zeiten eigentlich hier enden müsste. Denn es ist meine Geschichte.

Aubrey sitzt neben Grace hinter mir, während ich Bücher und Zeitungskolumnen signiere. Er schenkt mir Wasser nach und füllt meinen Füller auf, bis er nach zwei Stunden in mein Ohr flüstert, dass es jetzt genug sei. Mir tut meine Hand weh. Ich kann nicht mehr schreiben und sehe Grace an. Sie versteht sofort und beendet die Veranstaltung elegant. Ich bewundere sie, das muss ich sagen. Sie ist auf eine stille Weise ungemein durchsetzungsfähig. Bevor wir gehen, frage ich sie noch einmal nach Blake.

Sie wirft erst Aubrey, dann mir einen seltsamen Blick zu und sagt ausweichend: „Er ist in einer Einrichtung in Connecticut, um sich zu erholen."

Ich bleibe hartnäckig. „Ich würde ihn sehr gerne besuchen."

Noch einmal sieht sie unschlüssig vom schweigenden Aubrey zu mir, dann zieht sie eine Karte aus der Tasche und gibt sie mir mit spitzen Fingern. „Ich glaube, es wäre besser, wenn du dich vorher ankündigst."

Ein paar Minuten später führe ich Aubrey zu meinem Wagen und er geht zur Beifahrerseite. Ich sehe ihn für einen Moment verwundert an. „Willst du nicht fahren?"

Er lacht leise. „Ma chère, es ist dein Wagen. Würde ich fahren wollen, ich müsste fragen, oder nicht?"

„Und wenn ich dich bitte, weil ich so müde bin?" Ich werfe ihm den Schlüssel zu und er fängt ihn auf.

„Dann ist das etwas völlig anderes. Ich nehme nicht an, dass du zur Upper West Side möchtest?"

Ich schüttele müde den Kopf. „Nein, ich will nach Hause und du kommst mit."

Als wir New York schon hinter uns gelassen haben, die Lichter spärlicher werden und der Himmel dunkler, mustere ich ihn von der Seite. Aubrey fährt schnell und konzentriert wie immer. Er denkt nicht darüber nach, wann er schalten muss, so wie ich, er tut es einfach. Das hat etwas sehr Beruhigendes, finde ich.

„Hast du versucht, Blake zu helfen?", frage ich schließlich, als wir Easthampton schon hinter uns gelassen haben.

„Ja, das habe ich. Ich fürchte, auch bei diesem Unterfangen war ich leider nicht erfolgreich." Er gibt noch einmal Gas. „Übrigens, ich dachte, es interessiert dich, aber Richard Wolsey, also Lieutenant Colonel Wolsey, ist ein echter Kriegsheld. Er hat in einer Nacht drei deutsche Bomber abgeschossen."

„Ich habe kein Interesse an Helden", sage ich und gähne. „Sie haben meist eine kurze Lebensspanne."

Aubrey lacht. „Wie wahr. Ich soll dich von Colonel Hatton grüßen."

„Hast du ihn gesehen?" Ich weiß nicht warum, aber ich fühle mich gerade wieder sehr viel wacher.

„Ja, der arme Kerl war etwas verlegen, weil er nicht genau wusste, ob ich weiß, dass ihr euch schreibt." Im Scheinwerferlicht eines entgegenkommenden Autos sehe ich ein amüsiertes Lächeln in Aubreys Gesicht.

„Macht es dir etwas aus?"

„Nein, ma chère. Wie du weißt, habe ich viele Schwächen, aber Eifersucht gehört nicht dazu."

Ich friere trotz des lauen Sommerabends und wickele mich in Aubreys Mantel, den er neben sich auf den Sitz gelegt hat. „Vielleicht weißt du einfach, dass du das gar nicht nötig hast", sage ich und sehe aus dem Fenster.

„Gut möglich", sagt er leise und ich finde, es klingt wie eine Liebeserklärung.

„Zufrieden?", fragt er, als er den Wagen parkt.

Ich sehe das Licht auf der vorderen Veranda, das ich immer anlasse, wenn ich im Dunkeln nach Hause komme.

„Fast", gebe ich zurück und strecke meine Hand nach seiner Wange aus.

„Was fehlt noch, ma chère?"

„Keine Reisen nach Europa mehr, Aubrey."

Er umschließt mit seinen Fingern meine Hände und küsst sie, sagt aber nichts.

38

Wir leben weiter, so wie vor seiner Reise nach Europa. Seine Wochenenden verbringt er bei mir in Montauk, die Woche in New York oder Pittsburgh. Unsere gemeinsamen Tage sind in gewisser Weise unbeschwerter, wenn es nur uns beide betrifft. Wir reden mehr, aber den Großteil unserer Zeit verstehen wir uns auf eine sehr nahe, wortlose Art.

In den Nächten lieben wir uns. Wir lieben uns gierig und verzweifelt, nachdem wir Stunden am Radio verbracht haben, um Edward Murray zuzuhören, der für CBS vom London Blitz berichtet. Wir lieben uns, weil wir es können und weil es für wenige Momente die bange Sorge um meine Heimat aus unseren Köpfen vertreibt.

Ich habe den Esstisch, den wir nie benutzen, gegen einen breiten Schreibtisch getauscht, an dem wir nebeneinander arbeiten, manchmal zeitgleich aufsehen und auf das Meer starren. Und ich habe ein Klavier gekauft, auf dem Aubrey abends spielt. Meist sitze ich in dem kleinen blau karierten Sessel daneben und höre zu. Ganz selten setze ich mich zu ihm auf die Bank und beobachte, wie seine langen, schlanken Finger über die Tasten huschen.

Den ganzen August hindurch telefoniere ich in regelmäßigen Abständen mit einem Dr. McNair in Blakes Klinik in Connecticut. Ende September schließlich erlaubt er mir endlich einen Besuch.

Ich fahre allein hinauf und bin froh, dass Aubrey nichts Dummes sagt wie der Weg sei zu weit oder dass ich Begleitung bräuchte.

Er sieht auf, als ich eines Freitagmorgens meine Tasche nehme. Dann küsst er mich und bittet mich nur, auf mich aufzupassen.

Ich fahre sehr früh und komme am späten Vormittag an. Die Klinik ist ein strahlend weißes Sandsteingebäude und schmiegt sich zwischen zwei bewaldete Berghänge. Ich war noch nie vorher in Connecticut. Das Laub leuchtet in allen Herbstfarben.

Mein Meer in Montauk ist blau, grau und manchmal schwarz. Blake hat hier ein Meer aus Bäumen. Und all die verschiedenen Rot-, Gelb- und Orangetöne kommen mir ein wenig vor wie Wellen des Wahnsinns, die jederzeit über mir zusammenbrechen können. So schön der Anblick ist, ich empfinde ihn doch auch als beängstigend.

Ich hoffe, dass er Blake wenigstens tröstet. Vielleicht sieht er das Flirren aller Blätter im Wind als leuchtende Worte, die er bei mir so gern sortiert hat.

Als ich sein Zimmer betrete, sitzt er angezogen an einem leeren weißen Tisch am Fenster. Er dreht den Kopf und sieht mich an. Ich kenne das Starren, ich kenne den Blick. Ich habe selbst so gestarrt und genauso geblickt.

„Hallo, Blake", sage ich nur.

Er gibt mir keine Antwort, kein Zeichen, dass er mich versteht.

Ich setze mich ihm gegenüber auf den Stuhl. Sein olivfarbener Teint wirkt seltsam blass und seine Augen haben alles Stechende verloren. Ich sehe, wie es ihm geht, ich brauche gar nicht zu fragen. Ich wünschte, ich hätte ein Montauk für ihn, so wie Aubrey für mich.

Langsam faltet er die Hände auf dem Tisch. Sie liegen ganz ruhig auf der Platte.

„Ich trinke nicht mehr", sagt er plötzlich.

„Ich nehme an, das ist gut für dich", erwidere ich. „Wie lange musst du noch hierbleiben?"

„Das hängt davon ab."

Ich warte, doch er schweigt.

„Wovon?", frage ich schließlich.

Verständnislos runzelt Blake die Stirn und murmelt etwas, das ich nicht verstehe.

Ich überlege, ob ich nach seinen Händen greifen soll und habe plötzlich Angst, dass sie sich anders anfühlen, als ich sie in Erinnerung habe. Das könnte ich nicht ertragen.

„Schreibst du?", fragt er einige Minuten später, die die Uhr über der Tür in die Stille tickt.

„Ich versuche es." Es fällt mir schwer. Vielleicht habe ich einen Großteil meiner Energie aus meinem ganz persönlichen Unglück gezogen.

„Wie ist dein neuer Lektor?"

Ich sehe ihn an, dann senke ich den Blick. „Ich habe keinen."

Für einen winzigen Moment ist er wieder ganz der Alte. „Herzchen, du brauchst einen Lektor, der Ordnung in deine wirren Gedanken bringt, der deine Worte an die richtigen Stellen schiebt."

„Ich brauche dich, Blake."

Als ich es ausspreche, wird mir klar, dass es nicht nur das Lektorat ist, das ich von ihm brauche. In all den Monaten war er mein Zutrauen und meine Sicherheit.

Ohne ihn fühle ich mich an der Schreibmaschine nackt und bloß. Ich habe Angst, dass ich zu viel preisgebe. Ich fürchte mich davor, zu wenig zu erzählen.

„Ich vermisse dich."

Er schüttelt ganz leicht den Kopf. „Nicht so, wie ich dich vermisse. Du brauchst mich, weil du dir einredest, du könntest ohne mich nicht arbeiten. Ich hingegen ..." Er bricht ab, lehnt sich zurück und sieht aus dem Fenster in die Farben des Wahnsinns. „Ich dachte immer, wir wären Freunde."

„Sind wir das nicht?", frage ich. Seine Worte verletzen mich.

„Ich glaube, wir waren es nie. Du hast mich gebraucht, jetzt brauchst du mich nicht mehr." Er lächelt dünn. „Ich spreche nicht vom Schreiben. Ich spreche vom Leben."

„Du meinst, du hast keinen Platz mehr in meinem Leben? Blake, wie kommst ..."

Er unterbricht mich. „Aubrey ist doch in jeder deiner Gehirnwindungen. Du hast weder Platz für einen anderen Menschen noch für eine Geschichte, wenn er da ist. Und was ihn angeht ...", Blake seufzt, „... vielleicht habt ihr euch da gefunden. Das kann sein. Er kriecht doch gerne in jede Zelle deines Körpers, macht sich dort breit und füllt sie mit Schmerz. Und immer dann, wenn du glaubst, du kannst nicht mehr, pumpt er schnell ein bisschen Zuwendung nach, damit du ihn ja nicht verlässt. In seinem verqueren Hirn ist das sicherlich Liebe. In meinem ist das einfach nur krank. Ihr beide gehört hier rein und ich da raus." Er nickt den Bäumen vor dem Fenster zu. „Aber sei's drum. Es ist nett, dass du gekommen bist. Ich sehe das als den Anteil in dir, den er noch nicht komplett verdorben hat."

Jetzt schiebe ich den Stuhl zurück. „Ich glaube, es ist besser, wenn ich gehe."

„Ja", sagt Blake sehr leise, „das glaube ich auch."

Als ich schon die Klinke in der Hand habe, sagt er meinen Namen. Er sagt ihn, als hätte er ihn noch nie zuvor gesagt, so, als wäre ich die tatsächlich die Heldin der Geschichte, nach der meine Mutter mich benannt hat. Mich erschauert. Ich drehe mich noch einmal um.

Er lächelt mir zu. „Wir hatten schöne Zeiten. Trotz allem. Ich will, dass du weißt, dass ich das so sehe."

Ich nicke schwach. Bevor ich die Tür hinter mir zuziehe, höre ich Blakes Stimme noch einmal. Sie klingt ein wenig hämisch. „Du hast ihn nie nach seinen anderen Frauen gefragt, nicht wahr?"

Ich flüchte aus der Klinik, flüchte aus Connecticut, das ich so schnell nicht wiedersehen will. Ich fahre über kurvige Landstraßen und blättere beinahe blind in der Straßenkarte. Einmal frage ich an einer Tankstelle nach dem Weg und verfahre mich doch noch zweimal, bevor ich heimkehre, als es schon dunkel ist.

Aubrey sitzt draußen auf der Terrasse. Ich hole mir einen Brandy, zünde mir eine Zigarette an und setze mich neben ihn.

Das Meer ist sehr still heute. So still, dass ich glaube, dass sich am Horizont ein Unwetter zusammenbraut.

„Blake ist tief verletzt und mit allem gescheitert, was er für wichtig hielt", sagt Aubrey in die Stille. „Er meint nicht wirklich, was er sagt."

Er war nicht dabei. Ich habe nichts erzählt, trotzdem weiß er alles. Manchmal macht er mir Angst.

„Es schmerzt mich dennoch." Ich ziehe die Schultern fröstelnd hoch.

„Was genau?"

Eine gute Frage. Ich überlege. „Vielleicht, was er über dich und mich gesagt hat."

Aubrey trinkt einen Schluck aus meinem Glas. Erst glaube ich, dass er dazu schweigen wird, dann jedoch legt er mir eine Hand auf das Knie. „Ob Wahrheit in dem liegt, musst du selbst entscheiden."

Ich weiß das, denke ich und blase den Rauch über das Meer. „Was hast du ihm damals eigentlich gesagt, als du ihn sprechen wolltest? Ich meine, nachdem Laurent …"

Aubrey richtet sich auf, streckt die Beine aus und schiebt seine Hände in die Hosentaschen. „Ich habe gar nichts gesagt. Ich habe mir seine Wut angehört. Er hat mich eine halbe Stunde lang angeschrien und mir gesagt, was für ein schrecklicher Mensch ich bin."

„Aber du musst doch etwas geantwortet haben", bleibe ich hartnäckig und versuche, mir einen Aubrey vorzustellen, der Blakes Sturm nichts entgegensetzt. Es fällt mir schwer.

Aubrey nimmt mir meine Zigarette aus der Hand und zieht daran. „Nur, dass er mit jedem Wort recht hat."

Am Horizont zuckt ein Blitz. Das Unwetter ist weit draußen auf dem Meer, weit vor der Küste.

„Blake sagte, ich solle dich nach deinen Frauen fragen. Nach einer Frau in Pittsburgh, einer in London und einer in New York. In Chinatown."

Aubrey schnaubt durch die Nase. „Chinatown! Gütiger Himmel!" Er senkt den Kopf. „Das Schreckliche an solchen Behauptungen ist, dass man sie nie ganz ausmerzen kann. Etwas bleibt immer zurück, egal, was ich dir jetzt sage."

„Und was sagst du mir?"

Er hebt die Schultern. „Dasselbe, was ich dir von Anfang an sagte. Ich bin sehr damit beschäftigt, mich selbst zu lieben. Ich habe keinen Platz für eine andere Frau außer dir, geschweige denn Frauen in der Mehrzahl."

Mein Herz setzt einen Schlag lang aus und mir ist klar: Ich werde wahrscheinlich niemals deutlicher von ihm hören, dass er mich liebt.

„Man kann mit jemandem schlafen und ihn dennoch nicht lieben", sage ich nachdenklich und sehe ihn an.

„Eben", sagt er leise.

Es dauert, bis ich verstehe, was er mir damit sagen will. Vielleicht gab es immer all diese Frauen, vielleicht gab es nie auch nur eine, aber das spielt gar keine Rolle. Nicht für ihn und mittlerweile auch nicht mehr für mich.

39

Montauk, Long Island, am 24. November 1940

Lieber Colonel Hatton,

Ihr letzter Brief hat mich sehr berührt und es freut mich, dass Ihnen mein Roman so gut gefällt. Sie schreiben, Sie würden sich fragen, wie viel von mir in Der Glanz verlorener Zeiten steckt und darauf will ich heute antworten.

Mein Mann sagte einmal (Sie erinnern sich vielleicht, dass er auch schon an der Front stand), aus dem Krieg würde niemand als Held zurückkommen, dort gäbe es nur Elend und Verderben. Wenn man aber all diesem Leid etwas Positives abgewinnen kann, dann ist es vielleicht, dass dieser dem Krieg so immanente Tod eine Ehrlichkeit hervorbringt, zu der wir im Frieden gar nicht fähig wären und auch keine Notwendigkeit in ihr sähen.

Was Sie sich sicher schon denken, ist wahr. Ich bin die Heldin meines Romans. Vielleicht erinnern Sie sich an unsere Begegnung im London im Hotel. Im Buch war es Paris und der Mann hiess Claude. Im wahren London hiess er Cecil.

Sie schrieben mir einmal, mein Geist ließe sich nicht in die engen Straßen einer Großstadt pressen und er lässt sich auch nicht in das Korsett stecken, das Konventionen und Erwartungen enger schnüren.

Ich bin mit der Vorstellung aufgewachsen, dass die Ehe mir ein wenig mehr Freiraum schenkt als das Leben als

Tochter. Trotzdem würde ich einem Mann gehören, der sich öffentlich Freiheiten nimmt, die ich niemals haben werde. Ich habe mich damit abgefunden, dass die Ehe, so wie ich sie kenne, einen nicht unbeträchtlichen Teil an Demütigungen mit sich bringt, die still zu ertragen von mir erwartet wird.

Es gibt wohl nicht viele Männer wie Aubrey, die keinerlei Wert darauf legen, ihren Frauen Grenzen zu setzen. Er hat mir eine Freiheit geschenkt, mit der ich erst nichts anzufangen wusste. Ein Geschenk, das ich langsam auswickeln musste, Schicht für Schicht, bis sich sein wertvoller Inhalt mir offenbarte. Sie haben mich gefragt, ob ich glücklich sei und ich kann Ihnen auch hier ehrlich antworten: Ja, ich bin es. Aus ganzem Herzen.

Vielleicht schockiert es Sie, was ich Ihnen schrieb, aber auf eine sehr merkwürdige Weise habe ich eher das Gefühl, dass Sie als einer der wenigen Menschen auf dieser Welt mich voll und ganz verstehen. Ich wünsche Ihnen mit den Worten von Edward Murray gute Nacht und viel Glück, wo immer Sie auch sein mögen.

***

Nord-Afrika am 20. Dezember 1940

Meine liebe Mrs la Valette,

beim besten Willen, ich kann mir nicht vorstellen, dass Sie mir jemals etwas schreiben könnten, was mich schockiert. Ihre Ehrlichkeit rührt und Ihr Vertrauen ehrt mich.

Ich bewundere Ihren Mann sehr. Aubrey war in London für all diejenigen, die nur allzu bereit waren, mit einer Mischung aus jugendlicher Unvernunft und Sorglosigkeit den Krieg nicht als das zu sehen, was er ist, dreckig und tragisch, immer eine Stimme der Vernunft. Er fehlt uns hier sehr und gleichzeitig teile ich Ihre Freude darüber, ihn bei Ihnen in Amerika in Sicherheit zu wissen.

Ihr Roman und auch Ihre erklärenden Zeilen im Brief haben mich sehr nachdenklich gestimmt. Ich glaube, Sie haben auf den Punkt gebracht, warum ich nie das Bedürfnis empfand, zu heiraten. Mir war immer, als würde die Ehe den Liebenden die Gleichheit nehmen, die sie eigentlich brauchen und mit der sie am Leben wachsen können.

Übrigens erinnere ich mich gut an den Besuch auf Creston Hall. Sie waren ein kleines Mädchen mit zwei sehr langen, schwarzen Zöpfen und einem durchdringenden Blick und ich gerade neunzehn geworden. Ich konnte mit Ihnen ebenso wenig anfangen wie Sie mit mir, aber Ihre Augen habe ich nie vergessen. Daran habe ich Sie auch erkannt, als wir uns bei Gabrielle und Alfie begegnet sind.

Ich wünschte, ich könnte Ihnen mehr schreiben, ich wünschte, ich hätte mehr Zeit, aber jeder Tag hier bringt neue Gefechte und ich habe das Gefühl, ich gehe täglich zwei Schritte vor und sehr viele wieder zurück.

Grüßen Sie Aubrey von mir. Ich wünsche Ihnen beiden ein frohes Weihnachtsfest und ein gutes neues Jahr. Möge es friedlich werden.

Wir schlagen alle Einladungen, auch die von Doug und Harriet, über Weihnachten und Silvester aus und bleiben in Montauk.

Wir schenken uns nichts, wir schenken uns uns selbst. Nachdem Aubrey zwei geschlagene Wochen am Stück in Pittsburgh hatte sein müssen, war er am 20. Dezember nach Montauk gekommen, um zu bleiben. Er hatte fast zwei Tage durchgeschlafen, dann erst war er aufgestanden und wir sind jeden Tag am Strand entlang gewandert. Er hatte mir geholfen, ein großes Stück Treibholz in den hinteren Garten zum Strand hin zu ziehen. Darauf sitze ich nun gerne und sehe über das Meer.

Nach Weihnachten beginnt es, ganz sacht zu schneien. Die Temperaturen fallen schnell und statt Wellen schiebt das Meer jetzt Eisstücke an Land. Ein Anblick, der mich jeden Tag in Erstaunen versetzt. Ich würde gern darüber schreiben, stelle aber fest, dass mir die Worte fehlen.

Vielleicht bringt mir Aubrey deshalb zu Silvester eine Kamera aus New York mit. Ich werde lernen, damit umzugehen, genauso wie ich Autofahren gelernt habe. Mittlerweile genießt er es, wenn ich den Wagen lenke und er aus dem Fenster starren kann. Das machen wir manchmal. Einfach so übers Land zu fahren, uns über die Straßen treiben zu lassen, ohne Ziel und ohne Zeit.

Das neue Jahr begrüßen wir mit der engsten Verbindung, die zwei Menschen eingehen können – wir trinken eine Flasche Champagner und gehen dann zu Bett.

Als das Telefon am nächsten Morgen sehr früh klingelt, steht Aubrey auf. Im Gehen schlüpft er in seinen Morgenrock. Ich strecke mich in ein neues Jahr. Es fühlt sich an wie das Alte, denke ich. Nachdem ich angezogen das Bad verlassen habe und das Treppengeländer nach unten gerutscht bin, sehe ich es an Aubreys Blick. Etwas muss passiert sein.

Er legt beide Arme um meinen Körper. *Es ist meine Mutter,* denke ich und werde stocksteif.

Es ist meine Mutter. Aber das kann nicht sein! Sie ist meine Mutter!

Er legt seine Wange an meine, so wie damals, als wir zusammen tanzten. Seine Stimme ist leise, aber klar.

„Blake ist tot. Er ist gestern vom Balkon seines Apartments gestürzt."

Als meine Knie nachgeben, hält er mich sehr fest. Ich kann nicht weinen, ich kann nichts sagen. Ich kann nicht einmal atmen.

„Es tut mir sehr leid", sagt er. „Sehr, sehr leid."

Nach einer ganzen Weile löse ich mich von ihm und gehe zu meinem Schreibtisch. Darunter steht immer noch die Kiste, in der meine Buchseiten mit Blakes Anmerkungen lagern. Ich ziehe sie durch das Esszimmer, durch den kleinen Flur ins Wohnzimmer bis vor den Kamin.

Es dauert heute lange, bis ich ein Feuer entfachen kann, so sehr zittern meine Finger, als ich versuche, mit dem Streichholz die Zündfläche zu treffen. Aubrey sieht mir schweigend zu, bis ich die erste Seite vor die Flammen halte. Dann windet er das Papier aus meiner Hand, legt es auf den Stapel und hebt die Kiste an. Er trägt sie weg.

Ich glaube, er stellt sie in den Wandschrank mit dem Putzzeug, den niemand öffnet, außer Edna. Dann setzt er sich neben mich und wir starren auf die brennenden Holzscheite, auf die Glut, auf die Asche, die durch den Rost fällt.

Blakes Beerdigung ist an einem klaren Wintertag. Der strenge Frost hat den Schnee gefressen, hat Bissen aus der weißen Decke herausgerissen, unter der grün-braunes Gras schläft.

Grace hält sich gerade. Sie ist ganz in Schwarz gekleidet. Sie sieht ihrer Mutter, die neben ihr steht, sehr ähnlich. Ihr Vater dagegen wirkt mit seinem stämmigen Körper so fremd neben den beiden Frauen, dass ich mich frage, wo sein Anteil in Grace ist. Vielleicht in ihrem Wesen, in ihrer Beharrlichkeit und in ihrem Stolz.

Ich wusste nicht, dass Blake katholisch war, genauso wenig, wie ich mir jemals darüber Gedanken gemacht habe, dass Aubrey, der neben mir Gebete mit murmelt, es auch ist. Ich verstehe kein Latein und irgendwie bezweifele ich auch, dass mir eines der Worte hätte Trost spenden können, selbst wenn ich gewusst hätte, was sie bedeuten.

Ich höre Aubrey neben mir mitsingen. *Nearer my God to thee – Näher mein Gott zu dir.* Er hat eine klare, schöne Stimme. Ich greife fast automatisch nach seiner Hand. Er drückt sie fest.

An die Beerdigung meines Vaters kann ich mich kaum noch erinnern und ich frage mich, wie viele Trauerfeiern im Laufe meines Lebens noch auf mich warten werden. Ich frage mich, auf wie vielen Aubrey schon war.

Nachdem der Sarg in die Erde gelassen wurde, kommt Grace auf mich zu und zieht einen weißen Umschlag aus der Tasche. Ich erkenne Blakes Handschrift. Mein Name steht darauf. Sie gibt ihn mir zögernd und sieht mich an. Dann räuspert sie sich. „Wenn etwas in diesem Brief von Belang für mich ist, würdest du es mir sagen?"

„Ich verspreche es."

Sie sieht für einen Moment erleichtert aus. „Danke. Mir hat er nichts hinterlassen."

Ich zupfe den schwarzen Handschuh ab und lege ihr meine Hand auf den Arm. „Dich hat er geliebt."

Ihre Augen schimmern jetzt verdächtig. Hastig beugt sie sich vor und küsst mich auf die Wange. „Danke", sagt sie leise, bevor sie sich umdreht und geht.

Ich gebe Aubrey meine Wagenschlüssel. Er versteht und setzt sich hinters Steuer, während ich den Umschlag mit dem Fingernagel öffne.

„Du musst das jetzt nicht tun", sagt er und gibt Gas.

Ich frage mich, woher er weiß, dass ich vorhabe, ihn vorzulesen.

„Ich will aber", sage ich entschieden.

„Dann ist es in Ordnung."

Ich hole tief Luft. Es ist nur ein Satz:

Mein geliebtes Herz,
das ist ganz allein meine Entscheidung.
Blake

Es dauert zwei ganze Tage, bis ich endlich weinen kann. Und dann weine ich gar nicht so sehr um Blake, als vielmehr um mich, weil er mir so unendlich fehlt. Ich weine, weil es ein neuer Schmerz ist, der sich bohrend in meinen Körper wühlt. Ich weiß nicht, wie viele ich davon im Leben noch ertragen muss, ertragen kann.

Montauk, Long Island, am 13. Februar 1941

Lieber Colonel Hatton,

einmal mehr muss ich mich entschuldigen, dass ich nicht eher schrieb, aber ich betrauere den selbst gewählten Tod eines geliebten Freundes, der mir immer noch das Herz zerreißt, und vielleicht kennen Sie das Gefühl: Mein Herz ist einsam. Ein Stück mehr allein als zuvor.

Allein der Gedanke, einen geliebten Menschen niemals mehr wiederzusehen, duldet in keiner Facette Hoffnung. Er ist das Trostloseste, was wir denken können und das Schrecklichste, was es zu erleben gilt.

Umso mehr hoffe ich, dass Sie sich wohlbefinden, dass Sie bei guter Gesundheit sind und mir mit Ihrem nächsten Brief eine Sorge nehmen können, die mein Herz beschwert.

Es hat etwas Seltsames, Ihnen zu schreiben – bitte vergeben Sie mir meine Offenheit, die auch keinen Trost für Ihre Situation bietet. Es ist, als würde ich jemandem schreiben, der zwischen den Welten wandert. Sie könnten tot sein, während ich diese Worte schreibe, und ich wüsste es nicht. Ich stelle Sie mir in Uniform vor – müde, blass. Aber eben lebendig. Und dabei kann ich nicht wissen, ob mein Bild der Realität entspricht, die gerade stattfindet. Ein Gedanke, der, würde ich ihn länger denken, mich in den Wahnsinn treiben würde.

Ich schließe mit all unseren guten Wünschen für Sie.
Auch mein Mann verspürt tiefe Dankbarkeit für das,
was Sie für England tun und ich glaube, kaum jemand
weiß besser, wie es gerade in Ihnen aussieht als er.

Gute Nacht und viel Glück

***

Athen, Griechenland, am 18. März 1941

Meine liebe Mrs la Valette,

glauben Sie ja nicht, dass ich es als Ihre Aufgabe er-
achte, mir Trost zu spenden! Ihre Briefe sind deshalb
von unschätzbarem Wert für mich, weil Sie mir ehrlich
schreiben, weil Sie nichts beschönigen, weil ich in Ihren Worten all den Schmerz und die Trauer lese, die ich
fühle und mich allein dadurch schon verstanden weiß.
Ihr erlittener Verlust tut mir unendlich leid und ich
glaube nicht, dass ich Ihnen etwas schreiben könnte,
was Sie tröstet, sehe ich mich doch mit derselben
Hilflosigkeit dem Tod lieb gewonnener Freunde gegenüber.
Wenn ich darum bitten dürfte – ich würde gerne mehr
aus Ihrem Leben erfahren; wie Sie Ihre Tage füllen, womit Sie sich beschäftigen. Mich beglückt der Gedanke
an Ihr normales Leben. Er macht mir Mut, auch eines
Tages wieder in einen Alltag zurückzufinden, sollte ich
wiederkehren.
Sollte es irgendwann einmal zu schwer für Sie werden,
einem Wanderer zwischen zwei Welten zu schreiben,

dann könnte ich dies auch verstehen. Passen Sie auf sich auf!

Herzlichst
Ihr Francis Hatton

***

Montauk, Long Island, am 24. April 1941

Mein lieber Colonel Hatton,

*ich las heute Morgen in der Zeitung von den Kämpfen um Athen und befürchte nun wieder das Schlimmste. Nein, es wird mir nie zu viel werden, Ihnen zu schreiben, mögen Sie auch in finsteren Tälern wandern.
Sie waren in London einer der wenigen echten Menschen, die ich traf und Sie haben sich mir gegenüber niemals anders als zutiefst verständnisvoll verhalten. Ich weiß gar nicht, wie ich ausdrücken sollte, was Ihre Briefe mir eigentlich bedeuten.
Die Frage nach meinem Alltag, so sehr ich sie auch verstehen kann, verwundert mich dennoch, sind doch meine Tage mehr als belanglos. Ich schrieb Ihnen ja bereits, wie klein mein Haus in Montauk ist und dass ich keinerlei Verwendung für Personal habe, bis auf Edna, die lieb gewonnene Frau eines örtlichen Fischers, die mir ein paar Hausarbeiten abnimmt. Ansonsten habe ich gelernt, mich um mich selbst zu kümmern. Ich kann Fisch und ganz großartige Kartoffelaufläufe zubereiten, ich selbst habe in diesem Jahr, als es etwas wärmer wurde, das Haus neu gestrichen. Ausserdem habe ich gelernt, einen Wagen zu lenken und sogar*

kleinere Reparaturen daran durchzuführen. Meine Tage beginnen mit einem Spaziergang am Strand und sie enden mit einem solchen.

Vielleicht bin ich öfter allein, als Sie glauben, denn Aubrey teilt seine Wochentage neuerdings zwischen Washington und Pittsburgh auf. Er leitet nicht nur seine Unternehmen, er versucht auch weiterhin, Einfluss auf die Regierung zu nehmen, damit sie England unterstützt.

Einsam fühle ich mich trotzdem nie. Allein zu sein dagegen ist etwas anderes. Das Einzige, was mich schmerzt, ist die Tatsache, dass ich zurzeit nicht schreiben kann. Ich finde keine Worte. Nur Bilder. Ich lege Ihnen Fotos bei. Ich habe Sie selbst geschossen – bis auf das von mir am Strand, das war natürlich Aubrey – und auch entwickelt. Damit fülle ich meine Zeit und so bekommen Sie vielleicht einen kleinen Eindruck meines Lebens in Montauk.

Ich warte auf Ihre Briefe. Gute Nacht und viel Glück.

***

London am 14. Mai 1941

Meine liebe Mrs la Valette,

vergeben Sie mir, ich wollte Sie über meinen Zustand nicht so lange im Ungewissen lassen, aber es war mir nicht eher möglich, zu schreiben. Es geht mir gut. Bisher habe ich alles unverletzt überlebt und frage mich, wie lange meine Glückssträhne noch anhalten wird, sehe ich doch um mich herum so viel Tod, dass ich

nicht verstehen kann, dass ausgerechnet ich verschont
werde.
Ich persönlich finde die Fotos, die Sie mir beigelegt haben, ganz bezaubernd. Gut kann ich verstehen, was Sie
an Ihrem Haus so lieben. Der Ausblick ist bemerkenswert und ich kann sehen, wie Ihr Geist Frieden und
Freiheit über dem Wasser, über dem Meer findet und
sich an der Brandung erholt. Ich sehe es auf dem Foto,
das Aubrey von Ihnen machte, auf dem sie am Strand
stehen.
England ist Ihrem Mann mit jedem Tag mehr zu Dank
verpflichtet, denn ich glaube, es ist auch seinem Einfluss zu verdanken, dass uns die Amerikaner unterstüt-
zen. Er schrieb mir vor ein paar Wochen, dass er zwar
sein Land verloren hätte, aber es Männer wie ich in
England seien, die ihm ein neues Gefühl von Heimat gä-
ben. Seine Worte, so sehr ich mich darüber auch gefreut habe, stimmen mich unfassbar traurig. Frankreich war eine stolze Nation und es schmerzt mich jeden Tag, sie am Boden liegen zu sehen.
Was Ihr Schreiben angeht, glaube ich, dass Sie der Tod
Ihres Freundes vielleicht immer noch sprachlos zurücklässt? Was Ihre Fotos zeigen, ist doch, dass Sie einen Ausdruck suchen, einen solchen brauchen, der
Ihre Gedanken abstrahiert und für Sie erträglich
macht. Fotografieren Sie! Sie geben Ihrer Sprachlosig-
keit Bilder und eines Tages werden Ihnen diese die
Sprache zurückbringen. Da bin ich sicher.
Ich wünsche mir sehr, dass wir uns wiedersehen und
vielleicht wird dies der Tag sein, an dem Sie mir sagen,
womit ich Sie damals in London beim Dinner gekränkt
haben könnte. Ich bekomme es nicht aus meinem Kopf.

Die besten Wünsche an Ihren Mann und passen Sie auf sich auf!

Herzlichst
Ihr Francis Hatton

***

Montauk, Long Island, am 1. Juli 1941

Mein lieber Colonel Hatton,

leider hat mich Ihr Brief erst sehr spät erreicht und ich musste ein paar Tage über seinen Inhalt nachdenken. Was das Dinner angeht, versuche ich, Ihnen meine Empfindung so zu schildern, wie Sie damals waren und hoffe, Ihnen damit die Sorge zu nehmen, dass ich mich in irgendeiner Weise von Ihnen gekränkt gefühlt habe. Sie sprachen darüber, dass Sie meinen Mann schon länger kennen würden und auch auf Chateau Valette zu Besuch waren. Wenn Sie meinen Roman gelesen haben, wissen Sie vielleicht, welcher Art meine Beziehung mit Aubrey damals war. Meine Erinnerungen an Valette sind getrübt von den Verletzungen, die wir uns damals zugefügt haben. Und ich schreibe wir, weil ich damals unglaublich jung und ahnungslos war. Heute würde ich vieles anders entscheiden. Damals jedoch hat es mich zutiefst verstört, dass Sie mit Ihrem Besuch ein Teil meiner Welt in Valette waren, einer Welt, die ich in London gern vergessen hätte. Vielleicht verstehen Sie jetzt, dass ich Ihre Frage beantwortet habe. Es hatte nicht direkt mit Ihnen zu tun.

Ihre Worte über meinen Ausdruck haben mich übrigens sehr berührt. Sie haben etwas geschrieben, das, nachdem ich es las, so glasklar vor mir lag, als hätte ich den Gedanken selbst gefasst.
Ich bete darum, dass Ihre Glückssträhne weiter anhält, ich bete dafür, dass Sie unverletzt bleiben und wir uns wirklich eines Tages wiedersehen.
Gute Nacht und viel Glück!

***

London am 4. November 1941

Meine liebe Mrs la Valette,

mittlerweile bin ich ziemlich sicher, dass es Ihre guten Wünsche und Gebete sind, die mich durch etliche finstere Stunden getragen haben. Ich hoffe, Ihre Sorge um mich war nicht allzu groß. Meine Verletzung war zu keiner Zeit lebensgefährlich, aber mein rechter Arm brauchte einige Zeit, um zu heilen, und ich konnte nicht schreiben. In Gedanken allerdings schrieb ich Ihnen jeden Tag, wenn Sie mir das glauben wollen.
Ich bin äußerst erleichtert, dass ich Sie an besagtem Abend nicht gekränkt habe, dennoch tut es mir leid, dass es meine Worte waren, die Sie so aus dem Gleichgewicht gebracht haben. Ich kann verstehen, wie Sie sich damals fühlten, ich kann mir vorstellen, was durch Ihren Kopf ging. In kaum einer anderen Beziehung kann man sich so tief und so nachhaltig verletzen wie in einer Liebesbeziehung.

Schon wieder schreibe ich Ihnen in grosser Eile, denn
jetzt, da meine Verwundung verheilt ist, werde ich wieder abkommandiert.
Grüßen Sie Ihren Mann und passen Sie auf sich auf.

Herzlichst
Ihr Francis Hatton

***

Montauk, Long Island, am 12. Dezember 1941

Mein lieber Colonel Hatton,

danke für Ihren Brief – ich war schon außer mir vor
Sorge um Sie, bis mich meine Mutter in einem Telefo-
nat beruhigen konnte. Es freut mich, dass Sie wieder
gesund sind und gleichzeitig lese ich Ihren neuen
Marschbefehl mit großer Bestürzung.
Seitdem die Japaner Pearl Harbor angegriffen haben,
befindet sich ganz Amerika im Ausnahmezustand. Das
Land ist erschüttert, betrauert seine Toten und ist nun
Teil eines Krieges, der die ganze Welt in Atem hält.
Mein Exil gibt es nicht mehr. Dieses Gefühl hat auch
Aubrey erfasst. Ich sehe, dass er stiller wird, über das
Meer nach Europa starrt und ich weiss, was er denkt.
Er braucht es mir nicht zu sagen. Im Gegenteil, ich
fürchte mich vor dem Tag, an dem er es ausspricht.
Sie schrieben es so überaus treffend: In keiner anderen
Beziehung kann man sich so tief und nachhaltig verlet-
zen wie in einer Liebesbeziehung. Ihr kluger Blick auf
die zwischenmenschlichen Beziehungen sagt mir, dass
neben der Narbe auf Ihrer Schläfe, deren Geschichte

mich brennend interessieren würde, Sie in Ihrem Herzen dieselben Verletzungen tragen, die auch ich tief in mir verkapselt habe.
Gute Nacht und viel Glück!

10

1942

Der Krieg hat seine Hand nach uns ausgestreckt und will nach Aubrey greifen wie nach einem alten Freund.

Ich ängstige mich. Fast den ganzen Sommer über bleibt er bei mir in Montauk und arbeitet überwiegend über das Telefon. Ich habe das Gefühl, er tut dies nur für mich. Damit ich ihn jederzeit ansehen, sein Gesicht betrachten, es Tag für Tag aufsaugen kann, bis zu dem Zeitpunkt, an dem er nicht mehr da sein wird.

Zwei sehr feine graue Strähnen haben sich zu beiden Schläfen in sein dunkelbraunes Haar geschoben. Ich greife nach ihnen, wenn er nachts sein Gesicht in meinem Schoß vergräbt. Es vergeht kaum eine Nacht, in der wir nicht miteinander schlafen. Und dennoch habe ich das Gefühl, die Zeit zurückdrehen zu wollen. Vielleicht sogar bis zum Sommer vor dem Krieg in Valette, als alles noch vor uns lag. Fast war es, als wäre er mir damals noch näher gewesen als jetzt, wo ich das Gefühl habe, er gehört beinahe mir und wird mich doch wieder verlassen. Genau wie diese Bruchteile von Sekunden davor fast schöner sind als der Höhepunkt selbst, ist mir rückblickend fast jedes unserer angestrengten Telefonate aus dieser Zeit lieber als dieser Sommer in all seiner Erfüllung.

Diesem wohnt eine Ahnung inne, die ich nicht mehr als reizvoll empfinde, sondern als Vorbote eines nahen Winters, eines Abschiedes.

Im September sehe ich Scharen von Zugvögeln zu, die über dem Meer kleiner werden und frage mich, warum ich nichts mehr von Francis Hatton höre. Noch zweimal habe ich ihm geschrieben und keine Antwort bekommen. Er ist weder tot noch verwundet, sagt meine Mutter. Vielleicht hat ihn eines meiner Worte gekränkt, ich weiß es nicht.

Und obwohl Aubrey mir Anfang Oktober jeden Morgen ein frisches Blatt in die Schreibmaschine spannt, sitze ich lange davor, tippe meist nur ein paar Worte und zerknülle dann das Papier. Mehr als meine Kolumne bringe ich nicht zustande. Geschichten kann ich nicht mehr schreiben. Ein Stück Zufriedenheit hat mich verlassen. Vielleicht sogar für immer.

Während Aubrey arbeitet, durchstreife ich Montauk und alle umliegenden Orte und fotografiere. Ich glaube ehrlich gesagt nicht, dass meine Fotos sonderlich kunstvoll sind, aber sie halten Momente fest und ich hoffe wirklich, dass Francis recht hat und mir die Bilder eines Tages die Worte zurückbringen.

Als ich von einem meiner Ausflüge zurückkomme, sitzt Aubrey auf der Terrasse und blinzelt in die Abendsonne. Er hat Brot und Wein auf den Tisch gestellt und die letzten reifen Tomaten gepflückt, die ich in den Windschatten vor dem Haus gepflanzt hatte. Er schiebt mir einen Brief über den Tisch.

„Von Francis …", sagt er schlicht, „… ich weiß, du hast darauf gewartet. Er ist zwischen meine Post gerutscht. Tut mir leid."

„Wie machst du das?", frage ich, breche ein Stück Brot ab und lege es auf den Teller, ohne davon zu essen.

„Was, ma chère?“ Er klingt abwesend. Vielleicht, weil er wieder auf das Meer sieht.

„Ich weiß, dass du mich liebst und trotzdem ist es dir egal, was ich ...“ Ich breche ab und hebe hilflos die Arme.

„Es ist mir nicht egal“, sagt er leise, greift nach meinen Händen und hält sie fest.

„Weißt du noch ... damals in London?“

„Was meinst du?“ Aubrey drückt meine Finger, als würde er mich seiner Gegenwart versichern wollen.

„Ich habe mich oft gefragt, was in der kleinen Schachtel war, die du holtest, die du mit nach Frankreich nahmst.“

Er runzelt die Stirn und lässt mich los. Gerade als ich glaube, er könne sich nicht mehr erinnern, sagt er leise: „Ein Ring.“

„Victoires Ring?“, frage ich. Es müsste mich nicht mehr treffen, aber das tut es doch.

„Nein, meiner.“ Als er aufsieht, lächelt er ganz leicht. „Nun frag schon.“ Es liegt eine Spur Ungeduld in seiner Stimme.

„Was hast du damit gemacht?“, flüstere ich.

„Ich habe ihn in die Seine geworfen.“ Er räuspert sich. „Es konnte nicht die Themse sein, verstehst du?“

Und ich verstehe.

In dieser Nacht schlafe ich zum ersten Mal seit Monaten wieder unruhig und schrecke aus schlechten Träumen hoch, ohne dass Aubrey neben mir erwacht. Ich umschlinge seinen Körper und er dreht sich mir entgegen. Aber einschlafen kann ich nicht, also stehe ich doch auf und setze mich auf die Fensterbank im Schlafzimmer. Der Mond scheint so hell, dass ich Francis‘

Brief lesen kann, auch ohne die Stehlampe einzuschalten.

Nordafrika, am 8. Juli 1942

Meine liebe Mrs la Valette,

wieder einmal beginnt mein Brief mit einer Entschuldigung. Ich habe so viele Briefe an Sie angefangen und keinen davon beendet. Eigentlich fällt es mir nicht schwer, an Bekannte und Verwandte zu schreiben, als wäre ich gar nicht im Krieg.
Nur bei Ihnen spüre ich ein mehr als dringendes Bedürfnis, die Wahrheit zu berichten und gleichzeitig will ich niemals das Gefühl haben, dass Sie beim Lesen meiner Worte im Staub neben mir liegen, dass Sie Anteil haben an den dunkelsten Stunden meiner Angst, Verzweiflung und Mutlosigkeit.
Vielleicht sollten wir uns bis zum Ende des Krieges generell nur an der stillen Hoffnung auf ein Wiedersehen erfreuen. Ich glaube nicht, dass ich Ihnen bis dahin etwas schreiben kann, was Sie nicht zutiefst erschüttert. Ich verspreche Ihnen dennoch, ich erzähle Ihnen von allen Narben, wenn ich das hier überlebe – in der vagen Hoffnung, dass Sie vielleicht wenigstens in einem ihrer Romane einen Helden aus mir machen – den Helden, der ich im wahren Leben leider nicht bin.

Leben Sie wohl, Mrs la Valette
Ihr Colonel Hatton

Ich weine zum ersten Mal in diesem Jahr. Ich tue es lautlos. Tränen tropfen von meiner Wange auf den Brief und verschmieren die Tinte. Mutter schrieb mir, dass Richard Wolsey tot ist und ich glaube, ich wünschte auch Francis Hatton lieber tot als in diesem Zustand.

Der Mond wandert und ich denke darüber nach, dass mir seine Bahn ein vollkommenes Rätsel ist. Fast jede Nacht zieht er anders über den schwarzen Himmel, so, als würde er sagen wollen, dass er zwar da ist, aber nicht verlässlich.

Ich sitze regungslos da, bis ein goldener Morgen das erste Glühen auf den Horizont legt.

„Schlechte Nachrichten?", fragt Aubrey.

Ich habe nicht gehört, dass er aufgestanden ist. Er kniet sich neben die Fensterbank und nimmt mir den Brief aus der Hand.

„Oh …", sagt er langsam und leise, nachdem er ihn gelesen hat, „… ich verstehe." Dann steht er auf und setzt sich mir gegenüber. „Ich bin mir sicher, wenn jemand als Held zurückkehren kann, dann ist es Francis Hatton. Er ist ein feiner Mensch. Vielleicht der einzige Mann, den ich kenne, der durch und durch gut ist."

Seitdem Amerika im Krieg ist, scheint mir das Meer kleiner geworden zu sein. Vielleicht ist der Horizont jetzt näher gerückt.

„Ich weiß, dass du darüber nachdenkst, dich freiwillig zu melden“, sage ich in diese stillen ersten Stunden eines beginnenden Tages.

„Offensichtlich weißt du ziemlich gut, was in mir vorgeht.“ Aubrey setzte sich mir gegenüber und lehnt den Kopf gegen die Fensterscheibe.

Ich weiß es. Und ich weiß auch, dass es nichts gibt, was ich tun oder sagen kann, um ihn davon abzuhalten.

Wir bleiben so sitzen, während die Sonne aufgeht.

Am Tag darauf küsst mich Aubrey morgens im Halbschlaf. Als ich nach unten komme, ist er weg und ein Großteil seiner Sachen auch.

Montauk, Long Island, am 9. Oktober

Lieber Colonel Hatton,

die Wahrheit ist, mir fehlen Ihre Briefe. Ich möchte sie auch durch Ihre dunkelsten Stunden begleiten und weiß nicht, warum Sie das Gefühl haben, mich schonen zu müssen.
Seit Wochen brausen Stürme über Montauk und durch mein Gemüt. Vielleicht können wir unsere Verzweiflung teilen und sind so weniger allein. Mir ist sehr wohl bewusst, dass meine Verzweiflung im Gegensatz zu Ihrer lächerlich ist. Dennoch habe ich das Gefühl, ich kann Sie sehr gut verstehen.
Vergeben Sie mir. Alles, was ich zu schreiben vermag, klingt hilflos. Sollten Sie diese Zeilen dennoch erreichen, dann seien Sie sich gewiss, ich habe lange mit mir

Ich bummele jeden Tag am Meer entlang. Der Herbst peitscht den Regen vom Wasser her ins Land. Mehr als einmal bin ich bis auf die Knochen nass, als ich nach Hause zurückkehre. Krank werde ich nie, obwohl ich mich nach Fieber sehne, diesem Gefühl, innerlich zu verbrennen, zu verkochen, so wie damals auf der *Mauretania*. Ich sehne mich danach und möchte nicht, dass etwas von mir übrig bleibt.

Sogar Edna macht sich ernsthaft Sorgen um mich. Ich sehe es an ihren Blicken, ich sehe es an dem Essen, das sie mir in den Kühlschrank stellt und das ich weitestgehend unangetastet lasse. Sie fragt mich ein paarmal nach Aubrey, aber ich schüttele nur den Kopf. Ich weiß nicht, wo er ist. Ich habe nicht das Gefühl, etwas falsch gemacht zu haben und dennoch straft er mich mit seiner Abwesenheit. Manchmal glaube ich, er kommt nie mehr zurück, dann wieder meine ich, seine Schritte auf der Treppe zu hören und schrecke aus unruhigem Schlaf, doch das Haus bleibt leer und kalt.

Ich würde weinen, aber ich kann nicht. Es macht mir gar nichts mehr aus, allein zu sein. Das Einzige, was mich schmerzt, ist, Aubrey überall und nirgendwo zu wissen. Er ist wie Francis ein Wanderer zwischen den Welten geworden.

Der Strahl seiner Wagenscheinwerfer fällt am Abend des 1. November durch die Glasscheiben der Eingangstür und blendet mich gerade, als ich früh zu Bett gehen will.

Aubreys Uniform sehe ich erst, als er in den Lichtkegel auf der Veranda tritt. Er hat mich noch gar nicht verlassen, denke ich, aber jetzt, jetzt wird er mich verlassen.

„Wie lange?", frage ich und erkenne meine eigene Stimme nicht mehr.

„Bis Morgen, vier Uhr nachmittags."

Ich greife nach seinem Kopf und reiße sein Gesicht zu mir herunter. Ich glaube nicht, dass man das als Kuss bezeichnen kann. Es fühlt sich an wie ein verzweifeltes Verschlingen, so, als könne ich ihn daran hindern, zu gehen, wenn ich ihn nur tief genug in mir aufnehme.

Wir ziehen uns hastig aus. Er nimmt mich das erste Mal gegen das Treppengeländer gelehnt und keinen von uns beiden befriedigt dieser Höhepunkt. Als wir uns oben auf dem Bett lieben, fange ich an zu weinen. Ich weine auch, als ich seine Zunge in mir spüre und ich weine, als ich ihn salzig auf meinen Lippen schmecke.

Später holen wir eine Flasche Wein, rauchen, trinken und sprechen kein Wort. Wir sammeln nur Kraft, um uns noch einmal zu lieben. Und wir liegen noch im Bett, als Edna am Mittag des nächsten Tages kommt. Ich höre, dass sie eine halbe Stunde rumort, dann fährt sie wieder. Als wir um kurz nach drei nach unten kommen, hängt Aubreys Uniform ordentlich geplättet auf einem Bügel.

Ich sehe ihm zu, wie er sich anzieht, sich verkleidet. Früher glaubte ich, das unbequemste Kleidungsstück für einen Mann sei der Frack. Heute weiß ich, dass es die Uniform ist. Niemand passt da hinein. Auch Aubrey nicht.

„Ich dachte, du hättest mich …“, flüstere ich, bevor er mich noch einmal küsst.

„Nein, ma chère, niemals. Ich dachte nur, so wäre es …“ Er beendet seinen Satz ebenfalls nicht.

Ich verstehe ihn. Er dachte, es wäre schmerzlich für mich, seine Sachen durchzusehen, sollte er nicht mehr zurückkommen.

„Sag meinen Namen“, bitte ich ihn. „Niemand sagt je meinen Namen. Es ist, als hätte ich gar keinen.“

Ein amüsiertes Lächeln liegt auf seinen Lippen. „Hast du Angst, ich hätte ihn vergessen?“

Er hat mich das schon einmal gefragt.

Diesmal nicke ich. „Vielleicht habe ich Angst, dass ich ihn selbst vergesse, wenn …“

Das Lächeln verschwindet aus seinem Gesicht. „Alice“, sagt er sehr leise, „dein Name ist Alice.“

Er küsst mich noch einmal und ich schmecke das Meer auf seinen Lippen. Dann steigt er ein.

Mit Aubrey gibt es keinen Abschiedsgruß. Er hat mich auch nie begrüßt. Wenn er da ist, ist er da und wenn er weg ist, bleibe ich zurück.

Ich sehe ihm lange nach. Das ist der Abschied, den ich immer gefürchtet habe.

41

Montauk, Long Island, am 4. Januar 1943

Liebe Mutter,

nun sind wirklich alle Männer, die wir lieben, im Krieg. Ich weiß nicht, was ich dir schreiben soll. Ich habe keinen Trost. Ich denke jeden Tag an Aubrey, wenn ich auf das Meer sehe, und jetzt muss ich auch noch an meinen eigenen Bruder denken, der doch eben noch ein kleiner Junge war.
Ich schreibe allen und ich bete für alle. Mehr kann ich nicht tun, aber dieses Wenige macht meine Tage sehr lang und zäh. Ich weiß nicht, wie es dir geht, aber die Zeit tröpfelt dahin und ich wünschte, ich wäre nützlicher, fürchte aber, ich tauge weder zur Krankenschwester noch zu etwas anderem.
Aubrey ist vom Captain zum Major befördert worden. Soll ich dafür dankbar sein?
Und ja, ich schreibe auch immer noch an Colonel Hatton, wie du es mir aufgetragen hast. Ich weiß allerdings nicht, ob ihn meine Briefe ablenken, muss doch die Schwermut, die ich fühle, deutlich zwischen den Zeilen stehen. Vielleicht schreibt er deshalb so selten zurück.

Pass auf dich auf!

***

Nordafrika am 12. Januar 1943

Alice,

dein Gesicht ist das Letzte, was ich vor mir sehe, bevor ich todmüde abends die Augen schließe und das Erste, woran ich unter den grauen Strahlen eines neuen Tages denke. Ich weiß, du verstehst nicht, was ich hier tue und es schmerzt dich, dass ich nicht bei dir bin. Ich bin mir auch nicht sicher, ob ich es dir oder überhaupt jemandem erklären kann. Es ist, als hätte ich damals in Verdun etwas begonnen und nie zu Ende gebracht. Macht das Sinn?
Alles, was vergangen ist, war gestohlene Zeit, die ich eigentlich nie hätte haben dürfen. Aber ich hätte sie kaum besser verbringen können als mit dir. Ich bedauere, dass ich dir nie gesagt habe, dass ich dich liebe. Vielleicht hast du es ohnehin immer gewusst – vielleicht sogar lange vor mir.

Ich sende dir tausend Küsse
Aubrey

Aubrey schreibt mir, so oft er kann. Meist nehme ich seine Briefe mit an den Strand, wenn es das Wetter erlaubt. Ich lese sie und sehe über das Meer. Vielleicht werde ich verrückt, aber manchmal habe ich fast den Eindruck, ich könnte ihn sehen und er würde mir zuwinken.

Ich laufe Harriet auf der Lexington Avenue unweit von *Bloomingdale's* direkt in die Arme. Bis vor ein paar

Stunden noch hatte es geschneit, jetzt tauen einzelne kleine weiße Häufchen in einen grauen Matsch.

Sie hält mich eine Armlänge weit weg und schiebt mich in das Licht der Straßenlaterne. „Na wenn das keine Überraschung ist!"

Die Falten um ihren Mund sind ein Stückchen schärfer geworden. „Wie geht es dir?", fragt sie mich. In ihrem Ton liegt etwas Lauerndes.

„Nicht gut", gebe ich ehrlich zurück.

„Ja", sagt sie sehr langsam. „Das glaube ich dir gern. Ich habe gehört, dass Aubrey sich freiwillig gemeldet hat." Sie macht eine kleine Pause. „Und, dass er noch keinen Fronturlaub zuhause verbracht hat."

Ich trete einen Schritt zurück. Vor meinem Fuß ist eine Pfütze. Die weihnachtlich geschmückten Auslagen des Kaufhauses spiegeln sich darin. Ich verstehe, warum Aubrey nicht zu mir kommt. Harriet kann ich es unmöglich erklären.

„Denkst du manchmal an Blake?", frage ich sie und ihre Falte zwischen Nase und Mund wird tiefer.

„Ja, sehr oft sogar", gibt sie zurück und umfasst ihre Handtasche ein Stückchen fester.

„Er fehlt mir", sage ich leise.

„Das glaube ich dir." Etwas in ihrem Tonfall lässt mich aufsehen. „Vor allem jetzt, wo Aubrey weg ist, nicht wahr?"

Ich runzele die Stirn. „Was meinst du, Harriet?"

„Na, Kindchen, er war doch immer nur ein Lückenbüßer, wenn dein Aubrey nicht da war, nicht wahr? Es ging dir doch nie um Blake. Es hätte jeder andere sein können. Hauptsache, dein Bett war nicht leer." Sie sieht mich verächtlich an. „Hast du denn schon einen neuen

Liebhaber gefunden, der sich dein Aubrey-Herzeleid anhört?"

Ich war dumm. Wieder einmal hatte ich nichts gesehen und nichts begriffen. Und jetzt ist es zu spät. Ich wünschte, sie hätte mir gesagt, was sie für Blake empfand.

Ich denke an ihre Blicke in der Silvesternacht. Sie galten gar nicht Doug. Sie galten Blake. Wie lange sie ihn wohl schon geliebt hatte? Wahrscheinlich lange, bevor ich kam.

„Es tut mir leid, Harriet", sage ich leise.

Sie wirft mir einen letzten bitteren Blick zu, bevor sie sich umdreht und zwischen all den Passanten verschwindet, die kleine und große Tüten durch die Straßen tragen.

Bald ist Weihnachten.

Tunis, am 22. Dezember 1943

Meine liebe Mrs la Valette,

ich kann Ihnen gar nicht sagen, wie bestürzt ich war, als ich hörte, dass Aubrey auch in Nordafrika kämpft. Ich mag mir nicht ausmalen, was jetzt in Ihnen vorgehen muss.

Jetzt, da ich weiß, dass Ihre Korrespondenzzeit sicherlich Ihrem Mann gehört, ehrt mich jeder Ihrer Briefe sehr, aber bemühen Sie sich nicht um mich. Dieser Krieg scheint mir wie eine atemlose Aneinanderreihung von Tagen, die nicht vergehen wollen.

Passen Sie auf sich auf!

Herzlichst
Ihr Francis Hatton

1944

Anzio, Italy, am 14. April 1944

Alice,

fällt dir eigentlich auf, dass ich jetzt immer deinen Namen schreibe?

Du fragtest, was ich damals, als ich dich zum ersten Mal sah, über dich dachte und ich habe diese Frage lange in mir bewegt. Es waren deine Augen, die mich am meisten beeindruckt haben. Ich sah Leid darin und gleichzeitig so viel Neugier. Ich wollte beides bewahren, denn ich glaube, es braucht beides, um das Leben zu verstehen.

Ich vermisse diese Augen jeden Tag und ich würde alles dafür geben, wenn ich jetzt in dieser Sekunde ihre Lider küssen und deinen Atem auf meiner Wange spüren könnte. Manchmal wache ich nachts auf und glaube deine Hand an meinem Rücken zu fühlen. Das sind die Augenblicke, die ich festhalten möchte.

Weißt du eigentlich, dass mein Herz sich anfühlt wie ein zusammengerollter Igel? Ich meine manchmal, dass sich seine Stacheln durch meinen Brustkorb bohren.

Ich vermisse dich und sende dir tausend Küsse.

Aubrey

Es ist ein bedeckter, aber warmer Nachmittag im Mai, als ich mit Edna Fenster putze. Sie hat darauf bestanden, selbst auf die große Leiter zu klettern und das runde Fenster über der Eingangstür von innen zu reinigen.

„Kindchen, jetzt gib mir doch noch mal das Tuch … ja, danke. Hier ist diese eine Stelle, die …" Sie bricht ab und lässt den Lappen fallen.

„Edna?", frage ich, während sie behände herunterklettert, die Leiter zur Seite schiebt und die Tür öffnet.

„Nein, das ist sicher für die Hamiltons auf der anderen Seite. Das kann nicht sein", murmelt sie und dann sehe ich ihn auch.

Für einen Moment verschwindet George, der in Montauk alle Telegramme bringt, hinter dem Rhododendron, den ich dringend beschneiden müsste, dann taucht er wieder auf, steigt vor der Auffahrt von seinem Fahrrad und lehnt es gegen den Briefkasten.

„Es ist nur ein Telegramm", sage ich und Edna umklammert meinen Arm. Ich habe schon viele Telegramme in meinem Leben bekommen. Was sollte an diesem so besonders sein?

„Mrs Aubrey la Valette?"

Ich nicke und bin gleichzeitig irritiert. George weiß genau, wer ich bin.

„Tut mir leid." Er hält es mir hin und ich starre noch auf den Umschlag, als George sein Fahrrad schon längst wieder aufgehoben hat.

Edna schiebt den Putzeimer mit dem Fuß zur Seite, lehnt sich in den Türrahmen und bedeckt ihre Augen mit den Händen. Sie schluchzt lautlos. Gerade, als ich sie fragen will, was sie um Gottes willen hat, begreife ich.

Ich weiß jetzt, was darin stehen wird, bevor ich das Papier aufreiße und Edna hat es wahrscheinlich schon gewusst, als sie George vom Fenster aus sah.

Das sind die letzten Sekunden, in denen meine Welt noch in Ordnung ist, danach wird nichts mehr sein wie es war und es wird nie wieder gut.

Im Auftrag des Kriegsministers möchten wir Ihnen unser tief empfundenes Beileid zum Tod Ihres Ehemannes Colonel Aubrey Charles la Valette, geboren am 09. Februar 1898 in Paris, Frankreich, aussprechen, der am 20. Mai 1944 bei Kämpfen nahe Anzio, Italien, gefallen ist.

Ich schreie nicht, ich weine nicht. Ich lasse mich von Edna umarmen. Alles an mir und in mir ist taub. Ich starre weiter durch die offene Tür nach draußen auf die Auffahrt, auf den Kies, auf den Briefkasten, der schräg steht, seitdem ich einmal im Dunkeln die Kurve zu scharf genommen hatte. Ich starre über die Straße auf grüne Wiesen und einen kleinen Hügel. Ich weiß, ich kann mich nicht umdrehen und durch das Wohnzimmerfenster auf das Meer sehen. Ich kann es nicht.
Ich glaube, ich möchte das Meer nie wiedersehen.

42

1945

Ich reiße die Tür auf, als der Wagen noch nicht einmal ganz angehalten hat, atme tief in den feinen Landregen, gehe zwei Schritte und beginne zu rennen, als ich sehe, dass meine Mutter auf die Eingangsstufen von Creston Hall tritt. Sie breitet die Arme aus. Für ihre Verhältnisse hält sie mich sehr lange und sehr fest, dann legt sie mir einen Arm um die Taille und zieht mich ins Haus.

„Es ist Jagdsaison und wir haben kein einziges Pferd mehr im Stall. Alle wurden in den letzten Tagen dieses dummen Krieges beschlagnahmt."

Das ist das Erste, was sie sagt und es tröstet mich mehr, als alles, was sie sonst jemals hätte sagen können.

Ich sehe mich in der Eingangshalle um. Auf dem Tisch unter dem Spiegel liegt eine feine Staubschicht. Als sie meinen Blick bemerkt, strafft sie ihre schmalen Schultern.

„Es sind nur noch Jenkins und Betsy übrig. Sie kommen nicht hinterher, selbst wenn ich helfe. Komm, wir trinken Tee."

Der Tisch im kleinen Salon ist gedeckt. Es ist dasselbe Service, das wir immer benutzt haben – aus dem sie Tee getrunken hat, als ich nicht da war und aus dem ich jetzt wieder trinke. Alles ist anders und doch ist nichts anders.

Wir sprechen nicht über Aubrey, wir sprechen nicht über meinen Bruder, der im Dezember letzten Jahres irgendwo über Deutschland abgeschossen wurde. Wir sprechen nicht über Alfie, über Richard Wolsey und all die anderen, die gestorben sind.

Doch plötzlich stellt meine Mutter ihre Tasse ab.

„Eines habe ich dir noch nicht erzählt. Und ich weiß gar nicht, warum.“

Sie holt tief Luft. „Gabrielle und die Kinder sind auch tot. Sie starben bei einem Bombenangriff auf London.“

Ich nicke. Es trifft mich nicht. Ich wüsste auch nicht, was mich nach den letzten Monaten noch bewegen sollte.

„Es ist schrecklich“, sage ich dennoch und ich glaube, meine Mutter versteht. Vielleicht empfindet sie sogar ähnlich.

„Es *war* schrecklich“, betont sie und bestreicht ein Toastbrot sehr dünn mit Marmelade. „Hast du dir schon überlegt, was du tun willst?“

In meiner Teetasse schwimmen ein paar Krümel und ich angele sie mit dem kleinen Finger heraus. „Ich weiß es nicht, wenn ich ehrlich bin, Mutter.“

„Du kannst gerne hierbleiben“, sagt sie sehr freundlich und ich glaube, sie meint es auch so. „Mal sehen, wo wir Pferde auftreiben können.“

„Vielleicht ein paar Wochen.“

Ich stehe auf und gehe zum Fenster hinüber. Der Wind drückt feuchte Kälte durch die Ritzen. Ich hatte ganz vergessen, wie zugig das Haus ist.

„Vielleicht werde ich reisen.“

„Durch Europa? Soll ja zauberhaft ruinös sein.“ Meine Mutter zieht eine Augenbraue hoch. Auf ihrer Stirn tanzen feine Falten. Sie sind mir noch nie aufgefallen. Vielleicht sind sie neu.

„Italien“, murmele ich.

Meine Mutter schüttelt den Kopf und wirft mir einen langen, sorgenvollen Blick zu. „Tu das nicht. Es ist nicht gut."

„Vielleicht muss ich es selbst sehen", sage ich zögernd.

„Was auch immer du dir davon versprichst, Kind, es wird nicht so sein." Sie schluckt. „Aber was rede ich … es ist dein Leben."

Eine Weile schweigen wir beide.

„Was ist eigentlich mit Aubreys Geschäften? Dem Stahlwerk und den Mienen?"

Ich schließe die Augen. „Ich habe alle Anteile, die ich geerbt habe, veräußert."

Genau wie das Apartment in New York. Ich habe es nie wieder betreten. Der Anblick des Flügels hätte mich umgebracht. Bridget hatte ich zum Abschied alle meine Kleider geschenkt.

„Hast du das Haus in Mayfair behalten?"

„Nein, Mutter, es steht zum Verkauf."

Darum hatte ich mich gleich nach meiner Ankunft in London letzte Woche gekümmert. Alles aus Aubreys Arbeitszimmer habe ich verpacken und einlagern lassen.

Für einen Moment hatte ich tatsächlich das Bedürfnis verspürt, das Haus noch einmal zu sehen. Ich hatte es bis in die Eingangshalle geschafft, dann hatte mich eine Übelkeit überfallen, wie ich sie noch nie gespürt hatte. Ich hatte mich am Türrahmen festhalten müssen, um nicht zu fallen. Es war kein Broadwell mehr da gewesen, der mir hätte den Arm reichen können. Er war in den letzten Kriegstagen gestorben.

„Ist das klug? Im Moment ... wer kauft schon ein Haus in London? Es wird noch eine Weile dauern, bis sein Wert ...“

Ich unterbreche sie. „Darauf kommt es mir nicht an.“

„Ich glaube, du bist eine der Wenigen, die den Krieg finanziell gut überstanden hat.“

Ja, denke ich, *dank Aubrey*. Er wusste, was er tat, bevor er in den Krieg ging. Und ich wünschte, ich wüsste, was ich jetzt tun soll.

„Ich habe ein Konto für Creston Hall eingerichtet. Du brauchst dir, wenn du nicht allzu verschwenderisch lebst, keine Sorgen zu machen.“

Meine Mutter seufzt. „So meinte ich das nicht.“

„Ich weiß“, sage ich schlicht und lächele ihr leicht zu.

Das Lächeln fällt mir schwer. Noch immer. Ich muss mich jedes Mal dazu zwingen. Ich muss meine Mundwinkel selbst nach oben ziehen, so, als gäbe es kein Gefühl mehr, das dies automatisch auslöst.

„Und? Hattest du nicht auch ein Anwesen auf Long Island?“

Anwesen. Ich presse die Lippen zusammen.

„Ein Haus. Es ist ein Haus. Und ich habe es immer noch.“

Ich habe es geliebt und gehasst, ich habe das Meer umarmt und verflucht, obwohl ich es doch nie hatte wiedersehen wollen.

Ednas Mann hat mich und sie weit hinausgefahren und ich habe verstreut, was von Aubrey übrig war. Ich glaube, es hätte ihm gefallen. Sehr viel mehr noch als nach Frankreich heimzukehren. Er war immer ein Reisender zwischen den Welten gewesen und das Meer verbindet sie alle.

Jetzt hütet Edna das Meer und das Haus für mich und ich weiß, dass sie sich um beides gut kümmert. Sie ist klug genug, um zu wissen, dass ich vielleicht niemals mehr zurückkehre und sie wird es dennoch so erhalten, dass ich jederzeit die Tür öffnen kann.

„Es tut mir weh, dich so zu sehen. Ich wünschte, ich …"

Ich hebe eine Hand und sie bricht ab. Sie meint es gut. Trotzdem kann ich es nicht ertragen.

„Ich glaube, ich lege mich ein wenig hin, wenn du nichts dagegen hast."

Sie nickt. „Ich habe dein altes Zimmer herrichten lassen."

„Danke", sage ich warm.

„Wir sind jetzt übrig", flüstert sie, bevor ich die Tür hinter mir zuziehe.

Im Schrank hängt immer noch das Kleid, das ich getragen hatte, als ich aus Valette floh. Ich streiche über den weißen Stoff und denke an den Tag, an dem ich hier ankam – müde, verfroren und mutlos.

Vor meinem Frisiertisch bleibe ich kurz stehen und nehme die Haarbürste, die ich damals hiergelassen hatte, in die Hand. Das Silber schmeichelt kühl meiner Haut. Mit dem Finger fahre den Namen nach, der eingraviert ist.

Alice la Valette.

Als ich die Bürste zurücklegen will, entgleitet sie meinem Griff und fällt zu Boden. Ich starre auf diesen Namen und bin unfähig, sie wieder aufzuheben

Stattdessen setze ich mich auf mein Bett.

Die Matratze unter mir gibt seufzend nach und mich überfällt eine so tiefe Trauer, dass ich die Beine anziehe, mich noch in meinem Kostüm zusammenrolle und die Augen schließe.

Ich bin jetzt 28 Jahre alt. Mein restliches Leben ohne Aubrey wird sehr lang werden, wenn ich nicht vorher den Mut finde, es zu beenden.

In den nächsten Wochen kaufe ich meiner Mutter drei Pferde. Niemand geht in diesem Jahr auf die Jagd, aber ab und an reiten wir gemeinsam aus. Vielleicht ist es meine Hoffnung, dass, wenn ich sie mit diesen Pferden glücklich mache, ein wenig von ihrem Glück auch auf mich abfärbt.

Obwohl ich diese Ausritte durchaus genieße, bleiben mein Körper und Geist leer. Mein Herz treibt wie ein Meteor durch meine Brust, zieht seine Bahnen durch das Dunkel und ab und an fühle ich, wie etwas davon abbricht und sich spitz in mein Fleisch rammt.

Ich habe nicht gewusst, dass Trauer ein so körperliches Gefühl ist. Ich hatte nur erfahren, dass Liebe schmerzt und Sehnsucht sich wie ein schrecklicher Muskelkater im Bauch ausbreitet, bis sie erst den Magen verschließt und dann unter die Rippen kriecht, um einem auch noch das letzte Quäntchen Luft abzuschnüren.

An einem regnerischen Tag im November bringt mir meine Mutter einen Brief von Ross Miller.

„Ich will ja nicht neugierig sein, aber ist das der Mann von der *New York Times*, für den du geschrieben hast?"

Ich nicke und greife nach dem Öffner, den sie mir hinhält. Wie immer fühle ich einen Stich im Herzen, wenn ich meinen Namen lese – Aubreys Namen. Ich über-

fliege Ross Millers Zeilen, lasse den Brief sinken und
sehe meine Mutter an.

„Berlin. Er sucht eine Korrespondentin für die *New
York Times* in Berlin und er will mich", sage ich nachdenklich.

Meine Mutter schüttelt den Kopf. „Also mich würden
da keine zehn Pferde hinbringen."

Seltsam, denke ich. Noch vor sieben Jahren hätte sie
mich ohne mit der Wimper zu zucken dort hinge-
schickt, um mir einen reichen Ehemann aufs Auge zu
drücken – notfalls eben auch einen Nazi.

„Berlin", wiederhole ich.

Meine Mutter tippt sich an die Stirn. „Zum Teufel
höchstpersönlich?"

Das Blatt wackelt in meiner Hand. Es zieht wieder
durch die Fenster.

„Der Teufel ist tot. Wenn es mir nicht gefällt, kann ich
immer noch zurückkommen."

Der Gedanke, wieder etwas zu tun zu haben, gefällt
mir.

Meine Mutter sieht mich prüfend an. „Besser als Italien", murmelt sie, dann huscht ein Lächeln über ihr Gesicht. „Berlin." Jetzt klingt sie nachdenklich. „Weißt du
eigentlich, wer noch in Berlin ist?"

Ich hebe die Schultern.

„Lieutenant-General Hatton, mein Kind."

43

Er hat sich nicht verändert, denke ich und zupfe verlegen an meinem Ärmel, als er aufsteht, um mir meinen Stuhl zurecht zu schieben. Es ist dasselbe schmale Gesicht, es sind dieselben klugen grauen Augen, die mich mustern.

„Mrs la Valette.“

Ich räuspere mich. „Ich höre meinen Namen ungern …“, gebe ich leise zu, „… er schmerzt mich sehr. Auf der anderen Seite glaube ich nicht, dass ich ihn jemals ablegen könnte. Sagen Sie doch einfach Alice.“

Er nickt ganz leicht. „Das kann ich gut verstehen.“

Langsam schiebt er seine Hand über den Tisch. Seine schmalen, langen Finger breiten sich über meine wie eine Decke. „Es tut mir sehr leid.“

„Ich bin froh, dass Sie dieses schreckliche Wort nicht sagen“, rutscht es mir heraus.

Er zieht fragend eine Augenbraue hoch.

„Gefallen“, ergänze ich. „Es klingt, als hätte man ihn angetippt. Es klingt, als hätte es nicht viel gebraucht, um ihn umzubringen, als …“ Meine Lippe zittert.

„Als würden Sie alle wieder aufstehen“, sagt er leise und sieht mir in die Augen. Er versteht und das erleichtert mich. „Genau“, flüstere ich tonlos und blinzele den Anflug von Tränen weg.

„Ich hätte Ihnen damals gerne ausführlicher geschrieben, aber ich wusste nicht, ob …“ Für einen Moment drückt er meine Hand, dann lässt er mich los und meine Finger bleiben seltsam kühl zurück.

„Ich danke Ihnen sehr für Ihren Brief. Es tat gut, zu wissen, dass Sie an mich denken."

Er lächelt. „Nein, ich danke Ihnen für die Briefe, die Sie mir geschickt haben. Ich ... ich habe sie alle noch."

„Jetzt, wo der Krieg vorbei ist, scheint es mir wie eine Ewigkeit her zu sein."

Der Kellner tritt an unseren Tisch und Francis bestellt zwei Gläser Wein.

„Haben Sie vor, hier in Berlin zu bleiben?", frage ich ihn.

Er sieht für einen Moment zur Seite, dann wieder zu mir. „Ehrlich gesagt ... ich weiß es nicht. Mein Posten bei der Alliierten-Kommandantur hier läuft im Januar aus. Vielleicht wird es Zeit, die Uniform auszuziehen, vielleicht bekomme ich dann Heimweh."

„Nach Yorkshire?"

Ich greife in meine Tasche und ziehe die *Sturmhöhe* heraus. Vorsichtig und auch ein wenig ungläubig berührt er den Einband, dann lehnt er sich zurück.

„Ich glaube, Sie wissen auch gut, wie es ist, wenn man zwischen Welten wandert."

„Erzählen Sie mir von Yorkshire", bitte ich, als der Kellner die Gläser vor uns auf den Tisch stellt.

„Ich war nur sehr kurz dort, als der Krieg vorbei war. Zu kurz, um alte Erinnerungen aufzufrischen oder neue zu sammeln."

Ich schweige. Vielleicht, weil er so traurig klingt.

„Ich glaube manchmal, es könnte schön sein, neu anzufangen", sagt er schließlich.

„Wie meinen Sie das?", frage ich und sehe auf das Buch.

Francis dreht das Weinglas in seiner Hand, ohne daraus zu trinken. „Ich schrieb Ihnen von den dunklen Stunden, Alice, nicht wahr? Manchmal waren sie so finster, dass nicht einmal der Gedanke an England auch nur den kleinsten Hoffnungsstrahl in mir gekitzelt hätte. Alle kommen am Ende als Verlierer heim. Auch die Gewinner.“

„Ja, ich weiß das sehr gut“, entgegne ich und trinke einen Schluck Wein. Mein Mund bleibt trotzdem trocken.

Die Offiziersmesse füllt sich langsam. Ich spüre, wie Blicke uns neugierig streifen. Wir mögen für andere wohl aussehen wie ein verliebtes Paar, das dem Krieg getrotzt hat oder wie Übriggebliebene, die sich gerade gefunden haben. An einem der anderen Tische wird gesungen. Erst ein Geburtstagsständchen, dann *Land of Hope and Glory*.

„Haben Sie mir deshalb nicht mehr geschrieben?“, frage ich ihn.

Jetzt huscht doch ein kleines Lächeln über Francis' Gesicht. „Glauben Sie mir, wenn ich Ihnen sage: ja und nein?“

Zum ersten Mal seit langer Zeit muss ich kein Lächeln erzwingen. Ich spüre, wie sich mein rechter Mundwinkel hebt. „Genauso wie Sie mir damals, Francis, und ich habe es Ihnen erklärt.“

„Sie haben recht.“ Er fährt mit dem Finger um den Stil des Glases. „Und Sie waren immer ehrlich zu mir.“ Ich kann sehen, dass er nach Worten ringt. „Vielleicht war es mir wichtig, dass Sie eines Tages zu mir kommen. Aus freien Stücken. Nicht weil Sie Mitleid haben oder sich verpflichtet fühlen. Ergibt das einen Sinn?“

Darüber muss ich nachdenken. „So wie heute?"
Er antwortet nicht. Wir schweigen eine Weile.
„Schreiben Sie wieder?", fragt er schließlich.
„Außer für die *Times*? Ja, ab und an. Es erleichtert mich. Vielleicht ...", jetzt suche ich nach Worten, „... vielleicht kann ich besser schreiben, wenn ich unglücklich bin."
„Wenn ich an all die Briefe denke, die ich nicht an Sie abgeschickt habe, dann könnte da durchaus etwas dran sein."
Ich taste auf dem Tisch nach seinen Fingern. „Sie schulden mir noch eine Geschichte, Francis."
Er runzelt die Stirn und ich zeige auf seine Schläfe.
Er versteht. „Und Sie schulden mir eine Romanfigur, Alice."
„Ich weiß."
Wir tauschen einen Blick, dann legt er seine Hand auf meine und lächelt so wie damals, als er sich beim Dinner zur mir herüberlehnte. „Würden Sie mir glauben, wenn ich sage, dass Sie an meiner Narbe schuld sind?"
Ich lache leise. „Überzeugen Sie mich!"

Epilog

Nur hier in Yorkshire habe ich es erlebt, dass die Sonne an Herbstmorgen manchmal so schräg durch eine dünne Wolkendecke ins Zimmer bricht, dass alles aussieht wie in Blattgold getaucht. Es dauert wenige Minuten, aber wenn Francis neben mir liegt, wecke ich ihn jedes Mal auf und wir sehen uns beide staunend um.

Er ist, ähnlich wie Aubrey, absolut unkonventionell. Es ist ihm egal, was die Leute über uns tratschen. Und das tun sie, denn wir leben hier zusammen in seinem Haus in Yorkshire, ohne verheiratet zu sein. Jetzt haben wir beide einen gewissen Ruf und es kümmert uns nicht.

Ich glaube, niemand außer Francis kann verstehen, dass ich so an meinem Namen hänge. Es ist in all den Jahren nicht besser geworden. Wenn man mich mit Mrs la Valette anspricht, ringe ich immer noch um Fassung, während er zärtlich nach meiner Hand greift.

Es ist gut, dass er Aubrey so gern mochte. Er empfindet in abgeschwächter Form, was ich empfinde und akzeptiert meine Tage wie sie sind. Manche sind gut, manche sehr dunkel. Und es gibt sie, diese ganz finsteren Stunden, in denen ich alle Vorhänge zuziehe und mich ins Bett lege. Meist stehe ich erst am Abend auf und schreibe dann. Es tut mir gut und das, was ich schreibe, hat eine Dichte, die ich anders vielleicht nicht zustande bringen könnte.

Was mich betrifft, bin ich Francis fast nichts schuldig geblieben. Ich habe ihm einen Roman gewidmet. Er heißt *Die, die heimkommen* und es gibt doch einen Helden.

Es macht auch etwas aus, dass mein neuer Lektor eine Frau ist. Grace arbeitet ganz anders als Blake. Sie schreibt ihre Anmerkungen mit Abkürzungen und knappen Hinweisen an den Rand. Hat es mich zu Anfang irritiert, so ist mir im Laufe der Zusammenarbeit klar geworden, dass Grace viel weniger invasiv vorgeht.

In gewisser Weise hatte Blake einen fast therapeutischen Blick auf meine Arbeit. Er hat mit spitzen Fingern Emotionen in eine für ihn richtige Reihenfolge gebracht, während Grace darauf vertraut, dass ich es mithilfe ihrer Fingerzeige selbst schaffe.

Da *Der Glanz verlorener Zeiten* sich immer noch sehr gut verkauft, verlegt sie jetzt doch wieder Belletristik. Nicht ausschließlich, aber einige ausgewählte Autoren, die sie selbst betreut, und ich gehöre dazu.

Was Francis betrifft, glaube ich, dass auch er diese finsteren Stunden hat. Für gewöhnlich pfeift er dann nach den Hunden und wandert stundenlang durchs Moor, bis die Tiere erschöpft sind und er auch. Ich lasse ihn ziehen, ebenso wie er mich in Ruhe lässt, wenn ich es brauche.

Von Laurent habe ich ihm nicht erzählt. Es betrifft ihn nicht. Noch in Berlin hatte ich ihm gesagt, dass ich keine Kinder bekommen kann und er hatte es akzeptiert, ohne nachzufragen. Ich weiß, dass sein Blick manchmal nachdenklich auf der fast verblassten Narbe auf meinem Hals ruht. Ab und an streicht er darüber und dann lächele ich ihn an.

Ebenso betaste ich ja auch die Narbe an seiner Schläfe. Ich habe mittlerweile viele verschiedene Geschichten darüber gehört. Manche haben Einzug in meine Romane gefunden, andere nicht. Vielleicht war die Wahrheit sogar darunter, ich weiß es nicht. Ich lasse ihm seine Narben, genau wie er mir meine lässt.

Inzwischen gibt es auch Augenblicke, in denen ich an Aubrey denken kann, ohne dass diese harte Kugel in meiner Brust angestoßen wird. Sie sind selten, aber ich erlebe sie und sie sind mir kostbar. Dann denke ich zum Beispiel darüber nach, dass er nicht gerne alt geworden wäre. Und das wäre er ja lange vor mir gewesen. Ich mag mir nicht vorstellen, wie er vielleicht sein Augenlicht verloren hätte, gebrechlich geworden wäre, hinfällig, unsicher. Eine Arthritis hätte seine Finger vom Klavierspielen abgehalten, vielleicht hätte er sich nicht mehr um seine Geschäfte kümmern können. So sehr es mich auch schmerzt, er ist gegangen, als es richtig für ihn war.

Einmal im Jahr, meist im Spätsommer, fliegen Francis und ich nach New York und verlassen die Stadt sofort wieder, um nach Montauk zu fahren. Und während alle anderen Orte auf Long Island aufblühen, ist es am äußersten Zipfel noch fast unberührt.

Edna stellt uns jedes Mal einen Strauß Blumen ins Haus, den sie in ihrem Garten gepflückt hat. Wir sitzen oft am Abend mit ihr zusammen. Manchmal kommt ihr Mann Jim dazu. Wir unterhalten uns so, als ob sie nicht für mich arbeiten würde. Wir sprechen wie Freunde über das Jetzt und das Morgen, aber nie über das Damals. Edna und Jim haben einen Sohn im Krieg verloren, nur zwei kehrten heim, einer davon als Invalide.

Edna hat ihren ganz eigenen Stolz. Sie ist einer der wenigen Menschen, die verstehen, warum ich Francis nicht heirate, ganz im Gegensatz zu meiner Mutter, die mich ab und an in ihren Briefen damit aufzieht, dass ich wahrscheinlich die Freiheit meines Witwenstatus zu sehr genießen würde, als dass ich mich an einen Mann binden könnte.

Die Wahrheit ist aber, ich schlafe mit keinem anderen Mann außer mit Francis und ich glaube, er hat keine andere Frau, aber es ist mir auch einerlei. Ich frage ihn nicht, was er allein in London tut, genauso wenig wie er mich fragt, was ich treibe oder wen ich treffe, wenn ich ziellos tagelang mit meinem Wagen übers Land fahre.

In Montauk machen Francis und ich lange Spaziergänge am Strand. Und nachts lieben wir uns in dem Bett, in dem ich auch Aubrey geliebt habe. Ich glaube, Francis ist der einzige Mann, mit dem ich das teilen kann.

Manchmal setze ich mich danach auf die breite Fensterbank im Erker, während Francis im Bett bleibt und mich ansieht. Ich lasse dann das Mondlicht über meinen nackten Körper wandern und sehe auf das Meer hinaus.

Danksagung

Danke K., dass du mir alles abgenommen hast, damit ich vom Morgengrauen bis in die späte Nacht an diesem Manuskript sitzen konnte. Danke fürs auf Zehenspitzen durchs Haus laufen, all das Essen und den guten Wein, für deine warme Hand auf meiner Schulter und all die geflüsterten Zärtlichkeiten in meinem Ohr. Ich danke meiner Freundin Christine, die schon die Rohfassung verschlungen und mit wichtigen Anmerkungen versehen hat, die sich hat mitreißen lassen und mit mir durch alle Höhen und Tiefen des Entstehens gegangen ist.

Meiner Nichte, die sich von der Geschichte hat fesseln und einwickeln lassen.

Ich danke meiner Schwester fürs Lesen und Verschlingen, für Lob und hilfreiche Betrachtungen.

Meiner Freundin Simone, die auch schon die Rohfassung kannte und mich mit wertvollen Hinweisen und Feedback versorgt hat.

Ich danke allen, die in der Schreibphase Verständnis dafür hatten, dass ich alles abgesagt und verschoben habe, weil ich diese Geschichte erzählen musste.

Ich danke meiner Agentin Anna Mechler, die unermüdlich an dieses Manuskript geglaubt hat.